饮马河畔

王青 著

山西出版传媒集团
山西人民出版社

图书在版编目（CIP）数据

饮马河畔 / 王青著. -- 太原：山西人民出版社，
2023.3
ISBN 978-7-203-12498-6

Ⅰ. ①饮… Ⅱ. ①王… Ⅲ. ①长篇小说－中国－当代
Ⅳ. ①I247.5

中国国家版本馆CIP数据核字（2023）第040793号

饮马河畔

著　　者：王　青
责任编辑：靳建国　张慧兵
复　　审：吕绘元
终　　审：李　颖
装帧设计：张慧兵

出 版 者：山西出版传媒集团 · 山西人民出版社
地　　址：太原市建设南路 21 号
邮　　编：030012
发行营销：0351-4922220　4955996　4956039　4922127（传真）
天猫官网：https://sxrmcbs.tmall.com　电话：0351-4922159
E-mail：sxskcb@163.com 发行部
　　　　　sxskcb@126.com 总编室
网　　址：www.sxskcb.com

经 销 者：山西出版传媒集团 · 山西人民出版社
承 印 厂：天津中印联印务有限公司

开　　本：710mm × 1000mm　1/16
印　　张：18.5
字　　数：300千字
版　　次：2023 年 3 月 第 1 版
印　　次：2023 年 3 月 第 1 次印刷
书　　号：ISBN 978-7-203-12498-6
定　　价：89.00 元

如有印装质量问题请与本社联系调换

上

部

第一章

光绪二十六年（1900）冬。

大同府和阳门城楼东面的饮马河即将冰封，宽阔的河面上，滚滚水流裹挟着冰凌缓缓流动，给河两岸进出城的人们带来巨大的不便。当然，这也催生出背河这一古老的行当。

这些年，饮马河上的背河生意一直被习武堂的季德刚把持。

出了和阳门往东一溜下坡，过了东关十字街口的关角大道北面，竖立着杨油坊的两杆大木斗旗杆。旗杆往东有处宅院。广式门楼，门前蹲着俩石狮，门楼檐下挂着习武堂的牌匾。

过了习武堂向东望去，便看到了饮马河隔着的那高高的东长坡沙丘。东长坡沙丘上有个曹夫楼村。曹夫楼村南沙沟对面高岭上有真武庙和曹夫庙。

真武庙那雄伟山门外一百零八级青石台阶下面的河滩上，生长着一簇簇沙枣树、一丛丛酸刺灌木和零星散落的老汉杨及拐七扭八的老柳树。酸刺丛中不时飞起又快速落下的一群群家巴雀儿，啄食着被冻得硬邦邦的深红色酸溜溜粒儿。

这时，在河道东面一个背风窝土堆后面冒出一股浓烟。浓烟顺着一棵老杨树冠冒出，被风一吹缓缓散开，远远望去就像老汉杨被点燃了一样。循着烟走去，便看到两个人拨烧着秫秫秆和杂草烤火。一个后生穿着驴皮缝制的水裤，半坐半仰在土堆旁。驴皮水裤的两条裤腿早已被河水浸湿，冻成两根冰棍儿。另一个娃儿捧着几根秫秫秆，熏烤着冻冰的裤腿儿。

穿水裤的后生叫王先（乳名先宝），是东塘坡沙梁上曹夫楼村一户庄稼人家的小子。另一个长着圆脸的娃儿叫王二娃，是王先的邻居，也是远房堂弟。弟兄俩近几年逐渐长高了，长大了。尤其是王先，长得又高又壮实。他们和另一个叫刘小莲的女孩儿经常一块玩耍。王二娃、刘小莲经常帮着王先干活，打打下手，顺便也学点手艺。

这天，是王先第一次穿着水裤下河。他本想帮着背河的打打下手，干点零碎杂活，讨要几个零花钱。没想到刚背了两趟，就让季德刚的小徒弟张聚财给撵了回来，说什么必须是季师傅的徒弟或交了份子钱才能干背河的营生，还得借用季家水裤并在大徒弟伍有良领班的管理和带领下才能背河。

王先半躺下那高大结实的身躯，抬起一条腿让二娃用点着火的秫秫秆熏烤裤上的冰片。在火苗焙烤下，冰片变成冰珠滴落。忽闪忽闪的火光照在王先紫棠色的脸庞上，英俊洒脱中带着几分睿智的神色。他浓眉微抖，眨巴眨巴长睫毛，自言自语："不对呀？这饮马河又不是他季家的，凭什么不让我背河？"

王先猛地睁圆双眼，斜睨着二娃："明日咱还去背河，非和他们理论理论，斗上一斗。二娃，敢不敢跟哥去？"

二娃忙挺挺胸道："咋了不敢去，又不是去打架，有哥在，怕什么！"

王先是曹夫楼村东王步通家大小子。王步通在村东靠沙沟边一溜九间泥草屋中央三间房居住。他膝下只有俩儿，大儿王先，二儿王生（乳名生玉），比王先小八岁。王步通常年有病，病恹恹的，肚里没啥好吃食又无钱医治，前年就撒手去世了。王步通的老婆王陈氏带着两个儿子，度过了艰难的两年。眼看大儿王先今年已十八岁，长得高高大大，穷人家的孩子不挑食反而能吃得结实敦厚。王先家三辈庄户人，斗大的字不识一个，一家三口靠三亩薄沙地和王先打短工艰难度日。今年进入冬季，王先看到饮马河人来人往，背河的营生不错，就有了背河赚钱的想法。

大同城东这条河，古来，人们一直称之为饮马河。饮马河源头在内蒙古乌兰察布后山，流经内蒙古丰镇，过明长城边关小镇得胜堡，一溜下来都叫饮马河。流到大同府管辖地孤山，还叫饮马河。可过了孤山，不知何时、何因，把饮马河改叫为御河。御河水流经大同城东一直南下，和十里河汇合，流入桑干河。桑干河浩浩荡荡改向东去，流经册田，归入官厅。

用柴火烤得裤筒软和了，二娃帮着拽下水裤。王先坐起撸了撸棉裤，露出冻得发紫的小腿和脚板，用手来回搓着腿脚。他在河水中待的时间太长，一时半会儿还缓不过来，这时听到沙堆后有娇嫩的咯咯笑声，像是有人偷看。"小莲出来！"二娃扭头喊了一嗓子，"快过来给你哥搓搓腿，你也心疼心疼你哥。你看，哥的脚都冻成啥样了，快来搓脚，快点！"二娃开着玩笑催促小莲。

从沙堆后缓缓走出一妙龄少女，三寸金莲躲闪着顽石，一蹦一跳到了王先跟前，眼睛眯成一道弯，长着两个酒窝的脸蛋红扑扑的，十分讨人喜欢，小嘴弯弯地微笑着。"呀，脚咋冻成这样？"小莲瞅着王先发紫的腿脚，心疼地说，"赶快搓搓，血脉不通就冻伤了，留下残疾，再多钱也治不好了。"

"那你还不快过来给哥搓搓。"王先微笑着，半开玩笑地抻出一只脚晃动着。

"搓就搓，这怕啥，又不是没搓过？你娘还夸我搓得好！"

"你啥时候搓过脚？"

"经常给你娘搓背，你不知道？你娘说我手劲大，搓着舒服解乏。"

小莲弯腰拾了把柴草，垫在屁股下坐平稳了，抱起王先一只大脚认真地慢慢搓起来。王先麻木的腿和脚逐渐恢复了知觉，痒痒得微微颤抖着。小莲由轻渐重，一会儿搓搓，一会儿捏捏，时不时还拍打两下，像个有经验的推拿师傅。王先眯缝着眼，享受着嫩白绵软小手的搓揉，心里那美呀，说不出来的快活。

小莲搓着脚，笑着问王先："哥，你们背人过河咋背呀？哪天试着背我过河，行吗？"

"那还不行？那太行了，待会儿，哥穿上鞋背你。"

王先坐起穿鞋。小莲走到二娃晒着的水裤前，翻弄着水裤里子，看哪儿有渗漏的地方。她一个一个记住，准备回到家再补上几针，把皮线缝得密实点。前几天，王先到东面四十里铺买了一张驴皮，让母亲给缝条驴皮水裤，母亲眼睛老花便请小莲来帮忙，小莲欣然应允。小莲的针线活儿在村里数一数二，没用一天就把水裤缝好了。

王先穿好鞋站起来，拍打衣服和屁股上的沙土。"小莲，去站到土埂上调转身子，巴叉开腿，哥背你。"

小莲站上土埂叉开了腿，王先把头钻过小莲的双腿。"嗨！"他右腿弓着一使劲，腰一挺站直起来。

"啊！啊！"这时，小莲被吓得直叫，身子缩成了一团，紧紧搂住王先的头，把王先的额头、眼和嘴捂得严严实实，不敢松开。

"把手拿开点，捂着眼了，看不见前面咋走路？"

小莲小心翼翼地把臂向上慢慢移动，两条腿紧紧夹着王先的腰。王先顺势抓住小莲的脚腕，大步流星地走了起来。一会儿，小莲开始习惯了，不再害怕，慢慢试着挺起了腰。

"哥，你别抓我脚腕，怪痒痒，你松开点手！"小莲摆着腿脚。

"松开手，你就摔下来了。要不我抓住你脚？有鞋衬着就不会痒了。"

王先攥着小莲两只小脚看了看，边走边说："你这小脚在真武庙三月三庙会的晒脚大赛上定能夺魁。哥再给你买一双漂亮花鞋，穿上一定更好看。"

"我才不去什么赛脚会，臊死人了，才不让那些花流歪汉瞎摸人家的脚呢！"

二娃叠好水裤，用麻绳捆绑紧，悠甩到背上，吃力地追赶着王先和小莲。这时，小莲已松开了双手在空中划拉舞动着，学着戏台上女英雄穆桂英骑马打仗的姿势，挺直腰板，扭转身子，摆了个拿长枪刺杀的姿势。

"二娃看枪，今天给我穆桂英把命留下。"

"穆桂英使大刀，不是长枪。"王先说。

王先笑着看看二娃，二娃低头喃喃道："看见小莲什么都忘了，眼里哪还有我？"

小莲是王先家隔壁刘佃洪的独生女。刘佃洪、王步通和二娃的父亲王永和是同一辈的磕头兄弟。王步通大刘佃洪三岁，比远房堂弟王永和大五岁，由此排列，大哥王步通，二哥刘佃洪，三弟王永和。他们三个人也没正式磕头拜把子，只不过情趣相投，都是穷庄户人，一块干活，一同乐呵，相互帮衬着，过着穷苦人家的日子。

王步通和老婆王陈氏有了大儿子王先后，就在曹夫楼村东紧靠沙沟的沙土圪梁上选了一块地，盖起了房子。王永和、刘佃洪看后，也要在这沙土圪梁上盖房。沙土圪梁上地方不大，正好一家三间房，就这样你帮我，我帮你，盖起房来。秋天过后，九间土坯茅草房在荒草落叶的围绕中，孤零零显得有点荒寂。第二年夏天，三家合伙抽出空隙又打了土板院墙，找来枯死的老汉杨木盖了三个门楼。就这样，三家陆续搬来住在一起，高高兴兴地过着庄稼人的穷日子。住进新房的第二年，王永和与刘佃洪的老婆前后生了娃。王永和老婆冬至过后生了个男孩，刘佃洪老婆第二年正月生下女孩。女孩出生那天，天气特冷，稳婆接生时手忙脚乱地蹬翻了盆，热水洒了一地，呈现出莲花般的图形。刘佃洪看到地上的莲花水印，就给娃儿起名小莲。王永和的娃儿过百天那日，王步通来吃席时问道给娃起了啥名，王永和也没多想就给儿子起了个二娃，说是和王步通儿子王先排着好养活。

孩子们一天天长大，三家男人出地劳作，女人们推碾子拉磨时孩子就由王先看着，王先背一个抱一个地在沙堆上玩耍。夏天一起光着屁股玩，冬天弟弟妹妹尿裤子，他给脱下来晒干再穿上，就这样成了两家的小保姆。又过了几年，王陈氏生了王生，小莲和二娃也可以哄着王先弟弟玩了，可王先照顾二娃和小莲比照顾王生还上心。

刘佃洪有时拧着王先耳朵，开玩笑说："把我家小莲娶了做媳妇吧！"王先低头不作声。

刘佃洪哈哈大笑："看，还臊得慌，脸都臊红了。"一句玩笑话让王先从小就记在心里，真把小莲当自己媳妇一样照顾着。他也不知道媳妇是什么含义，只知道对她好就行，比对弟弟还要好。

一天，二娃和村里一个叫牤牛的壮娃斗起嘴来，你一言我一语，最后竟打了起来。二娃和小莲两个人都没打过牤牛，吃了大亏，王先从地里割草回来，两人向王先哭诉挨打的经过。王先二话没说，出去就找牤牛，拽着牤牛领口在他屁股上扇了几巴掌。牤牛号啕大哭，还在地上不停地打滚，好像受了多大的委屈。牤牛娘找上门来，王步通回来后知道了发生的事情，拿起柳条在王先屁股上狠狠地抽了十几下，王先一声没吭。等王步通走后，二娃和小莲悄悄跑进门，蹑手蹑脚地来找王先，让王先脱下裤子，二娃往伤口上抹香灰，说是止血。小莲在一旁不停用嘴吹着，看着那红肿的屁股，心疼得掉下了眼泪。

王先在曹夫楼村是有名的顽皮孩子，好打抱不平和见义勇为，遇事果敢机智。十二三岁大的孩子凡事好评个理较个真儿，没少给家里添麻烦。小伙伴们一起玩耍摔跤，二四个孩子一起上也摔不过他。王先十七岁就练就了一身搏击打架的技巧，五六个小伙子也近不了他的身。摔跤和打闹时，二娃和小莲常在一旁加油鼓劲。每次得胜，二娃、小莲都夸奖着，比画哪个动作漂亮、哪个动作还有点欠缺。王先在二娃、小莲眼里就是个英雄。

一年春天，王先刚吃完早饭，正准备套好牛去耕地播种谷子。淘气小子牤牛急匆匆走进来，喊道："先儿哥，你出来一下，有事和你说。"

"又有什么事？牤牛，不许出去惹事！"王陈氏瞅了牤牛一眼。

牤牛拉着王先走出门，悄悄诉说着早上发生的事情。原来，村南沙沟对面，真武庙东面的齐家坡村，有齐彪几个练武的小兄弟听说曹夫楼王先和牤牛打架厉害，他们早就想找碴和牤牛与王先比试比试，正巧今早牤牛出地劳作，顺便拉了三只羊经过齐家坡滩地，牤牛没注意，一只羊偷吃了路边三棵高粱幼苗，被齐家坡两个后生看到，不依不饶地要牤牛赔高粱苗。牤牛好言好语赔不是并答应秋后赔一升高粱。两个后生仗着自己会点武功，扭着牤牛衣领就是不放。牤牛甩了几下没甩开，火气上来，没说几句话就扭打起来。齐家坡两个后生刚学点武艺，没实战经验，反倒被牤牛三两下摔倒在地。那两个后生爬起来只说了一句："你等着，别走！"

牤牛也没理会，干完活赶着三只羊回到曹夫楼。吃完早饭再出来时，远远看到齐彪带着七个人在村口树下站着，专等牤牛出来。

"先儿哥，你看怎么办？这些人来者不善，要不要再找几个人过去？"牤牛这时有点胆怯，低声说着，还不住地环视四周，生怕那八个人就在周围。

"没事，不用去找人，咱又不去打架，我去和他们说合说合，屁大点事也兴师动众的，没意思。"

王先和牤牛一起向村口走去。二娃偷偷听到他俩嘀咕的那些悄悄话，叫上小莲，偷偷摸摸地跟着王先和牤牛。二娃和小莲十分担心人家八个人打王先和牤牛两个人，先儿哥肯定吃亏。两人盘算着，实在不行，看先儿哥和牤牛打不过，就赶快去喊人。

王先走在前面，牤牛紧跟身后。快到村口时，牤牛放慢了脚步，王先一个人走到那八人面前，牤牛却躲到墙后，探头窥视着。

"原来是齐哥，牤牛不懂事欺负了齐哥的弟兄，我看算了吧。让牤牛秋后多赔点高粱，就当赔罪，咱大人不记小人过，你说呢？"

齐彪一看是王先，心想："听说王先挺能打，比牤牛还厉害，不妨试试，摸摸他底细。"

"牤牛没来，你来找死啊！"齐彪二话没说，向王先脸上打过来。王先一躲，就拍到脖子上。王先一看，今天是谈不拢了，这架是非打不可，躲也躲不开，不能认怂。王先心里谋划着，先把齐彪打倒了，其他几个人就好说了。

"齐哥，有话好好说，怎么就动起手了？"王先边说边分散齐彪的注意力，悄悄地向齐彪面前挪动着脚步。齐彪看王先靠得这么近，得意地用食指敲着王先的脑门。

"你们这些人就是欠打，今天，我一定要好好教训教……"

齐彪话还没说完，王先左手一扬向齐彪眼睛晃过去，逼得齐彪急忙抬起手阻拦。这时候，齐彪头部下面的空当暴露出来。王先紧握的右拳从下方猛地暴击对方下巴，齐彪向后一躲，王先的右拳结结实实砸在齐彪鼻梁上，血从鼻孔里嘟嘟地涌了出来。齐彪眼前一黑，疼得直打哆嗦，不由自主地蹲在地上。齐家坡的几个后生一使眼色，一齐上来有的说抱腿，有的要搂腰，想把王先摔倒。王先哪能让他们缠住，在人群的空当来回蹦跳着，眼睛看着这边，余光扫着那边，一打一个准。没几下，四个后生都挨了打，有的被打得蹲下，有的摔倒在地，这些人平时也不知怎么练武的，那一招一式怎么也派不上用场，还来不及拉开架式就被摔倒在地。其中一人喊道："这家伙有武！"这一声喊出，众人皆停止了打闹。大家都呆呆站在那儿，看着王先，只有齐彪还蹲着捏着鼻子，没缓过劲来。

王先挥手指着齐家坡的几个后生，压低嗓门，吼道："别说你们这几个人，再来几个，老子也不怕，不信再打来！"

齐家坡的人都站在那儿不动，其中一个还没来得及动手的，慢慢走向前面说："行了，王先，你也没吃亏，快回去吧。"说着，招呼几个人扶起齐彪，向齐家坡方向走去。

牤牛、二娃、小莲都跑过来。

"哥，你真厉害，一个人打八个人。"二娃比画着，不住地说。

"我一直捏着把汗，正准备去找人帮忙，哥就把他们打趴下了。"小莲说。

王先看着他们什么也没说，低着头默默向家里走去，像又犯下什么错事，那个烦恼和懊悔劲儿久久不能散去。

那年三月初三，真武庙举办庙会。一大早，阳婆刚刚露头，真武庙大门前就响起了鞭炮声。两响的大麻炮冲上天空，挨连不停地炸响，散出一朵朵烟云。

"开庙了，开庙了……"人们喊着。

唱戏的戏班子在门前吹起唢呐，吹笛、吹箫、拍镲、打鼓、打铜磬的各自忙活手里的家伙什儿。远远地，就听到真武庙庙会开市的热闹声，迎接着远近的人们到来。大同府里买卖家和东面远近的财东们都提前两天住进了真武庙，在庙南院的一溜客房里，各自准备着庙会所需的商品、食材。做买卖的急着搭帐篷，戏班子忙里忙外搭起戏台，挂起汽灯和红彤彤的灯笼串。幕布、围帐都挂吊起来，赛脚会所用的木靠板也排起一排，上面铺好了毛毡和红色的绒毯。

开市了！大同府城东一年一度规模最大最有名的农闲集贸庙会，随着阳婆的慢慢升起拉开了序幕。鼓乐声夹杂着鞭炮声、卖家的吆喝声、人们的嬉笑声，把一个庙会吵得热闹非凡。阳婆升到一竿子高时，从远处望去，真武庙高高的台阶上挤满了出出进进的人群，有烧香磕头的香客，有买东置西的农妇和市民，还有在人群中穿来穿去看热闹的孩子们。

王先和小莲一大早就来庙会看热闹，王先在前面挤开人群，小莲拽着王先衣服紧跟在后面。庄户家需要的犁、锄、镰、沙耙、扫帚、簸箕、米、面、油、各种种子、果树枝条，五花八门，生产所用和家庭所用应有尽有。再看那练武打把式的彪形大汉，光着上身躺在地上，鼓鼓的肚子上放把大铡刀，另一个人抡足了大锤使劲砸在刀背上。小莲"啊哟"一声闭上眼睛，再睁开眼时，那大汉啥事没有，一跃而起，端着铜盘向小莲走来。王先赶紧掏出两个铜板抛向盘中，"当啷"一响，大汉又转向别人。转圈讨要了一些零碎钱，又开始表演口中吞咽铁钉，把一根一根铁钉咽到肚里，共咽进去五根，转着圈让人摸着肚子，然后又一根根吐出来。接着，大汉慢慢仰起脖，将二尺长的宝剑吞咽到肚里。围观的人们捏着把汗，不住地拍手叫好。

王先和小莲又走进另一圈围观的人群中，人们正在观看硬气功。一个大汉把长矛顶在自己喉咙上，使劲往前推，长长的矛杆弯成了一把弓。更厉害的是，他还能握着厚厚的铁尺向自己头上猛拍，反复多次，硬生生把铁尺拍弯，转着圈让人们摸，用手指敲打着铁尺，发出"当当"的铁器声，接着，又生生把铁尺拍直。另一个人把丈把长的蓝色布腰巾围在腰上，一圈圈勒紧，肚子一时鼓起一时回去，把腰勒细到极限后，"嗨"的一声，猛一掌把厚厚的石条一拍两半。

看过耍把式后，王先拉着小莲挤出人群，走到卖小吃的摊位前，解开腰带，从裤兜里掏出攒了半年的几个铜板，买了两个熏肉套大饼。小莲哪吃过夹着猪肉的白面饼子，她小口小口慢慢地品尝着。走到卖麻糖的小摊前，看着各式各样的糖人、糖马，王先说："这是用小米发酵了后蒸熟，又熬煮成糖稀，再用脚踩压和抻拉制成的麻糖。"

"用脚踩？穿鞋吗？"

"光着脚踩，穿鞋早就把鞋粘掉了！"

"那多脏呀，咋让人吃？"

"人家的脚比你的手都干净，买两块尝尝。"王先又掏出铜板买了两坨麻糖疙瘩。今天，王先可耍大气了，也舍得花钱。

小莲第一次听说，麻糖是光脚踩出来的，她用疑惑的眼神看着王先。

小莲津津有味地吃完了大饼，脸上布满了解馋后的喜悦，溜溜发亮的大眼睛目不暇接地看着周围的热闹。她边走边掏出糙纸包着的麻糖，左手端着，右手拇指和食指夹起一坨麻糖，左看看，右瞅瞅，怕粘着手又怕弄脏麻糖，把硕大的一坨麻糖全塞进嘴里，嘴被塞得满满的。小莲张大嘴想用牙嚼碎它，可怎么也回转不过来，索性不管不顾地由着麻糖在嘴里慢慢融化吧。

说书摊前站着许多人，也有拿着马扎凳子坐在前面，天天来听书的闲人们。说书人是个中年男子，黑黑的长须随着嘴巴一张一合而有规律地抖动着，身穿藏蓝色长袍，左手摇着纸扇，右手拿着块醒木，正讲述着宋朝杨家将的故事。看那说书人瞪起双眼，鼓起腮帮子，把右手一扬，"啪"的一声，将醒木狠狠地拍到桌面上。

"想听杨六郎被困雁门关，穆桂英如何解围，请听下回讲解！"

说书人醒木猛拍，吓得小莲愣一下，可嘴里的麻糖粘着牙齿，喊不出声来，一口唾液呛了嗓子，弯下腰蹲在地上咳嗽个不停，脸憋得通红，两手光摇动说不出话来，眼泪成串往下流。王先看到便急了，将黑黑的粘着泥巴的手指伸向小莲嘴里，可怎么也伸不进去。小莲摇动胳膊，推挡着王先的脏手，急得不住气地跺着脚，泪水和鼻涕混杂着糊满了嘴和脸。王先看着小莲这样更急了眼，不管不依地抱着小莲的头，嘴对嘴猛吸起来，一心想把麻糖吸出来。小莲被抱着头，动也不能动，一会儿麻糖化开了，牙齿也能动了，咳嗽停止了。小莲使劲推开王先，含着眼泪笑着说："真不进眼，老想占人家便宜。"

"我那是在救你，而待一会儿就憋死了。"王先说完，又拉着小莲走向下一处人群聚集的地方。人们拥挤着在看什么，还有几个红衣汉子维持秩序，推着人们往后靠。王先使劲拉着小莲，低着头硬钻进了人墙中，也顾不上听人们的骂骂咧咧。

是赛脚会现场！已有一拨姑娘平躺在一排早已铺好毛毡和绒毯的木板上，姑娘们的头都垫得高高的，每人头上都盖着一块五颜六色的纱巾。头纱都是苏杭产的蚕丝细纱做的，每块三尺见方，上面绣着精美的花、鸟等图案，有桃红色带黄色花边的，有翠绿色带金色花朵的，还有粉色的、黄色的、湖蓝色的，各式各样的精美头纱盖在姑娘头上，煞是美观。姑娘们的身子用厚毛毯盖着，只露出一双双小脚。

赛脚会上出现的小脚都在三寸左右，被称为"三寸金莲"。赛台上一双双绣花鞋精致得像一件件艺术品。绣花鞋三寸大小，鞋前面尖尖的，覆一层圆润的胶头，梯形鞋帮上绣着各式各样的花草图案，有黑色礼服线鞋面绣红花金边的，有杭州产厚面紫红绸缎鞋帮上绣墨绿和黄花的，也有绣鸟儿、蝶、马儿的……

　　一双双绣花鞋都是用蚕丝线一针一针细细绣出、密密缝制而成，双双精致美观，引人遐想。这一拨展示完毕，下一拨姑娘又上台展示。人们低语着，私下里比评着脚的形状、大小，鞋面绣花的美观和做工的精细，同时也估量着姑娘的身段和容貌。人们常常固执地想，脚生得小巧美丽的，人也一定差不了。人们想着、评论着，迟迟不肯走开。人越来越多，维持秩序的后生们也忙不过来了，不住地使劲推着人群。无论是农家女儿，还是城里闺秀，都难得有人欣赏自己的双脚。这时，她们反而感到无比的欣慰。若不是爹娘管得严，又怕人们笑话，私下里说闲话，哪个姑娘不想到赛脚会上展示一下自己的双脚和精美的绣花鞋。凡是来赛脚的姑娘们都没想着夺什么冠，只是想身穿时髦衣服走在大街上展现自己的风采，那么自然，那么自信。展示完的姑娘个个低着头悄悄离开，直到走出真武庙。只有城里三道营房的姑娘、大墙后的姑娘和水泊寺的姑娘，出出进进地忙活着，招呼人们进屋喝茶，嗑着瓜子评论着展台上的一双双小脚。

　　这时，小莲盯着赛脚会上的姑娘看个没完，一根手指放在嘴唇边，若有所思，不知想着什么。王先看在眼里，拉起小莲的手。

　　"走吧！别看了，哥背河挣了钱，也给你买一双红色绣花鞋穿一穿！"

　　"穿上那么金贵的鞋，怎么下地干活呀？弄脏了就可惜啦！"

　　"哥背着你在村里绕一圈，让全村人看看，有机会也上赛脚会上和她们比比！"

　　"羞死人了！"小莲低着头噘起小嘴，喃喃地嘀咕着。

第二章

刚到中年的季德刚脸上光滑，依旧保留着年轻时的一对酒窝。他对着刚买回来的一尊大号东洋落地穿衣镜，扶正了紫红色的丝绒头巾，揪了揪藏蓝色细布大褂下摆，做了个左推掌、右钩手、左弓右蹬腿的单鞭打武式。一尺宽的黑色腰围横着一折三，在腰上围了两圈，打了个活结，腰围两头阔大，下端的小穗几乎落到两腿间的砖地上。他转着身子看着镜子里的自己，活像戏文里的武生。

季德刚走出后院堂屋，从角门转到前院。这是一处坐落在大同府和阳门东关下角东北边，坐北朝南的四合院。西墙外，两面杨油坊旗在寒风中微微摇曳着，旗杆木斗上落着几只喜鹊，不停地梳理着羽毛，忽而仰脖张开两片尖喙，"呱呱嘎嘎"地朝院内叫着。前院大门照壁后，宽宽的砖地地面，是徒弟们练武的场地。

晨练刚过，徒弟们早早就去御河边干着背河的营生，把晨练的刀、枪、叉、戟整齐码放到院中左右两边的器械架上。院里打扫得干干净净，东西摆放得整整齐齐。正房是三间掏空砖瓦飞檐习武堂，习武堂门柱上有两片木板对联，左书"强身健体舞枪弄棒山富贵"，右书"陶冶情操书画诗赋写人生"，中间抬头一匾"习武堂"。季德刚漫步转过二门合廊子，将两个磨得明光铮亮的铁球握在手中，不停地上下翻滚着，发出"当当"的金属碰撞声，走到大门高门槛前，左手撩起腿前摆动的腰围长穗，大步抬腿迈出大门，转过左边的石鼓，走到东关主道大街上。大街上来往赶早的行人稀稀拉拉，可关角西南面刘德顺的刘记羊杂馆早早就人头攒动，出出进进甚是热闹。端着大钵儿碗，吸吮着长长的山药粉条，一伙男人们吃得汗流浃背，左手端着碗，右手拇指食指还掐着大头麻叶，蹲在木凳上拨拉羊肚、羊肝、羊肺、羊肠和粉条，辣子油放多了，不住气地吸溜着嘴舌，吧嗒着嘴，大口吃着。香得人们个个满头大汗，连嘴角和脸上那红红的辣油也顾不上擦。

"当然好吃，正宗脏腥味，锅里放着羊粪蛋，你不知道吗？"

"尽瞎说……"人们边走边开玩笑，走向东面河边的一群人中去看热闹。

季德刚左手搭着"凉篷"，眯着眼瞅着宽宽的河冰，冰面西边的一伙人指手画脚地在吵吵着什么。他加快了脚步，隐隐听到新招来的徒弟张聚财那细嫩的嗓音。

"大哥，上次不让你来背河是为你好，背河多危险，这可不是开玩笑。"张聚财的娃娃脸上满是焦急。

"球大娃子，上次就是你撺我。老天的河道谁都走得，你们凭什么拦我？"王先推搡着张聚财，准备招呼过河的人们。

"后生别猖狂，没有季德刚师傅的同意，谁都不能背河。"另一个徒弟插着话。

"季德刚？你把他叫来评评理。"

"没大没小，让你长长记性。"

季德刚的五个徒弟拦住王先，一群看热闹的闲汉和急着要过河的人们围了一大圈吵吵着。"打，打，打……"

其中一个徒弟揪住王先的领子，往人群外拉搡。王先的大水裤拖拉到地上，蹒跚着被拽出十几步。其他几个挽着袖子，摩拳擦掌，忙着要教训王先。

"住手，刘旋放开手。"季德刚拨开人群，走上前来喊喝着徒弟。

"后生，你穿成这样要干啥？叫啥名字？哪儿的人？"季德刚上下打量着王先，寻思这后生膀宽腰细，一副习武身板，像是练家子。

"季师傅来了？这是河对面曹夫楼村的浑小子，成天好打架，来了几次硬要背河，我拦了几次就是不听劝！"张聚财看着师傅，腰杆顿时硬了。

在大同东门地界，一般没有季德刚搞不定的纠葛，所以看见王先搞事，他并不太在意。

"您就是季德刚师傅，早就听说了。我想背河，您的徒弟不让。靠山吃山，靠河吃河，饮马河边的人讨生活去背河，还要份子钱？官府都不管，请问季师傅为什么不让别人背河，只许季家背？别人背河还要收份子钱？这是哪门子的道理？"王先理直气壮地质问季德刚。同村来的二娃怀着忐忑不安的心情站立在王先身旁，不住气地瞅着王先和季德刚。

"你就是去年夏天，河水中救人的后生吧？好后生，水性不错。不过提醒你，背河不安全，你要对自己负责，也要对别人的安全负责。你知道历年来在背河的过程中出现过多少事故，每年有多少人淹死在饮马河，又有多少贵重的财物流失在饮马河？"

"听说了，我也清楚，但不清楚堂堂习武堂收啥份子钱？"

"小伙子，你误会了，这个钱都拿来修桥补路做善事了，习武堂明人不做暗事，时间长了你就知道了。"

"噢，原来是……"王先嘀咕着，怀疑地看了看二娃。

"伍有良，你带带王先这后生。看样子，这后生挺能干。你给他讲讲背河的五不背，看看饮马河各段的地形水文和四季水路的变化，注意安全，多管管这些师弟，别整天打架生事。再发生这类事情，我拿你是问！"

"是，季师傅，这事交给我一定办好。"伍有良急忙接受师傅的训导和安排。

季德刚的大徒弟伍有良拉了把王先的衣襟，督促着说："还不快谢过季师傅，季师傅宽宏大量，对你是特别照顾！"

"谢了，季师傅！大人不记小人过。听人说季师傅乐善好施，同情庄户人，果不虚传。我没和您打招呼就急着讨生活，破了您老人家的规矩，实在对不住，我给您赔不是了。"

"没事，不知者不怪！听说你这后生有股蛮劲，十里八村没人敢惹。小伍，你带他时多说说河面上发生过的事情，不要出了岔子，穷人家的孩子出点状况担当不起。告诉大家不要难为他，他也没用咱家的家伙什，份子钱暂不要收，以后再说。大伙都相互帮衬着。"

"谢季师傅宽恕，我日后一定登门答谢。"

几日来，伍有良一直领着王先和二娃在饮马河上转悠，讲述着河道上的一些趣事。他引着王先、二娃走到路边一石碑前，石碑上刻着：

独自勿涉水　　结伴三人行

日落莫过河　　夜行多不测

夏季山洪多　　水深不得过

冬河道不明　　暗流冰易裂

禁物通缉人　　莫背有规则

伍有良指着石碑，讲述着背河中的"五不背"规矩。

"这第一条，不允许一个人单独去河里背河，最少要三人以上集体行动。背河危险，容易出人身事故，出事后无帮手避险性差。再说，被背的路人也胆怯，丢失东西说不清，背女人难以避嫌。"

"二是太阳升起前和太阳落山后不许背河。河道不明显，看不清状况也易丢东西。"

"三是夏天发大水、有山洪时不许背河，河水没过前胸不许背。"

"四是冬季摸不清河道，暗河冰冻不足一天，不许背人过河。"

"最后一条，官府禁用物资、通缉人犯不许背。"

伍有良将这"五不背"反复地讲给王先听，同时要求他一定牢记心中。

伍有良在前面边走边介绍着河道规矩，特别提到夜里走河道要注意观察。

"白水黑泥灰道道，晶咯瓒瓒冰面面。"

"伍哥，怎么说？你讲详细点。"王先看着伍有良的眼睛，认真地倾听着。

"夜里看到白色的路面，一般是水洼或水流，黑色的一般是泥路，灰色的一定是硬实的道路，银白色闪闪发亮的是冰面或雪面，这是一般规律。但在不同光的照耀下，也可能有不同的颜色，这要凭经验和感觉来判断。"

伍有良边讲边走，走到人们经常走的大路上，看着那深深的车辙沟沟直通那厚厚的冰面，停下脚步，继而又向冰面走去，用棍敲打着冰面。

"你看，这里的河面比其他地方窄了许多，因常年走车走人，泥沙越积越深，比较危险！"

"我看，从这地方过河省了不少冰路，路短省力，怎么没什么人从这儿过呢？"王先怀疑地问。

"问得好，别看这儿和别处没什么两样，但隐藏着巨大的危险。深秋后，上冻以前，车马人员都从这儿通过，流水把车马人员踩踏起来的泥水冲走，把平整的河底冲出了个大坑。河水少时没什么问题，可一旦发洪水，这儿的水最深也最急，过河的人们一定要当心了。"

"到了冬天，河面结冰，水浅处冰面已达二尺，而大道上的冰面却迟迟不肯冻结，三九天天寒地冻，虽然结了冰但冰层不厚，不可轻易在上面行走。过了腊月，大地反阳，冰开河流，水温上升，加上冬季气温变化，冰面开裂，更是险上加险。

我们背河的人一定要小心，不能走这儿，也要劝说路人不要走这儿。劝说和组织人们安全过河，也是我们的责任。人们都不走这里，皆因我们的指挥和拦截。"伍有良讲到此处，回想起了河上发生的一件趣事，"去年夏天……"

夏季的饮马河正多姿多彩地变换着嘴脸，河面有时就像一只温顺的羊羔儿咩咩地叫着，偎在你的怀里百般娇怜；有时又像草原上的野马奔腾着，咆哮着，撒着欢地淘气。

雷雨暴风肆虐了三天三夜，瓢泼的雨水洒向山岗、草原、大地，饮马河沸腾了，大朵大朵的浪花翻滚着，卷着树枝、杂草、泥巴，甚至石头，冲刷着墙一样的两岸，浑浊的河水滚动在宽宽的河床中。震耳欲聋的河浪声响彻云霄，十里之内全能听到轰轰隆隆的河流声。人们躲在房屋里，畏缩在炕头，蜷伏在被窝里，任凭着闪电、雷鸣、大雨对大地的惩戒。

雨停了，天晴了。一轮红日冉冉升起，照耀着饮马河，像一幅暖色的山水画。远处山顶被阳光照得泛起金色，暗褐色的山谷呈现在画卷上方，河水如山谷中飘洒下的一条黄色彩带，由远及近地铺满了画卷。宽阔的浅黄色河床，闪烁着被山洪冲刷过的坑洼。河滩上，条条弯曲着、扭动着的潺潺小溪，忽闪着耀眼的光彩。

走到近处，那黄褐色的河流还急促地流淌着，像小马驹打着滚撒着欢。河两岸的人群不安地躁动着，等了几天准备过河的人们急得团团转，货物、马车、商品扎着堆儿地放在河滩高处。季德刚涨红着脸，高声喊着，维持秩序。

"大伙别急，慢慢来，咱们一拨一拨地过河。货物和货主同时过河，不要落下东西。"

夏天，饮马河流水深、急时，背河的后生们一个个脱光了衣服，赤裸着紫红色的健壮身体，腰间裆下围着小小的遮羞兜布，长辫子紧盘在头顶。货物大多顶在头上，每人腰间绕着一条窄窄的布条，布条上系着一个铁钩，铁钩又紧扣在一根粗长的大麻绳上，排成长长一队，长队两端的人把麻绳紧系腰间，背河的人相互牵拉着麻绳，作为牵引绳，拉开距离。头顶肩扛着货物，凭着好水性和对河道的熟悉，往返两岸。有的双肩"驾马"着路人，搂着或抓住他们的脚踝，尽量不让河水湿了他们的脚和衣服。马车过河时，先卸下货，再捂住马眼，打马过河，到对岸再把背河人头顶肩扛过来的货物装上车。背河人手挂着长长的杆子，口里喊着号子，慢慢迈开腿，试探着，揣摩着，行走在湍急的黄褐色河流中。那粗麻绳被背河人牵拉得紧绷绷，随着河流的缓急左右摇摆着，像一串拉直拉紧的佛珠，在水中不停地摆动。远远望去，像一队贴着河面飞翔的大雁，一排排，一行行，时而徘徊在饮马河两岸，时而飞落在潮湿的河滩上，啄食着路人馈赠的吃食。

晌午，来往的过客渐渐稀少了，货物也搬运得差不多了，剩下的都是些准备出城走亲家或进城办事的妇女们。背河的后生们抢着背年轻漂亮的姑娘们，说着暗语斗着乐，嘻嘻哈哈地过河。

背河的后生中有个叫佟春的，生性腼腆，五大三粗，愣头愣脑，二十五岁了还是个光棍，背河时大多背货物，最重最脏的货物都是他背。

他很少背人过河，尤其不敢背女人。背河的后生们自十六岁起就陆续结婚了，过了十八就算大龄困难后生，不是家贫就是身体有点问题，佟春就是既贫穷又有问题的那一个。背河的后生们给他起了个外号叫铜锤。今天，岸上只剩下背女人过河的活了，不背也得背，佟春很不情愿地背了个胖乎乎的村媳妇，红着脸，闷着头，急匆匆走进河道，挂上绳钩，没走几步就进入埋腰的深水区。背河的后生们一律紧握着女人的小脚，走到没胸的河水时都得端高路人伸直的双腿，避着浪花向对岸走去。

佟春因上次背了个姑娘吃了大亏，让媒婆狠狠打了几个耳光后，一直耿耿于怀。今天又碰上个女的，心里又是忐忑不安，又是不情愿，小心翼翼地用手背端高女人的腿走向河道。想到上次被揍，心里一直懊悔、恼恨着自己的无能，再不敢有一丝瞎想。眼前一片茫茫，佟春脚下踩着河底胶泥，身子一滑，肩上的女人叫喊着滑落到河里。佟春翻手一抓没抓住，等解开绳钩，那女人扑腾着，已漂向下游两丈远。佟春急促划动着双臂，游了过去。其他背河人头上都顶着货物或双肩"驾马"着人，腾不出身子，只能眼看着，嘴里喊着："救人，快去救人。"

这时，王先干完早活路经河边，想看看背河，猛见有人落入河里，在水中不停地挣扎着、叫喊着，二话没说，衣服也没顾得脱，"扑通"跳入河中，斜插入水，迎面拦截落水者。王先身体壮、水性好，急游了十几下，抓住村媳妇的脚腕，拖着向岸边游去。这时，佟春也游了过来，帮着王先一起救起了村媳妇。村媳妇上岸，低着头呕吐了几口黄水，也没什么大碍。王先看着佟春，想起人们传开的铜锤背姑娘的窘事就想笑。

伍有良和王先边走边回忆着去年那件事。伍有良顺手从一个徒弟手中拿过一根长长的木杆，对王先说："说起背河，长杆的作用不可忽视。长杆子是背河人的第三条腿，水流大时用杆子支撑，不怕被河水冲倒，还可用杆子试探河道的深浅、河底的软硬。试探下来，如果河底硬硬的或是略松散的沙质河床，可以放心通过；如果河底黏黏的，拔杆子费力并夹带着胶泥，则不可通过。去年，有个东面来的过客不知道河底情况，误走到胶泥河道，脚陷到了泥里，越陷越深，被活活淹死。"

伍有良说起河道的事津津有味，话匣子打开，滔滔不绝。王先不厌其烦地听着，认真地琢磨伍有良的每一句话，细细品鉴着其中的道理，忍不住频频点头，渐渐露出佩服的神情。王先抬起头看了看，今天的阳婆跑得这么快，一转眼都快过午饭点了。

"伍师傅，不，大哥，今天晌午我请客，请你吃羊杂。东关刘记羊杂馆的粉杂特好吃，也不贵。"

这几日，伍有良给王先讲解了许多背河的经验，王先想好好谢谢他。伍有良看王先直爽痛快，有义气，有担待，也不再客气，点点头跟着王先边走边聊，很快就到了东关关角口刘记羊杂馆铺门前。

刘记羊杂馆在大同府东关西南，一间不大的铺面，一进屋就是一张方桌，后厨不足一间屋大。老板叫刘德顺，中等身材，穿着一身黑粗布棉衣倒也干净，白围裙像是昨天刚洗过，上面一个糙点也没有。刘德顺见二人进来，招呼道："王先，多日没见，稀客呀！几位？里面请！"

"刘师傅，我们就两位，来两碗羊杂，多来点肝子，多放辣子，再来一盘羊头拌粉，一盘炒三鲜，来一斤高粱烧酒，六个熏肉夹饼！"

"好喽！"刘德顺答应着。王先和伍有良慢慢坐下，拍了拍手上的泥土，像久别重逢的老友一样有说不完的话。伍有良讲述着这几年去太原、北平押运货物的事情，特别讲到去内蒙古遇到的风险。声音一会儿提得很高，像山洪暴发，轰轰烈烈，一会儿又放得很低，像在耳边窃窃私语。

"内蒙古虽然凶险，但是个养人的地方，人少地多，一年打下的粮食够吃三年，尤其内蒙古人特别憨厚，你在蒙古包白吃白住一个月，他也不烦你。就是天气变化无常，尤其到了冬天，下起鹅毛大雪，冻死人、牲畜是常有的事。像咱们吃的羊杂碎，内蒙古人不吃，都喂狗了。"

王先瞪大了眼睛、张大了嘴，不敢相信这么好吃的东西都浪费了。今天请伍有良这一顿饭菜是王先一年也吃不上的，他今天遇到了伍哥高兴，人常说过日子不得不仔细，待客不得不风光，今天他就要个大方，风光一次也值！

"伍哥，你下次再去内蒙古也带上我见见世面？"

这时，一个季家徒弟急匆匆跑进刘记羊杂馆，找到伍有良，说："大师兄，师傅找你！"

"什么事，慢慢说！"

"大路冰面上一辆从五十里铺来的花轱辘大马车陷在冰洞里了，让你赶快寻人去营救。"

"人有事吗？"

"人是没事，赶车的把式忙活了半个时辰，车越陷越深，辕骡被压在辕杆间，众人抬了几次都失败了。车把式求救，找到了季师傅，师傅已答应让咱们快去帮忙！"

"走，我先去，你赶快再找几个人，把背河的弟兄们都招呼上！"

伍有良大步流星地往大路的冰面赶，王先也匆匆跟在后面。到大路旁冰面上，只看到一辆花轱辘大马车的大木轱辘足有半截埋在冰面下，水不住地从冰下涌了出来，从摔倒的骡肚下流过。高大的骡子被辕条上的马鞍紧紧压在冰面上，骡子把头高高抬起，又狠狠摔下，骡眼瞪得圆圆的，布满了血丝，无力地看着人们，像在苦苦哀求。人们七手八脚地忙着抬辕条，刚刚抬起两尺高，车的前半面加上骡子的重量就令辕条又重重地压回骡身，骡子被压着，无力地喘着粗气，嘴里流出黏糊的液体拉着长丝。伍有良跑上去掏出腰间的腕刀，把骡子的肚带和骡肩上的皮条"嗞嗞"几下全部割断，招呼人们抬起辕条，叫后面的人压着车后板，数着"一二三"使劲。车辕一下被抬了起来，辕骡划动两条前腿，一使劲站了起来，站稳后移动了几下蹄子，大大地打了几个响鼻。

伍有良招呼大家边抬边往前推大车。

"车把式打套马，赶快往前走！"伍有良使劲抬着下陷的车轱辘。轱辘有近半人高，由硬榆木制成，二寸厚的轱辘边上钉了一圈铁箍条，每一颗铁钉加上圆铁，像把玻璃刀划在冰面上，往前每走一寸，冰面裂纹就加深一些，还伴随着"叭叭"的响声。

"快往前走，大伙使劲，冰要裂了！注意脚下。"

　　大车缓缓向前走动着，刚出五步远，只听"咔嚓"一声，伍有良脚下裂开一个大洞。伍有良向后一跳，又一声"咔嚓"，冰面塌了下来。伍有良瞬间落进水里，双手扶着冰的边缘，可那冰面随后也塌了下去。只见伍有良双手乱划着，被水流冲到了冰面下，不见人影。人们急了，大喊着救人。王先一看情况不妙，随手抄起马车上的磨杆，割断磨杆上的皮绳，使劲砸着冰面，砸开三块冰也没见伍有良身影。这时，他又把大车上的麻绳绕在腰上两圈打了扣，喊着："大家拉紧绳子，看到我摇动绳子，就往外使劲拉。准备好，我下去了！"王先一头窜到水里，往冰面下游走去。王先边走边摸索着，走了几步，用手抓住了不知是伍有良的手腕还是脚腕。他使劲摇动着腰间的绳索，冰面上的人们看到绳索在抽动，忙喊人使劲拉。拉了三丈绳子，王先和伍有良先后被拖上了冰面。此时，伍有良已闭上了眼睛，紧咬着牙关。"掐人中！"人们手忙脚乱地掐伍有良人中，又脱去他的上衣，揉搓他的前胸。王先看伍有良没有反应，又急又恨地捶打着他的胸膛，高喊："伍哥，你刚和我拜了把兄弟就一个人走了，你咋这么不够意思，不要兄弟啦？"

　　捶打了十几下，不知是使劲过大，还是打对了地方，伍有良一张嘴，从鼻子、嘴里喷出一股水，大大地出了一口气："娘呀，冻死我了！"

　　"活了，活了，伍有良醒过来了！"人们赶紧为伍有良披上大皮袄，把他身子紧紧地裹起来，抬起他就向东关季家院子跑去。直到此时，王先才感觉身上刺骨的寒冷，全身抖个不停。二娃帮着他脱了湿棉衣，围上了皮袄，扶着他小步慢跑回到了家。

　　伍有良被兄弟们抬回季家大院，安顿到西下房躺下。厨房送来一碗小米稀饭，张聚财用小勺喂伍有良喝了半碗，他的脸色渐渐红润起来。

　　"小伍怎样了？"季师傅匆匆走进西下房。

　　"不碍事了，刚喝下一碗粥，好险呀！若不是王先钻到冰下捞起伍师兄，今天，师兄就算完了。"

　　"王先呢？"

　　"没注意，王先没事，可能回家了。"

　　"赶快把他请来，我们要谢他！"季德刚吩咐着徒弟们。

第三章

　　清明过后，饮马河几乎干涸了。季德刚指挥着徒弟们用木橼扎起过河的便桥。柳条编成的席子平铺在扎成的桥架上，紧贴着清澈的河水。半里长的便桥上，人来人往踩得柳席"吱吱"直响，孩子们蹲在桥面上捞着小鱼小虾，迟迟不肯离去。大地开始泛绿，不知名的水鸟低掠着水面，不停地来回飞翔。暖暖的阳光照得背河人直伸懒腰，一冬天的劳累过去了，总算有了一段歇息的时间。

　　春耕已有一段时间，庄稼把式扬着鞭子，驱赶着耕牛慢悠悠地犁耙田地。刚下透了一场春雨，翻起的一垄垄深褐色泥土，散发着潮腥的气味。没有土地的庄户人贪婪地看着翻起的泥浪，抓起一把泥土嗅了嗅，狠狠地摔在地上，抓起铁锹向饮马河走去。饮马河沿岸到处都有挖渠开畦的农民，等待夏季洪水来了，澄出一块田地。

　　王先和二娃各拿着铁锹，漫步闲走在饮马河东岸马家堡村下的河滩上。他们边走边看着马家堡村不知谁去年新澄出的地，新地犁耙得平平整整，刚种下的农作物，有的已开始冒出嫩芽，嫩黄的两片叶子在阳光下微微抖动着，叶片上面还挂着露水反射着晨曦。王先走进地里，用手轻轻地抚摸着嫩叶，心里一直痒痒着，脑海中隐隐约约地浮现秋天丰收的景象。王先挥了挥手，招呼二娃向河上游匆匆走去。到了一块稍微宽敞的地方，王先让二娃停下。

　　"二娃，就这儿吧！我看这块地行。"

　　二娃环视了周围，周围长着一些茭茭草和低矮的沙蓬草，地势平缓，平整起来也容易，沙土多也好挖。

　　"好吧！就这儿，开挖。"二娃应答着。

　　王先、二娃抡起了铁锹，一锹一锹铲着沙土扬到两边。一会儿，二尺深、三尺宽的渠沟便向下游延伸了两丈多远。

王先、二娃两人用了十多天的工夫，开了一条二里长的渠沟，在渠沟的下游垒了五亩大的一块畦地，畦地四边培起二尺高的畦埂。王先看了看畦埂，说："二娃，我看畦埂还有点低，再培高点、厚点，当心被洪水冲塌了，就白费力了。"

王先上衣都被汗浸湿了，汗水和扬起的泥土混合着粘在俊俏的脸上，像戏台上的大花脸。他和二娃相互看看，哈哈大笑起来，释放着近半个月来的劳累，浑身说不出的舒坦。

"我们有地了。别看这田地小，却是我王先和二娃开出的，是属于我们的土地，谁也抢不走！"

"是真的吗？"二娃高兴地拍着手，像小孩一样跳了起来。

王先抓起一把沙土，用手搓着撒下去，沙多土少，不易留存水分，太阳一晒就干了，种瓜比较合适，种大田则需要河水的浇灌。他看了看饮马河，情不自禁地笑了起来。笑了一阵，他又皱着眉头，算计起种田的事情。种子去哪儿找呢？他犯着愁，来回踱着步，猛一拍手，道："对呀，去找他！去找伍有良大哥呀！他说，有困难可以去找他！"

转眼便到了夏至。这天，大同府西北角城墙上的乾楼上空，翻涌出一团团黑黑的云团。一会儿时间，乌云连成一片，伴随着一闪一闪的电花，轰隆隆地向饮马河飘来。

天越来越暗，一道闪电划破天空。"嘎！"一声响雷在头顶炸开。王先抬起头看着天，一阵凉风卷着黄沙吹过来，远处黑沉沉，云下雾气腾腾，一道道雾柱从云端斜着刺向大地。

"要下大雨了，山洪要来了，饮马河要发大水了，澄地！"王先看着饮马河，猛地醒悟过来，"二娃，快拿铁锹，下河滩！"

"哥，快下雨了呀。你看，人们都从地里跑回来了，我们去河滩干啥？"

"澄地！"

"噢！"二娃拎起铁锹，跟着王先向河边跑去。不一会儿，雷电交加，下起了瓢泼大雨。雨下了足足半个时辰，河里的水由小变大，一股一股地流了下来。一眨眼，洪水推着一堵白花花浪墙，咆哮着冲了下来。王先说："二娃，哥到上游渠口放水，你在畦地守着，看到畦地的水灌满后，举铁锹通知我，我好堵渠口。"

"知道了，你去吧，我守着，放心！"

王先说完，急忙向渠口走去。他想先用洪水灌满畦地，过几个时辰，等水澄清了，便把清水放了，再灌洪水，反复几次就能澄出厚厚的一层淤泥。待淤泥晾干后，翻耕耙平，这畦地就算澄成了。王先冒着大雨，边跑边擦脸上的雨水，模糊着眼睛奔向渠头。他使劲挖开堵着渠口的泥土，挖了十几锹，一小股水漫过渠的豁口，不一会儿，河水"哗"地冲开豁口，连泥带水冲进渠里，像一头花豹子一样冲向渠的下游。不到半袋烟的时间，二娃举起了铁锹使劲摇着，大声喊道："哥，好了，畦子满了，快堵渠口。"

王先看到二娃的信号，铲起满满一锹泥土抛到渠口，可泥土刚到水中就没声没息地和河水一起冲向下游。王先急了，用铁锹一顿猛铲狠抛，想把渠口堵住，但无济于事。王先脸憋得通红，不知是汗水、雨水还是泪水，不住地流到下巴，又滴落进渠水中。这时，洪水越来越大，冲刷得渠口也敞开了大口，直到洪水漫过渠帮，水渠也看不到了，汪汪一片。

二娃高喊着："哥，快堵呀！决堤了，田埂冲塌了，怎么办呀？"

畦埂一段一段地跟着洪水冲进了大河，畦田没了，岸边的小草也看不到了，两腿间的洪水越来越急。

"二娃，快，快向岸边来，向高处跑，危险呀！"

二娃还傻站在畦田里，水流没过大腿埋上了腰，还未来得及反应，只觉得胳膊一紧，被什么力量抛向岸边。

"哇呀！"二娃吓得叫了一声，踉跄着爬上高岸，站稳脚跟，回头一看，王先被洪水冲向了下游。王先奋力游着向岸边靠拢，上了岸拉起二娃跑上高坡，再回头看时，他们刚才站立的河岸也被淹没在洪水中。河水滚滚流动着，把王先和二娃花费一个月垫起来的畦田、渠沟冲得无影无踪。不但他们的畦田没了，饮马河两岸去年和今年澄成和没澄成的畦田，都被洪水淹没了，那刚长起的农作物苗泡在水中，只露出几片叶子，被水冲得东倒西歪，一会儿也不见了。高高的扫帚芨芨草也没了，只有一丛丛酸刺和一簇簇沙枣树还顽强地坚持着。

一场洪水淹没了王先和二娃共同开挖的引水渠和澄河泥的畦田，冲走了他们拥有土地的梦想，也冲走了曹夫楼、马家堡、齐家坡……饮马河两岸所有澄地造田人的梦想。头脑灵活且勤劳的农民们会在饮马河滩头较高处随意撒点种子，如果遇到好天，到秋天收获点粮食，或许能熬过饥荒；如果洪水大了，被冲走也不可惜，就当没种！

王先没有被洪水冲田的挫折打趴下，经过这次的尝试，反而更坚定了他的信心和决心。王先认为，这次澄地的失败在于他们准备不足，渠挖得不够宽和深，洪水来时，没有很好地控制住渠口，让渠和畦地遭到灭顶之灾。

一天，王先又叫二娃去河滩开渠，二娃直摇头，说："我爹让我去给村西头东家二傻放羊，没工夫去开渠了。东家每天给两顿饭，还给一顿干粮，一个月给二十个铜板。三十来只羊也不算多，我能看得过来。"二娃举着放羊锹，显摆着干粮袋，转身走了。

二娃边走边低声嘀咕："傻子才去澄地，多少年了，也没见人们澄出地来，把你能的，做梦去吧！"

王先低头思谋了好一会儿："我自己去，再碰碰运气，说不定能澄出地来。别人干不成的事，我想办法也要干成，我不能老这么穷着，等着天上掉馅饼。"

"晌午，我不回家吃饭了，让二弟中午往河滩送点吃的。"王先跟母亲打了声招呼，向饮马河河滩走去。

"真是不要命了，晌午也不歇会儿，当心中暑。累了就在树荫下躺一会儿。"母亲疼爱地看了儿子一眼。全家都靠王先挣粮挣钱，他是里里外外的一把手，有点闪失，家里就出问题了。二儿子王生什么活都干不了，让他喂鸡，他把鸡食锅翻倒了，鸡食撒了一地，把自己的脚也烫伤了。

"晌午，给你哥送饭去，不知能不能指望上？"母亲看了二儿子一眼，又接着说，"不行，我和你送一次，让你认认地儿。以后，再让你自个儿去送。"

王陈氏嘀咕着："中午送饭，河湾儿没有人，遇到狼怎么办？真是让人不放心！"

王先在饮马河的东岸河滩上来来回回走了十几趟，观瞧着河滩的地形地势，又反复看了河流的流势和流向，最后选了一块高一些的沙坡地。这块沙地虽然要挖得远一点，费点人工，可是相比起其他地块要保险、安全得多。这次，他暗暗下了决心，说什么也要把地澄成！

他朝手掌上吐了两口唾沫，搓了搓，扬起铁锹挖了起来。这次，他事先量了渠的走向，考虑到渠的宽度、深度，又考虑到渠的坡度，多绕了几步，使坡度变缓，水流就不会太快。这次做了准备，渠的深度也加大了，挖出的泥沙堆在渠两边，渠帮也加高加厚了。他估计着，这块地若是一个人正常劳作，定会错过汛期。不行，得赶在洪水到来之前完成。

王先的那股蛮劲和犟劲上来，谁也拦不住。每天早上天没亮，他就来到滩地，滩地里潮湿的雾气又闷又热，一丝凉风也没有。干了一会儿，他的裤腿、小褂便被露水和汗水湿透了，脱下来拧干了又穿回身上，又冰又凉，激得他打了几个寒战。

阳婆慢慢升起，阳光照在背上暖暖的，他擦了擦额头上的汗珠，伸了个懒腰，手搭凉篷，远眺着真武庙和城墙上的门楼子，心里念着，好美呀！河滩上，老汉杨树叶上的露水在阳光的照耀下一闪一闪，像一颗颗宝石，璀璨夺目。地上的蒲公英开着黄花，爬爬草的蓝色花朵也开了，黄澄澄的一片，蓝莹莹的一片，护着清清的河水潺潺地流淌着。城里的人家做起了早饭，城墙里涌散出一片黄灰色烟雾，笼罩着整个大同府，一股股呛鼻噎嗓的酸味不时飘散过来。王先使劲吸了一口，心里喊着："舒服！"他向往着，什么时候有了地，有了钱，也到大同府好好逛逛，买点好吃的孝敬孝敬老母亲，穿上好衣服也让季家徒弟背着过过河。想到这儿，他按捺不住地笑了："听说城里姑娘可漂亮了，一个比一个俊，啥也不干去看看也行。"

突然，肚子"咕咕"响了起来。

"填饱肚子就不错了。"王先自言自语着解开腰带，从大襟怀里掏出两个山药蛋，狼吞虎咽地吃了起来，嘴里不时发出呼呼的喉音，吧嗒嘴的声音隔着大老远就听得清清楚楚。这时，他脑子里闪过饭馆里的扒肉条、糊肘子，大街上花里胡哨的各色商品，什么麻叶、油果、熏肉套饼……忍不住咽起了口水。

晌午的阳婆直射大地，把东塘坡的沙土晒得直冒青烟。河湾的草蔫了，老汉杨树叶也打了卷，王先的背上凝结了一层水珠，擦干一会儿又浸出一层。他伸了伸晒成烧猪肉色的胳膊，手搭在眉间瞭到沙梁上。

"今天的午饭怎么还没送来？"

远处沙梁上走来一个人，头戴着白羊肚头巾，手里拿着羊铲，朝后面呼喊着。接着，又出现了一片灰白色羊群。

"嗳，我当是谁？是二娃你这小子，几天没见挺想的。"王先喊了一声，"二娃，过来哥这儿，快点！"

二娃不紧不慢，赶着羊群下了沙梁，时不时地用羊铲铲着土疙瘩，打着想跑远的羊。

"哟呵！"一块土疙瘩冷不防飞了过来，王先没注意，向后急躲身，不偏不正被打在了大腿上，好一阵疼痛。

"先儿哥，我好靶子好手劲吧，这几天练得百发百中！怎么，饭还没送来？正好先吃我的干粮。"二娃边说边蹲下身子，从背着的褡裢里掏出一张莜面和白面烙的饼子。

"先儿哥，你尝尝，可好吃了。东家给烙的干粮，我不舍得吃，拿来给你尝尝。"二娃拿了一块饼送到王先面前。

王先接过咬了一口，不住点头说："好吃！啥面烙的，咋这么好吃？东家挺好，真舍得给你。"

"东家说了，我正长骨头长肉，不能亏了身子。"

王先大口嚼着饼子，听二娃讲述着这几天放羊的故事。

"我跟老羊倌学了几招，放羊得把头羊给制住了，制住了头羊，其他羊就好管了。头羊到哪儿，羊群跟到哪儿，省劲多了。"二娃讲得津津有味，滔滔不绝，唾沫星子乱飞。

王先看着二娃眉飞色舞的样子觉得很好笑，不由得叹道："二娃离开几天长大了，出息了。"

沙梁上又出现了一个人，身穿粉红上衣、绿裤，黑带裹着裤腿末端，一蹦一跳地走下了沙梁，提溜着装饭的瓦罐，大摇大摆地走过来。

"不怕把罐里汤汤溢出来？"二娃笑着说。

"哪有汤汤，今天，大娘给拿的是鸡蛋碰糕，还有几个蔓菁咯棒。"小莲脆生生地答道。

"今天真有口福，赶上吃黄糕炒鸡蛋了。"二娃打开饭罐，一看两个圆溜溜的紫红色的高粱糕蛋儿，当下就有点失望。

"糕还挺软，鸡蛋炒得也香，是你炒的？"王先问道。

"今天，我多搁了点胡麻油，看这颜色多黄。"小莲转转眼珠，看向远处的羊群，又说，"二娃，你看那羊都跑了，还不快去追羊！"

小莲支走了二娃，低着头嘟囔道："我爹和我娘这几天悄悄商量着给我说婆家，你看我咋办呀？我心中也没个谱，愁死人了。"

"你看我怎样？配不配当你家女婿？"王先半开玩笑半认真地说着。

"没个正形，死样！"

"我爹和我娘倒是说了，隔壁王家先宝勤快又灵活，为人又好，是个孝敬父母的娃儿，左邻右舍都夸先宝是个好后生。先宝人长得英俊魁梧，配咱家小莲绰绰有余。我爹说，只可惜王家太穷，父亲去世早，光顾着母亲和弟弟，怎能养活了咱家小莲，他今年身子骨也不行了，干点活就头晕，腰腿也疼。小莲下面还有两个弟弟，不找个好人家，咱们也没法生活。"小莲学着爹娘说话的语气，一口一个"先宝"，以乳名打趣王先。

小莲从小就喜欢王先，两人青梅竹马一同长大，有说不完的话，说话也不在乎方式，有啥说啥。尤其这几年一见到先宝哥，她心里总像揣了只小兔子，脸上的两个小酒窝也不知不觉地红润起来，心里总是有一股说不出来的滋味。一天见不着先宝哥，人就像丢了魂似的。小莲娘也看出来，所以赶快和老头子刘佃洪商量着给小莲寻婆家的事。

小莲早晨干完家务早早到了王先家，一进院门就看到王先娘忙着喂鸡、推碾子。王陈氏一早把黍子脱了皮碾成面准备蒸糕。

"今天活多忘了做饭，小莲来了，快帮大娘生火蒸糕。"

小莲坐在矮小的木板凳上拉起了风箱。风箱有许多年头了，不知用了几辈子，两根风箱木杆磨去了多半，风箱里的鸡毛也快磨光了，轻飘飘的，拉起风箱只听挡风铁片"咣当"直响，拉出的风力也不大。

"大娘，风箱里的推风板鸡毛磨光了，有空我给您拆开加点鸡毛吧，光推拉不见吹风，烧火就慢了。"

小莲添了柴火拉着风箱，"咣当咣当"地吹着微弱的火苗，火苗在锅底旋转着飘向炕洞里，一会儿糕蒸好了。

"大娘，您揣糕，我再炒个鸡蛋。"

"天气热，先宝在滩地里的活儿重，该吃几个鸡蛋补补身子。"王陈氏边说边从水瓮里舀了一瓢凉水，两手浸过凉水，伸向瓦盆里刚蒸熟的滚烫糕面上，先用左手压一压，翻过来再用右手揣一揣，在瓦盆上抹点儿麻油，翻过紫红色的高粱糕，拍拍糕蛋蛋，这就做好了。

小莲剥好葱切成了葱花，锅里倒了一摊麻油，手里打着半碗鸡蛋，王陈氏看着锅里的油悄悄撇了撇嘴喃喃道："真舍得倒这么多油，够我炒五六盘菜的。"用足了麻油炒出的鸡蛋黄黄的、嫩嫩的，看着就好吃。王陈氏每次炒鸡蛋都要掺点儿白面加点儿水，油也放得少，炒出的鸡蛋白寡寡的，不如小莲炒的好看好吃。

王先听完小莲的话，沉默了，低下头眼前一片茫然，心里的滋味说不出是苦还是酸涩，眼泪没流出眼眶反倒从鼻子流到嘴里。那又苦又涩的泪水淹着心泡着肺，王先嘴里喃喃道："我要想法，想办法娶你，小莲你别走！"

小莲看着王先呆呆地站在湿滩上，像根戳在地上的木桩一动也不动，轻轻地喊了几声也不见动静，只好转身挪动着两只小脚慢慢地走了。

王先慢慢放下铁锹，双手越攥越紧，猛地举拳伸向天空，双膝跪地，大声喊着："老天呀，给我土地，帮帮我王先吧！王先渴望有土地，渴望有钱粮。土地是农民的生命，有了钱粮才能养活老娘和弟弟。"他顿了一下，又高喊道："小莲呀，我王先没办法娶你呀！请原谅我吧，你走吧，去找你的幸福。我不想你跟着我一辈子受苦受累。"

王先站起身，发了疯似的挥动着铁锹，把怒气都用到挖渠上。从这天开始，王先每天更早来到地里，晚上更晚回家。

挖渠垫地一般需要三个月，王先一个月就完成了。那宽宽的加高了渠帮的引洪渠沟整理得平平整整，光光滑滑地延绵了三里远，圈起来的畦地也够十亩多，畦埂加高了加厚了，用锹拍得光光的平平的，就等灌几场洪水就可以种庄稼了。王先看着自己一个月辛勤劳作的成果，憧憬着未来。

"年年澄田年年冲，你作罢来我紧跟，劳神费功空一场，我祖保佑哪年丰。"

"这是谁尽说丧气话，不吉利！喂！说点祝福的话。"王先站起来转头一看，噢，是真武庙老道长柳劲枝。柳劲枝道长今年七十一岁，一身仙风道骨，走起路来飘飘忽忽。他白发白须，穿一身白绸大褂，下身白绸缎大裆裤，一条深灰色腿带裹着脚腕和小腿，一双麻布牛舔鼻涩鞋踏在脚上，走起路来一阵风。王先和柳道长早已认识，常去庙里听道长念经和讲老曹福舍身护送曹玉莲的感人故事。柳道长用炯炯有神的眼睛看着王先，右手捋着银白胡子，左手指着刚挖好的渠畦。

"王先后生辛苦了，这活干得真漂亮！你们村里没人能比得上你。我说后生，凡事都要顺势而为，不要拗劲蛮干，这畦地恐怕……无量神祖。"道长边嘟哝着边迈开碎步飘忽忽地走了。王先被说得一头雾水，不理解道长说了些啥。管他呢，等农闲时再上真武庙请教柳道长也不迟。

　　饮马河的冰全都化了，春末又下了一场罕见的透雨，河水再次翻滚起来。王先高兴地拿着铁锹和准备了多时的木杠、草袋，向河滩渠头跑去。王先到了渠口，看到河水也涨了起来，浑浊的河水由黄变暗，稠稠的黄泥汤冲刷着堵在渠口的土。王先用锹挖了个大口子，河水涌进了渠沟，缓缓地流向整理好的畦地。一袋烟的工夫，下游发来了信号，示意畦地水满了，闭渠。王先把两根木杠横在渠口，把装满泥土的三个草袋抛向渠口，水被堵住了。王先赶紧用土培厚加高渠口，河水堵到渠口外面转个弯流向河的下游。成功了，王先第一次露出满意的笑容，脸上那浅浅的紫铜色酒窝泛着红润，大眼眯起，慢慢滚出两粒"珍珠"。他握紧拳头，伸着脖子对天高喊："小莲，我成功了，等着我！"

　　经过几次灌洪，又静置了一夜，畦地澄成了。过了几天，畦地晾干了，王先深翻耙平土壤，碾碎土疙瘩，种上高粱、谷子，还特意在埂边种了几十棵玉蜀黍。想着等到秋天掰下来给小莲吃，小莲最爱吃烤玉蜀黍了。

第四章

从曹夫楼沿着饮马河一路下去，经过沙岭、小南头直到艾庄都是饮马河湿地。湿地里有着多种植被以及大大小小的水洼和水湾。艾庄村西对岸是个四百户人口的大村庄，叫北村。北村多半人家姓昝，昝金是昝万山的大儿子。昝金今年二十岁，出生在殷实的农家，从十六岁开始说媳妇，一直说了四年也没说成，媒婆换了十几个也不中用。昝金个子不高，小时候得了天花，天花医好后留下一脸麻痘。昝金老实憨厚，总觉得自己有点儿缺陷，不爱见人，非常腼腆，一急就结巴。

端午节后的第六天风清气爽，阳婆升起一竿子高。曹夫楼西沙沟，两头驴各驮着一男一女，摇摇晃晃地走到村口，老远就听到驴脖子上的串铃声。骑在驴背上的男子头戴黑缎瓜皮帽，帽顶上一颗核桃般大小的红色彩珠彰显着富贵，此人正是昝金。昝金左手扶着雕花木马鞍，右手紧握着牛皮短柄马鞭，红光满面，藏蓝色绸缎衣裤干净利落。后面的驴背上侧身坐着一位年过三十的村妇，鬓鬟梳理得油滑光亮，这是饮马河有名的刘媒婆。刘媒婆满脸堆笑，风韵犹存。二人走进村口，刘媒婆跳下驴背向村头围观的人们打听刘佃洪的住所。打听完，刘媒婆麻利地跳上驴背，向人们指的方向走去，引来了一群村娃跟在后面。

"媒人来了，给小莲说媒来了。"

这下可忙坏了刘佃洪和小莲娘，夫妻俩恭恭敬敬把二人让进屋里，坐稳在炕上。刘佃洪赶紧递上旱烟，拿起铜烟锅和烟袋，手忙脚乱地装好小兰花烟叶，递给昝金。昝金推辞着说不会吸烟。刘佃洪又递给媒婆。媒婆倒是大方，熟练地拿起烟锅。刘佃洪用火镰打着火捻，递到媒婆面前，媒婆伸着烟锅猛吸两口，吐着烟圈，话匣子就打开了。

"老昝家是北村数一数二的富贵人家。村里四百多户人家就数昝金家境殷实、人憨厚，小莲要是嫁过去，吃香喝辣享不完的福。昝金是昝门家长子，他大说了，小莲出嫁，彩礼任娘家随便提，要什么给什么，结婚那天大摆宴席，排排场场，花轿鼓匠，一样不少，二老就等着享福吧。"

小莲娘倒了碗茶水，端到昝金身旁的炕桌上，抬头瞭了昝金一眼，心里就有点膈应。小莲娘问道："小昝今年多大了？属啥的？"

"我……我今年十……十八岁了，属……属……"昝金有点着急，咽了口唾沫接着说，"属羊的。"

小莲坐在后炕，在炕沿边一直低着头，大气也不敢出，紧张得两只手不停地来回搓着，听到昝金说话，抬起头看了一眼。娘呀！昝金满脸疤痘红里透着紫，因刚才着急流下的汗水灌满了一溜痘坑。小莲定了定神站起来，说："娘，我去一趟茅厕，一会儿就回来。"

小莲的第一次相亲就这样结束了。

今年夏天雨水特别少，眼看着又是个旱灾年。村里的人们开始骚动起来。看着小暑没下雨，等到大暑，饮马河上游和大同府北面终于出现了黑压压的一片云朵，凉飕飕的风刮了起来。乌云滚动着向东南方涌去，金红色的天顿时黑得像太阳落了山。

天要下雨呀，人们高兴地把晒的干菜、晾的衣服都收回了家。王先拿起锹，快步向河滩走去。他澄好的十亩畦地上，庄稼长势喜人，高粱、谷子都开始拔节。入夏以来，勉强引入饮马河河水浇了两次庄稼，庄稼的叶子绿油油的，在风中展着叶片，来回摇曳着。再浇一次水，高粱、玉蜀黍就该拔穗灌浆了。王先走到地头抬头看了看黑沉沉的天空，风吹着黄沙，打得庄稼叶子哗哗作响。闪电雷鸣一个接一个轮番闪动着、炸响着。一个响雷在王先头顶炸开，吓得王先蹲下身子，远离树木，窝在洼地里不敢乱动。雨点儿狠狠砸进草丛里，砸在庄稼叶子上，又蹦到地上，眨眼就干了，没留下一点儿痕迹。一会儿，乌云向东南涌去，天空渐渐晴了，灼热的阳光炙烤着大地，人们盼望的雨水又落空了。

曹夫楼村里的几个大户合计着抬龙王祈雨。王世禄家有三百亩旱地、五十亩河湾水浇田，他主动带头出三十块银元，其他几个殷实的农户有出二十块，有出十块的。凑齐了钱，族长便张罗起了祈雨的事。需要一个扮大刑的，给二十块银元，三个扮二刑的，每人十块银元，五个扮小刑的，每人五块银元。吹、打、弹、拉的鼓匠都是雇来的，其余人管饭没工钱。

王先也报了名，对族长说："我不当大刑，我怕脸上破了相，以后娶不上媳妇。"

"不许你去，胳膊上挂上钩、镲、铙全八件，要流好多血，多疼呀！要是发了凶，化了脓，半年也好不了。半年干不了活，哪个多哪个少？"小莲拦着王先，不让他去祈雨。

"好好的农活不干，当什么二刑？"王陈氏也不让去。

"哥哥别去！怪吓人的。"二弟生宝拉着哥哥的胳膊说。

"好吧，我看看再说。没啥，不就是流点血，没什么大不了的。"王先安慰着大家。

祈雨那天，人们从曹夫楼出发，到文瀛湖边水泊寺村的龙王庙里，抬出龙王爷的木雕。八个人抬着龙王爷走在前面，打旗的、撑着幡的、摇着彩绸的随后一一排开，打鼓、敲锣、拍镲、吹唢呐的紧跟其后。

接着，就是扮大刑者。扮大刑者是个四十多岁的彪形大汉，满脸络腮胡须，活像戏里的张飞。眉骨上挂着八大件，两面腮帮上穿着一根长针，血从额头上流下来糊住了眼睛。两旁各站一人扶着他，不住地擦着他脸上、眼睛上的鲜血，疼得他直出着长气打哆嗦。慢慢地，胡子上的血凝固成了一块血饼，伤口也麻木了。扮大刑者在两人的搀扶下，挺胸仰头，迈着四方大步走在队伍中央。

王先他们三个扮二刑的，胳膊上挂着八大件，钩、镲、铙来回晃动着，相互碰撞着，"叮当"直响。王先看着两边热闹的人群，寻找着小莲、二娃和生宝，他知道他们一定会来。王先挺着胸，甩开双臂，雄赳赳地走在队伍中。小莲躲在人群后，偷偷看着王先直掉眼泪。浩浩荡荡的队伍围着曹人楼村转一圈，经过真武庙，又回到水泊寺村，祈雨游行便结束了。祈雨仪式结束后，曹夫楼村的人们就眼巴巴等着老天发慈悲了。

过了处暑，还没下雨，地里的庄稼枯死了不少，谷子长到一尺来高，杆子下面的叶子都黄了，一根火柴就能点燃。大部分谷子都没出穗，出了穗的也像狗尾巴草，高粱、黍子、玉蜀黍更是没抽穗。农民都开镰把半死的庄稼割了喂牲口，连夜种上荞麦应急。

王先在河滩澄出的十亩畦地是阴湿地，今年又引河水浇灌了两次，如今庄稼长势喜人，高粱长过了一人高，玉蜀黍结籽露出了牙粒，黍子、谷子也还算过得去。这意外的收成把王先乐坏了。王陈氏也带着小弟王生来过地里几次，心里踏实多了，默念着："死老汉呀，儿子长大了，你放心吧！"

地里有了收成，王陈氏第一件事就是想给儿子找个媳妇。王先也老大不小了，过了十八岁在当时就算是大龄了。王陈氏第一个想到的就是小莲。一天，王陈氏有意到刘佃洪家串门，和刘佃洪两口拉家常时特意问起了小莲相亲的事，以作试探。

"我家大儿子先宝也该娶亲了，今年咱家庄稼收成好，娶个媳妇添上一口人也能过得去。明年再多澄几亩地，日子会越来越好，要是能娶小莲这样的好媳妇，我就心满意足了。先宝能娶到小莲，那是他的福气，我也能向他死去的大交代了。"

"不瞒你说，小莲二姨在城里认识一个姓蒋的富商，听说那人有一处二进二出的大院，有两个买卖铺面，每年进项就有几百块银元。打听到咱家小莲长相喜人，打算过了八月十五就来相亲呀。"

王陈氏听小莲娘说着，心里酸溜溜的不是滋味，站起来揪了揪上衣大襟，说："妹子，不聊了，我得赶紧回家给先宝做饭去。"

七月初七，传说是天上牛郎织女会面的日子。王先早早走到河滩畔地，见自己种的庄稼长势还行，又走到种着玉蜀黍的地垄前，掰了一筐子大的，向村里走去。走到小莲家门前，喊了声："刘大娘，小莲在家吗？新下的玉蜀黍，您拿去尝尝鲜。"

小莲娘迈开小脚，踩跷似的边走边答应："来了！"

小莲蹦跳到前面抢过筐子，说："噢，这么多，你给家里摘了吗？"小莲斜着瞅了王先一眼，努努小嘴，笑意甜甜。

"没有呢，过晌午再去摘点儿。"王先说。

"不用去了，一会儿煮熟给大娘拿去！"

这时，王先摆动下头，撇努着嘴，指向南面，暗示着小莲。

小莲点点头，放下筐子，赶紧回屋梳了梳头，照了照镜子，换上粉红色单褂。

"娘，我出去一下，一会儿回来煮玉蜀黍。"

"快点回来，眼看就是有婆家的人了，还到处去疯，也不怕人家笑话。"小莲娘边说边把玉蜀黍拿到炕前，剥着外面的几层皮。

"这几年，人们开始种上这个了，以前我们见也没见过。"去年，王先在城里买过一次，小莲爱吃。凡是有什么新鲜东西，王先都要分给小莲家。

小莲娘惋惜地看着小莲远去的身影，叹道："先宝可是个好孩子，可惜……唉！谁让他家太穷！"

小莲走到南沙沟大槐树下，看到王先已坐在土塄上，身旁铺了块小莲前年给他缝制的黄布手帕。王先拍了拍手帕说："坐，听说你娘给你说婆家了？"

"嗯！前几天从城里来了个远房二姨，说是来看看我娘，顺便想给我说个婆家。城里马王庙街南小巷有一个年轻掌柜，今年二十六岁，去年刚死了老婆，据说是难产死的。掌柜叫蒋有伟，想续个弦，高不成低不就的，总是不合适。二姨听说后就想起了我。"小莲边说边揉搓着双手。

"蒋有伟家挺有钱，有一座二进二出的四合院，在小南街又有一处布店，听说每年都不少挣。蒋家想要个能生养的大姑娘，二姨和我娘合计着，八月十五过后就让男方来相亲。先宝哥，你说我咋办呀？"

"蒋有伟今年二十六岁，比你大十一岁，还结过婚，那怎么行？相亲后你找个借口推辞了就行了，不要太在意！"

"哥，我听你的！"小莲听王先说完心里有了谱，这两三天来，小莲心里老像装了块石头一样堵得慌。小莲娘整天叨叨个没完，说小莲快嫁人了还像个小孩，啥事也不懂。现在，小莲那七上八下的心落了下来，压在心头的石头也放下了，看着王先只是笑。

"小莲，哥领你去个好地方逛逛！"

"啥好地方，我们去过吗？"

"别问，跟着走就对了。"王先走在前面，小莲跟在后面，下了南沙沟向真武庙山门走去。

真武庙与大同府和阳门隔着饮马河遥遥相望，古刹群殿东面的曹夫楼高耸入云，古瓮城上的和阳门城楼雄伟壮观。饮马河像一匹银白色骏马从北面的幽幽山谷中慢步走来，倾听着古刹的铜钟和城楼上风铃的"叮咚"声。

真武庙坐落在河东岸东塘坡的沙土圪梁上。沙土坡地上建着高低不等的殿宇，勾檐斗角，参差不齐，有奶奶殿、五爷殿、关老爷殿、土地殿、五福殿……最高最大的真武大殿坐落在最北面的高台上，雄伟而庄严。不能不提的是群殿院落东北面的曹夫庙。曹夫庙院内正北是曹夫大殿，殿中供奉着曹福泥塑神像，殿中墙壁绘着曹福护送曹玉莲过雪山来大同府的连环画像。在曹夫庙院东墙边建着一座高耸入云的曹夫楼，有人说是曹玉莲的梳妆台。四方的曹夫楼内砌着台阶直通楼上平台，平台上又建一小殿，围着小殿向四周望去，可看到饮马河全景，往西可观几万居民居住的大同府，往东可见一州四县的千村百户。

王先在前，小莲紧跟着，二人爬上真武庙山门前的一百零八级台阶。小莲气喘吁吁，弯着腰端着气转身看石条台阶，腿微微抖动着走进庙。庙门两边，哼哈二将狰狞的面孔让小莲不由得打了个寒战。进入大门，是个不大的院落，小院方砖铺地，甚是干净。西面是奶奶殿，殿里供着泥塑的曹奶奶和三霄送子。东面是土地殿，内有福德正神。北面上殿供奉着老子，拐过角门走入中院，院中有一棵百年苍松，遮一方阴凉。中院西面是五爷殿，殿中供奉有斗姥、太岁和广济龙王。东殿是五福殿，供奉着五路财神，文财神比干、范蠡，武财神关帝、王灵官、赵元帅等。正殿供奉玉皇大帝，转入后面，北院高台上便是雄伟壮观的玄天真武大殿。真武大殿下方东面有一便门，走入便门便是曹夫庙，曹夫庙院内三间正殿供奉曹福神像，东面三间是道士卧房，南面三间是念经打坐的殿堂。院内东北角处有高六丈的四方砖楼，上有平台石柱、围栏小殿，供烧香观景所用，小殿四角上有飞檐各挂四只铜铃，在微风中咚当作响，此楼名为曹夫楼。原来，曹夫庙在曹夫楼村边，因战火而毁，移至真武庙东边又建庙起楼。

明天启熹宗年间，吏部尚书曹天官，名干忭，为官清廉，得罪了奸臣魏忠贤，入了大狱，曹家被满门抄斩。曹玉莲从小许配给马家公子马林，其公爹马芳为大同总兵。曹玉莲在曹福保护下冒着严寒奔赴大同，路上，曹福将大褂脱下给曹玉莲披上，他自己则冻死在大同东门的曹夫楼村外。

其时，马芳得知曹家被满门抄斩，义愤填膺，遂点兵亲赴讨贼，路遇曹玉莲，忙将其迎入城内府中，并厚葬了义仆曹福。后来，大同人便以曹夫楼来纪念那个忠义仆人曹福，并建有曹夫庙。

王先拉着小莲走过前院、中院，转过后院东边角门，来到曹夫庙侧院。王先、小莲蹑手蹑脚地走到柳劲枝道长的卧房门前，轻轻叩了叩木门上的镂花窗棂，听到屋里柳道长招呼着："进来吧，是曹夫楼的王先吧？"

王先拍了拍身上的尘土，跺了跺脚，领着小莲轻步进了道长卧房。道长卧房内摆设简单，一张八仙桌靠在东墙边，桌上一盏麻油灯，靠墙排列着一排经书，四把木凳靠着墙边一字排开。炕上一四方炕桌，炕桌上放着一叠书，一本书正翻开像是刚被阅读过。柳道长盘腿坐在炕头，身子笔直微微前倾，摆动着手让王先、小莲坐下。王先缓缓坐在炕边的木凳上。

"今年大旱，后生的庄稼可好？"柳道长问道。

"回道长的话，我河滩新澄的十亩畦地庄稼长势很好，谢谢道长指点。"王先答道。

"后生可畏，这是你的运也，福也。顺天意而为，顺运势而做，无不成也。人生得意无几时，只有勤奋贯一生。"柳道长边说边拿起签筒递给王先，道长深知王先的来意，便让王先抽个签。王先轻轻摇了摇签筒，一根竹签掉出竹筒，王先不识字，将竹签递给道长。道长接过竹签，一边看一边捋着胡子，轻轻说道："此乃下下签，求婚姻无望。你看这签文：池中明月，竹篮捞空。求财、求禄好像也难啊。你们去曹夫殿看看，再上曹夫楼上看一看饮马河，一会儿我也上去给你指点一二。"

曹夫殿壁画上的故事令王先深有所感，忠实的仆人曹福护送曹玉莲逃难，为了让曹玉莲过上幸福生活，献上了自己的生命。王先看看壁画，再看看小莲，心潮起伏，自己难道不像曹福吗？与小莲的幸福相比，自己的愿望算得了什么？王先困惑地想着自己能给小莲什么？小莲跟着自己只能受一辈子苦，每天起早贪黑地在地里干活，吃糠咽菜。如果小莲能找个好婆家，何必跟着自己受罪？王先望着四周的壁画，不由得对曹福肃然起敬，心也彻底落了下来。他领着小莲看完曹夫殿，慢慢爬上曹夫楼平台。

王先和小莲向饮马河河谷眺望着。进入秋季，滩涂的草色日渐枯黄，但饮马河细细的流水滋润着两岸，岸边草木还算丰茂。暗红色、深紫色、微黄色、土灰色……数不清的色块描画着河谷，绘成一幅丰富多彩的秋色油画。放眼望去，星星点点的牛羊散落在河滩，村户人家间炊烟袅袅升起，王先细细梳理着滩地河岸，像在寻找什么。他从河的上游巡视到下游，看了一遍又一遍，始终没有找到他澄出的那片滩地的痕迹。第一块滩地被洪水冲毁了，具体位置在哪儿已不得而知，可第二块滩地上庄稼正茂盛，应该可以看到。王先志忑地寻找着。

"小莲，咱们的畦地呢？咋就看不到？十多亩地，不可能变没了。"

"那块地是不是？在沙枣林和酸刺丛边，靠河的那块，是不是？"小莲眼尖，指着河中央靠岸边不远的一个绿色小点儿，让王先看去。王先顺着小莲所指的方向，慢慢寻找着。

"看到了，咱们的十亩地怎么那么渺小又靠近河边？"王先看到滩地，心里咯噔一下，好险呀！今年大旱少雨，饮马河没发洪水，才侥幸保住这块滩地。柳劲枝道长这时也登上楼台，拉着王先，指着一片白色地块让他俩看。

"那块白色地块，我观察有五年了，从没被洪水冲毁。有一年发了特大洪水，也没损着那块地，在那儿澄地成功的可能性大。王先，你不妨试试那块地。"柳道长语重心长地望着这个健壮而沉稳睿智的曹夫楼村小后生。

王先看到那块地，心里盘算着，那是马家堡沙沟多年雨水冲出的沙梁地，整片都是沙子，寸草不生。再说那沙梁高出河面两丈多，要想在上面澄地，那得挖多长的渠沟才能把水引过来？在沙梁上澄地费工费时，估计五十个人用几个月也完不成。自己到哪儿找这么多人？王先心里想着，怯怯地看着柳道长。柳劲枝用鼓励和信任的眼神看了看他。

"后生，努力吧，无量神祖。"

中秋节后，一个风和日丽的早晨，有两个商人打扮的年轻人找到小莲家，其中一个年过二十，头戴礼帽，灰蓝色中山长褂，礼服呢黑色布鞋白袜，灰色绑腿干干净净，面色粉白，五官端正，一脸书生气，说话斯斯文文的。

小莲娘上下打量着，问："你是蒋家少爷蒋有伟吗？听小莲二姨说近日你要来，小莲二姨没来吗？"

"哦，我和伙计白义忠去水泊寺村送货，经过这里，顺便进来看看。"

"小莲，有客人来了，快烧水沏茶。"

小莲从东厢房进入堂屋，看着如此打扮的蒋有伟，心想这人好像在哪儿见过？哦，想起来了，先前进城买东西时，她见一家铺子的墙上挂着画，那画中人就如此穿戴，但面孔有些差别。这样的人和庄户人大不相同，柔弱斯文，面庞粉白，着装整洁又别具风格，农家的粗布衣服自是不堪比的。小莲多看了几眼后，缓缓退回东厢房。这时，刘佃洪回来了，和蒋有伟聊起家常。不一会儿，蒋有伟告辞走了，小莲的爹和娘喜笑颜开地喊出小莲。

"这后生不赖，就是不知道咱小莲看上了吗？"

"我看行。"刘佃洪点点头又说道，"问小莲干啥，小孩子懂个啥！"

小莲走出厢房，说："柔柔弱弱的身子大风都能吹倒，他能背一麻袋粮食吗？让先宝哥一个巴掌就打倒了，我看不行！"

"灰女子，你怎一说话就是打架，和王先一块儿野疯了。蒋有伟家有钱，你去了他家，没有公婆，没有兄弟姐妹，去了就当家，不受那七姑八姨的白眼。"

"我反正不嫁他家，你看他一张白脸、身材瘦小，经不起风吹，像有病似的。你们想让我嫁过去守寡呀？"

小莲一句话提醒了刘佃洪。刘佃洪找人进城打听了蒋家的情况，蒋家有钱不假，蒋有伟第一个老婆去世大办丧事，排场轰动了半个大同府，送丧的队伍排了半道街。八抬大轿、锣鼓唢呐，样样全有，招待半条街的人吃喝七天，可见蒋有伟是个痴情人。刘佃洪两口子心想，咱小莲人长得好看，会干活又会疼人，女婿一定会喜欢咱闺女。可又听到另一桩事，让两口子心里不是滋味，他们打听到蒋有伟曾经有过痨病，为了控制病情又吸上了大烟，所以身体越来越瘦。两位老人担心蒋有伟中年有变。但是再看这年景，一年也没下几场雨，眼看着庄稼就要颗粒无收。这旱灾年已至，不给小莲找个靠山，怎么度荒年？老天呀，可怎么办？

没过半个月，蒋家送来了丰厚的彩礼，有粮食、布匹，还有三十块银元，就等立冬后迎娶小莲。小莲哭闹着不肯嫁，老两口狠狠心，对女儿放了狠话。

"小莲，灾年就要来了，你看村边的榆树皮都被人剥光了，草根都叫人挖了个遍。你不嫁，咱家就没活路，你不为自己想，也不为你可怜的爹娘想想？小莲呀，咱没得选择，只有这一条活路，你可要考虑仔细呀！"

小莲哭了几天，看着父母那一天天消瘦下来的身子，既心疼又可怜。自己该怎么办呢？她只好找王先商量，可王先也没办法，只能劝小莲听父母的话，不要急坏了二老。王先恨自己无能，可反过来一想，小莲能过上好日子也是他的心愿，与其跟着自己受罪，不如让小莲找个好人家去享福。那天，王先也偷偷看了蒋有伟，见他白白净净，一表人才，比自己这黑不溜秋的庄稼汉强多了。人家知书达理，精明强干，有豪宅又有铺面，哪一点都比自己强，小莲嫁给这样的人也不枉活了一生。王先又想起真武庙里的曹福为了曹玉莲连命都搭上了，曹福为主求福，不惜生命，是何等的伟大，他小小的庄户人有啥能力养活小莲和将来的儿女？放手吧！让小莲找个好人家去享福吧！对！一定要小莲找个好人家！

第五章

立冬过后，饮马河的水开始结冰。早晨太阳还没露头，河滩上早已枯黄的杂草结满了白霜，远远望去，那白霜夹杂着点点枯草在晨雾里时隐时现，像一片银白仙境。

太阳出来了，雾气由浓转淡，渐渐散去。白霜在阳光的照耀下闪闪发光，由白变暗，最后变成一滴晶莹剔透的小水珠挂在枯黄的草叶上，折射出大千世界、人间世相。

晨光透过树梢，两只鸦雀叽喳着迎来了大同城里的一队娶亲人马。前面一匹枣红色高头大马，长长的缨穗随着马头上下起伏着，雕花马鞍上坐着一个后生，头戴呢子礼帽，帽上竖插着两根鸡翎，身穿红绸婚服，很是俊俏。后生脸上涂抹了薄薄一层粉红胭脂，但擦得再厚也遮盖不住病态。后面四个壮汉抬着一顶红色暖轿，轿杠上缠满了红布，喜气洋洋。

四个抬轿的壮汉懒懒散散地抬着空轿，跟在枣红马后面，再后面的人各自拿着唢呐、锣鼓、笙管，慢悠悠地走着。直走到曹夫楼村口，这一群人才来了精气神，猛烈地鼓噪起手里的家伙什儿。

尖锐的唢呐声震得村里雀儿乱飞，不知往哪儿落脚。一行人边走边吹打，走到刘家门前站住。吹打声招来了村里的老少爷们、姑娘媳妇，围了好大一圈。两个吹唢呐的后生，一会儿鼓起腮帮，像一对斗鸡，红着脸粗着脖子，一会儿扬起唢呐，闭上眼睛，脑袋晃动得特别卖力。

鼓匠们在众人的叫好声中敲打得更加起劲，一个个摇头晃脑，蹲下起来，摆弄着各种姿态，逗得人们不住地哈哈大笑。吹打声、鞭炮炸响声使刘家门口热闹非凡。

鼓匠们使劲吹打着，催促着新娘快快上轿，又催促着东家多多打赏。王先远远地躲在大树后，望着小莲家。

"出来了，出来了！看呀，小莲今天打扮得真漂亮，真是百里挑一的喜人。"人们夸赞着小莲。王先远远看着小莲哭成了泪人，还不住地劝说着爹娘，让他们回去，不要送了。小莲站在当街，呆呆望着王先家的大门，似乎在等待着什么。

"快上轿，时辰不早了。"小莲被媒人和几个女人连拉带搀地推进花轿。四个壮汉抬着花轿在吹打声中缓缓走向村口，又在村中央完成了摆轿和颠轿。花轿出了村口，稳稳地向河边行去，王先一直远远跟着，痛楚钻入心肺，啃噬着他的神魂。

花轿到河边停了下来，新娘走出轿，坐上一张两边绑了杠的太师椅，由四人抬着过了河。空着的花轿也被高高举着抬过了河。小莲重新坐进了花轿，娶亲队伍摇摆着越走越远，渐渐失去了踪影。王先呆呆地站在河边，想起了许多，想起小莲那快乐的笑容，想起小莲给他缝制的驴皮水裤。如今，这水裤还被他抱在怀里，原准备背小莲过一次河，可没想到蒋家早有准备，用太师椅把小莲抬过了河。

王先想着以前小莲和自己戏耍的场景，想着自己带小莲上真武庙吃麻糖、看戏法，想着想着，眼睛潮湿了。突然，饮马河畔又传来了唢呐声。咦？花轿怎么又回来了？这孩子可真任性，天不怕、地不怕的老毛病又犯了，不会是悔婚了吧？

王先刚要喊出声，定神仔细一看，不对！媒婆怎么矮了？只见媒婆扭动着小脚，从花轿中搀扶出新娘。王先隔着河远远望去，那新娘不像小莲，腰身纤细，婀娜多姿，脸庞粉里透红，像天仙一般。新娘头上戴着的凤冠银饰闪闪发亮，两串彩珠拍打在双颊，真是好看。人们都说小莲是百里挑一的喜人，可今天见了这位新娘，小莲就有点逊色了，就是真武庙三月三唱戏的几个名角儿也比不上她。人们常说的西施、貂蝉，想来也不过如此。王先的心咚咚跳着，两腿直直地站在河边，看傻了眼。

"喂，那后生是背河的吗？过来，有活干了，多给你点儿钱，把新娘背过河去。"

王先穿好水裤，先把媒婆背过了河，又去背新娘。

"喂！说你呢，站上板凳，转过身去，叉开腿别动！"王先指挥着新娘。新娘颤巍巍地站上板凳，王先一头钻过新娘双腿，"嗳"的一声弓着右腿猛地站起来。吓得新娘一把抱着王先的头，捂住了王先的眼睛。王先让新娘放手，然后抓着新娘的脚腕，又慢慢抓住了新娘的小脚。这使王先不由得想起第一次背小莲的场景，心里舒坦了许多，一时忘了烦恼，大步蹚过河。王先刚放手，那新娘便"哇"地哭了起来。王先吓了一跳，这是怎么了？咱可没做什么下流的动作，只不过抓着她小脚过河。人人都是这样过河，新娘也不应该哭吧？

媒婆看到王先愣在那儿，赶快走过来说："没事，不怨你。她想娘了，别理她，一会儿就好了。"

新娘双眼直直呆呆地瞪着前方一动不动，泪珠不停地从眼里流出，眼睛眨也不眨，让人心疼又怜爱。新娘哭着哭着，扑通一下坐在湿地上，也不怕把新嫁衣弄脏了。突然，新娘解开上衣纽扣，用粗粗的男人嗓音说起话来。

"我是采凉山的胡八爷，你们这些歹人快把我送回去，不然我让你们全村不得安宁。"新娘说着口吐白沫，牙关紧咬，全身颤抖着不省人事了。

"快扶她进轿，走！"媒婆招呼着人们把新娘连抬带推地塞进花轿走了。

王先拿下赏钱，问道："哪个村的？谁家的新娘，这是咋的了？"

"马家堡马锐家娶媳妇，新娘是河西上游古店村的，姓狄叫巧妹。巧妹有癔症，经常中邪，说是跟上采凉山千年狐仙胡八爷了，胡八爷经常在狄巧妹身上显灵。巧妹父母让媒婆给女儿找婆家，近处的人们谁也不敢娶巧妹做媳妇，只好找到了马家堡。刚才一路好好的，不知怎么，一过河就犯病了。"送亲的人诉说着。

王先听完，摸了摸自己的头笑了。

"世上多怪事，原来我背河背了个鬼？笑话，明明是个大活人，有血有肉的，喜人又好看的巧媳妇怎么是鬼呢？我就不信这个邪。"王先边笑边摇脑袋，大大咧咧地向曹夫楼村走去。

过了三天，有年轻的媒婆来到王先家，和王先的母亲王陈氏聊起家常。

"你说新鲜不新鲜？马家堡老马家花了大把银子，出了大聘礼，请了鼓匠准备着热热闹闹给儿子办喜事，亲朋好友都来了，听说娶了个天仙般的漂亮儿媳，大家都盼着等着，想看看这美貌的新娘子。结果这结婚当天，新娘子半道上就中邪了，一进门给新娘子过火盆、掐人中、泼狗血，也驱赶不走。听说是采凉山的千年狐仙，道行很深，马家当下杀公鸡给新娘淋了鸡血也不行。红红火火、热热闹闹一桩喜事，不请吹打鼓匠，却请来了道士，又是摇幡，又是打铃，举着桃木宝剑在新娘头上乱舞，新娘头上的凤冠也摘掉了，挂满了黄条字符，又是烧黄表，又是吹口火，好好一桩喜事却折腾成驱鬼啦。亲朋好友走也不是，留也不是，个个都不自在。好好的喜事就像办丧事，气得马老爷当下说啥也不要这儿媳妇了，就是仙女也不娶了，送出去的彩礼，花出去的大把银两，都不要了，坚决要退婚。可古店村狄家不依不饶，说是嫁出去的姑娘，泼出去的水，没有结婚当日就退婚的道理。两家就这样僵持着，谁也不让步。可怜新娘被关在马家堡村东边一间闲房里，饥一顿饱一顿的没人管。新娘哭天喊地，不想活了。"

王陈氏眨巴着眼仔细听媒婆讲着，寻思着她跟自己说这些干啥。

媒婆还在口沫横飞地聒噪："谁家碰到这事也是倒了大霉了，狄巧妹娘不知道咋办了，找到我说想在马家堡附近找一找有没有好人家，只要疼女儿，不论贫富，都愿意把女儿嫁出去。马家给的彩礼加上狄家的嫁妆，再贴补点钱，也愿意赔嫁女儿。"

王陈氏眼睛一亮，眼瞅着媒婆，心想这事不会是假的吧，得好好想想再说。

"这好事咱们不能让它跑了，你跟儿子好好商量，咱把这块肥肉娶回来，白给的媳妇别让人抢了去！"

王陈氏低头想着，抬起头看了看媒婆。

"我跟儿子说说，商量好了，明天给你回个准话！"

"赶紧说给儿子听，别耽误了好事。好事呀！"媒婆站起拍了拍大襟，抬起小脚走出了大门。

王先一进家门，王陈氏就叫他到东房炕头坐好，然后压低了嗓门，说："儿啊，有件事你得好好思谋思谋，这是你的终身大事，娘给你做不了主，得你自个儿拿主意看着办！"王陈氏就把早晨媒婆的一席话一字一板地全部讲给了儿子。

王先听完后笑了笑说："娘，咱这人家还想啥？人家不嫌咱就不错了，咱娶媳妇哪敢挑肥拣瘦。有人跟咱就不错了。"

"听说那闺女有癔症，经常鬼上身，你难道不害怕？娘叫小敢给你做主，今后不落那个埋怨！"

"娘，放心吧，我见过那女人，世上哪来的鬼，我就不信这个邪。娘，明天你告诉她，我答应了。我倒要看看什么鬼呀神呀的，想跟我王先斗斗，放马过来，看看谁先求饶！"

第二天，媒婆早早就来了，王陈氏把王先昨晚的话跟媒婆说了一遍，媒婆笑得合不拢嘴："我今天去趟古店村老狄家招呼一声，你们定日子，最好明天准备准备，请亲戚朋友们，尽快把婚事办了。"

"我儿子说结婚不请人了，就一家人吃个喜糕。"

"那敢情好，就定后天办喜事，好在狄姑娘还在马家堡，翻过沙沟就娶过来了。"

"好吧，就这么办！定好就后天娶媳妇办喜事。"

第三天，王先请了刘佃洪两口子和王永和两口子来家里帮忙，特意让二娃去城东关通知伍有良和季家徒弟们。刘佃洪两口子天不亮就来了，小莲没嫁给王先，两口子总觉得心里有点儿亏欠，把王先的婚事记在心上放不下来，王先今天要成亲，心里这块石头总算落地了。听了王先娶媳妇高兴得两夜没怎么合眼，送点什么礼呢？穷得啥也没有，有也拿不出手，正在发愁该咋办，这时王陈氏来请他们帮忙，两口子满口答应。天还黑着，女人们就开始帮着生火蒸糕，又是剥葱又是剥蒜，跑前跑后忙得不亦乐乎。

王先今天也起早洗脸剃头刮胡子，认真打扮着，穿上母亲刚浆洗过的准备过年才穿的棉袄、棉裤。母亲和小莲娘连夜赶做的牛舔鼻涩鞋。打扮过后让二娃牵着借来的毛驴，把家里一床红花棉被搭在驴背上，驴头上扎了一朵红绸花，两人不紧不慢牵着驴，下了北沙沟向马家堡村走去。

马家堡村子不大，五十来户人家，中间一道沙沟把村子一分为二，西边二十来户人家有一个秋天用来收拾庄稼的大场面，有碾坊、磨坊、豆腐坊、榨油坊……几块空地连着这二十来户人家。过了村中一道沟，东面住着三十户穷苦农民，一家亮着油灯的破屋门大开着，屋里的女人们忙着给新娘打扮，少不了擦粉戴花穿嫁衣。几个小孩在门前玩耍，看到王先和二娃来了就喊："来了，迎接新娘的人来了！"屋里的人出来把王先请到屋里。

"你们就来了两个人？东西这么多怎么拿走？"

王先看着屋里地上堆放着许多箱子和包袱，他事先没想到要搬东西，因此来接新人的只有他和二娃两个人。王先又看看屋里的人们，转念说道："我们只来了两个人，请大家一起去曹夫楼吃糕，一块热闹热闹，送新人的亲朋越多越好，大家都去吧。"王先诚恳地邀请着屋里的人们。

狄家的亲戚们因前天在马家堡婚宴上的尴尬和不愉快，再不想去曹夫楼找麻烦了。可陪嫁的东西这么多，两个人怎么能搬走，让王先他们再来个二次搬运，这是不是有点晦气？上次的不愉快可不能再次发生，媒婆看着大家为难，灵机一动说道："王先说得对，大家一块儿都去，去看看曹夫楼村，比马家堡村大多了。你看新女婿多懂事，聪明伶俐，通情达理。人也长得浓眉大眼，一表人才，英俊帅气，大家怎么不去？大家都去！"媒婆招呼大家抬起箱子和包袱，一窝蜂似的涌出屋门。王先把新娘抱上驴背，牵着驴笼头走在前面。新娘还是上次马家婚宴上的那身装扮，早晨起来草草画了淡妆，却比上次更清丽可人，如一朵出水芙蓉。王先牵着驴走出门，在马家堡东面转了一圈，下了沙沟，穿过村西，绕道向曹夫楼村走去。

马家堡村东西街上看热闹的人真不少，几乎全村的人都出来追着看新娘。

"大家快来看，仙女下凡了。"人们议论着。

"马家堡村风水不好，马家也没福气，这么好看的媳妇也留不住，硬是推给曹夫楼王家。"

"还是王先这小子有艳福，这么漂亮的媳妇一个铜板也没花就娶回家了。"几个人悄悄嘀咕着。

"还不知是祸是福，听说新娘子有癔症。走着瞧吧！"

王先娶媳妇没有鼓匠吹吹打打，没有八抬大轿迎娶，新娘骑着毛驴就来到了婆家。伍有良和徒弟们送来了两挂一千响的鞭炮和麻糖、冰糖、礼钱，吃了几块喜糕又都忙着去饮马河干活去了。送来的鞭炮，王先也没让点，只想简单完婚，静悄悄地过穷人家的小日子。这时，王陈氏听到大门口吵吵嚷嚷的来了好多人，原来是女方亲家抬着礼箱、包裹走进院里，把东西放进屋里，拱手贺喜。

"姨娘，您今儿个大喜了。"

"同喜同喜。请屋里坐，小莲娘，快快沏茶待客迎新亲啦！"十几个人挤满了东、西厢房，大家齐动手捏糕炸糕、切菜炒菜，把新娘一个人挤到西厢房炕头上，几个小孩挤着要糖吃。中午，大家伙儿吃着菜喝着酒，起哄要瞧新娘子。王陈氏紧张地看着新娘，提心吊胆地劝阻着人们，生怕新娘而犯了老病，可新娘今天笑嘻嘻地奉迎着客人，一改前两天愁眉苦脸的哭相。新娘羞答答地给王陈氏敬了酒，又和王先喝了交杯酒，一切如常。王陈氏也慢慢放下心来，给客人们倒茶递烟，时不时回头多看新媳妇几眼。到了下午，客人和送亲的人们陆续都走了，屋里渐渐静下来，刘佃洪两口子和王永和两口子都过来夸赞新娘子，又说王先有福气。二娃、王生也过来拜见了嫂子，要了几块麻糖，出门玩儿去了。天渐渐黑下来，刘佃洪、王永和也都回去了。屋里就剩下王陈氏、王先和二弟王生收拾着房间。新媳妇一个人坐在西厢房炕头上发呆，回想着自己离奇的婚事，本是嫁到马家堡，结果又到曹夫楼王先家当了新娘。这个弯转得她糊里糊涂，好在对新女婿王先十分满意，嫁给这样的男人也算有了可靠的归宿。王陈氏收拾好房间赶紧走到西厢房，怕新娘寂寞，和她聊了起来。王陈氏坐上炕，面对新娘，拉着新娘的双手，仔细瞧着，嘴巴咧开，半天合不拢。

"这，这，这咋生了，咋养了，我从来没见过这么喜人的女儿？白生生、喜盈盈，仙女下凡也比不上我儿媳妇好看！"

王先也走来对着娘说："行了，行了，放手吧，看把人家羞得，今后每天让您看个够。媳妇，你还认得我吗？"新媳妇眨巴着眼，回忆着，好像在哪儿见过，又想不起来，害臊地低下了头。

"你忘了大前天在饮马河边，背你过河的那个人就是我，想起来了吧？"新娘抬起头又看看，想起了那天河边背自己的俊俏后生，浓眉大眼，惹人喜欢，当时骑在男人脖子和肩上又是害怕又是纠心。此时，那种羞臊的感觉又传遍了全身。王陈氏看着新娘子低头不住气地搓着双手，又羞又怕，无所适从的样子，生怕她又犯了老毛病，为了缓和气氛，支开王先，和新媳妇拉起了家常。

第六章

　　原来，新娘姓狄，今年十六岁，是饮马河上游西岸古店村独门独户狄万山的女儿，叫狄巧妹。狄巧妹从小身体柔弱，经常有病，一病起来浑身发烫，全身抽搐，口吐白沫，不省人事。狄万山找了几位大夫也没能治好狄巧妹的病。好在随着巧妹长大，已有几年没发病，喜得巧妹爹娘把女儿像宝贝儿一样捧在手里，娇生惯养地把巧妹惯出了任性倔强的性格。家里大活小活都是老两口做，不让巧妹动一下手。可巧妹心灵手巧又勤快，长到十四岁便跟着母亲学会了一手裁缝的好手艺，做出的衣服又俊俏又合身，尤其是衣服上用布条缝制的桃扣和用彩色丝绸缝制的盘扣，花样新颖，样式繁复，每件衣服配上巧妹的盘扣都显得新艳得体，引得附近村里的姑娘媳妇们都来找巧妹学习。巧妹也不耐其烦地手把手教着她们。人们都夸巧妹人俊手巧，赛过天上织女。

　　狄家有二十亩薄田，家境还算过得去。巧妹有个哥哥狄海长到二十岁，大字不识，是个标准的庄户人家。狄海五大三粗，说话办事没有章法，前年娶了媳妇，和爹娘一块儿过日子，日子过得还算平淡。巧妹的嫂了狄高氏是孤山脚下饮马河畔山底村的，生得高高大大、胖胖乎乎，干起活来是一把好手。狄高氏刚嫁到狄家特别勤快，地里的活、家里的活她都抢着干，什么脏活累活都不嫌，从来没说过一句怨言。

　　一天，老爹进大同府办事，回家时给儿媳妇狄高氏和女儿狄巧妹一人买了一件薄丝绸衬衫。红色的衬衫给儿媳妇狄高氏，绿色衬衫给女儿狄巧妹。晌午，狄高氏收工回家看到公爹买回的新衬衫，喜得手也没顾上洗，拿起衬衫就穿了起来。狄高氏身体胖，穿着红色衬衫有点紧，她以为穿错了，又拿起绿色衬衫穿起来，结果，一使劲把绿色衬衫背后撑开了个口子。

巧妹看到后就不依不饶地埋怨："也不看看自己胖得像头猪，给人家新新的衣服撕了个大口子。干啥穿人家的衣服？也不睁开眼看看是谁的衣服？"

狄高氏嫁到狄家多日，看到自己老是干脏活累活，而小姑子成天坐在家里啥活也不干，心里早就窝着一肚子怨气没处发泄。今天又被小姑子好一顿骂，狄高氏便再也忍不住了，开口道："整天大门不出二门不迈，吃香喝辣的，就等着哥哥和嫂子养活。你也干点儿活，重活干不了干点儿轻活，别好吃懒做等我们养活。"

"谁让你养活了？我靠爹靠娘养活，谁靠你养活？"

"爹娘老了也得靠我们养活，你不靠我们你能靠住谁？"姑嫂两人你一言我一语争吵起来。从此两个人就有了隔阂，谁也不理谁。爹娘劝说多次也没调解成功，以后再也不想管这事了。从这以后，巧妹也不在家待着了，到处玩耍，每天串门，有时到各村追着看戏，看人们成亲、出殡，看村里驱鬼。看得多了，巧妹装起大仙儿来特别像。她生得俊俏，村里姑娘后生都爱和她说笑，大人小孩也都很喜欢她，大家都捧着宠着她。巧妹一装起大仙儿，压低嗓子，伪装男人的声音，摇头晃脑，装神弄鬼，滑稽又逗乐。

那年夏天，巧妹和村里的几个姑娘跟着一个胆大的小伙去采凉山游玩。上了山，又去了山里的红石崖寺庙拜了神。那天看完红石崖那些龇牙咧嘴的泥胎鬼神塑像回来后，巧妹又犯了病，满嘴说胡话，口吐白沫，全身抽搐，说自己是采凉山上的胡八爷，让村里人都去采凉山祭拜他，不然就要倒霉生灾。从此，村里人再也不敢跟她说话逗乐。人们由宠爱她到害怕她，见了她便避得远远的。巧妹原先多么开朗活泼的小姑娘，现在整天闷闷不乐，躲在家里不出门，哥嫂也不搭理她，爹娘哄着逗着，她也打不起精神来，没几天就犯一次病，每次发病全身发烫，口吐白沫，口中念念有词。

狄万山和老婆请了不少郎中，试了各种偏方，甚至还请人来驱过邪，却都不见好转。愁得狄万山和老婆一点儿办法也没了，眼看着女儿年纪一天天渐长，情况时好时坏。乡邻都劝狄家夫妇早为女儿做打算，趁情况没有更糟，不如找个合适的人家嫁了，以后也算有个归宿，有人照顾，也说不准冲冲喜，这病就好了。狄万山和老婆想了又想，觉得有理，找来媒人，商量起巧妹的亲事。媒人们在近处找了几家，可人家都知道巧妹有病，哪怕狄万山贴补钱和物，都没人敢娶巧妹。狄万山央求媒人走远处再试一试，媒人找来找去就找到了马家堡马良家，后来也就出现了马家退婚一事。巧妹这病也是怪，平时人好好的，通情达理，文文雅雅，干活也有条不紊，整整洁洁，就是受不得惊吓和刺激。病轻时只是胡言乱语，病重时便全身滚烫，口吐白沫，十分吓人。

王陈氏抓握着儿媳妇的双手，安慰道："儿媳妇呀，你别怕，只要到我家，你就好好养病。王先是个天不怕地不怕的人，有他护着你，神鬼都不敢近你身。不信你就等着瞧吧！"

巧妹眨巴眼半信半疑地看着王陈氏，扭过头来又看到正巧推门进来的王先。

"天不早了，你们也累了一天，早早歇息吧！"王陈氏向王先挤了挤眼，走出西厢房，将中间堂屋供台上剩下的饭菜遮盖起来，生怕夜里被猫祸害了。四处挂着的红色喜绸、贴着的红色窗花剪纸让整个王家院子沉入新婚之夜的喜气中。

王先和巧妹对视着，也不知该说什么，只是看着巧妹美丽的脸庞笑。屋里，幽暗的麻油灯在微风中忽闪着黄豆大小的亮光，照着人影倒映在墙上，遮住了半个屋的光亮，两个影子越靠越近。屋外，寂静的院里似是响起了轻微的脚步声，夜风吹得窗缝吱吱作响，堂屋的供台上两只陶瓷粗泥笨碗发出了"叮叮当当"的碰撞声。王先顾不上这些，手忙脚乱地帮巧妹解着上衣的扣子，新扣子太紧，越是着急越解不开。谁知，巧妹开始全身颤抖，"哇"的一声大哭起来，指着麻纸糊的窗子，胡言乱语着："胡八爷来了，你看，真的来了！"

王先不自觉地向窗外望去，竟真看到一个影子伸着尖尖指爪，弓着腰，向堂屋蹑手蹑脚地走来。堂屋的供台上两只笨碗互碰着，叮当声夹杂着夜风的低吼声。王先身上也不由得起了一身鸡皮疙瘩，心想，难道真有千年狐仙？

"胡八爷，老了就在这儿，有种现身和老了丁一仗！"王先大吼一声，堂屋似乎有一物从供桌上跳下地来，紧接着"砰"的一声，笨碗摔到地上。

"什么胡八爷、胡孙子的，给老子现身，看老子怎么收拾你！"王先怒喝着。

巧妹颤抖得更加厉害了，口吐白沫，靠在炕头墙边有气无力地说着："来了，胡八爷真的来了！"

王先见状急红了眼，赤脚跳下地，一脚踢开西厢房门，也不顾脚下的碗渣，在堂屋环视一圈什么也没看见，就顺手把伍有良送来的两挂鞭炮拎到西厢房，一挂鞭炮扔到后炕的炕席上，一挂鞭炮丢在炕沿下，拿起火捻在油灯上点燃，送到鞭炮的火绳上。鞭炮"砰砰叭叭"地响了起来，炸得满屋烟雾。麻油灯也被炸灭了，屋里漆黑一团，只有闪闪的鞭炮火光。鞭炮炸破了窗户纸，炕席也被点着了火，王先急忙用棉衣拍打着炕席上的火苗，把巧妹吓得缩成了一团，躲在炕角里围着床棉被发抖。一阵暴响过后，一只黑猫从堂屋蹿上炕，跳上窗台，回头瞪着两只圆圆的绿莹莹大眼，望着王先。王先抓起笤帚疙瘩向黑猫打去。黑猫"喵呜"一声哀号，跳上墙跑了。

躲在窗台下准备听房的几个孩子也吓得跑去了当院，围着二娃看着西厢房连续炸响的鞭炮，一个个都惊呆了。

"二娃，看到一个黑猫跑到院里了吗？"王先问道。

"看到了，好像翻墙跑了！"二娃答道。

"不对，是蹿上墙又跳到房顶了。"王生回答道，"准是野猫闻着味来堂屋寻东西吃。"

隔壁刘佃洪穿上外衣跑过院来，鞭炮已响完，只看到鞭炮炸响后的浓烟从窗缝和炸破的窗户纸中飘了出来。王陈氏穿上衣服站在堂屋大声喊着："王先，你疯了，干啥呢？留神把房子点着了！"

"没事！娘，您回去吧，我白天没顾上放鞭炮，半夜想起来就点了，迎迎喜气！"

"坏小子，要放鞭炮也得到院里，哪有在屋里响炮的。"王陈氏骂道。

刘佃洪一看没什么事，喝喊着二娃和几个孩子："还不赶快回家睡觉，在院里站着干什么，都给我回去！"

孩子们答应一声，也各自回家了。

王先点亮麻油灯，重新关好西屋的门，上炕一看巧妹还围着被子坐在角落，一双大眼看着王先，像是要说点什么。半夜在屋里放鞭炮，王先回想起来，自己也觉得荒唐可笑。

"没事了，睡觉吧！"王先为巧妹铺好被褥，轻轻地搂着她钻进了被窝。王先用嘴唇轻轻地吻着巧妹的额头、眼睛、脸颊、嘴唇，安慰道："别怕了，没事了，好好睡觉吧！"

巧妹紧紧搂抱着王先，任凭他亲吻和抚摸，那种恐慌和畏惧的心情渐渐散去。

鸡叫三遍后，巧妹便醒了过来，起身洗手，生火做饭。而王先睡到太阳一竿子高，才被王陈氏叫起吃饭。王先起来，巧妹早已把洗脸水舀在盆里。王先擦了一把脸，走出西厢房准备吃饭，王陈氏指着王先红肿的嘴唇问道："你那嘴唇咋了？怎么破了？"

"这几天有点累，上火起泡了，没事的，几天就好了。"王先忍着笑答道。

巧妹嫁到王先家，除了新婚夜那一次再也没犯过病，精神渐好，人也越来越水灵。半年过后，巧妹的身子愈发沉重，时不时恶心想吐，王陈氏看着巧妹的腰渐渐丰满起来，有说不出的喜悦，对着王步通的牌位念叨："先宝他大，咱家有后了，你放心吧。"

立夏以后，天气一天天热起来，河滩地里的庄稼也见长，高粱、玉茭子也有一尺多高了，绿油油的很喜人。王先站在自家滩地里发着呆，想着小暑、大暑，河里发大水，庄稼地得保住，要早做准备。王先找来柳条筐在渠头上担了好多土，担来的土堆起了个小土包，希望洪水来了能起作用。

过了小暑，一天早晨，王先担来水和泥，准备抹一抹房顶，不然等下了雨，房子就该漏雨水了。

"今天不出地了？"王陈氏问道。

"不出了，抹一抹房顶。"

巧妹赶过来弯下腰，帮王先卷起裤腿，生怕泥水溅到他裤子上，又忙前忙后地一会儿拿来板锨，一会儿拿出耧耙，总想帮王先干点儿活。

"你忙活个啥，注意你那身子，别把我儿子累坏了。"

"快去干你活，瞎操心！"巧妹只要不犯病，就像个没事人儿似的，家中里里外外真需要这么个女人。先宝、生宝兄弟两人的衣服鞋袜都是巧妹打理，巧妹手巧，做工精细，针线活在村里出了名。邻居们经常来王家向巧妹讨个鞋样子，让巧妹帮忙剪个衣服啥的。巧妹做扣子做得最好，各种各样的盘扣，有五瓣梅花盘扣，有飞燕衔柴盘扣，有福字的，有寿字的，几十种花样盘扣，足够村里人来学。

邻居们都对王陈氏说："你家娶了个好媳妇，又勤快又孝敬老人，对先宝也好。"

王陈氏听着邻居们的夸奖，心里美滋滋的，笑得整天合不拢嘴。

"巧妹，一会儿，二虎娘来取鞋样，你把前天那个绣花鞋面也拿来，人家要照着你的花样做一双绸缎花鞋，过年出门穿。她想在娘家村里显一显。"

"知道了，这就去取出来给她准备着。"

巧妹嫁过门半年多，家里增喂了十几只鸡、一头小猪、五只绵羊，日子过得红红火火。虽然去年天旱庄稼歉收，但王先勤快肯干，那河滩畦地帮了大忙，巧妹嫁过来一顿也没饿着，粗茶淡饭，稠稀搭配着吃，巧妹也没有怨言。巧妹成天喜盈盈地忙活着家务，连自个儿的娘家也不想回，王陈氏关心巧妹，几次提醒她："巧妹，天热了，天气也好，你回古店村家里看看爹娘。你娘也想你了，几次捎来话让你回去一趟，你也该回家去表表孝心。"

"不回去，不想见我那嫂子，等农闲了再说吧。"巧妹一句话又推了过去。其实巧妹一天也不想离开王先，每天看着王先心里就踏实，就有一种幸福的感觉，舍不得离开。

一天，早晨阳婆还红彤彤的，没一会儿天空飘来一片乌云，渐渐刮起西北风，凉飕飕的饱含着湿气。王陈氏提醒巧妹和王先："赶快收拾东西，要下大雨了。"

不一会儿，乌云遮满天空，黑压压一片。风夹带着雨腥味，一阵接一阵，越来越强烈。远处的闪电和闷闷的雷声滚动着，越来越近了。一声响雷在头顶上炸开，紧接着豆大的雨点砸在地面上"噼噼"直响。

"娘，巧妹，你们先回家里，院里东西我来收拾，你们就别管了。"王先刚说完，雨就像瓢泼一样洒在院里，雨水拍打着地面，激起许多水泡和水雾，二丈内都看不清院内的物件。

王先抹一把脸上的雨水，拿起铁锹奔出院门，向河滩跑去。他要守着那十亩滩地的渠口，洪水来了，不能让渠决口冲坏了那勤苦澄成的十亩畦地。王陈氏回到东厢房，巧妹一个人钻进西厢房，房屋里黑洞洞的，像夜晚一样什么也看不清了。巧妹点燃麻油灯，一道闪电像火球一样划破天空直射大地。火球砸在院外一棵老杨树上，把树干一劈两截。一声巨响，把房屋震得直落土渣。一股凉风把麻油灯吹灭了，屋里黑漆漆的，巧妹吓得直瞪着双眼，"哇"的一声大哭起来，叫了几声王先没人答应，趁着电闪雷鸣的亮光看清院里早已无人，心知王先定是去了河滩。巧妹不顾大雨，推开门冲到院里，又向河滩追去，边跑边喊："哥，你回来！外面下大雨，河滩危险呀！"

王陈氏看到巧妹，也没来得及拦住，在屋里大喊着二儿子："生宝，生宝快去追你嫂子。你嫂子跑了，要出事呀！"王陈氏瞎喊了几声无人应，才想起生宝没在家，她一双小脚又出不了门，急得在屋里团团转。

王先跑到河滩守着渠口，望着饮马河的上游，上游开始出现了一溜白色水墙，推着河浪涌了过来。不好，山洪来了！白色浪花过后，河水开始上涨，涨势越来越快，河中黄色泥水翻滚着，掀起层层浪花拍打着河岸。河水不断上涨，很快就淹到了渠口。王先铲起一锹锹黄土，快速抛向渠口坝埂上。可河水上涨得太快，越过了王先堆土的坝埂，漫过渠口，冲向下游的畦地。畦地里灌满了河水，刚长起二尺高的高粱被河水淹没，只露出两片叶子。不一会儿，畦地的地埂也决了口，一段段地埂被冲到了河中，高粱被连根拔起，冲向下游。畦地不见了，只剩下滚滚的河流，山洪越来越大，逼迫着王先退向高地。河对岸高处的几片庄稼地也被冲走了，那可是几年都没有被洪水冲毁的澄好的高地畦田呀！河滩里，人们辛苦多年澄好的畦田几乎被今年特大山洪全部冲毁了。王先看着救命的畦地没了，今后的生活可怎么办？他低着头想着，刚娶了媳妇，媳妇又怀上娃，今后的日子怎么过？他呆呆望着曹夫楼村，猛地想起了巧妹，急忙朝家里跑去。王先一进院门就听到老娘的哭声。

王陈氏一见到王先进院，上气不接下气哭着："快去，快去找你媳妇，巧妹冒着大雨找你去了，她身子不方便，有危险呀！"

"这是啥时的事？"

"你前脚出门，她就冒雨追你去了，快去找呀，要出大事啦！"

王先扭头跑出院门，沿着街道向河滩找去。村前村后找遍了，也没见巧妹的踪影。王先急得又向北沙沟最危险的小路找去。这条小路虽然近些，可是又陡又滑，人们一般不敢走这条路，特别危险。王先为了快，滑动着脚步冲向沟底，到沟底远远看到有件红色衣服浮在泥水中。王先跑到跟前一看是个人，心里一凉，快速揪着红衣服连泥带人拖出泥坑，认出正是巧妹。他用雨水洗去巧妹脸上的泥巴，抱起巧妹大哭了起来。

"巧妹醒醒，哥来了，哥来救你了。你不要抛下哥走了。"王先哭喊得特别伤心。二娃和王生听到哭声也寻了来。王先见到他们停住哭喊，和二娃抬着死去的巧妹上了沙沟，把巧妹平放在沙梁上。

伍有良听到消息后，帮工先买了副棺材，送到曹夫楼，大家草草帮王先把巧妹装殓了，在家停放了三天，将巧妹葬在了王家老坟。

这几天，伍有良他们忙前忙后，为操办丧事出了不少力，一边安慰着王先，一边商量着去内蒙古大库伦（大同音"大圈圙"）走镖的事。现在一切都准备好了，就差几个拉骆驼的和赶牲口的脚工。人们一听说去大库伦走镖，又艰苦又危险，都不愿去，每月十块钱也雇不到脚工。王先听到后，立即向伍有良表示自己愿意去大库伦。王先此时心情苦闷，畦地没了，媳妇和孩子也没了，万念俱灰，一心想出去走走散散心。

伍有良告诉王先去内蒙古大库伦走镖，来回要走三个月，一路辛苦不说，那一带还经常有强盗出没，随时有生命危险。王先说："不怕，有你和弟兄们在，我怕什么？你们走得，我就能去。"

押送的货物不少，有从太原送来的红枣、核桃、瓜子；有大同府的毡帽、毡鞋、帐篷毡顶、地毡等；还有从北平来的丝绸、茶叶，装了满满三辆马车和十几个骆驼驮子。

王先预支了三个月工钱，给家准备了粮食和日用物品，告别了母亲和二弟说要出几天远门散散心。母亲劝也劝不住，只得提醒儿子早去早回。

　　大同府是晋冀蒙农副产品的集散地。手工业产品众多，月巷（院巷）是铜匠街，有许多铜器加工作坊，南关东西街是皮匠街，聚集了牛羊皮革加工制作的群体。大同南关东街"瑞荣锦"皮毛行的老板张福，经过半月集货和准备，聚集了南关多家的皮袄、皮裤、毛毡、毡鞋、皮帽、绳索、马具，还有加工精美的铜器，比如铜火锅、铜壶、铜酒具……这都是寒冷而多羊的大库伦所需要的。

　　张福是精明的皮毛商人，他多次来往于大同和内蒙古大库伦之间。大同的商界人士都相信他，总是让他代办大库伦商务。还有一位走大库伦的大同人叫刘铖，他和王义、东羊市巷的项贵是磕头弟兄，小时候家境苦寒，十三岁那年，听皮坊里的人说到大库伦能挣大钱，正好一个驼队要到大库伦，缺个拉骆驼的，他就当了小驼倌。从大同到大库伦，驼队顺利也要走六十多天，来回要走四个多月，途经大片沙漠，气候恶劣。有钱的商人坐在骆驼上，小驼倌则是徒步。有时候晚上也走，瘦小的驼倌瞌睡了，就把拉驼的绳子缠绕在自己的腰上。小驼倌还要帮着做饭，在野外背风处，刨草窝灶，用驼队自带的干牛粪生火做饭，就这样历经千辛万苦到了大库伦。十几年过后，二十六岁的刘铖已成为一名精明的商人。这次，他从太原运来红枣、核桃、瓜子等，又从京城运来丝绸、布匹、茶叶等，装了十个骆驼驮子。

　　刘铖和张福租了两辆花轱辘马车，聘请了东关习武堂季德刚亲自带队押镖，出发前往大库伦。

　　季德刚亲点了伍有良、张聚财、刘旋等五名徒弟，配备刀、剑等短兵器和一杆火枪。伍有良引见王先加入了驼队，担任驼队的驼倌和杂工。第一次跟着季师傅出远门去大库伦，王先既激动又紧张。

秋末冬初启程，大寒前后返回大同。众人头戴防寒的马虎儿皮帽，只露出双眼和口，腰缠几匝宽宽的内蒙古式腰巾，脚着云儿鞋，鞋头上翘着尖角，站在阳光下看影儿可判断时间。骆驼上自备干牛粪片当柴烧，半道上以雪化水，解渴做饭。晚上支开简易帐篷，露宿荒野，还要和野狼及土匪周旋。这些，季德刚都做好了充分的准备和细致的谋划，确保人员的安全和货物的万无一失。习武堂众人在季德刚的带领下，多年走镖没出过大错，在大同小有名气，是一家靠得住的信誉镖局。

骆驼商队从大同府东关出发，沿着饮马河北上，路经狄巧妹的娘家古店村，又经巧妹的嫂子狄高氏的娘家山底村。两天的路程，张福、刘铖各坐着租来的马车和十五匹骆驼的驼队扬着一路风尘，近黄昏时来到边塞古镇——得胜堡。

得胜堡是明代"九边重镇"之首，堡墙石砌砖包，高三丈八尺。墙上筑有雄伟的城楼，高耸的瞭望塔还有敌台、女墙、垛口、箭孔等军事设施。得胜堡占地三百六十亩，是当时最大的军事边堡。得胜堡北靠八棱碑山，东傍饮马河。宽阔的饮马河河谷穿山而过，给荒芜的边塞平添了一道绿色走廊。得胜堡左右相隔半里有两座古堡——市场堡和镇羌堡。茶马古道在市场堡和镇羌堡中穿过，直通得胜口。得胜、市场、镇羌三堡呼应，为梯状分布，职能各不相同。

市场堡客栈、货场、市场众多，是商旅买卖、打尖住店的场所，有边关最大的马市和牛羊市，也是众商旅去内蒙古等待通关的驻所。镇羌堡住着众多边民，是给养供应三堡的后勤保障。

得胜堡宗教场所众多，堡内建有大小庙宇七十二座，是寺庙最全的边堡。堡内除了佛、道、儒等宗教建筑外，还有穆斯林的清真寺、主战神的敬武堂、供奉少数民族的仙人胡庙。得胜堡众多庙宇是周边士考升迁、武将出征、商旅启远必去朝觐的圣地。走茶马古道过了得胜口就是内蒙古地段的苍茫千里草原。

季德刚带着骆驼商队走进市场堡时，正是骡马市和牛羊市热闹的阶段。市场堡不算大，堡墙多年失修有几处已塌毁。骡马交易在太阳落山前是最繁忙的，精明的买家在马市转看了大半天，观察好了骡马，询问好市价，也该下手买了。市场堡西面大片场地是马的交易中心，集中了许多人和马。这里有蒙古马、伊犁马、三河马、河曲马、夏尔马、东北挽马、关中马、大宛马，还有驴子、马骡、驴骡、牛、羊。周围还有摆摊卖马具、草料、农具的，叫卖声让小小的市场变得沸沸扬扬。买家试骑着马匹，鞭子一挥，扬起一片尘土。

马市内，买卖双方在袖筒里不停地捏拿着，数着对方的手指，暗地里进行着神秘的交易，时而摇头否定，时而抬头大笑，伸着拇指赞许。袖筒里的交易神秘而又隐蔽，谁也不知他们交易成功的钱数。买主们得意地转悠着，与卖家不停地袖筒问价，一家一家问询，又一家一家否定，到太阳落山时才一一定货付款，牵走骡马。

四岁口到六岁口的骡马、带驹和带肚的马是马市的抢手货。草驴、辕骡、套骡也好出手。牛羊市里也熙熙攘攘，肉牛、耕牛、奶牛、山羊、绵羊、滩羊，名类齐全。牛犊和羊羔在秋后价格最便宜，也是穷苦农民的首选。

市场堡东北十字街旁的肉铺也十分热闹，现杀的羊肉、牛肉，供人们带回家美美饱餐一顿。有锡林郭勒绵羊肉、麻地沟草药喂养大的羊肉。尤其是采凉山麻地沟药羊，做起盐煎羊肉和手抓羊肉，没有羊膻味，很受人们喜欢。

季德刚的驼队路经马市、牛羊市到十字街向东，又经过肉铺。张聚财看到新鲜的羊肉，对刘旋和王先说："快看，肉铺里的羊肉多鲜呀，晚上吃羊肉莜面，你们看怎么样？"

"行，馋猫又想吃肉了，走了两天也该补补体力。和王先他们几个人打平花，分摊买肉也花不了许多钱。"刘旋应答着。

驼队走到市场堡东南一家四合院客栈，临街掏空四间草房，麻纸糊窗，窗中镶着几块玻璃，可清楚看到房内几张八仙桌和围桌的木凳。草房东面有扇朱漆小门，门框边木棍斜搪着酒幌"吉祥酒店"。酒店再往东有一高坡门楼可通四合院内，堡墙边有一木栅栏大门，是牲畜、车马进入场院的通道，也是吉祥酒店的后院。

季德刚走到门楼前，吩咐伍有良叩门通报店主。一会儿，门楼走出一长袍中年汉子："季师傅稀客呀，怎么这次您亲自走动？有重要事办？"

"没什么大事，多年没去大库伦，有些琐事需要打理调整。"

"您里边请，请问怎么住？"

"开两间上房，两位客商住，我们都住下房吧。"

张福和刘铖说什么也不让季德刚住下房："季师傅，不行，您怎么住下房？我和老刘住一间，您住一间不就得了，费用我出。"张福抢先说道。

"不是费用问题，我要督促徒弟们多上心，一路都不能懈怠！"

"不行，不行！您要不住上房，我们也不住，咱们一块住下房。"刘铖也不依不饶地说。

季师傅看无法推辞，勉强答应："好吧，我和伍有良一间，其他人都住下房。"

王先和车倌、驼倌们，忙着赶车牵驼，进了栅栏门后院，卸车、卸驮、牵马骡进圈，把卸下货的骆驼在当院围成一圈拴好，铡草喂马、喂骆驼，码货物。这时，张聚财偷偷溜出大门去十字街买羊肉。

张聚财走到十字街，堡西北角围着许多人说笑着、拥挤着看热闹，他也好奇地走了过去。

张聚财挤开人群，见一木架旁的马桩上拴着两匹马、一头驴。一匹高大雄壮的大宛马，大头小耳，鬃毛长长，马尾粗密，前胸宽阔，蹄大腿长，体态清秀。大宛马奔跑后鼓起的双肩流出红色汗水，所以又把大宛马叫汗血马。在大宛马旁拴着一匹高大细壮的呼伦贝尔三河马，三河马体质结实，动作灵敏，奔跑速度快，挽力大、持久力强。再旁边拴着一头叫驴，长耳白嘴，白眼圈，一身短毛黑亮如绸缎，鬃毛剪得整齐，驴尾编成了粗辫子，白腿白蹄，高大如马。

一个光头长满一脸络腮胡子，小眼扁鼻，四十多岁，虎头虎脑，一咧嘴露出一排黄褐色大板牙，左脸一粒豆大的红色瘊子长着长长黑毛，不剪不剃，说是福毛。大汉向围观的人们打着招呼，做着鬼脸，扭动着肥肉，逗得围观的人不停地大笑。

一个农户打扮的汉子牵来一头驴子，对大胡子说："配种的胡汉，我这头草驴每年下一匹骡。今年给我配个辕骡，我全凭它挣钱，是个宝贝，好好给配。"

张聚财呆呆傻傻看得出神，没注意被身后一人拍了一把，吓得他回过身子，说："谁？疼死了！"

"看啥呢？"

张聚财一见来人是刘旋，问道："你怎么也出来了？"

"我来了一会儿，躲在你身后，你没发现我。"

张聚财指着刘旋鼻子笑着："早来了也不叫我一声。"

"羊肉呢？怎么还没买？"

"咱们一块去买。"两人拉扯着走向肉铺。

王先和车倌们在后院忙了一阵，才走回前院。前院一溜五间上房，房顶上长满了扫帚苦苦。每间当中开门，门两边有麻纸糊着的窗，窗中间镶着一块擦得锃亮的玻璃。远看正房像五个蓬头垢面的疯汉，张嘴瞪眼。进门见靠山大炕，炕沿下地灶铜壶滚冒热气。炕上铺毡，长方炕桌上摆了干果、茶壶和几只茶碗，茶碗早已挂满黄褐色茶垢。铜烟锅插在烟袋里，挂在两边土墙上，白墙已被旱烟油熏成淡黄色，房梁、檩、椽都被烟气熏黑，暴露出暗色木纹。

东西下房每边各四间，每两间掏空成四组打尖客房，打尖房内是顺山大炕，炕上无席，炕面平整光滑，用高粱面糊刷过，被人们磨蹭得油光发亮，像一块被打磨得褐黑透红的铁板。靠窗台边有一个硕大的锅台，两个灶眼上放着炒瓢、蒸锅，二尺圆蒸笼上盖着高粱皮编的席箅子。蒸笼还冒着热气，随时候着过路客商自做饭菜。

张福、刘钺的晚饭，吉祥酒店早已备好，盐煎羊肉、炒三鲜、猪肉丸子、粉条豆腐大烩菜，还有一瓶草原白小烧。张福、刘钺招呼着季德刚和伍有良。

"二位莫客气。明天事情很多，不便喝酒，二位喝吧。"季德刚推辞着。

"你看这怎么说，都准备好了，少喝点，误不了事。"

"明天一早，我们去得胜堡祭拜神庙。香、表、蜡、纸都已备好。"

张福、刘钺劝道："不碍事，这草原小烧六十五度，绵绵爽口不上头，少喝点没事！"

"明天，太阳没出前就得到得胜堡关帝庙上头香，五爷庙、胡庙、笔神庙也得上早香。伍有良，你更不能喝酒，你明天一早带上王先，去丰镇找谦瑞吉东家刘德财。他有五驮皮毛要运去大库伦，你去点货办镖，让王先看一夜，后天早上一并启程去大库伦。"季德刚吩咐着伍有良。

"不喝酒也得吃饭，走，走，进屋吧！"张福、刘钺把李德刚、伍有良连拉带拽地推进了上房。

王先和两个车倌走进西面下房。过路的脚客、打尖的车倌、拉骆驼的驼汉正在做晚饭，一个做完下一个再做，排着轮做着各不相同的饭菜。有捏高粱饹饻儿煮干菜，有蒸糕炒鸡蛋，有粉面剜莜面鱼鱼，有稠粥豆腐花花菜，有豆面饸饹葱花腌水。各自做完饭，把炕头烧得火烫，放点儿毛草便可点燃。

张聚财、刘钺割了二斤羊肉，剁成碎末，放在几个碗里，花椒面、葱花、盐粉、麻油搅拌均匀放笼里和莜面一起蒸熟，勺舀蒸锅滚水倒肉碗里，莜面鱼鱼蘸着肉汤吃，又鲜又香。几个人打平花，叫王先吃饭。

"你们吃吧，我不爱吃莜面。"王先推辞着。

"正好做了五份，有你一份，怎么就不吃了？"

"那份留给伍大哥吃吧，我就算了。"

"伍大哥赔张福他们喝酒，你就别留了。"

王先心想："我哪儿有钱打平花，钱都留给家里的娘和小弟了，离家时炒了半袋炒面和半袋炒米供路上吃。带了有数的几个零花钱，路还远着呢，咋敢乱花？"王先摇着头走出下房。

"我去给牲口添点草料，你们慢慢吃，别管我！"

"啥人呀，不吃拉倒！"张聚财生气了。

王先走出下房到后院场地。他给两辆马车的骡马添足了草料，走到卧在场地中央的骆驼边，转圈在骆驼前面的布袋里加着草，又顺手拿起锹和扫帚，打扫起牲畜的粪便。骆驼拉出一颗颗大板栗似的粪便，打扫起来也容易。王先干完活拍手拍衣，又回到下房。

王先推门进下房，一团浓烟混着蒸气涌出房门。汗脚发出的腥臭冲天的脚臭味、一人一把旱烟袋冒出的烟油味、男人劳累了一天身上发出的汗酸味、烧火的杂草和干牛粪味，各种味道混杂着，充满了整个屋子。人们不住气地咳嗽着，往地上吐着浓痰。人们给这种味道起了名，叫"光棍味"。今天的光棍味也太浓了吧！王先从自己的背袋里用碗挖出半碗炒面，舀了点蒸锅滚水倒在碗里，用手搓捏着炒面，一口口吃了起来。

"那儿有蒸羊肉莜面给你留着，赶紧趁热吃，凉了就腻了！"刘旋指着蒸笼里的莜面和蒸肉说。

"你们吃吧，我不吃。"

"啥人呀！一块儿出来同甘共苦，一起吃个饭怎么了？嫌我们？"张聚财质问着。

"不好意思，我不能一路白吃白喝。不瞒你说，我把钱全留在家里了，就吃这个挺好！饿不着就行！"

"一块混吃吧，今日有酒今日醉，哪管明日米和柴，高高山上一根棍，舒服一阵儿算一阵儿。"刘旋说。

"不行，路程还长，钱不算计着花，就回不来了。"王先慢慢嚼咽着炒面，每吃一口就瞪圆眼睛强行咽下。一说话就喷出面粉，他只好微笑着点头，对张聚财、刘旋表达了谢意。

炒面是用大麦碾成粉炒熟，再用水和成团的一种草原方便食品，炒米用小米或者黄米炒熟，闲时用手抓着吃，喝一点儿水细嚼慢咽。吃炒米就得像骆驼一样不停地磨着牙，把那又硬又硌牙的炒米磨碎，用唾液裹着咽下。吃炒面、炒米最好少说话，一个不小心就会喷出或呛着嗓子，咳嗽个不停。王先吃完半碗炒面，向门外走去。

"聚财、刘旋，我去铡草，准备明天的草料。"光棍味憋得他喘不过气，小兰花烟呛得嗓子痒痒，总想咳嗽，王先逃离那不可忍受的光棍房，漫步来到后院，深深吸了口马粪、骆驼粪的味道，那也比光棍味强上百倍。后院还算宽敞，用木栅栏围了一大片地，堡墙豁口也用木栅堵着。十只骆驼在院当中卧成一圈，刚吃完一遍草料，骆驼扁着嘴反刍着、嚼磨着，一会儿也不肯停下来。

骆驼吃的草和牛吃的差不多，干草、杂草都行，吃完草料再喂点儿盐鬼（混杂低廉的土盐）。可是拉车的骡马不一样，骡马吃的干草必须铡碎，除去草疙节，和煮熟的黑豆混合在一起喂。

王先铡完草又出圈，把马圈的粪尿铲出，用新的黄土垫好。接着，他又去扫院，接着把骆驼一匹匹打起，摸了摸他管理的几匹骆驼。王先笑着看了看它们，觉得那吃相又心烦又可笑，骆驼吃完草料还不停地磨牙咀嚼，两片扁扁的驼唇来回摩擦着，嘴角流着长长的涎水，两只驼眼圆圆的满不在乎地低视着王先。

"这不停地磨，有啥磨头，真烦人！能不能停一会儿，不嫌累吗？"王先用双手捏紧骆唇，不想让它磨动，可怎么也捏不住，滑脱数次，骆驼还在不停磨牙，像是在逗王先玩儿。王先又用双手上下压紧，还是不行，改用单手捏唇，两指伸进骆驼鼻孔里撑开，想看缰绳是怎么穿过鼻孔的。他侧着头，弓着腰，靠近驼鼻细看，还没看清，骆驼龇开扁嘴露出一排板牙，打了个响鼻。草沫和涎水喷了王先满头满脸，衣服大襟上满是黏稠的草沫。

王先手拉着袖口在头上脸上猛擦，骂骂咧咧道："打喷嚏也不找地方，一点儿礼法也没有，明天不给你喂草料，饿你一天！"

听了这话，骆驼都打起了响鼻，一匹接着一匹，此起彼伏。

"这是怎么了，怎么都打喷嚏？感冒了？"

骆驼吃完草料又原地卧下，两片扁嘴还在不停咀嚼着，回味着。那粗粗长长的涎水挂在嘴角不肯落下。王先用骆驼脖子上的长毛擦着脸和脖子，拉着长毛擦拭衣襟，可那腥腥的、黏黏的草沫总是擦不干净，老有一股怪味钻进鼻子里。王先累了，身子疲倦了，找了一块砖头垫在屁股下，靠着一匹骆驼的驼峰坐了下来。

边镇深秋的夜晚又湿又冷。王先靠驼峰避着夜风，驼峰暖暖的，绵绵绒绒的感觉舒散着王先两天来的劳累。他到驼队后喂牲口、打扫场院、铡草喂骡、出粪垫圈、装货卸驮、捆绑苦货、照看护院，忙前顾后，两天来没怎么合眼，一股困劲涌了上来，双眼慢慢合上，轻微的鼾声一阵阵响起。

"王先！回屋去睡，在院里干啥？不怕夜里着凉？"伍有良过来招呼着。

"知道了，待一会儿就回去，您先睡！"王先实在不愿回屋，屋里光棍味臭气熏天，炕头烫得没法睡。饭后，四十多岁的两个车倌和两个跟车的半老头子，你一言我一语数说着艳俗段子。张聚财、刘旋几个年轻人听着，哈哈笑着，不时又互相逗着乐，说出的段子实在不堪入耳。

人们你一言我一语地讲着。这是穷苦农民茶余饭后的乐子，虽俗不可言，但确实存在。村村如此，处处照旧，是当时不可抹去的俗味风景。王先推门进屋，人们正说得起劲。

王先笑了笑，到灶前放下手里的柴草，扭头又走出房门。做饭时人们不住地加柴烧火，炕头快被烧焦了，躺着怎能睡着？还不如靠在驼峰下眯瞪一会儿。

夜已深了。秋末冬初的月光显得格外明亮。透过堡墙豁口的木栅栏，遥望饮马河谷，河滩上高大的杨树遮着月光，呈现出大片的黑影。河对岸连绵起伏的山峦，显得洁白缥缈。洁白明亮的月光洒向河滩、山峦，暗黑、浅褐、灰白、亮银色勾画着水墨般的山水美景。一缕缕白云飘浮着，不时遮拦着月光，使山河变暗，又飘浮开来，使大地突变银白。一团白色雾气从河滩涌来，迷漫了整个城堡，雾气中的水粒饱含着草木的枯香和河水的腥味。雾气打湿了驼毛，也打湿了王先的衣衫。淅淅沥沥下起了小雨，一条条白色的雨丝夹杂着小片雪粒敲打着地面。王先清醒过来，赶紧拿起苫布把货物都遮严、捆好。忙完一阵，雨也停了，月亮又重新露出了脸。那弱弱的白光照着，微微的河风吹得王先全身冰凉，不由微微地颤抖着。驼峰的长毛也湿透了，已不能靠着取暖。这时，伍有良夜巡看到王先忙活着。

"忙啥呢？还不快去睡觉，有活明天再干，明天去丰镇，事多着呢。"

"好嘞，马上睡！"王先应着。

"快去睡觉！"

下房里早已鼾声一片。炕中和后炕挤满了人，热烫的火炕烙焙着人体，人体散发出刺鼻的汗腥味。只有炕头还空着一大片地方。王先上了炕头，找了块砖头枕着和衣而睡。一会儿，还没来得及睡着，衣服上的热气便蒸得他翻滚着身子。炕头太烫，只好坐起靠墙而睡，可屁股又被烫得生疼，靠墙蹲着也不行，热意透过鞋底刺疼双脚。王先跳下地到院里找来两块砖头，垫在脚下靠墙眯瞪着。半天怎么也睡不着，跳下地又走回院中。

王先把货物摊平，坐在货堆上，身子靠着木制的驮杆，拉起一角苫布围在身上，远眺着偏向西边的月亮和闪闪的繁星。王先想着，回忆着，他这次出远门，去内蒙古大库伦就没想能活着回家。听说大漠荒凉寒冷，冬天下大雪，年年都要冻死许多牲畜和人马。一路上多遇狼群，又有土匪劫道。自己身无钱财，穿得单薄，怎能扛过漫漫冬天、走过茫茫险路？这趟大库伦押镖路，十有六七不能活着回来。王先想着，想着月光下的曹夫楼、雄伟的大同、和阳门城楼和自家的茅草屋。他想着母亲，想着小弟，想着死去的狄巧妹，想着出嫁的小莲。他惆怅了，伤心了，眼睛潮潮的。那一幕幕回忆揪着他的心，使他痛不欲生。他在逃避自身的痛苦，想了结这一桩桩的心结。可又想起家里还有吃糠咽菜的母亲和弱小的弟弟，他放不下心，也舍不得家。若是巧妹还在，一家人红红火火、温温暖暖，再苦再累也觉得幸福。可一个温馨家庭现在没了，像肥皂泡一样破灭了，只有空虚和憎恨，他恨洪水冲毁了辛苦两年澄成的畦畔，让自己又变回无地耕种的贫苦农民；恨自己刚从小莲出嫁后的痛苦中拔出，还没尝够巧妹给他带来的温暖和安慰，巧妹就撒手而去。小莲、巧妹的俊脸交替浮现，他流泪了，抬起袖口擦着泪水。他又想起母亲和小弟，如果有一天他不在了，母亲和小弟日后怎么活？由谁来照顾？他担心起来，有生以来第一次害怕，害怕得眼睛发黑，像无底的黑色深渊，时时纠缠着自己。他后悔了，后悔自己轻率地走出家门，不管不顾年迈的老娘，他开始觉得他自私，他卑微。他想家了，他想回家照顾母亲和小弟。此情此景，正好应对了边关古堡长年流传的一段民谣《边关愁》：

茫茫白雨丝丝残，渺渺秋风阵阵寒。

旷野孤影眠不得，乡愁泪眼枕马鞍。

边城明月云薄淡，驼铃北往雁飞南。

将士舍家荒漠去，得胜凯旋何日还？

第八章

城堡朦胧，月挂西沟，晨曦泛白，河风飕飕。

吉祥客栈的院子里幽静昏暗。一人身着黑色紧口上衣，腰间扎系着匝腰，脚腕缠绑腿，头戴黑色武生帽，一身黑色夜行衣，在黑暗中左挪、右推、上踢、下蹲，似猿似虎，似龙似鹰，练打着形意拳法。打完形意拳，又习起太极一百零三式、武当剑、太极刀。只见剑走偏锋，寒光闪闪，刀劈华山，刀风呼呼。黑衣人身似饮马河山洪，滚滚而来，势不可挡；又如边关的八棱碑山，山势起伏，延绵不断。黑衣人武练正酣，却戛然而止，举刀站立，侧耳细听，后院货场中有异响。黑衣人举起刀，蹑手蹑脚转向后院。天色昏暗，隐约可见货堆苫布下有什么在蠕动。黑衣人猛地挺刀，大喊一声："什么人？出来！若不出来，看刀！"黑衣人举刀下劈，苫布"哗"的飞展开。

"娘呀！"

一声惊呼后，苫布下钻出一人，撒腿向前院跑去，边跑边喊："有贼，捉贼呀！"黑衣人看那人跑向前院，没有急追，小跑着跟来。

伍有良、刘旋闻声跑出门，看是王先在喊，急问："贼人在哪？哪里有贼？"

王先指着身后的黑衣人，闪在众人身后。

"伍有良、刘旋，快把此人拿下！"黑衣人刀指王先大喝道。

"师傅，您误会了，这不是王先吗？"刘旋嘿嘿一乐，原来黑衣人是季德刚。

"王先？王先怎么藏在货堆里？"季德刚满脸狐疑。

王先这才静下心来，向季德刚一拱手，道："原来是季师傅，黑暗中我没细看，以为强盗穿夜行衣来抢货，误会了！"

"不在屋里睡觉，藏在货物堆干什么？"

"我早起小解，看到刘旋他们睡得正香，不便打扰，就自己来到后院，看堡墙破损极易进人，就围着苫布取暖，顺便看护货物，谁知看着看着就睡着了。"

"胡闹，赶快回屋睡觉，天亮后伍有良带你去丰镇催镖、装货，在丰镇看一天货，第二天一早带驼队在牛王庙路口等着。"季德刚让大伙散了，各去准备自己手中的活计。

天亮了，季德刚和张福、刘铖、张聚财、刘旋一干人，洗漱完毕，拿了早已准备好的各色供品，还有香烛、黄裱、烧纸等，急急走向前面的得胜堡，赶着敬头香。

进入得胜堡，季德刚他们一伙人一一拜了关帝庙、观音庙、五爷庙、玉皇阁、土地庙、胡庙和神笔庙，驼队在市场里休整一天，等第二天再走。

得胜堡内建制规整，呈东西中轴对称，由北向南建有神武阁、木牌楼、菩萨阁、城阁、玉皇阁等标志性建筑。玉皇阁东有参将府，当时驻正三品武官，负责所辖八堡军务，参将府周建有火药库、制弹房、箭岛等。玉皇阁西为布政署，住六品文官，负责处理堡内民间事务，堡内街道格局为三大街、六小巷，大街小巷，错落有致。

伍有良和王先从茶马古道，穿过紫塞阁，走得胜街，出了得胜口便看到口外的漠漠草原。秋天的饮马河河谷苍茫辽阔，河边、湿地草甸、山脚下皆有几处白色蘑菇状毡包，毡包前停着一辆木制牛车，牛车上拴着几头牛，哞哞地叫着，毡包门前两只狗追逐着，不远的木桩上还拴着两匹蒙古马，甩着尾巴，刨着前蹄，打着响鼻。放眼望去，山坡上、河旁边、草甸里，各有几片白色的羊群，给荒芜草甸添了一些生气。

王先指着毡包问伍有良："那蘑菇状白色包包是干什么的？"

"那是蒙古包，是蒙古族人的房子，用竹竿、毛毡支起的帐篷。帐篷经常用牛车拉着，不停地搬迁。"

"那几个村庄住的不是蒙古族人吗？"

"村子里住的是汉人，汉人种地不搬家，蒙古族人牧羊，跟着水草走。"

"噢，咱们进去蒙古包看看吧。"王先好奇地想到蒙古包里看个究竟。

"不行，今天事多，越往后走蒙古包越多，让你看个够。说不定咱们还要住蒙古包呢！"

伍有良和王先顺着饮马河向北走去。秋天，边关的寒气来得早，大同的饮马河还绿茵葱葱，而这里早已枯黄一片。边关地势高，瞧不见了河滩上的沙枣林和酸刺丛，只有高大的胡杨和高山草甸湿地。王先仰头望去，湛蓝湛蓝的天空上飘着几朵棉花白云，天边一队大雁向南飞去。一只雄鹰在高空盘旋，凝视着草甸，凝视着山岗，凝视着河流。

从远方毡房中传出低沉的马头琴声，马头琴低音悲凄苍凉，高音又带几分铿锵高昂。伴着琴声的是女子悠扬的歌声。

> 饮马河谷秋色一片苍茫，
> 弯月西落几颗星星是月的泪光。
> 梦中故乡在额吉的歌声里回荡。
> 淡淡的忧伤总是在阿爹的马头琴弦上。
>
> 天苍苍，野茫茫，
> 望断天涯，驼铃北上伊人忧伤。
> 梦更远，情更长，
> 芦花轻飘荡，风吹秋草黄。
>
> 水倒映，蓝天上，
> 鸿雁一行行，轻轻飞过，
> 花开花落，
> 依然是旧时的模样。
>
> 草原姑娘守望，整理着爱的行囊。
> 梦更远，情更长，
> 云儿知道，风儿也知道，
> 我已把爱留在洁白的毡房。

伍有良、王先顺着饮马河向北走了一个时辰，远远看到河西边的丰镇。王先早已汗流满面，他把所带的衣服都穿在身上，头上戴着防寒的马虎儿皮帽，穿着个破皮袄，腰缠宽宽的蒙古族腰巾，脚着云儿鞋，鞋头上翘着尖角，打扮得怪模怪样，惹人发笑。

伍有良看着，笑问王先："你把季师傅给你配的东西咋都穿身上了？还不到寒冬，不嫌热？"

"今天晚上不回得胜堡了，在丰镇过夜，看骆驼驮子，怕夜里冷。再说我的随身东西得随身拿着才不易丢失。"

"多余的东西包好，让张聚财他们捎带着送过来。"

"靠不住，张聚财那小子心眼歪，给我弄丢了，我怎么去大库伦？"

"说的也是！"伍有良笑着看了看这个精明的小兄弟，不住地点着头。

明长城往北去，顺着饮马河二十里有一古镇叫丰镇，镇中有上万人居住，古镇由城墙围着。三面城墙一面靠山，山叫北山，高高耸立在古镇北面，南面靠镇是陡坡，山北面陡峭岩壁，不易攀爬。镇内有几条街，东西横贯着一条长街，长街分几段，分别是城隍庙街、马桥街和西阁街。北山短街穿过长街成十字交叉街，又叫十字街，街道分布着菜市、柴草市、牲口市、粮食市。镇东的城隍庙格局小，有地藏殿、阎罗殿、土地殿、奶奶殿……庙中有百年老槐，松柏各有几棵，老槐枝杈歪扭，树皮几处鳞片暴开脱落，远看像鬼脸狰狞恐怖。夏天，几棵老树遮阳庇荫，城隍庙内森森冷冷，凄凄惨惨，使人又敬又畏。庙里的树杆都是黑色，树枝间有许多筛子大的蛛网，网着黑色蜘蛛，蜘蛛背上是鬼面花纹。冬天，高大的老槐树上偶尔站着猫头鹰，白天一动不动，脸也像鬼脸，镇里人们称它龇鬼子。龇鬼子夜里有时啼叫，叫声凄厉瘆人。镇里人常常以此来吓唬顽皮的孩童，小孩就不哭不闹了。丰镇的城墙有三个城门，西门常年不开，南门偶尔打开。东门每天日出开门，日落关门，有人专门把守，白天巡视，夜里打更，防火防盗。东门紧挨饮马河。饮马河和黑河汇流南下，常年溪流不断。东门商旅无数，蒙古族人、汉人互往，小镇繁华而和谐。镇里住着靠草原和关内做买卖的居民，做着牲畜、皮毛、日杂的生意。

王先和伍有良进镇到十字街口，街上正是人来人往，清晨的菜市、牲畜市、柴草市、粮食市早已开市，人声嘈杂刺耳，尤其卖早饭的更胜一筹。丰镇羊杂、烧卖、月饼、奶茶、油茶的叫卖声从街道两边传来，不绝于耳。十字街东北有棵大榆树，树叶落光，树枝后面显露出一块大匾。匾上写着"谦瑞吉皮毛行"。匾下是家很讲究的铺面，铺面柜台上摆着各色各样的毡鞋、毡帽、水獭皮帽、旱獭手套，铺里墙上挂着貂皮大衣、狐狸围脖……

天气不冷，王先却穿着过冬的衣服，这身打扮又特别，引得路人忍不住捂嘴发笑。王先傻傻地东张西望，眼睛总也看不够，看什么都新鲜。

伍有良催促着：“快走！看啥哪？有什么看的，小心马车！”

“伍哥，你看丰镇月饼像牛粪片一样，不如大同月饼光滑、好看！”

“那是用正经胡麻油、冰糖做成的，三油三糖精白面的月饼，别看不美观，但好吃，大同人常来丰镇买皮货和月饼。”伍有良指着月饼说。

王先正抬头看谦瑞吉皮毛行大匾时，不知从哪儿打来一颗飞弹，正打在他的马虎儿帽上炸开。王先抬头来回看了看，前后左右寻找也没发现什么异常，行人匆匆走过，只有在老榆树树荫下，几个老汉在下棋。

“唉！有鬼了？什么东西落在头上，还能炸开，炸得无影无踪，一点儿痕迹也没留下！”王先正在纳闷，又一颗飞弹飞来，打在破皮袄上，滚落在地上。王先拿起弹丸仔细看着，这是一颗用泥捏好晒干的泥丸，蚕豆大小，光滑小巧。他拿着泥弹向四周望去，在大榆树后有一个十四五岁的俊俏小后生。后生头戴白色毡帽，腰间系着蓝色腰围，蓝衣黑裤，脚踏一双高筒马靴，手拿弹弓。后生弯弯细眉，杏眼挺鼻，小口一笑，脸庞泛着红润，透着一股蒙古族汉子的洒脱。后生望着王先龇牙咧嘴，做个鬼脸，翻着白眼傻笑。王先见状，顺手拾起块土坷垃甩向后生，土坷垃打在榆树干上炸开，迷了后生的眼。那后生用袖口不住气地擦着眼睛，眼泪不断流出。后生双脚轮换不停地跺着地面，嘴里喃喃不知骂着什么。

“别惹事。到了，就是这儿，进铺吧！”伍有良催促着王先。

“好嘞，这么快就到了？”王先答应着，扭头向后生也做了一个鬼脸，双手拇指插耳，四指抓挠着，扇着风，噘着嘴，学着猪八戒，挑逗着后生，笑着走进店铺。

谦瑞吉皮毛行是前铺后院，院子分两进，前院是皮毛作坊，上房五间做皮毛大衣、皮帽、皮鞋等精细皮毛制品。下房东西各六间房，分别是熟皮子作坊，擀毡子作坊，制毡靴、毡帽、毡篷、毡垫等的作坊。谦瑞吉皮毛行名气很大，产品销往内蒙古各地和东三省。

伍有良引着王先进前院转过角门走向后院。后院上房也是五间，中间三间房掏空作客厅。东家兼掌柜刘德财迈出门，拱手作揖，谦让着伍有良、王先进客厅。

刘德财一身普通布衣干净、利落，紫红脸膛，留着长须，有点儿像关云长，双眼炯炯，透着精明和睿智。刘德财请伍有良、王先落座，寒暄几句后问道：“伍师傅辛苦了！听说此次去大库伦是季师傅亲自带队，他怎么没进丰镇？”

"季师傅陪两位客商同行，先去祭祀庙宇，随后和驼队经过丰镇，忙着赶路，就不进来打扰了，请东家见谅。"伍有良回复着。

"岂敢，岂敢。二位请吃干果。这位后生是……"

"噢，他叫王先，是我拜把弟兄，此次去大库伦跟着押镖，顺便逛逛草原，见见世面。"伍有良答复着。

"后生好英俊呀！今年多大了？翠花，有客人来了，快快沏茶，再上些点心。"

"多谢掌柜夸奖，小生今年十九岁。看到掌柜如此大气，手艺精湛，非常佩服，能遇前辈是王先我三生有幸！"王先近来和张聚财学了些斯文口语，今天派上用场，咬文嚼字地回答着。

"好说，好说！"刘德财一边应酬着，一边指着端着茶盘、碎步走来的妙龄女子说："这是小女翠花，今年十五岁，母亲是蒙古族。小女命苦，十岁亡母，娇生惯养，顽皮淘气，男孩儿性子，一身男装出入街头，惹是生非，不服管教。"

王先抬头一看，不觉惊诧。原来翠花的模样竟与狄巧妹有几分相似，白净喜人，腰细腿长。

翠花走到王先面前，对着王先狠狠瞪了一眼。王先又仔细端详，这不正是门前打泥丸那小后生吗？

翠花卸去男装，换上女装，花格粉红小褂、长裤，一双不曾缠过的小脚，蹬着一双高底云儿鞋，窈窕标致。

王先一愣，镇定后微笑着接过茶杯，点点头表示了谢意。

"刘掌柜这次走的是什么货？共有几驮？不知准备好了吗？明儿打早就要启程，不知方便吗？"伍有良问着刘掌柜。

"准备走五驮毡货去大库伦，都已备好。伍师傅清点过后就可装驮！"

"都是贵重皮毛吗？"伍有良问道。

"这次都是毡货，没有贵重物件。咱们先喝茶，让伙计们准备，吃完午饭后点货。"

伍有良和刘德财交谈着生意上的事，王先听不懂，坐着不自在，一会儿扭扭屁股，一会儿站起又坐下，被刘掌柜看在眼里。

"翠花，过来！你带王先去院里和街上转转，丰镇不大，也没什么看头。"刘掌柜喊道。

翠花听到爹在喊她，急忙过来应承着。一听是让她领着王先逛街，好像有点儿不情愿，但也噘着嘴答应了，冲着王先摆头示意：“走吧！虎儿帽，跟我来！”

说完，翠花领着王先去看前院作坊。伙计用硝水熟皮子，用长竹弓弹羊毛、擀毡子，用细羊毛揉搓毡鞋、毡帽，缝制皮衣……看完这些，她又带着王先出了铺门直奔北山。北山是丰镇十字街靠北面的一座小山，坡陡山高，爬起来十分费劲。翠花身子轻巧，迈开一双脚，流星一样蹦跳着跑在前面。王先穿着一身厚厚的冬衣，头戴马虎儿皮帽，不一会儿就汗流满面，气喘吁吁。只好将系的腰带也解下来，敞着怀，狼狈不堪。

“咳！那女子，走慢点儿好吗？等等我！”王先喊着翠花。

“一个大男人，这点儿坡就吃不消了，还算男人吗？”翠花不管不顾王先，在前面咯咯笑着，只管加快步子爬上山顶。王先也不示弱，紧跟其后，也爬上了山顶。

“累死我了，你慢点儿不行？你这是往死里遛马呢？”王先把马虎儿帽摘下，拿在手里，衣怀大敞开，汗水从胸口流下。

翠花看着王先丰满结实的胸肌，心怦怦直跳。

“谁让你打我，本姑娘也让你尝尝厉害。”

“噢！原来你报复我。你用弹弓射我，我还没说啥，你看我头上被射的大包还在呢，可疼了！”

“我摸摸。”翠花在王先额头上摸了摸，又细细看了看，笑着打了下王先的额头，“你骗人！我打在你的马虎儿帽上了，没打着脸。”

“真打着脸，破了相，赖在你家就不走了，看你怎么办？”

“打伤了就白养活你呗！”翠花笑着回答。此时，翠花看王先容貌英俊，为人潇洒，不由生出几分好感，也不嗔不恼了，微笑着指向山下的丰镇城，为王先介绍着丰镇的街道和古迹。

王先和翠花回到店里。翠花让王先坐到餐桌前等着，自己做起午饭。

王先一个人趴在桌上闲着无聊，闭目养神，等了一会儿就睡着了。这几天他太累了，几夜没怎么合眼，此时鼾声如雷。翠花围着围裙走到王先面前，见王先歪着头，嘴角流着涎水，打着鼾睡得正香，不时还吧唧着嘴。翠花看王先可笑，到灶前用抹布擦了点儿锅底黑，在王先脸上抹画起来，画了两个大眼圈、八字胡子、倒树眉毛，又在额头上写了个王字。王先睡得正香，一点儿也没发觉。翠花看着自己的恶作剧，笑得直不起腰。

没一会儿，翠花做好饭，请伍有良和爹出来吃饭，刘掌柜拱手谦让伍有良就座。饭菜已摆满一桌，伍有良推了推王先，叫他起来吃饭。王先被惊醒，猛地站起，伍有良和刘掌柜一看王先，同时大笑起来。王先呆呆地看着大家，不知他们为何而笑。他摸摸自己的头，又低头看看自己的衣服，也没有什么可笑之处。这时的翠花已笑得蹲在灶前起不来。王先纳闷地想了想，猜出准是翠花又捉弄他了，便也傻呵呵地看着翠花笑了。

刘掌柜佯装恼怒，呵斥翠花："一个大姑娘，一点儿也不稳重！快给王先赔礼！"

"我才不给这个恶人赔不是，就让他脏着，活该！"翠花呶着嘴顶撞刘掌柜。

"刘掌柜，是我的不对，来时用土坷垃迷了翠花的眼，我在这里赔个不是！"王先说。

"你看，是他不对吧！"翠花狡辩着。

"尽瞎说。快去打盆水给你先哥洗洗。"刘掌柜说完，又转向王先赔礼道歉，"真是对不住。"

翠花舀了盆水，端来放在凳子上，瞪着眼瞅着王先，又"哧"的一声笑个不停，指着水盆说："快把你那脏脸洗洗。"

"没关系，不用麻烦，洗不洗都行。"

"赶快洗洗脸，别磨蹭了，看你那脸黑的。"伍有良督促着王先。

王先笑着洗起脸来，心想这女子挺有意思。

吃完午饭，王先帮着点货，看着那一双双漂亮的毡鞋、毡靴，每双鞋底下都缝着牛皮和布纳鞋底，用蓝色、紫色的布条缝制鞋边，靴帮上还绣着各色花纹，看得爱不释手。尤其是女毡鞋，毡毛中隐隐潜埋着红色、粉色、黄色的花纹，鞋边用红绸、粉绸、黄绸搭配缝制着各种花边。还有那各式各样的毡帽，有的毡帽白色蓝边；有的毡帽褐色红边，驼绒布料；有的毡帽里子夹层开口，可以装钱和信纸；有的毡帽带耳堵和帽檐。毡垫、毡苫篷、毛毯也五颜六色，多种多样。这么多精美毡货是怎么做出来的？王先真想仔细看一看，学一学。

"伍哥，你和刘掌柜说说，我从大库伦回来，想到谦瑞吉皮毛行当学徒，不知收不收我？"

伍有良看王先那认真的样子，若有所思地说："有机会我问一问刘掌柜，一般柜上不收学徒，都是老熟人在做活。"

"你给引见引见，我想学点儿手艺。"

"好吧，一会儿我去说说。"伍有良答应着。

下午点完货物，打包装好驼驮，就等明儿一早搬上驼背上路了。天黑前吃饭时，伍有良向刘德财提起了王先当学徒的事。

"刘掌柜，王先这后生不错，年轻又肯吃苦，等我们从大库伦回来，他想在您店里当学徒，不知您收不收？"

"近年来我身体不佳，没收徒弟，尽用些老熟人帮衬着干活。我看这王先为人诚恳，灵活精明，是个学手艺的料。不过，毛行有规矩，学徒只管饭没工钱，不知王先愿意吗？"

"愿意！愿意！"王先忙说，搓着双手，喜得不知说什么好。

"刘掌柜，饭也吃了，酒也喝了。天黑城门没关闭前，我还要赶回市场堡。王先留在您柜上住一宿，明早让他拉上驼队到牛王庙路口等我们，聚齐了一块儿走。麻烦您了！"

"好说，不客气，放心吧！"

晚饭后，王先被安顿到外院一间僻静的客房。客房在作坊西南角落里。外院匠人们都回家了，院里一片寂静，没有了白天弹花、擀毡、拍鞋、揉帽的嘈杂声。王先一个人静静呆坐在桌前，回想起往事，想着想着趴在桌上睡着了，睡得很沉很香。

睡梦中，王先又见到了曹夫楼村的三间草房，他走进堂屋向东厢房的母亲道了安，轻步走进西厢房。狄巧妹端坐在炕头上，在麻油灯前绣着鞋帮。风吹得油灯摇曳着，照得巧妹恍恍惚惚，她那俊俏脸蛋儿在灯光下光彩照人，红红的嘴唇、弯弯的眉毛、浅浅的酒窝，撩拨着王先。

梦境之外，翠花送棉被进屋，看王先睡得正香，浓浓的黑眉，长长的睫毛，有棱有角的厚唇。翠花抱着棉被看着熟睡的王先，暗笑着把棉被褥在炕上铺开，转身推着王先，让他上炕睡觉。王先半梦半醒间似乎见到巧妹正在推他上炕。他顺势抱住巧妹，吻了下去。

"上炕睡觉，你想干什么？我要喊人啦！"翠花怒道。

"巧妹，我想你！悄声，别吵醒小弟和母亲。"王先喃喃道。

突然，一个响亮的耳掴狠狠打在王先的脸上。王先猛地睁眼清醒，借着昏暗的油灯仔细一看，巧妹怎么变成翠花了？王生赶紧向翠花道歉，连连说着对不住："翠花好妹妹，我在做梦！实在对不住你，我不是有意的！"

翠花用手指轻按在自己嘴唇上，说："别出声，让我爹听到就坏事了，我知道你在做梦，我不怪你。"

翠花遇事不惊，宽宏大度，展露出蒙古族女孩粗豪奔放的性格。她用手捂着嘴笑出声，看着王先惊慌失措呆头呆脑的样子，竟觉得十分可爱。

王先真是无地自容，有个砖缝也想钻进去。他站也不是，坐也不行，抓耳挠腮的不知说什么好。

"我走了，你睡觉吧！"翠花转身出门，轻轻把门带上悄步走了。

第二天早晨，翠花做好早饭叫王先吃饭。

在饭桌上刘掌柜问起王先家事："王先，你家住哪儿？家里有几口人？"

"我家在大同府城东三里远，和大同城隔着一条饮马河的曹夫楼村。家中还有母亲和弟弟，父亲三年前去世了。"

"你这一走家里谁管，他们生活怎么办？"

"家有三亩旱田，本在饮马河滩上澄了十几亩畦田，今年夏天发洪水全都冲毁了。这次出远门，我预支了三个月工钱，想到草原看看，到大库伦见见世面。"王先答着。

"去大库伦一路困难重重，险恶多，后生要小心呀！"

"谢掌柜关心，这次从大库伦返回，想让您亲手教我手艺，不知愿不愿意收我这个徒弟。"王先不放心地又问了刘掌柜一遍。

"愿意，愿意！我爹说了，你这后生机灵、聪明，是个可塑之才！"翠花抢着替爹回答。

刘掌柜瞪了翠花一眼："多嘴！王先别听她瞎咧咧，等你从大库伦回来再说吧。"

"我也要去大库伦闯一闯，也去见见世面。和王先哥他们一块去，一个月就会回来。"翠花提出也要去大库伦。

"胡闹！你去干什么？有你什么事？路上多凶险，不怕狼吃了你？"

"有先哥护着我，我不怕！"翠花跺着脚，撒起娇来，刘掌柜没再理她。

"我要去嘛，我要去嘛……"

王先拱手向刘掌柜告别，走到院里。翠花抢先一步骑上骆驼，等着王先。

"翠花，你下来，明年爹带你去大库伦。听爹话，下来！"刘掌柜喝喊着。

翠花在驼背上笑了起来："我不去，逗您呢。先哥不认识路，我把他送到牛王庙路口就回来，您就放心吧！"

"送到路口就回来！王先，你一定让她回来。这孩子太任性，一点儿也不让人省心！"刘掌柜再三叮嘱王先。

五匹骆驼驮着毡货从十字街路经过城隍庙，翠花指着城隍庙对王先说："昨天半夜，城隍庙树上的魆鬼子又叫了，叫声特别凶，又要死人呀！你路上一定要小心！"

"我才不怕什么鬼呀神的。我就是个恶鬼，专盯着你这样喜人的姑娘，你可要当心啊！"

"你要是恶鬼，我才不怕呢。我专打恶鬼，你走到哪儿，我就追到哪儿打你，打得你服服帖帖才算。"

王先牵着骆驼，翠花坐在驼背上，二人说着话，不一会儿就到了牛王庙路口。王先拴好骆驼，让翠花从骆驼背上下来，可翠花说什么也不下来："我不下骆驼了，我要和你去大库伦。"

"翠花，快下来，别闹！一会儿伍有良带着驼队上来了，让他们看见不好！"

"我就是不下，我跟定你了，就让他们看见。"

"好翠花，好妹妹，我的姑奶奶，快下来！"王先急了，用手揪着翠花脚腕往下拽！翠花没坐稳，头朝下大喊着就栽了下来。王先见状，立刻麻利地把翠花抱在怀里。翠花顺势搂住王先的脖子，两腿紧紧缠住王先的腰。王先撇开翠花的腿，想让她下地，可翠花就是不松开。

"好妹妹，我叫你姑奶奶，让人看见了多不好，下来！"

"我就不下，就让人看见，看你怎么办！"

"你不下，我扔你下去了！"

"你敢！谁让你揪我腿，差点儿把我摔了，惩罚你！你香我一口，我才下！"翠花呶着嘴，闭着眼等着王先吻她。

"别闹，让人看见多不好！"

"不行，快点儿！"翠花噘着嘴，就等王先亲她。王先看看周围没人，只好像鸡啄米一样对着翠花的嘴亲了一下。

"不算，昨晚你怎么亲的我，今天怎么忘了？这个不算。"翠花摇着头，又闭上了眼。

"昨天夜里我是梦游，神志不清，今天不同，我不能这样做！你饶了我吧。"

"不行，不亲就是不下！"

"亲一下就下来，听话啊！"说完，王先抱着翠花的头深深地亲了一口。

翠花趁王先不备，在他嘴唇上狠狠咬了一口。王先疼得大叫一声，说："你怎么咬人，真狠心！"

"谁让你欺负我？让你永远忘不了，我给你留个记性！"

这时，远远看到季德刚的驼队响着驼铃慢慢走来，翠花放开手脚跳到地上，看到王先上嘴唇有两排红红的牙印，赶紧用手搓揉几下，生怕别人看出来。

王先轻轻推开翠花说："别乱动，他们来了！"

王先将翠花领到季德刚面前，说："这是刘掌柜的女儿，叫刘翠花。"

"季师傅，您好，小女有礼了，家父有事不能前来，特让我代他向您问好，货物都已备齐，皆清点交接过了。"

"好！姑娘请回，向你爹问好。走嘞！"

驼队上路，王先回头向翠花招手。

只听翠花放声高喊着："先哥，从大库伦返回记得进城来看我，我等着你……"

浩浩荡荡的驼队走出老远，只听翠花扯开嗓子唱起了悲凉凄切的《走西口》：

正月里娶过个奴，
二月里走西口哟，
早知你走西口，不该那个娶过奴。

哥哥你走西口，
小妹妹也不能留。
送哥到大门口，知心话儿说不够。

走路你走大路，你不要走小路。
大路上人儿多，
住店拉呱解忧愁。
……

第九章

　　季德刚催促着驼队离开丰镇，路经黄旗海湖泊，过了集宁稍做休息，两日后来到白音察干地界。白音察干路上几十里不见村庄，只有零星的毡包，远远地散落在山洼、草甸、河边，路旁的枯杨上偶然会见停着一两只乌鸦。还有一群群家巴雀儿在草原活跃着，时不时飞起又落下，落在枯树上，落在草丛间。

　　晌午过后，远远有十几匹骆驼从白音察干方向悠悠走来。骆驼货架上坐着商人。商人见到季师傅的驼队就喊骆驼停下，向季师傅招呼着。

　　"你们是从哪儿来的商驼？前面路不通了，请回头往集宁走吧！"

　　"前面什么情况？路上怎么了？为什么路又不通了？"季德刚问道。

　　"你们在集宁没见告示吗？前面有土匪，王爷在白音察干设卡，封路剿匪。车马商驼、任何人等一律不得通过。"

　　"剿匪为啥还要封路？这是哪门子规矩？"季德刚愤愤道。

　　"谁要偷越过卡，抓住按通匪论处，商旅、行人没人敢过，有几个胆大的当地人偷偷过卡回家，被府兵抓去坐牢，还有两个绑在镇边木桩上示众。这不，我们只好回头到集宁住下，等待消息。"

　　"那怎么行？那得等多长时间？"

　　"没准头，少则半月二十天，多则两二个月说不准。"

　　"这可麻烦大了，怎么办？回头去等？"季德刚和刘铖、张福商量着。这时又有一队人马回头走来，稀稀落落走回不少人。

　　季德刚让驼队向前，在白音察干不远处停下，叫来伍有良。

　　"伍有良！你带一个人进白音察干镇里去看看。找镇上聚福顺客栈掌柜马良，说我们一定要过卡子，让他想想办法。"

"好嘞！前几次去大库伦都住聚福顺，马掌柜我熟，您放心！"伍有良回答着。

"你对马良说，咱们不能返回，更不能耽误商期，信誉事大。你再带上一个兄弟，快去快回！"季德刚叮嘱道。

"季师傅，您放心吧。"伍有良答应着，扭头看着张聚财、刘旋，问道："谁和我去？"

张聚财低头不语，刘旋刚要站起，王先抢着说："我去！我去吧，我和伍兄去探情况。"

季德刚看了看王先，王先衣服破旧，很像当地人，而且先前的几件事办得胆大心细，机敏灵活。他想了想就点了点头。

"那就让王先和你一块去吧，快去快回，注意别出事！"季德刚边说边招呼驼队就地休息。安排人去喂骆驼后，他和刘铖、张福凑在一边商量起怎么过卡。

伍有良、王先走到关卡，见墙上贴着一纸告示，王先不识字，闷着头就往前闯。

"什么人，没看到告示吗？不能通过！瞎闯什么？回去！"白音察干镇上有两个拿马枪的士兵，路边的木条凳上还散坐着几个骑兵，看王先和伍有良走来立刻喝道。

伍有良赶紧上前说："我们是镇上聚福顺的伙计，出镇办事刚刚回来。"

"聚福顺伙计？我怎么没见过你们，聚福顺掌柜叫什么名字？"一个士兵怀疑地问着。

"掌柜姓马，叫马良，是山西阳高县人，和我们是老乡，在这儿开了多年客栈了，在镇西边还有家聚财源杂货铺。"伍有良不慌不忙，说得头头是道。卡子上的两个士兵上下打量着伍有良和王先，围着二人转了一圈，看他们两手空空，干粮袋也没拿，不像走远路的样子，便摆了摆手让他们进了镇子。

伍有良领着王先朝着镇子里靠东的一家客栈走去。街面上行人稀少，不时有王爷的骑兵飞奔而过。骑兵都是新组建的，一身草原袍，脚踩马靴，背上背着马枪，手提细长马刀，个个身体健壮，挺身威坐在马背上。

伍有良和王先快步走到聚福顺客栈，伍有良让王先到客栈前的饭铺等着，并观察街上情况，一有异常动静就通知他，他们好赶快走人。嘱咐完，他便一人进客栈去找马良了。

王先在饭铺靠门口边的小桌前坐下，跑堂伙计走来招呼道："客官，需要点啥？里边坐，门边冷！"

"没关系，就在门口吧，我身上燥得慌，吹吹风。给我上一盘羊头肉，二两草原烧，一壶奶茶，一碟五香大豆，越快越好！"这是季德刚安排的场面，王先乐得白吃一回羊肉。

王先慢慢喝着烧酒，观察着街面，街对面有曲艺小厅，时不时传来三弦的弹奏声。这乐声在王先听来和竹弓弹羊毛声没什么两样。细听之下，琴声中夹杂着声声叹息，没一会儿，有女声唱起了悠扬悲凄的小曲，歌声婉转，悠扬动听，时不时引来人们的一片喝彩声，也勾起了王先的回忆和遐想。

枯木古道黄沙，
昏天草地雪花。
寒峭野狼兵卡，
无奈飞越，
路断滞游天涯。

一曲唱完，人们喊着好，让再唱一曲。这时三弦音又起，并夹杂着胡琴、月琴声。曲调悲伤惆怅，歌词中隐隐有期盼着情郎到来之意。

远离家，强插花。
弹唱歌舞俏眉频，
盼君来下榻。
踩镫下马疑是他，
移步窗前细观察，
羞答答空戴野菊花。

野狼嗥，悍兵卡。
绵绵山峦难到达。
情郎默许下，奴家想郎眼盼瞎，

难不知痴妹夜画，

画不尽那朝阳到晚霞。

王先听得入神，被歌声迷住，眼泪汪汪，此情此景，使他想起家乡，思绪飘荡在饮马河畔。

这时街面上走来两人，一个是王府的骑兵，另一个商人打扮，两人拉拉扯扯进入饭铺。坐下后，商人要了盘抓羊肉、一坛烧酒、几道炒菜。商人拱手让骑兵吃菜、喝酒，看样子像老乡见面般热情亲切。

商人问："你怎么当上王府骑兵了？"

骑兵回答："没办法，当骑兵剿匪给钱多，还是现钱。有吃有喝，管他呢，快活一天算一天！"

"王爷剿匪不是得胜了吗？土匪头目也被打死了，还剿什么匪？"

"你是不知，大头目死了，可二头目和三头目各组织了散勇，两股残余想通过白音察干向草原深处逃窜，所以王爷设卡，防止有匪混入商队。"

"都是些残兵败将了，王爷为什么还集中这么多人？"商人说道。

"我们又增加了二百多人，先剿清商都和近处的土匪残余，再往赛汗塔拉北面去剿另一股土匪。"骑兵悄悄在商人耳边说，"我们得到情报，那股土匪在赛汗塔拉铁疙瘩山里驻扎，离王府很近，想用灯下黑瞒骗过王爷。可王爷早已胜券在握，把这片土匪清完，那股土匪就是囊中取物。过几日我们悄悄过去把土匪残余包了饺子，轻易就能解决了！"

不一会儿，伍有良和一个三十多岁的庄稼汉子走出客栈，叫上王先匆匆离开了饭铺，急急向镇外走去。

"怎么样，掌柜的怎么说？"王先低声问伍有良。

"出了白音察干镇子再说。"伍有良和庄稼人在前面走着。

几人走出镇子找到季德刚驼队，伍有良向季德刚说了见到聚福顺马良的情况："马掌柜说，这几天风声紧，有几支商队都被府兵挡了回去，无法正常通过关卡，只能半夜绕道偷过关卡。"

"怎么绕道过卡？路途远吗？"

"马掌柜派了个向导，带我们绕过卡子。"伍有良指着庄稼汉说。

"不太远，多走十里路，绕白雁湖边过去有条小路，但只能趁夜深人静，悄悄过去。"庄稼汉低声说着。

"十里不算远，只要能过卡，不耽误商期怎么都成！大家都去准备，吃饱喝足，把牲畜喂好，夜深出发！"

夜深人静，月牙和繁星被飘过的云朵遮住，四周漆黑一片，伸手不见五指。驼铃已被摘下，只听到骆驼喷着响鼻，驼蹄踩草的喳喳声。路边的芦苇被风吹得沙沙作响，掩盖了人的脚步声。驼队向西绕出白音察干范围，走在白雁湖岸西。远远望去，白雁湖宽阔的湖面已结冰，云朵过后，又见到湖中一大片湖面还泛着青色，夜里白雁湖安静得骇人，只有风吹树枝和芦苇的声响。骆驼拉开了距离慢慢向前走着，刘钺和张福放走了马车，返回大同。他俩只好坐在驮架上，随着骆驼的走动不停地摇摆着。

大家默默地跟紧庄稼汉，小心翼翼地迈着脚步，尽可能不踩着树枝，避免发出爆响。小雪节令已过，深夜的寒风刮得脸有些刺疼，几片云朵遮住了月光，天上又星星点点地飘起了雪花，黑沉沉的草原异常寒冷和凄凉。这时，西北山边忽然远远地传来一声凄冷低沉的狼嗥声："嗷——嗷呜——"这一声狼嗥把人们从寂静中惊醒，随着嗥声都起了一身鸡皮疙瘩。这时，又从北面、东面传来了狼嗥声。三面的狼嗥声向草原、向白雁湖湖面四处传播开来，如萧如簧，悠长凄寒。天上的一片乌云像一只巨兽压在身后，人们不知不觉地加快了脚步。

白雁湖西岸草甸上，洼地里长满大片干黄的芦苇，沿着湖边一直向北延伸，芦苇是狼的隐身屏障，也是狼群钟爱之地，一冬一春的苇丛皆是狼藏身、睡觉、捕猎的最佳选择。

王先在前面拉着骆驼沿着湖岸的芦苇丛边，静静行走着，他听到狼嗥不由打了个寒战。骆驼听到狼嗥一齐小跑着向前面挤过来，十五匹骆驼紧紧挤成一团。季德刚赶紧招呼大家慢走，压低嗓门指挥着："王先，慢点儿走，稳住，抓紧驼绳，可不敢脱手，防止骆驼跑了，骆驼跑散了就麻烦了。"

"伍有良到前面领队，张聚财、刘旋你们几个人拉开距离，围着骆驼走，护着骆驼别跑散了。"季德刚又安排着刘旋他们。可张聚财和刘旋没遇到过这种场面，天黑黑的，什么也看不见，人像瞎子一样，心里不踏实，提心吊胆地总想往前挤，不一会儿就和王先几个驼倌扎堆走在前面，老觉得狼就跟在自己屁股后面，好像随时都有扑上来撕咬的可能，步子越走越快。

"都给我站住，不许跑！这样会把驼队跑散。"季德刚让大家站住喘喘气、定定神，再三叮咛王先他们在前面放慢脚步。

"张聚财、刘旋怎么老往前跑？到后面来，围着骆驼走。狼怕铁器声，大家把刀和家伙都亮出来，用刀背打着枪管和身边的铁器，看不见狼也把家伙都舞动起来，不能让狼扑上来。"季德刚轻声喊着。

附近草丛里响起了轻微的声响，隐约间能看到一双双黄绿色的光点。伍有良从身上拔出一柄短刀递给王先，悄悄说："给你把刀，壮壮胆。"

接着，伍有良提醒道："狼来了，大家围成一团，舞动手里的家伙，不要停动，慢慢往前走！"每个人手里的长刀都不停地划动着，刀光划出一圈圈弧线。黑夜里驼队像一座小山包一样慢慢移动着，山包周围闪动着一圈圈圆形寒光，轻微的铁器碰撞声响个不停。

从不远的山坡上和附近的芦苇丛里又传出凄凉悠长的狼嗥："嗷呜——嗷——"尾音拖得很长很长，带着颤音和间隙很短的顿音，音色纯净，圆润锐利，底气充足，具有很强的穿透力。东、北、西三面山发出了低沉的回声，在山谷、洼地、草滩和湖面慢慢地波动徘徊。微风吹动芦苇的沙沙声、悠缓苍凉的狼嗥声、舞动刀的呼呼声、铁器的敲打声，组成了和弦曲，曲调越来越寒冷，越来越恐怖，把驼队的思绪带到了蛮荒、阴寒、凄冷、恐怖的极点。

张聚财追到刘旋身边悄悄说："能不能让季师傅停一会儿，我想拉屎。"

"不能停，一停狼就冲上来了。就不怕狼吃了你？"刘旋悄悄说。

"我实在害怕，身子老抖个不停，你怕不怕？"张聚财问刘旋。

"怕！怎么不怕，谁遇见过这阵势，天黑得伸手不见五指，被狼咬着也看不见狼在哪儿。"

"别说话，注意别让狼冲上来，一个狼上来，群狼就都冲上来了。继续舞刀，不要停下！"季师傅低声命令着。

"拉开距离，不许挤到一块！"伍有良喊着张聚财。

阴沉悠悲的嗥声刚退去片刻，几条大狼的雄性合唱又高声嗥起，狼的嗥吼引起毡包和附近村庄里的一阵犬吠。这是王先有生以来第一次在极为冷静清醒的深夜，倾听草原狼和狗的夜半歌声，他不由打了个寒噤，裹紧了皮袄，但是仍感到那嗥声似乎从冰缝里渗出，穿透皮衣，穿过肌肤，像一盆冰水从头浇向全身，把皮衣裹得再紧也捂不出热气。王先和伍有良并肩走着，他全身颤抖，紧握着驼绳和短刀，一点儿也不敢松懈。

夜更黑，寒气更重。狼嗥一停，狗也不叫了，草原又静得能听到芦苇的沙沙声。一会儿，那领头的狼又开始高嗥，东、北、西三面传来更密的狼嗥声，像三面巨墙向驼队围压过来，大有压倒一切的气势。驼队已走出三十多里路程，远离了白音察干镇。季德刚让人们点起了火把，大家举着火把向狼嗥的方向乱舞，并拼命高喊。

"啊哈——呀哈——"大家喉咙里挤出最尖利的噪音，一声一声地吼叫着，汇成整齐的声浪向狼群压去。这时，张聚财胆子大了，精神气也来了，边摇火把边大声呐喊："来吧！恶狼，爷不怕你！来一个我杀一个，来两个我杀一双！"

东方渐渐泛白，人们喊得也累了。三面山边的狼嗥声又起，这场嗥声响了四五个回合。群狼擅长悄悄偷袭，夜里如此嗥叫显然没有机会攻击，虚张声势，并没有强攻的意图。如要强攻就不会再嗥叫，狼群会在头狼带领下突然偷袭。

天色大白，狼嗥声停止了，跟着驼队的狼群也远远避开。这里距乌兰哈达苏木不远了，庄稼汉向季师傅告别后，便调转方向，返回白音察干镇。驼队绕开乌兰哈达苏木和土牧尔台镇，白天赶路，夜宿帐篷，走到一个叫乌兰花的小村庄才停下休息。

驼队进入乌兰花村，在村口的一片空地上，卸下驼驮，将货物齐整地垛在一家店铺的墙边。这家店铺不大，铺子后面有个小院，有几间闲房，季师傅租来几间下房暂住。张聚财忙着生火做饭，刘旋他们打扫了几间空房，准备早点睡觉，累了几天实在熬不住了，人们上下两眼皮直打架。王先一个人去村边马圈铡草喂牲畜，季德刚、张福和房东搭讪："东家是哪儿的人呀？今年有三十岁？"

"我是大同府东面四十里铺人，姓罗，今年四十岁，来乌兰花有二十年了。"

房东名叫罗长岁，是二十年前从大同府四十里铺逃荒来到乌兰花的。罗长岁种地勤快，做买卖精明，几年后开荒种地有了积蓄，娶了媳妇，生了孩子，在乌兰花安了家。罗长岁听说他们是大同的商队，老乡见面十分热情，拿来羊肉、莜面热情招待。

王先在村口马圈里用三股大木叉翻草，正准备铡草喂骆驼，隐隐听到远处有人喊救命。王先忙着干活，先前也没在意，后来不断听到有人喊着："救命，救命呀！"

其中还夹着小孩的哭喊声，声音从村外远处传来，十分悲切。王先握着木叉，停下手中的活计，再细听，真的有断断续续的喊叫声。王先拎起木叉向村口走去。一出村口，喊声越来越大，有汉子的喝喊声，还有小孩的哭叫声。

王先急急跑到跟前，见土崖下一个中年汉子和一个十几岁的小男孩正和四只大狼博斗着。那汉子的衣服被撕破几处大口子，鲜红的血浸出衣外，他极力地护着孩子，抢着长枪左刺右挡，不让大狼接近孩子，那孩子也舞动着手中的短刀，身上也有了伤痕，棉衣被撕咬破，暴露出雪白的棉花。王先急跑几步，纵身跳下土崖，挥动三股木叉向大狼刺去。那汉子见有人来帮忙，提起精神合力把狼群打出外围，一时半会儿狼也进不了身。

王先定神细看，是一只公狼和三只母狼，围着汉子和小孩不住气地咆哮着。那只公狼像小牛一样健壮，灰黄色长毛油光发亮，脊背上一溜灰黑色毛又长又挺，公狼的脑门扁平，脸上黄灰色的毛上长出针芒一样的一片白色麻点。王先猜想这是一只头狼，头狼的脸部窄长，湿漉漉的黑色鼻头又硬又韧，两只尖勺一样的长耳朵，粗粗的尾巴下垂着，弓低下腰，前腿下伏，两只狼爪按地，从喉咙里挤出低低的吼声。头狼两只圆溜溜的绿黄色眼睛瞪着王先，眼中冒着凶光。那眼睛内眼角低，外眼角偏高，斜着向两侧耳边伸展，像庙宇里的煞神，穷凶极恶。头狼发怒了，它长鼻两侧皱起多条斜皱纹，堆挤到眼角下，龇咧开狼嘴，露出上下两排狼牙。头狼猛地扬头伸脖，长嗥一声，那尖尖的四颗獠牙似乎还滴着血。头狼又一次弓下身，前爪伏地，全身的灰黄色毛炸起，黑黑的鬃毛挺起，狼身变大了许多，如一头牛犊一样。头狼低吼着，猛不防冲着王先扑过去。王先见头狼发威，心里有了准备。头狼往前猛跳时，王先弓腿下沉，举叉向上刺向扑来的狼身。木叉尖猛顶狼的脖子，可木叉尖又粗又秃，没有刺破狼脖，反把狼脖卡在木叉两股叉杆中间。狼头靠近王先脸一寸远，四颗獠牙几乎碰到王先的鼻子，狼的两只前爪不停在胸前隔空抓挠着。王先被吓出一身冷汗，哆嗦着侧转身子，用尽全身力气猛地推起头狼，向侧后方抛出。那头狼整个身子被抛在空中旋转了两圈，然后狠狠地摔落在地上。头狼被摔得哀叫了两声，爬起来跑到前面用凶残的圆眼瞪着王先，却不敢再向前。王先已是满身冷汗，脸憋得通红，他急红了眼，趁着空闲，脱下被撕破的皮袄向头狼打去。头狼向后退了一步。破皮袄在空中散开旋转着落到头狼头上，正好包住了狼头。王先见状，一个箭步冲上前，双手紧紧抱住狼头，扭摔着，和狼一起倒在地上翻滚着。

吓得头狼像疯狗被打断脊梁骨一样嘶吼着。三只母狼看见，齐上前来解救头狼，把皮袄撕咬成一张张碎片。头狼摆脱王先的搂抱，翻身跃起，哀叫着逃走了，三只母狼也跟着头狼一起逃窜了。这时，土崖上另有几只狼齐声嗥叫起来，引得村里的狗全跑出来，跟着汪汪叫。一会儿狼嗥声停止，四周静了下来，天色也渐渐黑下来。那汉子一屁股坐在地上，瘫软着身子站不起来。男孩还在土崖下瑟瑟发抖。

王先看看那汉子说："快走，一会儿狼群返回，咱们都没命了，都要给狼吃掉！"

汉子一听猛地站起，可双腿却如同灌了铅一般。他已是筋疲力尽，慢慢地挪动着脚步。土崖下的小男孩怎么也爬不起来，流干眼泪的双眼看着王先，恐惧和慌乱的神色还没散去。王先只好背起小孩，搀扶着汉子向村子走去。几人走到乌兰花村中间，汉子指着一处高门楼院子说："到了，就是这儿，这是安文华财东家，后生请进吧！"

汉子上前叩门喊道："草娃开门！公子回来了，快开门！"

"来了，怎么这么晚才回来？老爷和安奶都等着急了。老爷出去几次到村边等，听到狼群的嗥叫非常担心。"院里的下人边开门边埋怨道。

汉子让王先进院，这是一处小四合院，上五间泥草房，东西下房各三间，南面是牲口棚。听到声响，安文华和他老婆挤着出了堂屋。安文华一出堂屋看到管家陈亮全身是血，儿子安勇被人背着，棉衣破损，露出带血的棉花，就吓得愣在门口，心里咚咚直跳。安文华的老婆安翟氏迈着碎步跑到王先身后，抱着儿子哭叫起来："我的儿呀，你这是怎么了？怎么有这么多血？给娘好好看看，你没事吧！"

"娘！娘！我没事，就是害怕，是这个哥哥救了我们。我们遇见了狼群了，四只大狼可厉害了，陈亮叔和这个哥哥把狼打跑了。我还用刚头的刀砍伤了两只狼！我也可厉害了！"安勇向娘诉说着。安翟氏一边听儿子诉说，一边把儿子衣服脱下，查看有没有伤着。见只有几处划伤，没什么大碍，这才放下心来。安翟氏流着眼泪不住气地亲吻着儿子。安勇是安文华和老婆安翟氏的独生子，是他们的掌上明珠，今年九岁，生得粉面桃唇，眉清目秀，伶牙俐齿，活泼可爱，是安文华两口子的命根子。安文华再看陈亮，陈亮伤得不轻，腿上、胳膊上几处衣服被撕咬破，被狼咬伤的皮肉向外翻开，不住地滴着血，万幸没伤着筋骨。安文华简单问清情况，让草娃把陈亮扶到下房炕上，脱去衣服，用白酒擦拭伤口，上了些药膏。这才问起他怎么会遇到狼群。

原来，昨天，南面的土牧尔台镇搭台唱戏，安勇闹着也要去看戏，安文华两口子拗不过儿子，只好让陈亮带上安勇跟随大伙儿一块去看戏，第二天早晨再回来。谁知安勇玩得高兴，第二天吃完早饭，说什么也要在镇上再玩一会儿。陈亮只好随着安勇在大街上转悠。安勇在街上左看看、右瞅瞅，看见什么都新鲜。陈亮催了几次，安勇就是不肯听话回家，买了许多糖果和点心，说是孝敬爹娘。又买了一把草原弯刀挎在腰间。一直玩到快晌午，才跟着陈亮往回走。他们俩一路也没敢歇息，但冬天日短，虽然紧赶路，天色还是已近黄昏。他们俩走得满身冒汗，远远看到乌兰花村时，路边草丛里发出沙沙响动，紧接着从草丛中蹿出一只大狼，奔跑着扑向安勇。陈亮一看狼来了，挺枪挡在安勇前面，一边舞枪堵拦大狼，一边拉着安勇的手向村子方向退去。狼扬起头，伸长脖子，长嗥一声，紧紧跟着陈亮和安勇走。陈亮带着安勇好不容易退到了村边不远处，眼看就要进村了，进村就安全了。这时，前面草丛中又蹿出三只母狼，四只狼猛扑上来。小小年纪的安勇也抽出刚买的草原弯刀瞎划拉着，两腿颤抖着站也站不稳。陈亮护着安勇，一不留神被狼撕咬到腿部，鲜血顿时流出，狼看到血后，进攻得更猛烈，逼得陈亮他们急退到土崖下，一场两个人和四只狼的搏斗开始了。陈亮边打狼边护着安勇，他挺枪猛刺，抢开长枪左刺右挡，打退了狼群的进攻，身上多处被狼撕咬开。陈亮一边打狼，一边高喊着："救人呀，快来人，救命呀！"

安勇听陈亮高喊，被吓得大哭起来，靠在土崖壁动也不敢动了。一会儿工夫，陈亮身上又被狼撕咬出几处口子。陈亮筋疲力尽，全身都是汗，动作逐渐慢了下来。狼看到陈亮快要力竭，轮番冲向陈亮，看到陈亮自顾不暇，又扑向安勇。安勇看到狼向自己扑来，便挥舞着弯刀胡乱砍杀。就在这千钧一发之际，王先跳下土崖拦住了狼群……

安文华了解完陈亮和安勇的情况，转向王先行了个大礼："请问壮士尊姓大名？多谢你出手相救，小儿才能活命。壮士见义勇为、舍身救人之举，让我十分佩服，万分感谢！"

"您不用客气，我也是偶尔碰上，不得已才和群狼拼命。现在想起来还有点儿后怕！"王先答道。

"没有英雄侠胆，谁也不敢上前！壮士不用客气。"安文华认真地说着。

"我叫王先，是和刚刚进村的骆驼商队一块去大库伦的。"

安文华上下打量着王先，看王先人长得精神，却穿着薄旧的棉衣棉裤，还有几处开口露着棉花，便开口问道："壮士穿得这么单薄，怎么去得了大库伦？"

"原本有件皮袄，刚才被狼群撕碎了！"王先答道。

"伤着哪儿了？你看棉裤破了，棉衣也有几处破口，快查看查看可有伤着？"

"我刚看过，没伤着皮肉。没什么事我就回去了，驼队还等着我喂牲口。"

"不行！不能走，不能让大恩人就这么走了，怎么也得吃完饭再走。草娃！快去村口请驼队师傅过来，再找几个人去驼队帮着喂喂牲口，给他们打打下手。"安文华说完，怎么也不让王先走，招呼着老婆和下人杀鸡宰羊做起饭来。

季德刚、伍有良、刘铖和张福几个人被请来，安文华拱手让季德刚上炕坐下，恭恭敬敬地行了大礼，十分感激地说："季师傅您的好徒弟，舍身救了我儿子和管家陈亮，我们十分感谢，略备几杯薄酒表达我们的心意，请笑纳！"

"不敢，不敢，不好意思，叨扰了。王先是我驼队的驼倌，能有此举我也十分惊讶！听草娃讲后，驼队里的人都很感动和佩服。"季德刚回应着。

"我本是大同府城东聚乐村人，十年前逃荒来到此地，侥幸发了点小财，娶妻生子，在此地安下家。今日见到老乡十分高兴。各位是请也请不来的贵客，今日相遇就是缘分，我们不醉不归。"

酒桌上，说起大同府和饮马河畔的趣事，大家聊得很投机。饮至半酣，季德刚等人要辞别回去。安文华再三挽留不住，只好恭恭敬敬地送季德刚出门，说："季师傅慢走，不好意思，我有个请求，就是让王先晚回一会儿。我和他有点儿事，可能要耽误一阵子，办完事再让他回去。在此特代他向季师傅请个假，不知可否？"

"没关系，你们好好谈，多长时间都没问题。让他安心待在您这里，别急着回去。他的事我已安排其他人去办，让他放心！"

季德刚等人走后，安文华让王先重新进屋里坐下，叫来安翟氏拿出一个包袱打开。包袱里包着新棉衣、棉裤，还有崭新的草原棉袍、鞋袜，又叫人拿来一件老羊皮长袍和一双高筒毛里子马靴。

安文华对王先说："好后生，这些衣服不是为今天的事谢你，是看到你身上衣衫单薄去不了大库伦，你嫂子心疼你，送这些衣服给你穿上。等你从大库伦返回进村后，我们再好好感谢你的救命之恩。"

"我不能要您的东西，这可不行。我年纪轻轻，身体健壮，扛得过去。您就放心吧。"

"不行，这个你得听我的。现在就穿上试试，让我们看看合不合身，不行就再换一件。"

王先只好穿上棉衣、棉裤、草原袍，围好腰巾，踏上马靴，再一看，好一个英俊潇洒的草原汉子。穿上新衣，王先就像换了一个人似的，容光焕发，神采奕奕。安文华和安翟氏让王先转身，看了一遍，都满意地点了点头。这时，安文华突然想起一事，问道："你们来时听说近期闹土匪了吗？王府剿匪不许通过，你们是怎么过来的？路上有土匪可要小心呀，土匪可比狼群危险多了。"

"听说了，我们来时，白音察干已设王府兵卡，任何商旅不许通过。我们在当地向导的指引下，深夜偷偷绕路而过，一路没遇到土匪。"

"我这里给你准备了一封信。我村有个叫安彪的后生，十年前遇到土匪，被迫入伙，现在混成二当家。安彪前年来村和我商量，想散伙出来做买卖，苦无门路，土匪改良也不易，没人敢接纳，离开匪窝也有随时被抓回的风险。你们如遇上土匪，拿出此信，或可保平安。"安文华仔细地叮嘱着。

"好吧。但听说前面的路更荒凉，人口稀少，不会真有土匪吧？"王先怀疑地问道。

"前面路还很长，路上情况变化无常，什么都有可能发生。如果路上遇到安彪，还望你能劝说他离伙从良。安彪这个人是条汉子，还不算太坏，听说没有杀过百姓，你劝他改邪归正、重新做人，为时不晚。你也千万要小心。他看不起懦弱之辈，你见到他万不可认怂。切记！切记！这是件天大的善事，你要能办成此事，那可就功德无量。"

"这么说来，他是被迫加入土匪的？您又是如何与安彪相熟的？"王先问道。

"说起来话就长了，这是十年前的事。我们都是大同城东聚乐村的庄户人……"安文华讲起了往事。

那年天旱，从春天到立秋几乎没下过雨。听人说草原地广人稀，随便开荒就能养活一家人。为了讨生活，三个年轻气盛的后生结伴来到大草原，其中就有安彪和安文华。他们不管不顾家人的阻拦，先是跟随一个驼队到了集宁，走过集宁不远，却遇上了从商都方向过来的一帮土匪。土匪把驼队的货物截下，装满三大马车。一个土匪头目对着人们问道："谁会赶车？车倌站出来，剩下的人通通杀了！"

安彪赶过一年大马车，便站了出去，头目让他和另外几个车倌赶着装好货物的车都走了。剩下的人跪在地上都低着头，以为必死。低头等了好一会儿没见动静，抬起头时土匪和马车都走光了。安文华和同村的安春生向北一直走过来，过了白音察干、土牧尔台，走到乌兰花村时筋疲力尽，实在走不动了，就在村口罗长岁家住下，休息了几天。在罗长岁家打听村里要不要干活的劳力，罗长岁说乌兰花村地多人少，缺少劳力，高兴地收留了他们。他们在乌兰花打起了短工，边打短工边自己开荒种地，慢慢也有了土地，闲时做买卖发了点小财，在乌兰花安家，娶了妻生了儿子。安春生受不了村里的寂寞，攒了点钱带着老婆和孩子到包头、绥远做生意去了。

"那安彪情况怎样了？"王先急着问道。

"安彪前年年初来找我，让我给他爹捎点钱财，我没答应。我说：'要送钱给你爹，你自己送去，你那赃钱我不能管。'去年夏天，我回村看他父母，告诉他父母说他还活着，等发了财就回来了。他爹娘盼他回家，他娘想他想得哭瞎了眼，他爹每天到村口等他，见人就问儿子的情况，十分可怜。如果你见到安彪一定要劝劝他。"

王先点点头，把这事暗暗记在心里。

第十章

刚下过一场小雪。西北风吹拂着苏尼特草原，白雪覆盖着漫漫起伏的山丘，草原茫茫一片银白。远处几个毡包，袅袅升起牛粪燃烧的灰白色炊烟。大朵大朵棉花般的白云低空飘浮，使辽阔的草原上呈现一片白亮，还有那一小片一小片昏暗，像花豹皮毛，斑斑点点。一条拉得长长的驼队，在驼铃叮咚声中行走在这片白色世界里。

在驼队最前面，漫步着一个英俊的着蒙古族装的汉子。他头戴马虎儿帽，腰系一条宽宽蒙古腰围，紧匝着蓝色绣花蒙古袍，脚踏一双乌黑铮亮的蒙古马靴。王先一直微笑着，心里美美的。他从来没穿过如此好的新衣，绵绵的，暖暖的，他暖在身上，美在心里。他看似慢悠悠拉着骆驼，实际上雄赳赳的步伐把每只骆驼间的绳索拉绷得直直的，形成长长的驼队。骆驼鼻孔喷出两朵雾花，太阳照得身上暖暖的，王先解开棉袍的铜扣，摘下马虎儿帽，脸上隐隐渗出汗珠，头顶冒着一团热气。手和脚都被阳光晒出汗汁，新棉袍也被照出新棉的气味。当他刚想解开胸围透透气的时候，天上一大片白云投下的阴影完全罩住大地，使他感觉又回到阴冷的冬天。

刘铖坐在骆驼背上，回头看到骆驼都急喘吐着白气，对王先说："走慢点，骆驼都跟不上了。"

"好嘞，慢点走！"王先回头看到刘铖笑着答应着。

"安文华对你可真好，你也够意思，救了他儿子和陈亮。早知道你叫上我一块去救人。"刘铖开着玩笑和王先搭讪。

"你要看到狼的凶相，当时就吓昏。我的腿都直打哆嗦，后来打起狼就好多了。"

"当！"一声清脆的枪声震响了草原，远远出现了一支马队。马队有二十多人都端着枪，策马飞驰而来。季德刚看到说："不好！土匪来了，大家不要慌乱，都听我指挥。伍有良做好准备，听我口令，不可轻举妄动！"

王先停住了脚步，骆驼一个个都聚拢过来，伍有良和几个师弟都端起火枪，在驼队前半跪着一字排开，只要季德刚一声口令就开枪射击。

土匪并没有冲上来，而是分成两队向驼队四周围了过来，把季德刚他们紧紧围在中间。这时有个土匪喊话："都给我跪下，双手举起不许动。把枪放下！"

土匪们都在喊着："跪下！统统都跪下，说你呢，跪下！"

季德刚看土匪人多，而他们只有五杆火枪，土匪却有二十多人，个个快枪、悍马。季德刚想，反抗、逃跑都是下策，不如见机行事，好汉不吃眼前亏，先顺着他们，看土匪有什么举动。

在季德刚的命令下，人们哗地跪在原地，只有王先直挺挺的原地站立着不动。他那蒙古族汉子打扮，一身豪气的傻样，把土匪愣唬住。枪栓拉得"哗哗"直响，枪口都对准王先不肯移开。伍有良见状悄悄喊道："王先快跪下！先跪下再说，不要把事情闹僵，连累了大家，跪下！"

王先像没听见一样，梗着脖子，瞪眼环视着周围。

土匪头子大喝一声："跪下！你跪不跪？弟兄们，让他给我跪下！"

这时，上来两个大汉，一边一个抓着王先的胳膊向后一拽，使劲按着王先，让他跪下。王先的一条腿被大汉猛踢跪下，可另一条腿半弯着就是不跪。王先不但不跪，反而使劲拧腰又站了起来。他心想："不就是打架吗？来吧，老子不怕！"

"哟？还是个愣头青硬货！"

土匪中有个叫巴特尔的蒙古族汉子走了过来，照着王先的后腿弯狠狠踹了一脚。王先的腿弯了下，又迅速挺直，脖子一梗，头一扬，就是不跪。巴特尔看王先脾气挺硬，向后退了几步，猛地向前扑来，伸腿使出全身力气向王先的腿弯踹了下去，这一脚下去，王先的腿不折也得重伤。王先立刻转身抬腿，躲了过去。巴特尔使劲过猛，没站稳脚跟，被王先一伸腿，一勾脚，绊了个狗吃屎趴在地上。两个抓着王先胳膊的大汉还没反应过来，便被王先扭胯、转腰、摆手一系列动作摔跪在地上。

"这小子有两下子，来人，给我把他捆起来！"

一下子上来几个人，七手八脚地把王先用绳绑了个结实，像捆粽子一样。伍有良一看要坏事，急着向匪头子喊道："慢着，当家的，他还是个孩子，不懂事，头脑不清楚，大家都叫他铜锤。您别和他一般见识，别计较，放了他吧。"

"头脑不清楚？我看着怎么不像，他这身装扮倒像你们的头头，是想找点事？那好，咱们就玩玩！"土匪头子边说边举起枪，慢慢走到王先跟前，用枪指着王先的头，轻轻敲打两下，豹眼圆睁，伸头向王先的脸边凑了过来，低声说："一会儿有你好看的，你就给我硬到底！"

土匪头子又硬又长的黑胡子像钢刷一样蹭着王先的脸和耳朵。王先也不躲闪，任他磨蹭。土匪头子缓缓踱着方步，在王先身边转着圈，活像一只恶狼，吸着鼻子转圈嗅闻着猎物。王先也瞪圆双眼，跟着土匪头子转动着，随时提防他有所举动。王先想，这人多像齐家坡的齐彪，用手指敲打自己的前额，最后还不是被他一记下勾拳打了个口鼻喷血。可惜自己被绑了手脚不能动，不然一定像打齐彪一样，也给他来个左手上晃、右手勾拳，狠狠打他个满脸开花。

土匪头子转了几圈后，看着王先的双眼，缓缓问道："骆驼上装的什么货？你们是哪儿来的，准备去哪儿？"

"要杀要剐来个痛快！问我干啥？不知道！"

"哟！是个硬汉！"土匪头子用枪管使劲捅了一下王先的额头。

这时，又一个土匪走到王先面前，右手握着把锋利的短刀，左手伸到王先前面，解开棉袍的铜扣，强剥开衣服，露出胸膛。土匪满脸凶相，嘴歪眼斜，举刀比画着要捅向王先的前胸。这下可把王先着实吓着了，这可不是闹着玩。王先不懂枪，也不怕枪，可他看到白晃晃的尖刀，着实害怕起来。他见过杀猪宰羊的场景，猪羊被杀后，全身痛苦地抖动着，刀口喷出一股股鲜红的血，流到瓦盆里。王先身子不由颤抖起来，他转念一想，土匪不是要钱吗？不妨试试他们。

于是，王先大声喊道："你们不就是要钱吗？老子怀里有一张银票，够你们花一阵子的。只要放了我们，钱就是你们的！"

这一招果然让土匪头子摆了摆头，他让手下到王先身上搜一搜。手握匕首的土匪在王先身上搜索一阵，搜到胸前怀里，发现一纸信封，拿出来递给了土匪头子。土匪头子一手举枪指着王先，一手把信封伸到嘴边，用牙撕开，抖出信纸，展开看到几行蝇头小楷。土匪哈哈大笑起来，又用枪指向王先的额头，这回没使劲，只是轻轻碰了碰。

"你想骗我，这是银票吗？找死吧！"

土匪头子扣动扳机。王先心想这下可完了，耳边响起铁器敲打后的细微震颤声，紧接着一声轻微的手枪扣动扳机的回拉声。王先感到自己的魂魄已经被击出了天灵盖，他人虽站立着，心却已经麻木。他想，不就是个死吗？他离家时就没想着能活着回家，这样死也痛快，总比冻死或被狼吃了要好上百倍。他咬咬牙，死也要死得像个硬汉。

"来吧！哈哈，给爷来个痛快的，爷要是眨一下眼，是你孙子。爷记住你了，你别手软！"

"王先，闭嘴！当家的，你别和他计较。你看他不真就是个傻子吗？他是吓傻了！"伍有良高喊着。

这时，王先听到"啪"的一声撞针的响声，全身不由自主地抖动了一下。半晌，他微微扭动了一下身体，又抬了抬腿，似乎没什么事。是碰到哑弹了？还是子弹卡壳了？

土匪头子看着王先哈哈大笑起来。

"好一个硬汉，我还没见过你这么不怕死的，够英雄，我喜欢！信上，安哥让我照顾你，安哥没看错人，我准了！"

"你是安彪？有你这样吓唬人的吗？你放开我，我和你拼了！"王先缓过神来，气急败坏地说。

"信上说你叫王先？什么来头？愿不愿意和我交个朋友？"安彪边说边亲手解开王先身上的绳索。

"我一个穷脚力，你为什么和我交朋友？"王先一看安彪不杀他，放下心来，却还嘴硬着不肯饶人。

安彪摆手让匪众们放下枪退后，让地上跪着的人们都站起来。安彪问清楚了事情，向季德刚、伍有良等人抱拳，连连作揖，赔着不是，说："对不住，对不住大家，让大家受惊了。我们也不想这样，兄弟们也都是脑袋别在裤腰带上走江湖的，没别的好办法，只能用此下策，望大家见谅！"

"好说，好说，不知当家的尊姓大名？"季德刚一看形势突然好转，壮着胆问道。

"本人姓安，单名一个彪字，本是大同聚乐人。请问好汉姓名，从哪里来？准备去哪儿？"安彪问道。

"我姓季，名德刚，从大同押镖去大库伦路经此处，不知当家的有何指教？"

安彪笑笑，看季德刚他们个个都从恐惧紧张中缓过来，欣然道："咱们是老乡，今天偶遇老乡，应该好好喝一顿，叙叙老乡情。走！到赛汗塔拉镇，让我们好好款待老乡。弟兄们招呼着，走嘞！"

伍有良、张聚财、刘旋几个徒弟都紧张着，心想今天定有场恶斗，死活不知，单等季德刚下令。这时见情况好转才松了口气，也不知王先怀里的信上写了什么？王先又从哪儿来的书信？

"安彪！我听安大哥说起过你。我本寻思今天是再也见不着我娘了，没想到遇到你，还算幸运！"王先道。

"我们来时根本没有拦路劫货的想法。早让弟兄们把枪里的子弹退掉了，空枪没子弹，只能吓唬人。看到你这身装扮和气质像个人物，我想试试你的胆量，便用死来考验你。没想到你这硬汉不怕死，没吓住！佩服！"

"考验人还有这样考验的吗？我现在真想狠狠揍你，以解我心头之恨！"

"别恨！人活在世上就是个生和死。没什么可怕的，遇到死的次数多了也就不怕了。像你这样第一次遇到死都不怕，实属少见。要是别人早就吓得尿裤子了。"安彪笑着对王先说。

安彪领着人们来到赛汗塔拉边上的一处院落，请季德刚、王先他们走进一处大屋。安彪准备了丰盛的酒菜，招呼着驼队的人们一起吃着。土匪们喝着酒询问起大同的近况以及饮马河畔的旱涝。酒过一时，季德刚小心地问起王先怀里的信上写了什么，那信又是怎么回事。

安彪笑着说："王先事先没跟你说吗？十年前，乌兰花村的安文华和我一块闯口外。他给我写了封信，信上说，让我一定不要为难你们，还要好好招待你们。信上还提到王先救了他的儿子和管家陈亮，王先是个见义勇为的好汉。开始不知是你们，多有得罪！我向大家赔礼，自罚三杯！"安彪喝下三杯酒表示了歉意。

王先看在眼里，气上心头，突然站起，手指着安彪，骂道："好你个安彪，你个忘恩负义的家伙，你出走十年多没给家里一点音信，你还算人吗？"

巴特尔和土匪中一个叫常豹的起身拔刀要向王先发难，安彪抬手拦住："让他骂！看他说些啥？"

王先不顾安彪的脸面，继续数落着："十年来，你娘想你想得天天哭，每天给你做好饭菜热在锅里，时时盼你回家能吃上一口热饭。她口里不住气地念叨：'我儿明天就回来，我儿是个好娃，他想着娘！'由于长年流泪痛哭，她得了眼疾，哭瞎了双眼。你爹日日站在村口瞭望，见了远道而来的行人就问是不是从草原来的？有没有见过一个叫安彪的后生？不厌其烦地向人讲你的模样、长相、性格，见一个问一个，打听你的下落。盼了你几年，没见你的音信，以为你已不在人世了，给你埋了个衣冠冢，年年清明节、七月十五都给你上坟，烧好多纸钱，口里念着：'儿呀！爹对不起你，没给你挣下好光景，你走了爹不怨你，你要是到了那边，就花爹给你烧下的纸钱，爹给你多烧点，让你能在那边过上好日子，也算是爹给你的补偿。爹还天天在村口等你，你这个没良心的，你要是还活着就快给爹回来。'"王先痛快地骂完，看安彪眨巴着眼睛，止不住地流下眼泪，低头哭泣着，手不停地抹眼睛，整个脸上都是鼻涕眼泪。巴特尔和常豹握刀的手也颤抖起来，举起又放下。

"安彪，你好狠心呀！只为你自己快活，不顾爹娘的痛苦，你不忠不孝，算什么好汉，白披一张人皮。说什么混出个模样好回家孝敬父母，你能混个啥模样，混来混去还不是个匪吗？"

安彪流着泪水，摆着手，说："王先，好兄弟！我求求你别说了。我就是个混蛋，我是个畜生，我不是人！"

季德刚和伍有良上前止住王先，说："王先，住嘴！哪有你说话的分儿，谁让你教训当家的，当家的不比你明白？"

安彪说："让他说，让他说完，别拦他。"

王先不管季德刚、伍有良的劝阻，继续说："安彪，你离开家时，跟你娘说去口外闯一闯。你爹娘拦不住你。你爹对你说：'孩儿呀，在家好好干活，有口饭吃就行。爹娘不要你荣华富贵，光宗耀祖，只要你能平平安安一辈子就行。'可你就是不听，甩下爹娘就走，你自私，只为了自己快活，不管不顾祖宗的颜面，当上了土匪，还当了个头头。这辈子你混了个啥？你不忠不孝，东躲西藏，没个定居，啥时是个头？回头吧！老哥！"

常豹走向王先，理直气壮地对王先说："我们这是杀富济贫，替天行道，干的是大事，是英雄壮举。我们不能老是考虑个人安危，更不能儿女情长，只顾家而不顾事业！"

"呸！好你个劫富济贫，替天行道。那就是你们杀人劫舍的借口。请问你们劫的谁，济的又是谁？告诉你！你们杀的是从内地逃荒的贫苦农民。他们来到大草原，辛辛苦苦奋斗了几年，开荒种地，农闲时做点小买卖，凭着一双勤劳的双手和一颗智慧的头脑，在草原上积累点财富，正准备回关内老家过安稳日子，孝敬孝敬父母、接济接济邻里亲朋，这倒好，被你们抢劫一空。这就是你们的劫富吗？再说说你们的济贫，你们抢来的钱财都分给了谁？济了老、弱、病、残的穷人吗？没有！你们成天大鱼大肉地吃喝，哪管他人的死活，你们济的是你们这些懒汉！拿起刀就抢，来钱多快，谁不眼红，无法无天，没人敢管，这就是你们的劫富济贫！"

常豹、巴特尔气得瞪眼握刀，安彪急忙阻拦才算静下来。伍有良使眼色想阻止王先说下去，张聚财、刘旋、张富、刘铖等人都站着，身子不停地哆嗦。

"王先，你说错了，我们只要钱财，不要人命，不杀人！"巴特尔狡辩着。

"你们抢了钱财和杀人有什么区别？他们多年辛勤劳作的积蓄凭空失去，还能活吗？东村的夫妻被你们抢劫后，没法生活，双双上吊而死。西村的两口子来草原五年，攒了些钱财，准备回关内阳高老家过日子，被你们抢了后，活活气得冻死在村外。你们这种举动还算人吗？因为有你们的存在，草原百姓惶惶不可终日，人人都恨不能吃你们的肉、喝你们的血。可别拿劫富济贫来糊弄人，只不过是土匪杀人越货的一个借口！再说替天行道，你们有什么道可行，道德败坏，成天打打杀杀，百姓不得安生，没有安稳日子过。你们无法无天，不知想代替什么天？杀人、放火、劫财是个乱天！行什么道，你们还有道而言吗？心中有个主意吗？只有劫杀的道、享受的道，想高高在上，作威作福，是自私、卑鄙的道。你们呀，快别披这张人皮了！"

安彪、常豹、巴特尔等人被骂得哑口无言。常豹的手在发抖，若不是看在安彪的面子上，许是早就举刀杀了王先。

季德刚上前阻拦道："别说了，当家的都知道了！你说的有些也不对，不要老怨他们，他们也难！"

"难什么难？他们这些人有胳膊有腿的，就不能干点活？草原这么大的地方，到处都是荒地，他们就不能开荒种地，几年下来也算小有财富。如果怕累不想干活，也可做点买卖，贩卖皮毛，倒卖药材，做什么都可致富。做生意只不过要多费心思，他们这些人也不笨，做生意肯定成！"

待王先说完，安彪难为情地说："我们走上这一步，想再回头难啊！谁愿和我们做生意？谁还敢和我们打交道？王府的兵成天想抓我们，我们被抓住就是个死，哪儿还有心思种地、做生意？"

"你们想重新做人，不难也不晚，放下屠刀，立地成佛，苦海无边，回头是岸！"王先说。

"我们也早有打算，这次出来就是想找个商队商量商量，帮我们找找门路，出出主意。所以我们用这种笨办法找到你们，就是想和你们商量。"巴特尔说。

"那你们也不能用这种缺德的方法和人商量呀？"

"不用这种方法，我们能用什么方法？谁敢和我们交谈？我们是土匪，人们躲还来不及，怎么和我们谈生意？"安彪摊开双手，无可奈何地说着。

王先刚才那一席话都是从季德刚那儿学来的。一路上，季德刚给徒弟们讲武德，王先总偷偷听着。还有乌兰花村的安文华也一再教王先该如何去和安彪交谈，最好先用激将的方式劝说安彪，才能奏效。

"季师傅，您给他们出出主意。您见多识广肯定有办法。张福、刘铖，你们也帮帮他们，帮着找一找门路，做点小生意，你们看，好吗？"王先这时倒像个将军，熟练地指挥和安排着部下。

季德刚看了看王先，带着埋怨的难色，叹着气开了口，道："安当家，我建议你们赶快把人都分散开，有组织地各奔东西，走得越远越好，远离王府管辖地，待风平浪静后再谋划打算。你们先走出去避避风头，分散王府的注意力。"

安彪等人都点点头。这时，王先又转过头来看着刘铖、张福两人。两人低着头不愿搭话，他们心想，哪有给土匪找门路的，那不是通匪吗？让王府知道，还有命活？

王先看着刘铖、张福，逼迫道："跟你俩说话呐！帮还是不帮，给句痛快话！"

刘铖、张福抬头看了看王先，又转身瞧了瞧土匪们手里明晃晃的尖刀，心想，今天不帮忙恐怕是无法活着出去了！刘铖抬头，小心翼翼地说："我可以给你们写几封信，去包头、绥远、宁夏避一避风头，也可以做些皮毛生意，让我的客户帮帮你们。但我有几点要求：你们必须隐姓埋名，不能暴露自己的身份，更不能连累我的客户。只能求人，不能强来，不然我们谁都没法做人。你们一旦暴露身份马上离开，不能牵连他人，行吗？"

"那是，那是，我们懂的。我们求人还来不及，哪敢强人所难？你放心，如有差错我们自己承担，绝不连累他人。听到了吗，弟兄们！"

"听到了！"土匪们齐声高喊。

王先又看了看张福，张福摊着双手说："你们派几个人和我们一起去大库伦，在大库伦躲一躲，在那边可以边学做生意边做苦力。大库伦急需人手，生意也好做，皮毛、牲畜特别便宜，带回内地就能赚钱。只要你们守规矩，别乱来，一定能发财！"张福看了看季德刚，不知自己说得对不对。看到季德刚对他点了点头，才放下心来。

"好！多谢大家的指点和帮助。来，来，我们继续喝酒。不急，喝完酒，我们再仔细商量具体应该怎么办！"安彪高兴地说。

土匪们个个露出笑脸，王府剿匪把他们打得像惊弓之鸟，后悔当初不该当土匪，眼看现在前路不明，都想着再做回平民，发点小财，但始终找不到门路。这下可好，有人帮他们做生意。土匪们看到希望，个个都欢快起来。这个过来给王先敬酒，那个过来和王先套近乎。尤其是巴特尔、常豹，拉着王先的手不放，一改刚才的凶相，拍拍着王先的背，喜笑颜开地说："老弟，实在对不住，咱们是不打不相识，多有得罪，老哥今后一定给你补偿。请兄弟原谅！"

"好说，好说！"王先回答着，几杯酒下肚实在有点撑不住。安彪过来支开巴特尔和常豹，他拉着王先的手，到厢房坐下，聊着家常，问王先："你怎么知道我家的情况，我父母最近可好？"

"去年，安文华回了趟老家，见到你的父母，跟他们说你还活着，等你发了财就回家看望他们。他们得知你没死，高兴得合不拢嘴，赶紧给堂屋里的菩萨上了三炷香。安文华没敢和他们说你当了土匪，只说你做生意赔了，不好意思回家。你爹让你不发财也回去，爹娘想你，不图你的钱财，只要你人回家！你娘眼睛哭瞎了，你爹这几年身体也不好，庄稼活也快做不动了，就盼着你回家！"

安彪又哭了，拉着王先说："你从大库伦返回时，给我爹娘捎点钱回去。对我爹娘说些好话，成吗？"

"我不给你捎钱，你自己回去送钱，表表孝心，见见你爹娘，也好让他们放心！我现在倒想知道你当初是怎么当上土匪的？"王先看着安彪问道。

"这就说来话长了，十年前，我和安文华、安春生三个人来到草原。我让土匪抓去当了车夫，大当家看我身强力壮，车把式手艺好就强行留下我，我就当上了土匪。我没有别的办法，忍气吞声地在土匪窝混了下去。我脑子灵活，人缘也好，逐步升成小头目。几次想回家看看我爹娘，都被大当家的拉住了。他心眼小，怕我跑了，暴露了土匪的老窝。后来，他为了安抚我，就提拔我当上了二当家。几年来，我一直打听安文华、安春生的下落，前年终于在乌兰花村找到安文华。知道安文华在乌兰花村扎下了根，娶妻生子，我高兴坏了，拿了些钱给他，他不要，嫌脏。让他给我爹娘捎点钱财回家，他也不肯。自从那次见面后再没有来往，我害怕连累他，不敢再找他，今天从你这里才得知家里的情况，我是后悔莫及，万箭穿心呀！"

王先看着安彪，又疑惑地问道："你们不是在商都、后旗、四子王旗一带活动吗？怎么又跑到苏尼特草原这片地方？"

"你不知道，王府招兵买马，以剿匪的名义拉起了队伍，想另立朝纲，先鼎剿了我们的老窝。一次交火时，大当家被乱枪打死，群龙无首，分成几股四散逃窜。我和这些弟兄都不想再当土匪，集合了二十几个人向草原深处逃窜，一直跑到赛汗塔拉才住脚，各自身上的盘缠也不多，眼看钱快花光了，也没找出个门路来。我们走投无路，打算拦下个商队，正巧遇到了你们。我真的要好好感谢你们，尤其要重谢你，王先！"

"不用谢，谢啥？咱弟兄能遇到就是缘分，只要你们改邪归正，不祸害百姓，我们就是朋友，今后的日子长着呢。"王先说。

"明天，巴特尔带几个弟兄和你们走一趟大库伦。巴特尔是蒙古族人，熟悉路线，语言也通，路上能用得上他。剩下的人分成几拨，分散着去包头、银川、兰州一带，避避风头再说。"

"这不就对了，早该这样！"王先说。

"早了不能够，时机不成熟，大当家的总是提防手下人反水，派人监视我们，没有机会离开。再说，早一点我也无法遇见你！"安彪看着王先感激地说。

"不客气，安文华说若能劝你改邪归正，是件功德无量的大事，我必须努力办到，不惜生命也要劝说你！"

"好兄弟，你真是个大英雄！"

王先又在安彪耳边悄悄说："你们可再不能回铁疙瘩山了，那里已暴露，有王府骑兵监视着，重兵包围了铁疙瘩山，只等你们回去一网打尽。"

安彪听得愣住，半天缓不过劲儿来，铁疙瘩山怎么会被发现，那里还有几个留守的弟兄和许多弹药物资。看来那里的东西和家当是不能要了，只好悄悄通知留守的兄弟撤离。

第二天一早，安彪送给驼队两匹马，说是给王先一匹骒马，给季德刚一匹骟马，让他们在路上轮着歇脚。巴特尔看到后，向王先挤着眼悄悄说："给你的这是匹好马，这是当家的特意挑的纯种枣红色三河马！"

安彪特意叮嘱巴特尔和常豹去大库伦的路上要照顾好王先，多听王先的，帮他干点活，到大库伦把四个弟兄留在当地。两人再跟着驼队返回，要确保驼队的安全，返回后说明情况，再作打算。

第十一章

立冬过后，苏尼特草原下了一场罕见的大雪。从赛汗塔拉向北望去，茫茫白雪覆盖了整个平坦的草原，一望无垠。苍穹下，白色茫野和湛蓝天空的交汇处，勾画出一条蜿蜒的横线。两只苍鹰在蓝天上悠闲地盘旋。不远处几个散落的白色毡包在白雪的映衬下成了灰褐色，每个毡包圆顶上的炊烟，像一棵棵细长高耸的白杨树，树梢在微风中飘舞着，升高后又慢慢散开，融进茫茫的雪原。

东方的太阳刚一露头，草原上便出现了一片耀眼的金黄色，从天边慢慢升起，渐渐变成奶白色，然后又变回到纯白。温暖的阳光驱散了冬夜的寒气，飞舞的雪沫儿在阳光的照耀下闪闪发亮，折射出一个大大的五色光圈。光圈里出现了两匹奔驰着的骏马，一匹乌黑，一匹枣红，正一前一后追逐着。两匹马奔出光圈，渐渐靠近了季德刚的驼队。马匹和马背上的骑士逐渐变得清晰高大，前面油黑发亮的马上是蒙古族汉子巴特尔，他摇动着马鞭，振臂高呼着："哟嗬——哟嗬——哟！"后面枣红马上伏着身子，小心翼翼策动着马急奔着的是穿蒙古族服装的王先。两匹骏马急奔而来，马蹄掀起一团雪雾，粗散的马尾被半甩在雪雾里，时隐时现。巴特尔催马到驼队前，勒马收缰。黑马缓步停下，巴特尔飞身跳下马背。他牵着马，抬臂拦下后面跑来的枣红马，微笑着对王先问道："咋样？这马好骑吧？骑上它在旷野上奔跑爽快吧，受用吗？"

王先翻身下了马，满脸兴奋，用手擦拭被风吹红的脸膛，像孩子一样眉飞色舞地说："我骑过牛，骑过驴，骑过骡子，从没像今天骑马跑得这么快。开始有点害怕，怕摔下马来，后来马跑起来就感觉稳当多了。爽快，过瘾！"

"这可是匹好马，才刚满四岁，是匹纯种草原三河骒马，等骑回村，今年配个种，明年就能产下马驹或骡驹，这匹马是我亲手驯养出的，骑起来温顺稳当。这匹马小跑起来，你也没感觉到颠簸吧？驯马时，我就专门训练它马蹄划着圆圈跑小步。这叫环行马步，所以和别的马跑步不一样，骑上跑环步的马平稳不颠。"

枣红马急奔起来，四蹄轮换着落地，越急速快奔就越平稳，是初次骑马者都能很快适应的良驹，速度比一般蒙古马都快。张聚财和刘旋跑过来也想要骑马试试。巴特尔拦下他们说："让枣红马歇一歇，你们看，马身上都跑出汗了。这是安彪专门给王先的马，你们去骑那几匹马，那几匹马也不错！"

巴特尔先前和王先有过不对付，经过这场对峙后，对王先渐渐产生了一种说不出来的好感。当安彪要送匹马给王先时，巴特尔就赶紧主动把自己的坐骑送给了王先。巴特尔在草原因得罪了王爷，被逼投奔到安彪手下，才刚满三年，因为对马匹熟悉，会驯马驹，训练战马就成了巴特尔的主要任务。三年来，巴特尔驯过不少马，但对这两匹由三河母马生下的马驹特别上心，一匹驯好后送给了安彪，另一匹就是这枣红马，送给了王先。这匹良种三河骒马，刚满四岁，个头高大，小耳、阔鼻、宽胸、长腿、密鬃、粗尾，再配上一副好马鞍，就是一匹上好的骏骑。

去往大库伦的路上，王先每天都要骑一会儿马，骑术在巴特尔的训练下也渐渐精熟了许多。如今，王先骑起马来已是轻巧自如，他穿着一身蒙古族服装骑在马上，别人看见都认为他是个成熟的蒙古族俊汉。

半个月一晃就过去了，驼队的人们风尘仆仆地走进大库伦，住进一家汉人开的客栈。人和驼马都安顿下来，卸了货物，驼倌和押镖的徒弟们闲着没事，整天在库伦街上和集市里闲逛，买了内蒙古特产和稀罕物件。王先和巴特尔却一天也没闲着，从早到晚游走在集市和商家之间，打听着各种货物的行情，学习着收购皮货、羊毛的方法和技巧，有时帮着张福、刘钺他们请请客商，招呼商家，劝喝酒谈生意。这段时间可把张福、刘钺忙坏了，整天带着安彪新指派来的四个弟兄，按照安彪的意思学做生意，东奔西跑，四个弟兄整天谈生意、做买卖、看货色、讲价钱。张福、刘钺不厌其烦地传授生意经，用了三天的时间把带来的货物全部批发出去，又用了三天的时间采购了许多皮货、羊毛、内蒙古特产，装了整整十五个驼驮。张福、刘钺把安彪派来的四个弟兄安插到汉族人开的店柜上做了伙计。举办告别答谢酒席，单等择日返回大同。

在返回的路上，季德刚和徒弟们又押着驼队经过十几天的跋涉，走出赛音山达，过了额尔根。刚过晌午时，巴特尔感觉脖子后面阵阵寒风吹过，回头望了一眼，忙道："王先，你看后面的天空怎么了？怎么变黑了？"

王先回头向北望去，天空中出现厚厚的黑云，黑云冲出北部的地平线，翻滚着，飘浮着，扬起一片沙尘，直冲上天，像滚滚浓烟，又像一堵连接天际的黑墙，挤压过来。那不断推进的黑墙吞没了百里草原，滚动着、狂卷着沙尘向驼队头顶压过来。瞬间，太阳不见了，天色沉得如深夜一般，十步之内只能看到一匹骆驼，米粒大的沙子打在人们脸上，像针扎一样。风尘像一头巨大的天狮，翻卷着鬃毛，张开血盆大口吞食着额尔根戈壁草原。沙尘中裹挟着密密的雪片，顷刻间扫荡了广阔的草原。不多时，人们衣服、鞋帽上都粘了一层雪片，眉毛、胡须都染白了。额尔根草原广阔平坦，无遮无挡，这种寒流暴雪被叫作"白毛糊糊"，往往疾如闪电，来得突然。老人们常说："白毛风，白毛风，那是披头散发的白毛妖怪在发疯。"当地人遇上白毛糊糊，也经常糊里糊涂地走失了方向，冻死在草原上。

季德刚高声大喊："王先，停下！大家把骆驼都集中起来，让骆驼都卧在一起避避风、取取暖再走。"

"不行！季师傅，这种白毛糊糊越来越大，不能停下，停下来会冻死人和牲畜。"巴特尔向季德刚喊着。

"不停下来，那么你说怎么办？这么大的暴风雪，人畜会走散的，到天黑更容易走丢了。"

"前面快到额尔德尼了，那里有一大片低洼的草地，可能有蒙古包。我们不妨去蒙古包避一夜，等风雪停了再赶路程也不迟。"

"那好，听你的！大家注意，都听巴特尔号令！不要慌张，都给我把缰绳握紧，不能走散！"季德刚走到每个人面前，高声叮嘱着。

"大家围成一团慢慢跟我走，一个拉紧一个，不能走散。把马牵好，当心马跑散，一匹脱手跑走，其他马也跟着就跑掉了！"巴特尔说完，和常豹同时甩起响鞭，驱赶着马匹和骆驼慢慢向洼地走去。

驼队所有人都在不停地呼喊着，马匹也在嘶叫着，人们高喊着名字互相联系，生怕迷失方向走丢了。不知走了多久，前面透过雪雾隐隐现出暗褐色的蒙古包，一阵狗的狂吠声传来。巴特尔领着驼队走过几个蒙古包，走到毡包群中一座较大的包房前停下来。这时大毡包的门打开，走出一位年轻蒙古族女人，头裹着围巾，身穿肥大厚重的蒙古袍，脚穿一双高筒毡靴。

"日乌塔肯贝？塔肯贝？"（谁呀？）蒙古女人一手搭在额头上遮挡着风雪，高声问着人们。

"巴特尔，巴特尔！"巴特尔边答边向女子走去。

"巴特尔，巴特尔，切脉个，苏日黑，三界！"（巴特尔，太想你了！）蒙古女子说着，跑到巴特尔面前，紧紧拥抱着巴特尔。

蒙古族女子嬉笑着眨巴着闪亮亮的大眼，捶打着巴特尔的后背。巴特尔和蒙古族女子一番亲昵后，轻轻推开她，打开毡包后面一大圈围栏的木门，招呼驼队的人们把骆驼和马匹赶进了栅栏内。马匹拴在桩上，骆驼赶到栅栏中央围成一圈儿卧下，卸下的货物堆在一堆。人们忙活了一阵闲暇下来，向四周看去，有十几个蒙古包，个个围栏里都圈着牛羊、骒马。牛羊被雪覆盖着，像一团团的棉花团拥挤在栅栏的角落里。只有狗身上没雪，在雪地里来回乱窜，冲着来客们吠叫。

巴特尔安排大家在蒙古包里住下。王先、刘旋、常豹和巴特尔住在蒙古族女子的毡包里。季德刚、张福、刘铖和张聚财住在另一个蒙古包，其他人则被安排在稍远些的蒙古包。

王先第一个走进蒙古包，一股热气迎面扑来，身子不由得哆嗦了一下，在暴雪里冻了一天，猛遇到热气反而不适应了。他长长地吸了一口气，一股混合了羊膻、烟叶和牛粪的气味充满了清冷的鼻腔。王先揉了揉鼻子，打了两个雷响的喷嚏，蒙古族女子看着他笑了。她很客气地让众人在地毯上坐下，随后把地灶上的铜茶壶提来，给每人倒了一碗浓浓的滚烫的奶茶，端到炕桌上。

王先边喝奶茶边瞅着四周，毡包里有一叠被褥，一个木制的小箱柜，箱柜上摆着镜子、简单的梳妆用具和一把旱烟袋。毡包中央有一个矮小的炉灶，矮灶上的铁皮烟筒下半截被火烧得暗红，矮灶旁有一大筐成片成坨的干牛粪。地上铺满了毛毡，一大块地毯铺在毛毡上。蒙古族女人热情地招呼大家喝奶茶。巴特尔介绍道："这是斯琴格日勒，是这片草原百里内最漂亮的女人，热情好客，开放大方，哈哈！"

"巴特尔，你个牤牛在说啥？"蒙古族女人突然用汉语问道。

王先凑到巴特尔耳边悄悄问："你认识这女人？她也会汉语？你们好像很熟啊。"

巴特尔说："斯琴格日勒家的蒙古包是这里最大的，她家的牛羊也多，他们是这一片草原上最富有的人家！"

说完，巴特尔又转向斯琴格日勒，问她的男人在干啥，怎么没看见。

斯琴格日勒说："乌力吉出去喝酒、串门，十来天没回家了。你个牤牛这几年去哪儿了，怎么今天想起我了？这么大的风雪，带这么多人干啥去了？"

"去大库伦做买卖！这是我们的商队，商队往返口内和大库伦之间。这些人都是我的朋友，斯琴格日勒，你要好好招待他们！"巴特尔说完，朝着王先笑了笑。

王先不解地看着巴特尔，心想：他们这么熟悉？一见面就搂搂抱抱，怎么这么亲热？是不是匪性发作了？人生地不熟的可不敢胡来。巴特尔叫上常豹，走出蒙古包来到羊圈。他走出走进蒙古包，就像回到自己家里一样，看起来十分熟悉这里的一切。他和常豹每人拉了一只肥羊到毡包门前，找来一个瓦盆和一把尖刀。巴特尔熟练地将尖刀刺进羊的心脏，两只羊抖动着身子，没一会儿就彻底不动了。

巴特尔娴熟地剥下羊皮，剖开羊肚，用铁勺儿在羊的肚腔里舀着羊血，把一勺勺的羊血倒进瓦盆里。大风卷着雪花和蒙古包前的一层厚厚的羊粪，刮到装羊血的盆里，雪白的羊肉上也沾满了羊粪。巴特尔进毡包取来一块黑黑的抹布，擦拭起羊肉，然后将切成拳头的肉块分到各蒙古包，让大家煮手抓羊肉充饥。斯琴格日勒把铁锅放在矮灶上，灶里又加了几坨羊粪和牛粪，出毡包铲了一盆积雪倒进锅里化开，熟练地煮起了羊肉。大块羊肉被倒进混浊的雪水里，锅边冒着热气，嘶嘶作响，不一会儿锅里飘满了黑黑的血沫。巴特尔用勺撇了撇翻滚的浮沫，顺手甩到牛粪筐里。也就一袋烟的工夫，巴特尔就把羊肉捞出来放到了盆里。羊肉上插了五把小刀，每人一把，用小刀割下羊肉蘸着盐粉吃。

王先割下一小块羊肉，见羊肉上还带着血丝，便说："肉还没熟，再煮一煮，你看还有血。"

"煮熟了，吃吧！带血丝的羊肉鲜嫩，好吃！"巴特尔笑着说。

"锅里煮了半锅羊粪沫，这脏的咋吃？你看锅里的羊粪沫漂了多厚一层！"王先指着煮肉锅说。

"吃吧！没那么多讲究，牛羊粪是干净的，牛羊吃草，不脏！"巴特尔吃着手抓肉，用大碗喝着草原烧酒。他让大家喝酒，可谁也没喝，只有常豹、斯琴格日勒和巴特尔三个人喝起来，有说有笑，非常尽兴。王先吃了两块羊肉，觉得有点儿牙碜，看到满锅羊粪沫也没想多吃。王先没办法，只好用勺撇开锅里漂着的羊粪和羊油，舀了下部的半碗肉汤，将就着吃了点儿。

天全黑下来，王先靠在被垛旁迷迷糊糊地睡着了。他刚睡一会儿，就听到远处蒙古包外有轰隆隆的响声，越来越近，也越来越响，像万马奔腾，又像山洪暴发。王先被惊醒，诧愕着，心想："难道刚停了的暴风雪又刮起来了，那明天可又走不了了。"

巴特尔也侧耳细听，听了一会儿兴奋地笑着说："王先、常豹，明天咱们早点儿起，有好事。我带你们去看一场好戏！"

"什么好戏？这么高兴？"刘旋问巴特尔。

"到时候你们就知道了，大家都累了，今天早点儿睡！"巴特尔说。

斯琴格日勒从毡包外的牛粪墙上端回几簸箕牛粪坨，堆在炉灶旁，堆了一大堆，像小土包一样，说是夜里冷，可以随时加火取暖。王先没脱衣服，揪了半床被子，合身躺在巴特尔身边不知不觉睡着了。

半夜风停了，听毡包外雪片落地的沙沙声，就知道这是今年入冬以来额尔德尼草原最大的一场雪。天快亮了，巴特尔起身穿好衣服，叫大家快起来，走出蒙古包。王先、刘旋、常豹和巴特尔每人一匹马，套上马鞍，在巴特尔的引领下向黑黑的草原深处奔驰。急跑了不一会儿，巴特尔举手让大家停下，翻下马，把马腿用缰绳绊好，蹲下身子，摆手让大家下马照着他的样子蹲下。巴特尔举起一只手指放到嘴边，让大家悄声，他顺手抓起一把雪沫向空中抛出，观察风向，然后戗着风，弓着身，慢慢地向山坡移动。快到坡地边时，巴特尔又让大家趴在雪地上，爬着移到坡边。雪花灌到肚里、鞋里，王先想站起来抖抖，被巴特尔按在雪地上动也动不了。巴特尔悄声说："别站起来！不能出声！看看下面有啥？"

王先伸头向坡下望去，眼前是一块低洼地，白茫茫一大片，什么也没有，只能看到大片大片的雪花像鹅毛一样轻轻地旋转着飘落在地上。

巴特尔又指着下面的洼地，悄声说："你们看，低洼处有好多黄羊，大家都不要出声，别惊动了黄羊，耐心等着。注意右边，右边远处有几只狼！"

王先瞪大眼睛细瞅，什么也没看见，悄声问巴特尔："我怎么什么也没看到，黄羊在哪儿？狼又在哪儿？"

"你仔细看下面，那一个一个圆圆的雪球，像白面馍馍堆到一块儿，又像一串一串白葡萄一样的雪团，就是黄羊。右边那一对一对黄绿色的光点就是狼的眼睛，有几对光点就有几只狼。"

王先仔细看去，白色馍馍果然密密麻麻地挤满了洼地。他又向右边看去，搜寻着黄绿色的光点，可始终也没有看到。天渐渐泛起了白雾，微风好像也停了，只有轻轻飘动着的雪花，草原寂静得好像时间凝固了。远处突然传来一声凄凉悠长的狼嗥："嗷呜——嗷——"尾音拖得很长很长。

是恐怖的头狼的吼声，紧接着左面、右面和后面三处同时响起了狼嗥声，也不知有多少头狼在嗥叫。整个天空、洼地、山峦、河流都在颤抖，那种悲凄、恐怖，使人不寒而栗。只见那一片白色馍馍哗哗跃起，掀起一阵雪浪。接着，黄羊们纷纷抖落身上的厚雪，成群乱闯乱撞，相互踩踏冲顶，最后向一个方向没命地奔跑起来。十几只狼从左、右、后三方追赶，黄羊群拼了命地奔跑。那奔跑的声音，十里八里外也听得真真切切，像闷雷，像山洪，又像巨石在滚动！羊群奔跑的场面非常壮观，王先、刘旋看得难掩激动，不由得站起来观瞧。

巴特尔举手高喊："赶快上马！追！"

王先、刘旋、常豹和巴特尔解开马绊子，飞身上马，策马远远跟在狼的后面，追赶着羊群。狼追咬着黄羊，不停撕咬恐吓着一只大肚羊。黄羊玩儿命奔跑跳跃，却还是渐渐慢了下来，摔倒在地。狼上去咬破了羊脖子，接着又去追杀另一只大肚羊。黄羊摔倒后或仰面或侧身抽动着四条腿，痛苦地颤抖着，无可奈何地瞪着两只圆眼看狼扑了上来。狼扑上去一口咬住羊脖子，狼爪对准羊肚使劲一蹬，那锋利如刀的爪趾豁开柔软的羊肚，羊的内脏与鲜血摊洒在雪泥中，流淌了一片。

昨天的白毛糊糊把大群黄羊吹到了额尔德尼洼地，黄羊成堆地挤卧在洼地躲避着风雪，扎堆取暖，让雪花覆盖在背上。雪片盖满了大地，也遮盖了黄羊群。羊群和雪原融为一体，隐蔽得严严实实，远远望去白白一片，不走近细看确实很难看出这是一群黄羊。可聪明的草原狼早已跟踪而来，却不急着抓羊，而是不动声色地在远处窥视着羊群。天黑了，黄羊集中在洼地背风处睡觉。这会儿狼是抓不住黄羊的，狼也知道，因此不去惊动羊群。黄羊看似睡着了，可它的鼻子、耳朵并没休息，稍有动静，便会蹦起来就跑。黄羊跑得很快，狼也追不上。整个晚上，狼趴在不太远的地方死等，就是不动手。等到天快亮了，黄羊吃了一天草，又喝足了水，此时肚子胀得圆圆的。黄羊个子越大，吃的草就越多，喝的水也多。黄羊憋了一夜的尿，肚子里胀满了尿水。只有小羊憋不住尿，半夜起来尿一次，还有精明些的黄羊能舍得身子底下好不容易焐热的热气，抖掉伪装站起来撒出半泡尿水，再遇到狼就不怕追了。黄羊跑得再快也有意外，那些聪明的老狼和头狼知道清晨那一小会儿是抓黄羊的最好机会。天刚亮，头狼一声嗥叫，群狼跟着嗥叫。黄羊在狼嗥的恐吓中惊醒，蹦起来互相拥挤着、踩踏着，一阵混乱后向一个方向拼命猛跑。狼群紧追在后，每只狼都专门追不撒尿的大肚子黄羊。黄羊跑起来撒不出尿，跑不了多远，就后腿抽筋，摔倒在地再也爬不起来。

这时，被狼咬死的黄羊和还没死的黄羊，零零散散地铺就了一条长长的血路，形成了一条肉的道路、血的走廊。巴特尔招呼王先他们下马，抽出短刀，挑开黄羊肚子，放出血和尿，把羊的内脏掏出扔在泥地上。每个人拿着两只黄羊，用绳绑紧两只羊的后腿，分担在马背上。巴特尔和常豹马术好，每人拿了三只，两只羊横担马背，一只羊横放在马屁股上，四人飞身上马匆匆离去。巴特尔、常豹一手紧握马缰，一手扶着马屁股上的黄羊，催马小跑着回到了蒙古包。蒙古包的人们热闹起来，刘旋眉飞色舞地诉说着抓羊的过程，巴特尔、常豹忙着剥黄羊皮、切羊肉。蒙古包的几个蒙古族汉子套上牛车，朝着巴特尔指的方向去拉被狼咬死的黄羊。早饭很简单，斯琴格日勒为每人端上一碗奶茶，奶茶里撒了少许炒米。泡着昨天剩下的凉羊肉，大家吃了起来。刘旋、王先滔滔不绝地讲着方才的经历，他们听也没听过这等好事，不用费一丝力气就得到了骏马都追不上的黄羊，还能吃上美味的黄羊肉。张聚财直骂刘旋没叫他一起去抓羊。

吃完早饭，人们收拾好行装，装好驼驮，喂好骆驼，给马匹又添了些草料后，准备起程。这时，远远有马的嘶叫声传来，马蹄嘚嘚声越来越近，王先搭着手避开阳光抬头望去，茫茫雪原上飞驰着一匹骏马，马背上坐着一个蒙古族壮汉，弓着腰，一手握着马缰，一手扬鞭，到蒙古包前勒马跳下。他看到巴特尔哈哈大笑，快步走到巴特尔面前，一把抱住，拍打着巴特尔的背，用蒙古语不知说些啥。王先却没在意他们，走到蒙古族汉子的马前，细细端详着这匹骏马。这匹马全身乌黑油亮，四蹄雪白，像大宛马一样雄伟高大，又像三河马一般挺拔细长。宽厚的马胸，粗壮的长腿，长长的黑鬃，浓密的马尾，彰显出劲力和速度。王先解了马缰，想骑上马遛一圈试试。蒙古族汉子看到后急忙抢过缰绳，笑着用不熟练的汉语对王先说："马的不能骑！马的不能！对不起，不好意思。"

巴特尔拉开王先笑着说："蒙古族人的马是不让别人随便骑的。这是斯琴格日勒的丈夫，他叫乌力吉。"

斯琴格日勒听到声音，跑出蒙古包，一把抱住乌力吉，像是生怕乌力吉再跑掉一般。她捶打着乌力吉说："你个死鬼，跑到哪里去喝酒？忘了我，十来天也不回来，昨天白毛糊糊差点把羊群吹散，幸好巴特尔他们来了，才帮着圈好牛羊。"斯琴格日勒斜着看了巴特尔一眼，笑着埋怨乌力吉。

王先今天在阳光下才看清格日勒的面庞，一张圆圆的小脸蛋上长着弯眉大眼，一排整整齐齐的洁白牙齿在微笑中闪着光亮，几根编好的粗辫披在肩背后，带着蒙古族女人特有的美。乌力吉挽留大家多住几天，季德刚多次婉言谢绝，说是有事要赶路，不能再留。巴特尔说他要在蒙古包再多住几天，然后就去找安彪。季德刚和巴特尔、常豹、乌力吉一一告别。

巴特尔走到王先面前，握着王先的手说："好兄弟，后会有期！有机会再见面，我会好好谢谢你的。"

"巴特尔，我会想你的，多保重，再见！"王先眼睛涩涩的。

驼队走出额尔德尼镇，天刚泛起亮光。辽阔的草原上空，布满了一片一片的火烧云，整个天幕被朝霞染得通红。茫茫雪原在朝霞的倒映下变成了粉红色，粉红色的尽头猛然跳出小半个橙红色的太阳，霎时，万道霞光冲破天空。深的、浅的，绚丽多彩的云霞，像一幅浓淡有致的画卷悬于天空中，似一袭红幕挂在天边，那美艳、壮观、迷人的火一般的色泽，是王先他们来到草原后看到的最壮观的景色。

额尔德尼远处的山脉在金灿灿的朝霞映衬下，被勾勒得清晰可见，平素峻峭挺拔、巍然屹立的山，此刻在道道闪烁的霞光中，全然变了模样，宛如一群下凡的仙女，头戴仙冠，身披轻纱，风姿绰约，楚楚动人。绚丽的彩霞照耀在草原上，天空中飘浮着朵朵云彩，云彩卜牧羊在奔跑，骆驼和马儿一字排开，越走越远，深入白云和雪原之间。季德刚看着茫茫雪原，心中默默吟着一首诗：

> 落雪路冰滑，
> 风卷起白沙。
> 茫茫戈壁叠雪浪花，
> 凛冽凝霜满眉发，
> 驼铃细雪漫天崖，

> 一绳牵驼马，
>
> 缥缈穿谷峡。
>
> 走他乡，远离家，
>
> 千里冰封冷月下，
>
> 顶暴风，冒雪花。

季德刚骑着黑马，带队回到山崖下的小村庄。安文华看到王先从大库伦返回，高兴地迎上来，拍着王先的肩背，说："等得我好急呀，怎么迟了四五天？按计划前几天就该到了。"

"我们在额尔德尼前面遇到了白毛糊糊，耽误了两天，在大库伦集市多待了两天。"王先握着安文华的手摇了摇说，"白毛糊糊可把我冻坏了！若不是您的新棉衣，我可能就见不着您了，我该怎么谢您呀！"

"不客气，见外了。应该是我谢你。你救了小儿就等于救了我们全家，我怎么谢你都不为过，更何况你又说服安彪走上了正道，这是多么大的功德呀，多么不易呀！快快进屋再说。"

王先急着想看看陈亮的伤势，直接进了下房。陈亮听到王先说话急忙坐起，忙着穿鞋下地，想感谢救命恩人。王先拦着，没让他下地。陈亮伤情好多了，能慢慢挪动着走路了。王先又问起安勇，安文华高声喊儿子过来。安勇从上房跑下来，抱着王先不停地摇动。

"没大没小，快放手，快跪下给救命恩人磕头。"王先扶着安勇，说什么也不许他跪下。王先扭着头又问起安彪来过没有，有没有安彪他们的近况。安文华对王先悄悄耳语："你们走后没几天，有一天半夜安彪和他的两个弟兄翻墙来到我家，告诉我他们已暴露行迹准备去宁夏避避风头，让我也赶快离开乌兰花，说王爷察觉我们的关系了，乌兰花也不太安全。他又说到你劝他们脱离土匪窝，大伙也想着重新做人，非常感谢你帮他们找到了出路，临走时给你留了一袋上好的皮货。我看了，有貂皮、水獭皮、狐狸皮，他让你一定收下。"

"我不要，跟他说，我谢谢他啦！"

"收下吧，这是他们的一点诚意。他说这些东西是他们打猎得来的，不是抢来的，让你放心！他们还说有机会定要重谢你！"安文华说。

王先笑了笑说："安彪也是个有心人，是条汉子，要是干大事，一定会成功。"

安文华又接着说："我这几天专等你返回，和你见上一面我就要搬家了。这里不能居住了，王府来查了一次，好像有点不对劲。"

"你要去哪里居住？这里辛苦置办的家当都不要了？"王先有些可惜。

"房和地都卖了，我要去绥远。我联系上了安春生，他住在绥远，做皮毛生意还不错，娶了媳妇安了家。他开了两家皮毛行，忙不过来，让我去其中一家打理柜上的买卖。"

王先感到意外，半张着嘴点着头，听安文华继续说："这几天我就盼着你们快点回来，急得我在村口转了好几趟，终于盼到了你们。我也给你准备了一袋皮毛，虽然比不上安彪的皮货，但也差不到哪儿去。回家后你一定要打开看看，我给你写了封信，写明了我在绥远的地址，以后我们好联系！"

王先推辞着，说什么也不要安文华的东西。

"我不能要你的东西，你给了我棉衣、皮袄，我已是感激不尽，再要你的东西我会不安的。你就别客气了，我很为难！"

安文华有点生气，变了脸色，说："我安文华是当院立旗杆——站得稳、立得正。来到草原十年，说一不二。王先，你不要我的好意就是看不起我，你当我是个忘恩负义的小人。这你可小看我了，你要是不要，我就把它扔到街上，让众人去拿。从此我就没你这个朋友！"

王先看到安文华诚心诚意送他礼物，也不好再推辞，就笑着说："你别生气，我收下还不行。那我就不客气了，多谢你了。"

"你拿回家一定要打开看看，记住了！"安文华暗示着，王先点点头表示明白。

从乌兰花一路走来，枣红马的背上又多了两只飞口袋，这是王先走大库伦的收获。沉甸甸的两只毛口袋横担在枣红马的两侧摇摇晃晃。又赶了几天的路，才返回到丰镇城边。季德刚让伍有良在丰镇城门口暂时就地休息，他和王先牵着谦瑞吉皮毛行的五匹骆驼去和刘德财掌柜交割手续。

刘德财把季德刚、王先让进上房客厅，沏茶、倒水、上果子，相互寒暄了一番，就聊了起来，无非是些走镖和生意上的闲话。坐了两个时辰，王先也插不上话，难免觉得无聊，不住气地在木凳上晃荡着。刘掌柜看到笑着说："翠花上学堂去了，不知回来没？王先，你要不去耳房看看？"

王先微笑着点点头，站起来走出客厅。剩下刘德财、季德刚两人继续聊着。

"我这闺女是男孩子性格，淘得不行，成天给我惹是生非。我把她送进城里一家学堂里学习，最近一段时间好多了。"

季德刚说："现在的娃们不服管教，老大不小了吧，寻个好人家嫁了就省心了。"

"她娘去得早，闺女就是我的掌上明珠，我舍不得让她嫁出去。这么大个家业留给谁？你给打听好，我想招个上门女婿，找个老实可靠、愿意改姓、认我做爹的女婿。"

"好吧，我在大同府打听着。"季德刚答应下来。

王先溜达出客厅，在耳房见到了翠花，进门笑着问好。翠花赶紧从课桌旁站起，两手搓着，粉红的脸蛋扬起，笑眯眯地瞅着王先，身子微微摇摆着，看样子温柔清秀许多。她腼腆地笑着问王先："回来了？一路可好？还想着我吗？"

王先看翠花和上次见面不大一样，那股泼辣劲儿全没了，只有柔美、温情、和顺，像个大家闺秀。王先心里讶异着，怎么变化这么大？翠花身上那股男孩子的顽皮劲儿都哪儿去了？王先又不敢问，只好规规矩矩地坐在那儿诉说着离别后的趣事，说起路上怎么遇到狼，怎么救人，又怎么遇上土匪和打黄羊的事。王先和翠花正聊得高兴，季德刚和刘德财交接完镖务，告辞走了出来。王先紧追上季德刚说要请一天假。

"季师傅，你们先回，我在丰镇有点事情要办，晚回一天行吗？"

刘掌柜也说："我想留着王先多待一天，有件事想和他商量，请季师傅担待！"

"好说，好说，王先就在丰镇多待几天，这里到大同不远，两天就回去了。驼队的事我让他们多费点心，不用着急着回大同。"

季德刚上马离开后，王先把自己的枣红马背上的口袋拎到客厅，对着刘掌柜和翠花说："刘掌柜，我这次去大库伦有人送我些皮货，我家里用不着，全部给您留下，作为我在您这里当学徒的费用。您不要见怪，收下吧！"王先边说边解开毛口袋，把口袋里的皮货全部倒出，刘德财一看就愣在那儿了，这口袋里装的都是贵重的上等皮货，有水貂皮、旱獭皮、红狐皮、水獭皮、豹子皮……王先接着又打开安文华给他的那只口袋。这口袋里也都是贵重皮货，皮货中夹着一封信，王先不识字，让刘掌柜念给他听。信里说了些感谢话，还夹着一张面值五十块银洋的银票，让王先务必收下，说是答谢王先的救命之恩。刘德财把书信和银票递给王先，提醒他银票到大同南街银号，可兑换出五十块银元，千万不能丢失，一定要装好了。王先对于拿一张纸就能换出五十块银元，感到非常惊讶，双手颤巍巍地接过信封和银票，小心翼翼地装在自己贴身口袋里，拍了拍不放心，又按按捏捏后才放下手。

刘德财对王先说："这些皮货你拿回去我知道你也用不着，这是些生皮子，得仔细熟一熟，不能熟坏了。明天我找几个德高望重的皮货商和内行来给估估价，我用市价收购你的皮货。这么贵重珍奇的好货，你能卖给我一个人，我高兴还来不及，怎么能白要你的东西！"

"不用，不用麻烦了，您全拿去吧！我用不着，也不懂皮货，留着也没用，全给您了！"

"这么贵重的东西我不能要你的，等估完价，我一时也拿不出那么多现银给你。你先回家安顿好家里，等你来学徒时，我再分批分期给你现银，你看好吗？"

王先看到刘掌柜执意不要他的皮货，只好答应："您说了算，听您的！我回家安顿完，过了年，把春天的地种完，我再过来做学徒。请您给我留个位子，过了春天我一定来！"

刘掌柜笑着答应："好，好后生，我等你！"

翠花听着王先说话，一直笑个不停。她觉得王先变化很大，这次去大库伦学了不少东西，说话有条有理，又风趣又踏实，还没废话。王先在刘掌柜处住了一夜，夜里刘掌柜、翠花听王先又讲了一遍去大库伦路上的事情。翠花认真地听着，被王先逗得哈哈直笑。刘掌柜赞许地看着王先，不时地点着头。他看着王先滔滔不绝、喜气洋洋的样子，心里想：这个王先今后一定是个人才，是要做大事的，不能小看了这娃！

第十二章

成亲那日，蒋有伟对小莲说："从今天起，你就改姓蒋了。"

"凭什么？我姓刘才几年，还没姓够呢，这就改姓蒋了？不能够！我就叫刘小莲，不改！"小莲噘着嘴喃喃着。

"嫁到我家就得姓蒋，这是规矩，没得商量！"蒋有伟看小莲不愿意，笑着又说，"突然改姓，你可能一时转不过弯，那就先保留刘姓，改名叫蒋刘莲吧，你说呢？"

小莲没吱声。蒋有伟低头思谋一会儿，又说："刘字写在名字里有点儿不顺，我查了书典，叫蒋榴莲吧。对！就叫蒋榴莲。榴莲是一种热带水果，果壳坚硬，壳上长满利刺，果熟时壳裂开，露出异香果肉，肉白甜腻。人们说榴莲是水果之王，咱就改名叫蒋榴莲。多好的名字！"

小莲已不记得自己是怎么上的花轿，她只记得上轿后，总想掀开轿帘往回瞅。她看见王先呆呆地跟在花轿后面迟迟不肯离去。轿子抬到饮马河边换轿椅过河时，她回头见王先双手高举驴皮水裤，不停地摇动着，张着嘴不知喊着什么。在媒人的催促下，小莲狠下心钻进花轿向和阳城门而去。她坐在轿子里，盖好红丝盖头，心想："再见了，儿时的快乐，饮马河的畦地，真武庙的庙会，先宝哥的关怀和疼爱。先宝哥，对不住了，小莲来世再还你！"

小莲撩开轿帘，看到瘦条身板的蒋有伟直挺挺地骑在马上，似乎一股大风都能把他刮下马来，从今以后她就要和这个人生活一辈子。蒋有伟戴着的黑呢礼帽上的红鸡翎抖动着，随着马上下颠簸，肩上披着大红彩绸，彩绸在胸前结了朵大绸花。他不时回头看小莲，硕大的绸花来回摆动，衬托出蒋有伟的潇洒俊俏、风流倜傥。小莲的心里又涌出心酸和怜悯："唉！这就是命，命运在捉弄人呀！"

和阳城门口排了长长一队人，个个举着双手，接受着府兵的搜查。人们疑惑大白天查什么？有路人悄悄说："去年秋时城内闹义和团，集中了四五百人，分设了四个团，成天杀洋人、烧教堂。其中，马正太带领的一团，传说刀枪不入、所向披靡。去年七月下半月，这伙人才被官府用洋枪洋炮击败，马正太等八名首领被杀。今年不知怎么上头又想起这事，便搜查起义和团残余，说是怕有人混入城内闹事。"

花轿走到城门前被府兵喝喊着停下，蒋有伟急着下马向前打探情况。这时，过来几个府兵搜查包袱和礼盒，其中一个歪戴着军帽、斜眼猴嘴的府兵，像是个有官衔的，龇咧着黑黑的烟牙，斜挎着长枪，用手指摸着一颗闪闪的金牙，迈着四方步向花轿走来。府兵到轿前一把推开媒人秋菊，用枪管挑起轿帘向上一甩，轿帘被甩到了轿顶上，露出了穿喜服、盖红绸端坐在轿中的新娘小莲。

秋菊急忙上前拦着说："这是城里很有名气的蒋有伟东家娶的新娘，可别吓着了。"

府兵又一把推开秋菊说："我倒要看看，这新娘是男的还是女的？怕不是义和团吧。"

府兵边说边掀开小莲的盖头，伸手向小莲的脸蛋摸去，小莲吓得一愣，顺手打开府兵的手。府兵"咦"地叫了声，又伸手过来想摸小莲的脸，被小莲一张嘴咬住了手指，疼得猛地抽回手指，嘴里吸着冷气，骂道："好一个刺头！还敢咬我，看我怎么收拾你！"

这时白义忠跑来，拉住府兵，顺手塞过去三块银元，说："她还是个女娃娃，没见过世面，有点儿倔！您高抬贵手。"

府兵掂了掂银元，说："我可得好好查一查，这么厉害，我看像义和团！"府兵说着把枪管插向小莲内腿间，用枪筒拨开小莲双腿，伸手撩起小莲的裙摆，贼眉鼠眼地看向轿座下。小莲见状，抬起脚向府兵脸上踢去。府兵眼快，一手抓住小莲踢来的脚，使劲一拽，便将小莲的鞋子脱了下来。府兵哈哈大笑，咧着猴嘴捧起绣花鞋子嗅了嗅，又准备向花轿伸手时，蒋有伟跑来抱紧府兵，紧着说："长官，别和她一般见识。我和你们管领李大人特熟，我经常去他府上拜访，一块儿吃酒闲聊。长官看在李大人的面儿上，高抬贵手啊！"

"是吗？我怎么没见过你呀？"

"李大人有个相好在大皮巷住，我们常悄悄去那里喝酒，您怎么会见到呢？"

蒋有伟凑在府兵耳边悄悄说。

府兵看了看蒋有伟，思量一番，拍了拍双手，掸了掸身上的土尘，边走边说："花轿里没问题，是新媳妇，还挺俊俏。"

秋菊跑上前来，边忙着帮小莲穿鞋边说："你还敢和当兵的打架，这么倔强，不怕被打死呀？"

"我才不怕死！这要是先宝哥在，早把他打个满脸开花、满地找牙了。"小莲愤愤地说。

"不怨你大，你娘说你跟着王先学野了，老想着打架惹事，都嫁人了还长不大。"秋菊看着轿夫傻站着，急着喊道："还不赶快起轿，走嘞！"

花轿进了城门，一路上坡，走到法华寺庙门前才有了平地。进和阳门时耽搁了时间，太阳照过和阳门楼，闪闪金光将门楼映照得仿佛一座黄金楼，飞檐上的风铃经风一吹，叮咚作响。法华寺门前的两棵百年老槐已落去夏天繁盛的枝叶，裂开的黑色树皮翻卷，露出一条苍白的树杆，槐树上部的枝条上有着一片黑乎乎、圆溜溜的疙瘩，像一朵朵黑色的花蕾，结了满满一树。轿夫稳稳地把花轿抬上坡，鼓匠们站在一旁刚想喘口气，白义忠便吼道："我说鼓匠，东家雇你们干啥来了？进了城还不快吹打起来，想啥呢？轿子也给我扭起来！"

唢呐手一瞪眼一抬头，猛的一声唢呐长鸣，锣鼓跟着敲打起来。街上正闷着头走路的人们，突然听到锣鼓齐鸣，惊慌回头探看。槐树上的一朵朵黑色花蕾，"呼啦"一声变成一群老鸹，飞起一片，在人们头顶上胡乱盘旋。接着从空中落下冰雹一样的鸟屎，噼噼啪啪地落在地上，变成一摊摊白色小屎花。轿夫李扛正扭得起劲，抬头一颗鸟屎刚好落在他额头上，他用手一抹，从额头到鼻梁瞬间糊了一片白色，成了戏里的丑角。李扛边扭边吐唾沫："今天真妨主，鸟屎上头不吉利。"张扛看到后咧着嘴笑道："别瞎说，今天大喜事，闭上你那臭嘴。我看你活该！天大亮了还不起，还等着让我们叫你，你老婆捧捧打打地埋怨我们，活该！"

小莲探着头看天上老鸹乱飞，一颗鸟屎落到盖头上，她急忙用手帕擦拭着，又一颗鸟屎不偏不正落在那只拾回来的绣鞋上。小莲慌忙中错用盖头擦鞋面上的鸟屎，鞋面是干净了，可盖头上的鸟屎怎么也去不掉了。小莲心里又翻腾起真武庙柳道长的话，心想："婚姻不到头，半辈子要守寡。难道这真是应了道长的话，结婚当日鸟屎落头，太不吉利！"小莲又看看骑在马上的蒋有伟，他一副喜上眉梢的样子，时不时还要回头冲她挤眉弄眼逗趣。小莲偷偷笑了。

老鸹结群飞到东街正中心的太平楼上，看到花轿乐队过来，又一起飞向都司街天主教堂屋顶。屋顶的铁十字上、房檐上、屋顶上都落满了老鸹，铺盖着黑黑一片。白义忠追上蒋有伟，高声说："掌柜的，我看咱走李怀角街，过大庙角、朱衣阁街，从缸角右拐就到家了。不绕道也顺当！"

"不行，我们还是走四牌楼到大南街恒丽魁、增盛源、德泰钰、万盛永……几户商家都该拜一拜。过了鼓楼，再到咱家的铺子前吹打一阵子，让小南街大亨通、东升魁、瑞云祥的这些邻居们都沾沾喜气，也算向同行献喜了。"

白义忠皱了皱眉头说："四牌楼那群闲汉又要闹腾，挡着要念喜、讨要赏钱，可麻烦了，一时半会儿走不了。"

"那没办法，不就是花点儿银子吗？不能嫌麻烦让同行小看了咱，说咱偷偷娶媳妇小气！"蒋有伟骑在马背上，底气十足地回答。

大同府的四牌楼是城市的中心，一年四季总有些闲人聚在一起聊天，以老年人居多，也有几个好吃懒做的青年跟着起哄。他们成天寡汤淡水地吹牛，说出话来也无滋无味，像白水一样。人们称这种人为"水"。其中有个胖子，穿红布大棉裤，爱说点儿傻话，傻愣还黏缠，像一块切不开的滚刀肉，人们就给他起了个绰号叫"滚水"。这个美名还是前几辈传下来的，只要四牌楼的闲人不散伙，恐怕这"滚水"的绰号会一直传下去。有"滚水"，当然也有"冷水""温温水"。"冷水"是个瘦马囹囵的年轻人，身穿长衫显得更加瘦小，整天板着脸，一脸怒天恨地的苦相，听说还吸大烟，打起架来下手特狠。"温温水"打扮穷酸，穿一身假斯文的破衣，留着八字小胡子，手捏两颗核桃，整天在街上贼眉鼠眼地瞅着姑娘媳妇，满嘴荤段了逗人们笑。

这三水平时和人们闲聊逗乐，每当有红白喜车经过四牌楼，"滚水"就出马拦住，死缠乱侃，又是动手又是动嘴就是不让人顺利通过。这时"冷水"过来，找准机会寻衅闹事。等闹腾到一定程度了，"温温水"才姗姗来迟，打个圆场，和个稀泥，把事平息下来。三水配合默契，无非想多讨要点儿银两。

远处的锣鼓、唢呐声惊飞了老鸹，也唤醒了三水。"滚水"跃到路中，拦着花轿不让通过，举手打起竹板。竹板在头上绕了几圈，竹钜在竹板上钜了两下，"滚水"便扯开了嗓子："嘚嘚——啪啪！竹板一打你们瞅，一顶花轿向前走，几个轿夫真会扭，迈八字，搭起手，颠得新娘大声吼。新娘轿里高声吼，屁股疼，腿发抖，去了头盖，头一扭，新娘模样真不丑。啪啪——嘚儿——嗒！新娘长成一朵花，人人见了人人夸，杏壳眼，白脸颊，樱桃小口，黑头发。小细腰，箩筐胯，三寸金莲一把抓，美女娇娘娶回家。"

"滚水"咽了口唾沫接着唱："起得早，赶得巧，今天喜事真不少。东家娶媳妇到门前，新娘美，新郎贤。念完喜，给点钱，多点少点都不嫌。东家喜啦！"

这时，"冷水"也上前，撩开轿帘就要拉新娘下轿。"温温水"跑来假惺惺地拦着，说："东家快给赏钱，我拦不住了。管家在哪儿，少给点儿打发他们走！"白义忠赶紧给了每人十个铜板才算通过。

大南街的恒丽魁、增盛源、德泰钰、万盛永做着大同府一半的买卖，丝绸、布匹、珠宝、美玉、时装、皮草应有尽有。蒋有伟和各家都一一寒暄过，来到小南街自家祥瑞布店前，同大亨通、东升魁、瑞云祥的几位掌柜拜喜，颠扭了一阵花轿，鼓匠吹打着，分开马桥口的骡马买卖人群，让出一条通道，走到马王庙对面南小巷的蒋家门前。

蒋有伟娶小莲是二婚，一切从简，就在家里摆了四桌席。蒋有伟爹娘去世早，他也没有兄弟姐妹，单单给他留下一处院子、一个铺面。铺面祥瑞布店规模不大，由蒋有伟一人经营。今天蒋有伟仅仅通知了一些商界好友和几位远方亲戚来喝喜酒，委托街对面永泰毛店的店老板朱壮魁和小妾周桃花过来帮忙。平时蒋有伟和毛店老板经常来往，他也常到毛店里和住店的客商谈生意，一来二去他们就成了要好的朋友。朱壮魁很乐意帮助蒋有伟操办婚事，两口子满口答应："这是好事，一切都交给我们，店里有现成的大厨房，厨师炒好菜端过马路也凉不了，你看多方便。"

朱壮魁安排伙计挂灯笼、扎彩绸、布置院子，桃花忙着贴喜字、剪窗花、叠被褥，还特意买来红枣、花生、核桃叠进被褥里，说是有讲究。

锣鼓声转过马桥口，蒋有伟到门口跳下马，他身披大红彩绸，胸前扎着一朵大绸花，立身稳站在大门台阶上。院里的人们听到吹打声，一起涌出来，朱壮魁、周桃花上前在蒋有伟身后护着，等新娘下轿。白义忠提着一串鞭炮，跳到门边的石鼓上引燃，柜上的伙计跟着点了两响的大麻炮。蒋有伟在烟尘雾罩里，鞠躬抱拳，答谢送亲的人们。人们让蒋有伟背新娘下轿，他说体弱背不动，搀挽着新娘走上五阶高台，进入院内。

这是个二进的小型四合院，南北走向。朱漆大门，坐西朝东，广亮豪华砖雕门楼，门楼横梁雕龙画凤，横梁拱斗下露出两个木雕龙头，龙头嘴里叼着两个大红灯笼。两扇厚实的门板上各有两排铮亮的钢碗钉，碗钉中间有铜狮头，狮头口含铜环，铜环被摩擦得锃光瓦亮。

新娘被搀扶进二门合廊子，人们吵着让新郎背着新娘进屋。蒋有伟扶着小莲到砖雕的山石林木浮雕照壁前，让小莲站在照壁的退层雕花底座上。蒋有伟吃力地背起她，用力向上掂了掂，一手抓着小莲大腿，一手扶着垂花木雕二门的门框，走进外院。小莲趴在蒋有伟背上，害羞地看着院内。院内朝南有正房四间，东面有一耳房，中间堂屋三间，西面是一过道，可通往内院。东、西各有配房三间，南面有碾坊、茅厕和门房。小院方砖铺地，各房的门窗刚刚彩绘油漆过，焕然一新，整个院子干净利落，一尘不染。转入内院，有上房五间，左、右各有耳房一间，中间是堂屋，另有东、西厢房各一间。

蒋有伟慢慢地把小莲背到东厢房的炕上，等小莲在炕上坐稳，他喘着气，笑着对小莲说："看你苗条身材，怎么这么沉，看把我累得一头汗。你先坐着，我到堂屋敬几炷香，过一会儿再来陪你。"

蒋有伟说完转身进堂屋佛龛前，点燃三炷檀香摇熄后，把香插入案几上铜香炉中。口中念念地鞠躬拜了祖先和父母牌位。上完香，蒋有伟被朱壮魁请到院里，周桃花进屋把小莲挽到院中花楼墙围的花坛前。蒋有伟和小莲拜天、拜地、拜祖宗，最后夫妻对拜，送入洞房。

人们有意拥着新郎、新娘，少不了要喜糖、红包。曹夫楼送亲的人们也被这玲珑小院迷住了，只顾瞅瞅东又瞅瞅西，看着房屋前檩彩绘的花鸟鱼虫，又瞧瞧画得栩栩如生的飞禽走兽。檩条卜有类似南方的蠡窗，成片的用榫卯连接的小方格，方格中又精细雕刻着蝙蝠、彩蝶、花草、神兽，方格窗从里用麻纸糊着挡风。院内所有房顶上挂盖着清一色的筒瓦，筒瓦层顶上建有一间小庙，据说是姜子牙的神庙。送亲的二弟问："哥，这里是庙吗？姐将来就住在庙里？那到晚上得多害怕呀。"

大弟看二弟一副天真样，说："别瞎说，这哪是个庙？这是城里的砖瓦房，可比咱村里的庙好。咱姐胆子大，神鬼都不怕！"

白义忠把人们都请进外院的房屋坐上炕。炕中一张八仙炕桌，四方炕桌上早已摆上压桌粉盘，四荤、四素凉菜。朱壮魁看大家都坐好，说道："今天大喜的日子，东家请大家吃好喝好。今天咱们喝大同府有名的好酒'一粪叉'……"

朱壮魁还没说完话，桃花便打断抢着说："是缸角酒坊的'尹凤钗'，不是什么'一粪叉'，你能不能发音准点儿，别把人吓着。什么'粪叉'，好好的酒就让你给说臭了。"

朱壮魁笑了，摇着手说："我是绥远人，后山口音，发音不准，你们将就听。今早差点儿忘了备酒，我让缸角酒坊送酒过来，酒一到就开席。"朱壮魁低头想起早晨让二小买酒，同时也想起缸角酒坊"尹凤钗"酒的笑话，暗笑着走出屋门。

早晨，朱壮魁走到毛店厨房，看厨子把婚宴的菜都备好。厨案上摆了四荤、四素的凉菜盘。热菜扣碗，扒肉条、黄焖鸡、扒羊肉、炸肉丸都上了蒸锅，红烧鱼的食材都已切好备齐。只要招呼一声，大厨在灶火上小炒一拨拉，即刻能把热菜端上席面。

朱壮魁突然想起酒来，忙喊叫伙计："二小子，快去缸角尹贵酒坊搬十坛'一粪叉'烧酒，开席等着急用。"

"好嘞，这就去。"二小答应后，急忙向缸角走去。缸角离永泰毛店不远，出门向东过两个街口就到。二小走到白衣寺，过云路街文庙，到前面十字路口往南一拐，站在酒坊柜台前就喊："掌柜的，永泰毛店要十坛尹凤钗酒，马上送到毛店对面南的小巷蒋家，成亲用酒，快点送去。"

"谁成亲急着用酒？"尹贵问。

"蒋有伟续弦，永泰毛店一手操办，蒋家院内摆席。快送酒去，别误事！"

朱衣阁街往南过十字街口，偏西一条的斜街上，尹贵和老婆凤钗凭借父辈传下的酿造手艺，支起一口烧锅，操持着大同有名的酒坊，专酿高粱白酒。时间一长，人们就把这十字街叫成缸角。尹贵接过缸房，精选细酿，用上好的高粱、大麦酿出的烧酒，隔着几条街都能闻到香气。酒液纯白黏稠，倒在碗里挂碗，火一点就燃。大同城的人们都来尹贵酒坊买酒。尹贵老婆叫凤钗，长得俊俏，站在柜前卖酒，人们买酒都要多看几眼。凤钗站柜台，也喜欢和买酒人嬉笑。喝酒的汉子在柜台前喝散酒，总是迟迟不想离去，时间长了，人们把柜上的酒叫成尹凤钗。尹贵的父辈一直经营着散酒。尹贵为了方便买主，找来瓷窑的人，烧出半斤装的黄泥陶坛和二斤装的细瓷酒坛，瓷酒坛上烧印"尹凤钗"三个字。这尹氏高粱酒便有了名字。

到了冬天，天气寒冷。酒坊早早开了门，蔡家园、太平楼、县角东……附近打早工的汉子们来到酒柜前，向凤钗买二两酒、两个"焙子"（发面烧饼）、两块腐干，靠着柜台喝起酒来。汉子们把吃焙子、喝早酒叫"吃硬早点"。

大家一见面互相问道："吃了吗？""吃了！""吃啥了？""吃了硬早点。"意思就是喝了早酒。

凤钗勤快热情，知道人们的喜好，见了喝酒的汉子就问："今天喝凉的，还是热的？"

"今天喝点热的吧。"

凤钗就拿出一根细长的糙纸卷儿，在麻油灯上点燃，靠近酒碗一晃。酒被点着，冒出蓝色火焰，微风一吹，酒碗里的火苗一会儿是蓝色，一会儿又变黄色。生意好时，柜台上一溜酒碗都冒着火苗，冬天的清晨，天色蒙蒙，远远望去像鬼火一样，时隐时现。凤钗用茶碗盖在酒碗上一抹，酒碗里的火苗就势熄灭。凤钗把酒端到汉子面前，笑着说："喝点热乎的，暖暖心。都是一群冰心野狼，没一个好东西！"

酒汉们大笑着，一口酒一口焙子，向凤钗逗着乐，凤钗也不恼。不知是这酒太烫还是太辣，酒汉们每喝一口酒，都要嘴角上翘，咧开一条缝儿，露出一排大牙，还不断发出啧声。喉头翻滚，酒液顺着嗓子眼和食管一路下坡，一股暖暖的酒香伴着甜辣苦涩流到肚里，在丹田不停地回转。那个美呀、爽呀，说不出的舒坦！酒下肚，全身热起来，赶走一身的疲劳，汉子们相互斗着酒，个个龇牙咧嘴。过路的人们看他们实在是不雅，就给他们起了绰号叫"狗龇牙"。时间一长，就连这酒也被叫成了"狗龇牙"。

酒汉们喝完酒走了，接着来了一些老汉。老汉们闲着没事，每人二两酒、一碟油炸大豆，捋着白胡子笑谈古今。一个个手拄拐杖，弓身扶在柜台上，二两烧酒能喝一个上午，酒一凉就让凤钗点火暖酒。凤钗也不厌其烦，说着打趣的话逗老汉们高兴，快到吃午饭时，老汉们才恋恋不舍地离去。买菜、买粮路过的妇女们笑骂道："这些'老疙泡'，大清早就喝上了，也不怕喝死！"

一来二去，人们又把这好端端的尹凤钗酒叫成了"老疙泡"。

有一天，一个拾粪的男孩儿背挎粪篓，手擒粪叉，从马王庙街一路拾粪走来。走到缸角拐弯处，不知从哪儿窜出一大一小两只狗，追着男孩儿汪汪狂叫。男孩儿挥起粪叉打向恶狗，狗跑开，一会儿又扑来咬。男孩儿举着粪叉刺向狗，说："老狗、小狗，你别龇牙，龇牙给你一粪叉！"男孩刺了一叉，叉住狗腿。狗嗷嗷叫着跑了。

一个汉子酒喝大了，抬头看男孩儿站在门口骂着"呲牙""粪叉"，便走到男孩儿面前抓住领子问："你骂谁？谁是老狗？谁又是小狗？"

"没骂你，我在骂狗。"男孩儿争辩着。人们都围过来，让醉汉放开男孩儿，又让男孩儿好好说，到底怎么一回事。

男孩儿委屈地哭着说："两只狗咬我，我就说了：'老狗、小狗别龇牙，龇牙给你一粪叉！'他就打我。"

"你们看，他不是又在骂我吗？"醉汉说着，冷不防给了男孩儿一个耳光。人们拉开醉汉，让男孩儿快走。从此，人们传开了这句笑话："老狗、小狗别龇牙，龇牙给你一粪叉！"传着传着，这尹凤钗酒又被传成了"一粪叉"。

蒋家小院里，新郎、新娘拜完天地，进入洞房，缸角的酒坊伙计也送来了酒。朱壮魁看着一坛坛"尹凤钗"被搬上席面，他也放下心，招呼大厨上热菜。客人们喝酒、猜拳，把小小的院子吵得沸沸扬扬。

蒋有伟进入东厢房，掀开新娘的盖头，一句话也没说就愣怔在新娘面前。小莲看蒋有伟呆站在面前，两眼直勾勾望着她，吓得说："你咋了？是不是病了？"

"太漂亮了，没想到你今天这么美，像仙女一样！我不是在做梦吧？"

"不进眼！尽瞎说，我哪有那么好看，是你发烧迷怔了。"

"走吧，咱出去给客人敬酒去，他们都等急了。也让他们评评，看你美不美。桃花嫂！领着新娘敬酒去。"桃花听蒋有伟喊她，忙进屋挽着小莲走出堂屋。新娘一进下房，席面上的人们停止了说话，都呆看着，过了会儿才反应过来，齐说："新娘好漂亮呀，掀了盖头才看到，咋这么喜人？这妆化得像七仙女下凡！"白义忠看傻了眼，今天一路上小莲都盖着盖头，没看见脸面，此时一见，竟转不过神来，张着嘴愣怔着不动。朱壮魁喊他去办事，他也不搭理。朱壮魁只好走到他跟前，晃了晃手。他才转过神来问："啥事？"

"你疯了，待着干啥，还不快去招呼客人？人都要走了，快去送一送！"

白义忠傻笑着说："噢，小嫂嫂今天真喜人呀！"

敬完酒，小莲一人返回东厢房，独坐在炕沿上发呆，闲看着屋里的摆设：与墙等高的榆木柜，四扇柜门上有鼓圆的铜制件，柜顶放着四个板箱。炕沿边有紫红色的大洋箱，洋箱的前立面上镶钉着脸盆大的黄铜圆制件，中间开一锁眼。屋内铜器不少，每件都擦得锃光瓦亮，铜茶壶、铜脸盆、铜痰盂、铜锅更是亮得耀眼。大柜侧面有供人坐的褥凳。炕上东墙有三尺高的鹿鹤同春油画墙围，西面也有被铺柜挡着的二十四孝图油画墙围。后炕上的紫檀铺柜十分讲究，柜面、柜门都有镂空雕花图案。小巧玲珑的柜门上嵌有椭圆玻璃镜，照映着炕上的细羊毛织花炕毯。小莲拉开铺柜门，柜里装满了换洗的衣服，内衣裤、床上用品、日用物件应有尽有。

天色渐渐暗下来，院里的客人陆续走了。朱壮魁、周桃花也进屋和蒋有伟、小莲告别，回了永泰毛店。屋里、院里只剩下蒋有伟、小莲两个人。蒋有伟拉起小莲的手抚摸着，小莲没抽手，只是羞涩地微微低下头，双颊泛红的模样更加迷人。

蒋有伟看着小莲，忽然想起什么，问："今天，你盖头上怎么有一朵白花？红红的纱巾上印一朵白花倒是更好看了。"

"哪是白花？那是鸟屎！法华寺槐树下的老鸹拉的屎。我刚才把盖头丢进圪芶箱（垃圾箱）了，真不吉利！"小莲想起来还有些膈应。

"累了一天了，你早点睡吧。你先把炕铺好，我到西厢房处理点儿事，马上就过来，等着我。"蒋有伟说完，转身就进了西厢房。

结婚后，小两口日子过得平淡幸福，你疼我爱，一会儿都不想分开。蒋有伟把柜上的杂事都交给白义忠打理，他成天腻在家里，一会儿教小莲读书识字，一会儿教她学习珠算。半年时间，小莲识了不少字，也能写出一笔秀丽的楷书，有时也能帮着算算账本上的简单数字。闲时，蒋有伟怕小莲闷，时不时叫来永泰毛店的桃花和二姨陪着说话，唠唠家常，他才能抽空去布店看看。

小莲嫁到蒋家，只在回门那天回了一趟娘家，半年多一直没回曹夫楼。她习惯了这里的一切，也不想着回娘家，她有点儿离不开蒋有伟了。小莲每天收拾屋子，打扫院落，里里外外忙着。每天早晨，她就把洗脸水、洋胰子、擦脸巾准备好，等蒋有伟起来洗漱。小莲不会做城里的饭，每天早晨是稠粥、化化菜、四个咸菜碟，中午是黄糕炖肉、炒鸡蛋，晚上豆稀粥、烤糕。蒋有伟每天吃这些，有些吃腻了，对小莲说："咱们明天换一种吃食，烙个葱花饼、馅饼，包个饺子什么的，换换样。"

小莲笑着说："我不会做城里的饭，我娘就教给我做这些。要不你教教我炒菜？"

"我也不会做，哪天请桃花嫂子来教你。"

一天，小莲打扫西厢房时发现西房炕桌上摆放着一盏特别的玻璃煤油灯，一杆好像旱烟锅但又不是的烟具，还有一个精致铁盒，铁盒里装有一个油纸包，打开油纸包里面是一坨黑黑的药膏。小莲拿起闻了闻，一股呛鼻的中药味。这是什么？她忽然想起结婚的头天晚上，蒋有伟嘴里就有这种味。这是什么烟？不像爹的小兰花旱烟。听爹说有种烟叫洋烟，又叫鸦片，吸了会上瘾，吸的时间长了还会得病，最后消瘦至死，难道这就是洋烟鸦片？爹担心蒋有伟抽洋烟，是个大烟鬼。看来是真的，不行，不能让他再吸洋烟了，要好好问问他。小莲把烟枪、烟灯、洋烟盒悄悄藏了起来。晚上，蒋有伟回家到处找洋烟没有找着，烟瘾上来了，只好问小莲把烟具藏哪儿了。小莲黑着个脸，说："没看见，什么烟具？"

"放在西厢房的玻璃烟灯，昨天我忘了收起，落在炕桌上了。"

"你果真吸上洋烟了。那是会上瘾的，是一种毒药，会要命的。我不准你吸，有个三长两短，我可不想半路守寡。"

"那不是鸦片，是福寿膏，专治咳嗽，是提神化痰、补肾健脾的好药。你别想歪了，你看我最近不咳嗽了，痰也少了，精神好多了吧。"

夜深了，小莲一直不理蒋有伟，蒋有伟没辙了，只好跪在炕上举手发誓，保证今后再不吸洋烟了。小莲才勉强给了个笑脸，说："你可保证再不吸洋烟啦，如果再让我见到，我就回娘家，再也不理你了！"

"我保证，向天发誓，我蒋有伟再不吸了。"说完，他笑着钻进被窝。

日子过得真快，转眼已进入秋天。蒋有伟去了祥瑞布店，小莲一个人闲着，拿一张硬纸剪鞋样，思谋着给爹和两个弟弟做几双鞋，这时隐隐又听到大街上人们吵吵着，出了大门想，今天没什么事，顺便去桃花嫂子的店里看看啥样。

小莲出门过马路到马王庙门口，空地上孩子们玩得正欢，一个男孩儿爬上庙前石狮头顶，摇着手喊着一个女孩儿，让她爬上另一只石狮。石狮高大不易攀爬，女孩儿战战兢兢爬上狮头，怎么也不敢站起。一群孩子在下面起哄，女孩儿干脆坐在狮头上不动了，只管流着眼泪。几个大点的男孩儿在台阶前"打台儿"，一个男孩儿手里拿块木头，抡开胳膊，使劲砸打着地上的木块，把木块撞打上台阶就算赢。一群小一点的孩子都把鞋子脱下，一起抛向头顶，落地后鞋口朝上的算赢，这叫抛鞋板儿。赢了的孩子可以弹输了的孩子一个脑瓢儿，就是弹脑门。还有一些二大小子弹珠儿（玻璃或陶瓷球），一不小心把珠儿弹到一群玩杏核的女孩儿中，男孩儿来找珠儿，让女孩儿躲开些，女孩儿们就是不躲开，两边孩子吵起来。

小莲看着他们吵闹，又低下头看自己微微隆起的小肚，咔咔笑起来，迈着那双小脚走进永泰毛店。

永泰毛店是城里较大的旅店，不只招待做皮毛生意的客人，什么客人都能住，只不过秋、冬、春三季贩卖羊毛的客人居多，为了吸引这些羊毛商所以起了个毛店的商号。过了秋季，包头、绥远、银川、兰州的客商住得满满的。皮货、羊毛、驼绒、茶叶、丝绸、铜器、干果等仓库里都放不下，有时把院里都堆满了。小莲进店东瞧瞧西瞅瞅，绕开卧在方砖地上的四匹骆驼，走上台阶向东穿过凉厅，直奔耳房走去，边走边喊："桃花嫂子，你在吗？在哪间房呢？"

"往东面走，进东厢房来。来！快进屋！"桃花迈出门来，拉起小莲的手说，"哪股风把你给吹来了，咋寻毛店来了，是不是有事？"

"哟，哟，哟！没事就不能来看你？你看这花楼墙上的花开得多艳，都是些啥花呀？我就认得那盆是海娜花，正好给我拿来染染指甲。"

"都是些普通的花。开红花、紫花的是洋绣球，圆的带刺的是荆虎，那是鸭掌木、牡丹、螃蟹爪、仙人鞭……"桃花一口气数着花名，停了会儿又说，"几天没见，是不是想嫂子啦？"

"嗯呐！想你了，想过来看看。顺便找你要个鞋样，给我家人和有伟做几双新鞋。"

"毛店柜上到了秋天以后就特别忙，店里缺少人手，我也成了壮劳力，整天忙得出不了门。你快炕上坐，我给你找鞋样。"

"不急，你看我没事，能帮你干点啥活？"

"娘呀！快别，把你累坏身子，我可担当不起。蒋有伟来找我算账，我可咋说呀？你看看你那肚子都隆起来了，告诉嫂子几个月了？"

"啥几个月了？"

"几个月没来红了？傻丫头，什么也不懂，我看你肚子鼓起来了，还不知道。"

"四个多月了。我想问问你，我这今后咋办呀？身边也没个人，我可全指望嫂子你啦！"

"别，可别，我可顾不上。把你娘叫来，有娘在身边才安心！"

"我娘来不了，身边有爹和两个弟弟抛不下，我打发人回村叫了几次，总说离不开。"

"家里有田地？忙着种地走不开？"

"没地，我爹给人家打短工，大弟在村里给人放羊。我娘给他们做饭，养了几只鸡，总是惦记着鸡没人给喂！"

"多大点事，不就是几只鸡吗？给你娘在城里租间房，叫全家都进城找点活干，又能挣钱，又能照顾你，多好？正好毛店缺少人手，让你爹和娘过来帮忙，增加点收入还能供你弟弟念书。"

"对呀，我也想了，在城里和农村不都是干活，为啥不进城里？我爹总说在城里怕活干不长，要是干半截，再到哪儿找活干，房子又能到哪儿租去？"

"城里人不也都是打零工养活家吗？再说了，我们毛店长期用人，就到毛店来打工。房子倒好说，西油店巷里有几间空房，听说房租还便宜，哪天我给你问问。好了，就这样吧，租房的事也包在嫂子身上了。"

小莲和周桃花聊了一上午，快晌午才匆匆离去。

第十三章

入冬过后，天气渐渐转寒。小莲数着日子，低头瞅着自己的肚子纳闷：婚前纤细曼妙的腰腹怎么变成了春天的蛤蟆，鼓鼓的，躁动着。

小莲让蒋有伟去曹夫楼接她娘进城里住。蒋有伟担心小莲身边没个人照顾，偌大一个院落就小莲一个人，他放心不下，急匆匆去了两趟，都是徒劳而返。小莲也急了，看着自己的肚子一天天大起来，心里害怕，决定亲自去接人。哪怕进城只住上几天，等自己生产后，让娘伺候个月子，心里也踏实。前几天，毛店的桃花嫂子撺掇蒋有伟在西油店巷租下了两间上房，又让人打扫得干干净净，只等小莲的娘家人搬来居住。小莲这次横下心要回村接娘，心想："娘，你要是真狠心，就别管你女儿的死活！"

进入腊月，刚过了小雪，天气变得分外寒冷，小莲乘坐着蒋有伟租的一顶暖轿进了曹夫楼。冬日晨阳下的曹夫楼村更显残破，村街中几个老汉打扫着被两边破墙夹着的窄小街道，走过黄土街巷，向东不远有三个一样大小的茅草门楼，左边是二娃家的院落，中间是王先家，右边是小莲从小住的土板墙小院。进院后，右边靠墙有一盘石碾，左边和王先家隔一堵土板墙。靠墙放着犁、耙、耧、镰，还有小莲儿时帮大种地拉过的小号石头轱辘。小莲走进院，看儿时住过的三间泥草房还是旧时的模样，低矮的房檐遮着晨光，显得又黑又小。东厢房一股股蒸饭的热气从破损的窗缝冒出，遇到窗外寒气顿时形成一团团白雾，然后随风散开。窗缝边缘的木窗框上冻结了厚厚一层白霜，堂屋的木门破损得快要散架，用麻绳捆绑着，风一吹就"吱吱"直响。

小莲推开堂屋木门进入东房，一眼看到母亲的背影。母亲坐在小木板凳上，拉着风箱，右手攥着一把柴草正往炕灶口里添。"吧嗒——吧嗒——"风箱声在屋里回响，掩了风吹门窗的吱吱声。小莲喊了一声"娘"，把母亲吓得一愣，回头一看竟是女儿回来了。

"这灰女儿，吓娘一跳！"小莲娘猛地站起，慢慢伸直了腰，转身握着小莲的双手。

"这么冷的天，你咋来了？来了咋不事先说一声，好让你大去接你。"看到母亲烧火做饭，鼻翼边让柴烟熏得黑黑的，满脸烟灰，小莲挤出一丝笑容，心疼地用手帮娘擦拭着。

"娘，进城住吧，咱不受这罪了，女儿我养活您。您看这屋四面走风，墙上都结了霜，还怎么住人？"小莲看着母亲那憔悴的脸，落下泪来。

"傻女子，你不是从小就住这儿？咋住？庄户人不都这么住？也没见冻死人。你刚住进城里才几天，就娇惯了？娘家都不能住了。"母亲白了小莲一眼，双手拍打着衣襟笑道，"我女儿好福气，娘高兴着呢！"

屋里灶烟熏得黑咕隆咚，尿臊气和旱烟味扑鼻，十分呛人。小莲出嫁后，母亲也懒散了许多。家里少了小莲这好帮手，她也懒得打扫。再说两个儿子邋遢，打扫也是白瞎。老二把灶前的柴草踩踏得满地都是，老大出门干点活，回来后鞋子满是泥水，踩得满地都是泥巴。小莲看不下眼，拿起笤帚就要扫地。小莲娘抢过笤帚，说："灰女儿，小心你那肚子。娘来扫，你快上炕坐。"

"您看这家脏的，咋张开口吃饭？这日子看着倒像是不想过了。"小莲恼着说。

"你没来，我们不照样过日子？你不就是从这儿出去的？没几天就嫌娘脏了，我还指望你养活？看来是指望不上了。"

"看您说的，娘，我这次回来，不就是接您来了。我养活您，咱到城里享福去。"

"娘不去，娘没那个享福的命。你大说，咱不能在女婿的下巴底下求涎水，娘可不想拖累你，让人看不起。"

"有伟几次来请您，可您就是不应。他原本想让你们和我们一块住，那么大个里外院怪冷清的，你们住进来，一大家热热闹闹，相互有个照应，可你们就是不来。有伟以为您不来，是嫌住一块不方便，这不，他特意在不远的西油店巷租了房子，让我来请您。房子租好了，也扫得干干净净，就等着你们搬进去。"

"你跟你大说去，娘可做不了主。都走了这房子怎么办？鸡谁喂？房子不住人，几天就塌了。别看这房子旧，也是一家人的窝。房子没了，城里混不下，回来了住哪儿呀？愁死娘了。"

"这破房子要它干嘛，拆了卖椽檩也不值几个铜板。您要是不放心，就让隔壁先宝哥给看着。让他打听着点儿，若是遇到个买主，卖了省心。鸡都杀了吃肉。您看家里还有啥？没金没银，有啥舍不得！"小莲不停地劝说着母亲，看母亲态度有点松动，才停了下来。

小莲娘抬起头，凑到小莲耳边悄悄说："你不知道，王先去大库伦当驼倌，拉骆驼走三个多月了，一点音信也没有！听人说大库伦草原上正闹土匪，可凶险了。草原上野狼多，走西口的人大多有去无回。"

小莲听到王先当骆倌走大库伦，心里一惊。她想："先宝哥刚死了老婆就走西口，心里是不痛快，可他也不能拿自己的命开玩笑。茫茫草原是啥地方？这不是去找死吗？等先宝哥回来，我一定好好说说他。"

这般想着，小莲心里发酸，暗暗擦去眼角渗出的眼泪，抬起头又说："娘！这村里咱不住了，咱们走吧，走出这穷窝窝。"

"孩子，你不懂，没听人说金窝窝，银窝窝，不如咱的土窝窝。过日子还是有自家的房子好，租别人的房子不是回事，不得花钱？城里人吃了上顿还等着挣下顿，顿顿饭都没着落，一旦找不到活计，就断了口粮，一家子等着挨饿吧！要是那样，可要把你大愁死。"

两天来，小莲不住地劝说，费尽了口舌，把和娘说的一番话不知和大又说了多少遍。刘佃洪听小莲给自己在永泰毛店找了份长期活计，才勉强答应去试试。小莲的大弟、二弟听说要搬进城住，高兴得在屋里院里来回蹦跳，忍不住找小伙伴们述说，他们要进城里仕大瓦房了，像神庙一样的大瓦房，不怕风，不怕雨，可结实了。姐姐还说，要送他们进洋学堂念书。二弟成天围着姐问这问那，对城里的什么事都感到新鲜，还总是惦记着姐兜里的糖块。他时不时向姐讨要一块，塞进嘴里，不舍得嚼碎，好让这甜味留存得久一些。他感觉日子就像糖块一样，甜滋滋，美融融。他不停地大口咽着唾沫，生怕甜汁流到嘴巴外面。

王陈氏坐在炕沿，扳指头数着日期，这是她最近每天必干的事，今天一早起来已经数了三遍了，嘴里嘟囔着："说是去口外只走三个月就回来，这都三个月零十天了，还没见影儿，也不捎个音信回来，你要急死娘呀！你个灰小子！"

几天来，王陈氏觉得耳根一直烧着，整夜翻来覆去睡不着。她心里老是想："先宝呀，你命苦。你刚娶过媳妇，日子没过半年就没了。村里人都说巧妹是个好媳妇，来年老王家就要抱个大胖小子，可一转眼就成了空。先宝呀，你不听话，非要去大库伦，我这当娘的拦也拦不住。最近老听人说西口外闹土匪，野狼猖獗，你要有个三长两短，我和你弟可咋活呀？"想着想着，眼泪顺着脸上的横纹流到嘴角。

"大娘，在家吗？我来看您了。"小莲走进堂屋问道。

"谁呀？在家，在家呢。快进屋！"王陈氏用手背擦掉眼泪，两手搓了搓，走到东屋门前推开房门。

"大娘，我是小莲，来看看您，吃饭了吗？"小莲一脚门里一脚门外，问道。

"刚吃完，这不是吃完饭就打发王生帮老刘家推碾子去了。你几时回来的？哪股风把你吹来？想也没想到你能来看你大娘。快，快坐炕上。"

"您这是咋了，怎么流泪了，有啥烦心事跟我说说。"小莲看到王陈氏伤心的样子，安慰说。

"刚才烧点柴火，柴草犯潮，光冒烟，不起火，呛得直流泪。看我小莲喜人，怀上娃了脸色也没变，粉白粉白的，不像有些人怀孩子，脸上布满黑色斑。是来看大娘，还是有别的事？"王陈氏亲热地拉小莲坐在炕上。

"看您说的，能有啥事？专门看您来了。回家两天了，这次回村来劝我大和娘搬家，都搬城里住。这几天左说右劝总算说通我大了。我大不放心这个院子，总是怕房子塌了，回不来了。这座破院落有啥恋头？还请您和先宝哥多操心，帮着照看照看房子。"

"那有啥？这点小事还挂心上？让你娘和大放心去吧！"

"您还得给多打听着点，如有人想买椽檩，能卖几个钱算几个，整个院里没有值钱的东西。"小莲说完，王陈氏满口答应下来。王陈氏又不住气地夸小莲是个好娃，是个孝顺的孩子，老刘家两口可要享福了。王陈氏说着说着，忍不住又流下眼泪。

"先宝哥还没有消息吗？有捎口信回来吗？啥时回呀？"

"你先宝哥跟城东关季家镖队去内蒙古大库伦，说是只走三个月，到现在三个月零十天了还没回来，一点音信都没有。让你二弟王生去季家问了几次，总是说快回来了。可是我心里打鼓似的，整日不安。你先宝哥要是有个闪失，我们可咋活呀？"

"没事，别多想。您放心，先宝哥是个有本事的人。他头脑活泛，出不了大事，您就在家安心等着吧。"小莲一阵安慰，王陈氏的情绪稳定了许多，脸上露出一丝无奈的笑容。

王陈氏和小莲聊得正酣，街面上不时传来阵阵喧闹声。小莲耳尖，隐隐听到了王先的声音，还有二娃和牤牛戏耍争斗的呐喊声。小莲拉起王陈氏走出家门，上街探个究竟。二人相互搀扶着走出大门，远远看到当街围了许多人，一匹枣红骏马转着圈儿地溜达，马背上坐着一个穿蒙古族服装的汉子，两腿用马靴轻轻磕打着马肚，马儿迈着碎步不停地小跑，牤牛、二娃一群后生追在马屁股后喊着、笑着。小莲赶紧摇了摇王陈氏，手指着那汉子说："快看，那不是先宝哥吗？先宝哥骑着大洋马回来了！"

"是吗？我咋看着不像，他哪有这装扮？"

"就是，那就是先宝哥！"

王陈氏又向前走了几步，这下看清楚果真是大儿子王先，她喃喃道："就是他，这臭小子，回来也不先进家，身上穿的啥衣服？官服吗？衣服还挺新，哪儿来的？走了趟口外，怎么还骑上马了。"

"那是蒙古族服装，不是官服。那是蒙古棉袍、匝腰、虎儿帽、牛皮马靴。我在城里的永泰毛店经常见蒙古族人，都是这般打扮。"小莲对王陈氏解释说。

王先看到母亲走来，急忙跳下了马背，跑到母亲跟前，说："娘！您咋知我回来了？这大冷天出来干啥呀？赶快回吧，小心着凉。我刚进村遇到牤牛和二娃，他们拦着我拉呱，我一会儿就回去。"

"你心中还有娘？回来也不先进家门，在大街上抖什么威风！娘担心死了，天天到村口等你。可你倒好，回来也不回家，让娘一直担心着！"王陈氏心疼地数落着王先。

王先站着任凭母亲数落，扭头看到小莲挺着肚子站在一旁，问道："小莲，你啥时候回来的？"

王先扶着母亲向家走去，边走边和小莲搭着话。二娃和牤牛忙着帮王先牵马，二娃走在前面牵着笼头缰绳，牤牛走在侧面拍着马背，摸着油光溜滑的马屁股，说："看这马的皮毛，像绸缎一样光滑，一看就是匹好马。这是匹什么马？枣红大洋马吗？我从来没见过这么好的马，这是儿马还是骒马？"忙牛说着，右手不自觉地摸向马的后腿。枣红马受到惊吓，两条后腿蹦起，尥着蹶子，一只后蹄弹起正好踢中忙牛的肚子。

"啊呀！疼死了。"忙牛一声尖叫，弓着身子，双手捂着肚子倒在地上，哭喊着，"好疼，好疼，娘呀！我要死了，快来救我。"

王先回头看到忙牛被马踢倒，跑了过来扶忙牛。忙牛疼得站不起来，直喊肚子疼，过了好一阵才缓过劲儿来，在王先的搀扶下慢慢站起，使劲吸了口长气，直起腰来。

王先扶着忙牛，着急地问："碍事吗？还疼吗？直起腰多遛遛。"

"没事，好多了。这匹马还有脾气，摸不得屁股，等哪天让我好好骑骑它。"忙牛苦笑着说。

这时，二虎的叔叔王步远从人群中走出来，看到忙牛被马踢伤，毫不意外和同情。忙牛平时在村里经常打架滋事，祸害众人，尤其见了王步远不喊叔也罢，直接叫他"毬虎头"。王步远指着忙牛骂道："啧！你个愣头青，看见啥都想摸一摸，你当是你家的牛呢？明眼人看这马，就知道是匹有脾性的好马，你还敢拿手去摸？真是个愣头青！"

王步远聪明能干，就是脾气古怪暴躁，成天脏话不离口，张口就骂人，人们都躲着他，背地里叫他"毬虎头"。有时，大人骂孩子愚笨也常说："你个毬虎头！"

王步远骂够了，看忙牛不理他，感到无趣，怏怏而去。

忙牛歇了会儿，肚子不疼了，笑道："这马踢得爷好疼，差点儿要了爷的命！"

王先看忙牛没大事，只是受了点惊吓，就牵着马扶着母亲进院，把马拴在靠墙的磨盘推杆上，又招呼小莲等人进屋说话。王先进东屋让母亲先上炕，然后从被褥垛上拉下一床棉被铺在炕头，让小莲坐棉被上，生怕她凉着。

"现在小莲妹子可金贵了，怀上宝娃可得当心。这次回来，是妹子出嫁后第二次回家吧？准备住到几时？"王先问。

小莲用怜惜的眼神瞅瞅王先，俏脸上绽出浅浅的酒窝，道："可不是，这是第二次回娘家。回来请二老进城住，还想劳烦宝哥帮着看看家门。大娘是答应了，不知你愿不愿意？"

"这话说得，咋不愿意？多大点事，又不是不回来了。"王先看了看小莲说。

"就是不想让他们回村住了，先宝哥帮着打听打听，若有人买椽檩，你就帮着拆下椽檩卖了，能卖几个钱算几个。"小莲说。

王先看着小莲那俊俏的粉面和水灵灵的眼睛，又想起了巧妹，自己身边的女人一个个都离开了，真是说不出的滋味。他低声说："唉！都要走了，你们全家都往城里搬，看样子是不打算回来了。"

"我大说，别看这三间屋破，来得可不容易。当年他们兄弟三个，费了好大力气才盖起的九间房。大说城里混不下去，还回来住，让你多操点心。要我说就找个茬儿卖了，断了他的后路。"

王先听完笑了笑，看人们都进了屋，忙从褡裢中掏出牛肉干、黄羊肉干、奶酪、奶豆腐，让大伙都尝尝。二娃、牤牛和王生都拿着肉干大口吃起来，嘴里塞得满满的，嚼也嚼不烂，相互看着笑起来，又忙着问起草原上的事。王先看着他们那狼吞虎咽的吃相，开始说起了自己这一趟的经历。

"骑着马就是快，一百多里的路只用半天就跑回来了。一大早，我从丰镇骑马出城，边跑边走，还不到晌午就到家了。这匹三河草原马脚劲大，有耐劲，跑得也快，是匹四岁的三河良驹。"王先说起马来就滔滔不绝。

"这是谁的大洋马？你又穿的啥衣服，从哪儿弄来的？"王陈氏急切地想知道儿子这些日子怎么熬过来的，吃了多少苦？

"这匹马是一位特殊的朋友送的，蒙古服装是安文华送的。在去大库伦的路上，我遇到了大同老乡安文华，他老家是聚乐村人，走出口外十年，发了家。他看我去大库伦衣服单薄，特意给我缝制的，我穿上这身衣服可暖和了，要没这身衣服，我可能就冻死在草原，永远回不来了。"王先把这趟草原的经历简单述说了一遍，怎么走出关口，怎么遇到狼群救了安文华小儿子，又怎么遇到土匪，劝说土匪从善，遇到大雪暴风住蒙古包，看狼群围猎黄羊……把个牤牛、二娃几个人听得聚精会神。

王陈氏抹着眼泪，说："回来就好，没事就好，平平安安回来过咱的穷日子。娘可不稀罕这马呀钱呀，就想着一家人平平安安过日子。"

王先看母亲担心的样子心里也难过，转身又看向小莲，问："小莲妹子，蒋有伟对你可好？在城里日子过得舒心吗？"

"挺好的，都挺好。他每天早出晚归忙着布店生意，就是身体有点虚弱，晚上咳嗽得厉害，看了几次大夫，抓了十几服药，现在好多了。"

"那好，这回你大和娘进城里住，也能照顾你们。"王先又转回身，问起了二娃、牤牛他们。

二娃抢着说："先宝哥，你走后没几天，我和牤牛也出了趟远门。我二舅来我家说要去宁武芦芽山砍椽，贩卖些木材，缺几个赶骡子的人手，想让我爹在村里找几个人。牤牛得知后想去，说他会赶骡马，顺便出去逛逛。你走后我们无聊，也想出去走走，一来散心，二来学着做点生意，还能赚点脚力钱。我爹也同意我出门闯一闯。"

二娃刚说完，牤牛又抢着说："哥，我们俩有官名了。我叫刘雄伟，二娃叫王永禄，出门前我们请村里的王宝先生给起了官名，在外相互叫起来好听也方便。就这样，我俩各赶了两个骡驮过金沙滩，上雁门关，拐向宁武山上。"

二娃对王先说："先宝哥，我算知道做买卖是咋回事了，就是从远处买上货，运到近处卖掉，就赚钱了。从宁武买上木料运到大同南关木材市场，能赚翻倍的钱，尤其是檩条、梁木更赚钱。我要有本钱也要去做木材生意。"

牤牛和二娃抬杠："做生意有什么好？一不小心看走眼就赔钱了，有时赔得血本无归，我看不如种庄稼好。再说路上得有多少麻烦事，又苦又累不说，还不安全，遇上土匪命都没了。挣钱？我看是挣命吧，没了命要钱有啥用？不如在家种地，逍遥自在还安全。"

王先没搭理牤牛的话，继续问二娃木材生意："做木材生意有把握吗？起步得多少本钱，咱们能做吗？"

"这生意可以做，有二舅他们帮着、护着，从小生意慢慢做起。至于本钱，可多可少，少可一二十块银元做本钱，多可几百、几千块银元。自然是越多越好做，越多越赚钱。"

"你想做吗？想做的话，我给你垫上二十块银元，算我借你，你先从小买卖做起，出去历练历练。不然在村里一辈子有啥出息？这次出趟远门我算看透了。"王先诚恳地对二娃说。

二娃眼睛一亮，定神看着王先，激动地说："哥，你哪儿来的钱？这是真的吗？赔了怎么办？贩回木料卖不掉可就全赔了。"

"赚了算你的，赔了归我，卖不了的木料给我留着，我要。我正好准备翻修房屋，还要盖个马厩，你看这匹马没住处，正好盖一间马房。"

　　二娃用怀疑的目光看着王先，先宝哥才走了一趟草原，突然雄伟高大起来，像个仗义疏财的侠士。王先转向母亲和小莲，高举着双手，猛地站起身喊道："我有钱了，我要干件大事，赚更多的钱，有自己的地，住自己的大瓦房。"

　　王陈氏吓了一跳，摸着王先的额头，说："魔怔了？发烧了？别吓娘，娘可再也经不起惊吓！"

　　小莲、王永禄、刘雄伟和王生同时捧着肚子，大笑起来。

　　王永禄的二舅叫魏长河，今年三十有五，身材彪悍，眼睛炯炯有神，精明聪慧。魏长河家住饮马河下游，一个傍坡依河的村子，叫艾庄。艾庄不大，总共三十来户人家。村民多数姓魏，靠种田维持生计。魏长河从年轻时就不安心种田，常年在外帮人赶车、撵骡驮、跑运输。如今有了些积蓄，自己组织了驼队，帮大同南关一家商行贩运木材。今年夏天一直没雨，眼看庄稼要颗粒无收，又是一个旱灾年。赶骡驮的脚工都是农民，平时出来挣点钱贴补家用。大部分脚工看到庄稼旱死都忙着回家补种荞麦，挽救一年微薄的口粮，勉强度过这旱天的饥荒。一家木材客商从宁武订了一批椽檩木料，两个多月了一直运不回来。客人盖房等着急用，掌柜的急眼了，找来魏长河帮忙。魏长河找遍南关各处，都说缺人手，无奈之下来到曹夫楼找姐夫王永和帮忙找脚工，这才有了王永禄和刘雄伟一起跟着出门闯荡的事。这趟下来，二舅魏长河赚了不少钱，王永禄都看在眼里，暗暗记在心上。

　　王先几人说得热闹，小莲一直插不上话，只管看着笑着，心想："先宝哥这趟走西口真的发财了？"

　　王陈氏听着也有点急，接过王永禄的话茬说："二娃，别听你先宝哥夸海口，他就是那么随便一说，他哪来那么多钱？唬人也没个正型！"

　　"娘，这可是真的，不唬人。您看咱曹夫楼这几户人家，没田没地，全都窝在村里，啥时才有个盼头？咱这日复一日地盼月亮熬日头，在别人家地里刨食，求东家施舍，有啥奔头？我算看明白了，只有走出去寻食觅活，才有希望。常说人挪活，树挪死，就是这个理儿。我这次出门虽然苦点、累点，但又见世面又有收获。"

　　王永禄、刘雄伟和王生听得入神，王永禄眨巴着眼说："哥，你看我做生意行吗？是不是那块料？"

　　"我看行。二娃说的在理，有你二舅罩着，说不定真能闯出一片天地，哥支持你。你看小莲妹子不是闯好了吗？现在要接大和娘进城享福了。"王先说着，不由笑出声，斜着眼瞅了瞅小莲。

"不进眼！我这叫什么闯荡？先宝哥可别拿人家取笑，也不怕闪了舌头？"小莲红了脸，低头埋怨道。

王陈氏狠狠瞪了王先一眼，对王永禄说："二娃出去找活计是对的，可钱是个硬头货。咱们几家能拿出那么多钱去干这事？我看就是砸锅卖铁，也凑不齐那二十块银元。"

"娘，您别愁，儿子这次走西口赚钱了。您看，这么多钱还不够吗？"王先从怀里掏出一张银票晃动着，还说这张纸就是五十块银元。

王陈氏摇了摇头，半信半疑地说："灰小子，别骗娘，娘啥都知道。"

众人见王陈氏不相信，都哈哈大笑起来。

天刚蒙蒙亮，刘佃洪找来一头小牛犊拉着一挂花轱辘木车进院，把牛犊拴在自家院里的碾盘上。小莲的两个弟弟刚起了官名，大弟十岁叫刘鹏程，小弟八岁叫刘鹏飞。两个弟弟忙着往牛车上搬东西，破风箱、铁锅、瓢、盆、衣服、被褥、包袱，装了半车。冬天的太阳升得晚，刚爬上光秃秃的杨树梢，村里人已吃完了早饭。王先和王永禄也来帮忙。小莲和她娘坐在车辕靠里的位置，王永禄帮着赶牛车，王先回家找来小莲前年缝制的驴皮水裤，匆匆跟护在牛车旁，小莲的两个弟弟紧跟在车后，一行人慢慢走出曹夫楼村，一路下坡向饮马河走去。小莲坐在牛车上围着一床棉被，屁股下垫着褥子，看了看二娃，又扭头看着王先，傻笑着一句话也没说。一辆牛车带着她，抹去了年少时的最后一点记忆，大和娘是她从小依靠的一片天，而如今，这片天随着她的出嫁也开始了飘荡。

第十四章

大同和阳门外的东关街上，近日多了好些闲人。十字街的几个小商铺也跟着热闹红火起来。季德刚四合院门的西侧请来一队锣鼓，从早到晚敲打个不停。鼓声闷闷地传向远方，引来城里乡外的小孩、老人、闲汉们围观。羊油坊的两根木斗旗杆上挂着彩带，四合院习武堂门前院后都张灯结彩，大门两侧石狮脖子上结着大红彩球，门框上吊着两只大红灯笼，在微风中随风摇摆，季家武馆门里门外一派喜气洋洋。

王先、王永禄送小莲一家过了饮马河，告别了刘佃洪，两人来到季德刚武馆门前，看到如此景象，疑惑地想，难道季师傅从口外回来又娶了姨太太？王先赶紧问："这是办啥喜事？人们都向院里瞅啥？"一位书生打扮的中年男子说："是保安民团誓师成立大会。"

原来，大同知府近两年一直担心义和团再起义闹事，请来总兵府部队进城防卫、巡视，帮助维持城市治安。维持治安的部队都是些兵痞子，时日一长，兵民多有不合，队伍官僚风气严重，大街上当兵的打骂百姓之事时有发生，还时常设卜收钱、调戏妇女。兵民关系越来越紧张，知府去找总兵，可总兵拿起官架子，不但不管，反而变本加厉地勒索钱粮。知府无奈找来下属商议，说明利害关系，大家提议设立保安民团，维护城镇治安，由本地居民自治管理，由此来缓解兵民紧张的态势。采取由总兵下属管辖，知府统一使用和指挥的双重管理办法。总兵衙门也怕军队腐败严重，引起哗变，欣然采纳知府衙门的建议，下令近期组建维护治安机构，成立城市保安民团。保安民团由大同总兵管辖下的民众建制，由知府出资，民团听从知府统一指挥。民团团长由总兵府派人兼任，副团长由知府委派。知府找来季德刚商议，暂由习武堂出人、出资组建民团，成立大同府治安维护保安民团。保安民团成立后培训三个月，交给知府指挥，知府任命习武堂弟子刘旋为副团长、张聚财为民团教练。两天内，习武堂招募城里身体强壮的热血青年二十五人，分为五组，由习武堂五个弟子分别带领训练。现在院里站着的三十个民团人员，个个身穿黑色紧身排扣武生装，头戴武生帽，腰围蓝色布匝腰，腿部膝盖下缠着灰色麻布绑腿，左手握着两圈牛皮绑绳，右手拿着三尺长、两寸圆的黑漆粗木棍，在习武堂的练武场上挺胸站立成三排，聚精会神地听着季德刚训话。

"生龙活虎的年轻人，你们是后生可畏！从今日起，你们将走上为民效力的岗位。你们是幸运的，百姓信任你们。你们要牢记，老百姓的安居乐业就是你们的职责。在执行任务时要勇敢面对黑恶势力，要从容面对坏风俗。你们要练就一身钢铁般的硬功夫，每天都要艰苦地习武，认真地学习做人，练武要先从习德开始！"季德刚停了话音，咽下唾沫，捋顺藏蓝色细布大褂的下摆，扶了扶紫色丝绒头巾，眼神炯炯地横扫着台阶下的团员们，棱角分明的脸上展露出微笑，右手摸着宽厚的下巴，清了清嗓子继续讲，"后生们，你们听清楚了，未曾学艺先学礼，未曾习武先习德。心正拳正，人邪拳邪。学拳必以德为先，方为正人君子。孝父母，敬师傅，敬父母，师傅之恩，必当回报。热爱百姓，扶持百姓，尊敬百姓，因为百姓就是我们的衣食父母，我们必当回报。别小看每日巡夜、打更、防盗、防火都是小事，可这些小事都关系着百姓的安危。我们必须时刻警惕，不可掉以轻心。我们操心，百姓才能安心。"

季德刚抱拳行礼，稍做停顿，接着又讲："团员在分散巡逻执勤时，总会遇到这样或那样的事情和问题。遇到难事要动脑分析和判断，审时度势，随机应变。对好人、好事要扶持维护、鼓励发扬，对坏人、坏事要果断处理，即刻制止。不能等，不能观望，更不能袖手旁观。再艰难、再危险也勇往直前。要做到言必信，行必果。舍生忘死，信守诺言。对人、对事忠义当先、秉承公道、见义勇为、肝胆相照。请大家和我一起发誓，苍天在上，大地在下，以我祖师岳武穆为鉴，五伦在上，九族在下，以为见证，永不忘记！"

台阶下的团员，在刘旋、张聚财的带领下同时高喊："苍天在上，大地在下，以我祖师岳武穆为鉴，五伦在上，九族在下，以为见证，永不忘记！"呐喊声震耳欲聋，惊得房檐上的雀儿"哗"的一声，齐飞向木斗旗杆顶部。旗杆上的彩带被风吹着飞舞起来，又把雀儿惊撵到远处的老杨树上。

停了训词，季德刚又示范着打了一套形意拳。他边打拳边讲解："奉岳武穆为祖师，脱轮为拳。形松急紧，外形不拘一格，打法变幻多端，劈、蹦、钻、炮、横……劲力精巧，拳势舒展，气势雄厚。"形意拳法像龙、似猴、如蛇，变化多端，势如破竹，排山倒海，气吞山河。看得王先、王永禄傻呆呆地站在院内角落里，只顾欣赏季师傅的拳艺，忘了找账房取钱。这时，突然有人在王先肩上猛地一拍，惊得王先回头看，原来是伍有良。

伍有良笑问道："咋才过来，是领工钱来啦？"

"有良哥，季师傅这是在拉队伍吧？看这阵势是要成立武装拉山头呀！听说官府还特别支持，这下习武堂可要发达了。季师傅升了官，你们哥几个可就当起官差啦。"王先激动地说着。

"没有的事，大同府委托季师傅组织成立保安民团，民团成立后，人员由习武堂培训三个月。之后，民团直接由大同知府衙门接管，建制归总兵府下属管制，民团人员由知府直接指挥。到那时，季师傅就不再管了，这就是个临时差事，不长久！"

"刘旋、张聚财他们几个三个月后就又回来了？"王先问。

"那可不一定，刘旋、张聚财都想着吃官饷，就看知府衙门留不留他们。咱先别管他们的闲事，走吧，我带你到账房领工钱去。你拿到这二十块银元准备干点啥？"伍有良看着王先问道。

"你看我忘了介绍，这是我发小兄弟王永禄。他想做点木材买卖，我准备把这二十块银元给他先垫上作本金，等他赚了钱再还我。"王先回答着。

"季师傅从草原回来后，还一直夸你机灵勇敢、小事得力，让我们都向你多学着点。"伍有良说。

季德刚训完话，进屋休息。刘旋、张聚财带着保安民团的人，走出院门，喊着口令跑向饮马河河滩操练去了。王先和王永禄走出大门，王先把领到的二十块银元全部递交给王永禄，让王永禄去永泰门外的南关木材商行找二舅魏长河去闯荡。王先一再叮嘱王永禄做生意一定要胆大心细，凡事有舍才有得，多向二舅他们学学，不要忙着出手，看准了再做。他俩在东关交谈了一会儿，便一个向西进城，一个向东过饮马河，分头离去。

腊月的寒风吹过河面，更显得格外凛冽。快晌午了，天空还阴沉沉的，河面上的冰凌鼓起一个个大包，河床上冻裂开一道道缝隙，有的冰块像大铁铲般高高竖起，有的又像一堵墙般挡在河面，还有的像一把剑直刺天空。王先双手插在袖筒里，弓腰缩脖，匆匆走着。过了饮马河，天空更加阴沉。王先抬头看看，天空中乌云一层层叠加起来，涌动着，翻滚着，像要下一场大雪。他加快了脚步，向河岸边的真武庙走去。过去的两年，王先在澄地一事上尝尽了苦头，他的草率举动都让柳劲枝道长说中了。两次澄地失败，他想起来就不甘心，这事一直在他心里纠结着。王先怀着十分复杂的心情来向柳道长请教。他不甘心失败，又没有把握成功。柳道长前年的一句话让王先始终不得其解："年年澄田年年冲，你作罢来我紧跟，劳神费功空一场，我祖保佑哪年丰。凡事都要顺势而为，不要拗劲蛮干，这畦地恐怕……"

真武庙前，从河滩到庙门高高的一百零八个台阶，王先一口气跑完。他上到庙门前弯腰喘气，见庙内院子扫得干净利落，他轻步走向院内。

小道士慧远拎着水桶准备下河打水，见王先进庙门主动打招呼："施主来了，道长在里院做早课，不便打扰，您稍等。要是施主只是礼拜神像，就请自便。"

"谢过慧远，我随便看看，拜拜神像，不打扰。"王先边说边走进里院大殿，在真武大帝的神案上抽出三炷香，点燃后摇熄，高高举过头顶，弓身下拜，跪在蒲团上虔诚地叩拜了三个响头，口中默念真武庙神祖保佑，来年丰顺，事事成功。

王先退出大殿，绕过太岁偏殿，向曹夫庙小院走来，他一进小院就听到柳劲枝的声音在小院里回荡。

"故道大，天大，地大，人亦大。域中有四大，而人居其一焉。人法地，地法天，天法道，道法自然……"王先停步细听了一会儿，也没明白意思，只好轻轻地走上曹玉莲的梳妆台。他上了高高的梳妆观景台，凭栏眺望，远处的采凉山、马铺山都淹没在浓浓的乌云中，长长的饮马河床在苍茫的寒冬里显得更加荒凉。他凝神搜索，注目细看，想要找出自己澄过的畦地。澄了两年的畦地被洪水冲得一干二净，但无论如何，他也要再试试。王先清楚，土地是农民丰衣足食的根本，是农民的命根。没有土地的农民就像离开池塘的鱼，就像离开土壤的苗。土地是王先的向往，他多么渴望拥有自己的土地。

乌云越来越密集，暗暗地将墨色染上了梳妆台上供奉的曹玉莲神像。王先拿起几案上的火镰，点燃油灯。一会儿，柳劲枝摇动着拂尘，缓缓地登上了梳妆台。

柳道长白发、白眉、白须，一身古铜色道服，灰白色麻布牛舔鼻涩鞋、灰白麻布绑腿，一身仙风道骨，飘然而至，悄声站在王先身旁，默默陪同王先眺望着饮马河，半晌轻轻拍了拍王先的肩膀。王先惊回头，看是柳道长，忙着施礼。

"道长近来可好？晚辈前来参拜，私自上楼观景，有失礼节。"

"不打紧，后生在看什么呢？是不是还不甘心，想着澄地造田？"

王先看着道长，涨红了脸道："是，我就是不甘心，两年的辛苦白费了，又不知是何原因，想请道长指点一二。我们穷苦农民怎样才能澄出一块属于自己的田地？"王先说完，屈膝下跪，向道长磕了三个头。

柳劲枝赶忙扶起王先，摸了摸他的头，又捋了捋自己的白须，摇晃着满头白发，捋了捋拂尘，微笑着说："后生可畏，认准的事便努力争取，功夫不负有心人，凡事都会成功。你澄地造田的道理也是一样，要顺势而为，顺其自然才可成功。"

"道长，饮马河两岸多少人都在澄地，可年年澄地，年年失败，也没见有成功的。"

"不尽其然，也有成功者，是你没看见……"

王先沉默地点点头，似懂非懂地看着道长。道长到案几前，点燃三炷香插入香炉，拜天拜地，口中念念有词。

铅灰色的乌云坠在天际，如一头卷毛白狮，张开大口，喷吐出鹅毛大雪，纷纷扬扬倾落下来。鹅毛大雪挥洒着，越下越大，像织成了一面白网，遮住了人们的视线，又像连绵不断的帷幕，从天直落到地上。呼啸的寒风裹挟着雪片，纷纷中仿佛有无数道人影……

王先呆呆站立着，动也动不了，傻傻地眯缝着眼睛，细看这神奇的景色。鹅毛般的雪片使天地溶成了白色一体，将站立不动的王先变成了一个活着的雪人。柳劲枝甩动拂尘，上腾下翻，左拂右甩，身上不沾一片雪花。鹅毛雪片像一群白色蝴蝶，随着拂尘的舞动，围着道长舞蹈、撒欢儿。

远处的山峦已变成一片白茫茫，山上的树梢顶着一鬏儿白花，山坡上有的地方雪厚点，有的地方草色还露着，一道白一道暗黄，远远望去似给山峦披上一件带水纹的白边花衣。整个饮马河谷被仙女撒下的玉叶银花所覆盖，晶莹剔透，皎洁美丽。老汉杨树、歪脖子柳树上挂满了透明的银条儿，河滩上那一丛丛沙棘林、沙枣丛上盖满了雪的绒被，枝条上有一个个小小的雪球。风吹树晃动，雪球就簌簌地抖落下来，玉屑似的雪沫随风飘散。城墙、门楼、雁塔、房屋都被白雪覆盖。

道长上前拍拍王先臂膀，王先这才如梦初醒，慢慢缓过神来。

不到一袋烟的时间，雪渐渐停了。乌云拉开一条缝，一缕阳光从云洞中斜着射向大地，整个河谷霎时被映得明亮耀眼，一道五彩光柱旋着钻向河滩，像乌龙吐水连绵不断。往北望去，曹夫楼与马家堡中间的那片沙梁被五彩光柱笼罩住。黄色沙梁上盖着的厚厚的雪，被五彩光柱照得格外耀眼，坦坦荡荡，洁白如银片，像一面镜子反射着彩色光芒。

道长拍着王先肩膀，指着沙梁问道："小后生，你看光柱下的沙梁像什么？仔细看，像不像一匹白马？"

"像！真像是一匹白马。那白马小耳、阔鼻、圆眼，马头伸向河流。那粗密的马尾甩向东坡沙沟里。那一丛丛沙枣林、一团团酸刺丛，岂不是白马的长密鬃毛？鼓鼓隆起的沙梁是马的躯干和肚子，南边的几条小河是马腿，这就是一匹正在饮水的白色骏马。道长！您快看，它被彩色光柱罩着，是匹神马，真是一匹神马呀！"王先惊奇地呼叫着，他被这奇特的景象怔住了，激动得脸膛憋涨成紫红色，惊讶得嘴都合不拢。

柳劲枝走近王先，抬头抖了抖白眉，用手向后拢了拢飘散的白发，双眼紧盯着王先问道："这就是一匹神马，想不想得到它？"

王先看着道长，怯怯地说："当然想要，可我怎能得到？道长，请道长教我澄地造田。"

"后生可畏，这近千亩沙梁想要变良田，其中的关键，就在水上。你有没有胆量引水上梁，有没有决心誓要沙梁变良田？"道长看着王先说。

王先咬了咬嘴唇，握紧拳头，点头说："我有信心。这是我梦寐以求的事，我一定把它办好！"

"不急，澄地可不是一两年就能完成的工程。引水可是费钱又费力的苦差事，挖渠筑坝也不是一两个人就能办成的事，要集众人之力，取多家之智慧，假以时日，自然马到成功。"

"道长，放心吧。我还年轻，有的是力气和恒心，我放手一搏，再试试，不信澄不成田地。"王先挽了挽衣袖，咽口唾沫，像是马上就要开工挖渠。

"这件事要充分准备，需解决许多问题，你回村准备明年开工的工具、资金，我帮你查看水文地形，准备些测量器械，查查近十年的河床变化。这项工程最少得三五十人，分期分批完成，再引洪水浇灌两到三年，地就澄成了。"

"需要那么长时间吗？"王先看了看道长，沉思好久，又说，"谢谢道长！今日我受益匪浅，多谢您指教。我这就回村里做开渠澄地造田的准备。明年三月河床解冻后就动土开工，到时希望您能助我。"

王先翻来覆去一夜没睡着，索性掀开棉被坐起，憧憬着未来。他仿佛看到那千亩沙梁变良田，田里长满庄稼，黄黄的谷穗压弯了腰，高粱挺着头，密密实实的黍子挤满一块畦地，黄黄的倭瓜、葫芦、菜瓜结满了一地。一片丰收的景象在脑海里翻腾着。他干脆起身穿好衣服，在麻油灯下，一袋接着一袋地吸着旱烟，屋内烟气弥漫，呛得他不断咳嗽。他舀一瓢凉水喝了几口，又想着年后怎么澄地，人力、物力从哪儿找？丰镇两大毛口袋皮货到底能卖多少钱？够不够支出人力和材料的花销？他开始惆怅了，这次造田可不像过去那般是他一个人的事情，这需要很多钱，他得去想办法。到谦瑞吉学徒要三年才能出师，他还得跟刘掌柜商量，能不能半年学徒，半年澄田。一桩桩、一件件事情，王先在心中思量着。一直到鸡叫三遍，天色蒙蒙亮，他听到母亲王陈氏起身出门，他也走出东厢房，到堂屋对母亲说："娘，我今天一早吃过饭就去丰镇赚钱去。大年三十我就赶回来陪您和弟过年。"

"离过年就剩五天了，你去干什么？丰镇各家都忙着过年，谁家会待见你？刚回来，还没歇过劲儿，又走呀？"王陈氏心疼地看着儿子，她知道，王先要走谁也拦不住。

"娘，我等不了过年了，我去丰镇急着赚些钱，明年春天我要办件大事。这件事办成了，您就等着享福吧！"

"享啥福，娘没那个命！我盼你能娶房媳妇，生个胖小子就行啦。前天，村里的刘老娘说西坟郭家有个二女，人长得水灵俊俏，我让她给多打听着点，你也该续个弦了。"

"那好说，赚了钱咱就娶媳妇。"

"昨晚半夜又下起大雪，我睡不着，出门看了几次鸡窝。大雪天怕黄鼬子偷鸡，雪地里满是黄鼬子的爪印。起了几次都看你屋的灯亮着，还听你不住气地咳嗽，又是一夜没睡？白天瞌睡，咋去丰镇？娘不放心啊。"

"我知道，瑞雪兆丰年，吃完早饭就走，不打紧，骑马快，晌午前就到丰镇了。"王先说完，走出堂屋，到隔壁刘佃洪的院里给马添了些草料，又给马饮了些水，做着出门的准备。

第十五章

王先匆匆吃过早饭，牵马走向饮马河，向他昨天看到的沙梁走去。沙梁上盖着厚厚的雪，已看不到沙石和荒草。他踏着埋到脚脖上的雪窝，走上沙梁向四周查看，回想着，寻找着，早已不见了昨天五彩光柱的踪影。

王先把马拴在一棵杨树上，顺着河的南北走向，用步量出沙滩宽九百八十步，从马家堡沟坡边向河面又步量一千四百五十步，得知这片沙滩足足有一千亩大小，正如柳道长所预测的近千亩沙田。王先走到河滩前，远远看到刘旋、张聚财带着保安民团跑步，口中喊着号子，分成两队，一队由刘旋带领，一队由张聚财带领，迈着整齐的步伐向北跑来，跑到河对面。听到有人喊自己的名字，刘旋、张聚财走出队伍，站到河边，隔着河向王先打招呼。几人相互问候完，王先骑马向河的上游跑去。过马家堡沙梁三里远，有一个高墙般的碎石土崖，挡拦在河床侧边。多年来，河水将其冲刷成一个背水、漩涡凹陷的土石高崖，高崖上长满了沙枣丛和杨树林。王先看了觉得奇怪，这么多年，没被洪水冲塌必有其奥妙之处。等有机会也让柳道长来看看，在这儿开渠口，一定不会被洪水冲坏，就是这里离沙滩远些，要多费些功夫。

王先骑马走了一个时辰，到饮马河流经的孤山脚下，河滩上的树木也多了起来，有成片的酸刺丛、沙枣林，杨树、柳树也密集了许多。这是小动物经常出没的地方，多有野兔、獾子、黄鼬、狐狸、黄狼走动，听人说，有时还会看到花豹的踪影。孤山脚下，饮马河边，有一个小山村，叫山底村。山底村不大，三十来户人家，多数人姓韩。有几户农家除了种田，冬天还用铁夹、弓箭、火枪打些野味卖钱，补贴家用。

此处雪后的景色更加美丽。树上的雪挂，如串串白色的羽毛。树丛上盖着的雪帽如车盖，如白蘑。林间的小道时有时无，马踏着白雪扬起一道白雾。王先挥鞭策马飞奔起来，口中像巴特尔一样高声喊着："哟嗬——哟嗬——哟！"枣红马踏着软绵绵的白雪，在王先的策动下，穿过灌木丛，钻进树林一路飞跑。正酣畅狂奔时，忽听到有童音在高喊："停下，快停下。前面埋有捕猎铁夹，危险！"王先回头寻找谁在高喊，一个不防，马踏在雪中的铁夹上，马蹄被铁夹牢牢夹住，马腿跪地。王先被猛地甩出两丈远，狠狠摔滚到灌木丛边才停下。王先急忙爬起，看看自己没什么事，拍了拍衣上的雪，急着到枣红马前查看。枣红马哀鸣着，抬起马蹄甩着铁夹，王先抱紧马蹄，使劲掰开铁夹抽出马腿，把铁夹抛向雪地。马的腿腕上有一道小口，滴着血。这时，一个十四五岁的男孩喘着气跑来，紧着问王先："没事吧，马腿不要紧吧？快遛遛马，看看有事吗？"

王先回头看着穿一身破棉衣的男孩儿，有几处破口已露出了黑褐色的棉花，脏了吧唧，活像个小叫花。王先瞪了他一眼，恼怒地说："这是你埋的猎夹子？"

"是，是我昨天擦黑刚埋的夹子。昨天下雪，雪地上有很多狐狸脚印，我想埋几个夹子，抓只狐狸卖钱。早晨来看还没事，回头听见马奔声，紧着慢着喊，你也不停下，这不夹住马腿了。赶快遛遛马，看看马还能走吗？"

王先牵马走了一圈，马腿骨没折，就是夹破了皮，一直流血。王先看男孩儿态度诚恳，也确实怨不着他，是自己不小心策马踩上铁夹，便对他说："没事了，不怨你，你走吧！"

男孩儿搬起马蹄细看了看，说："大哥，不行，马腿被夹破了皮，得先处理下伤口，不然天冷冻伤，伤口化脓可就麻烦了。你牵马跟我来，处理好伤口再上路。"

王先用怀疑的目光看了看他。

男孩儿诚恳地说："走吧，前面不远，我一早点燃了一堆柴火，正在准备早饭，就遇到你了。"

王先默默跟在小后生身后，到一个背风的土崖下，看着一堆火还在燃烧，冒着青烟，火堆上横架着一个木棍，木棍上串着两只剥去皮毛的兔子，半边已被烤焦。小后生从火堆中抽出一截燃着的木枝，走到马前用嘴吹了吹木棍的火头，木棍忽地冒出火苗。小后生让王先挡着马眼，抱起马蹄。王先轻轻拍打着马脖，抚摸着马前额，遮挡着马的眼睛。小后生又吹了吹燃着的木棍，使劲摁到马受伤的伤口上，哧的一声冒起青烟，再抬起木棍，马腿上的伤口便不流血了。王先紧紧抱着马腿不撒手，马只轻轻伸蹬了几下腿，慢慢安静了下来。小后生从自己的破衣大襟上撕下一条棉布，又在马的伤口上撒了一层柴灰，用布裹绕住马腿伤口后，拍了拍手说："这下行了。哥，你看这下伤口不怕雨雪，两三天就好了，只要伤口不化脓，就没事了。你牵着再遛遛。"

王先放下马蹄，又牵着马走了几圈，他边遛马边问小后生："你叫啥名字，哪个村的？"

"我是山底村的，姓韩，叫钱垛儿。今年十四岁。"

王先和小后生聊了一会儿，得知三年前钱垛儿父母双亡，他一个人在村里吃百家饭，饥一顿饱一顿，顿顿没着落。冬天，在林子里打兔子烤着吃，钱垛儿练就了一手甩鞭子绝技，打活物一打一个准儿。

钱垛儿从木棍上拿了块烤熟的兔肉，让王先尝尝："哥，你尝尝，可香了，这是我早上刚打的兔子，烤了两只，还有五只，你看，还没剥皮。"

王先看见有五只死兔和几只石鸡堆在土崖下，心想这孩子一早就打下这么多野味，有两下子。王先问钱垛儿："你用什么打的野兔，一早就打了这么多？"

"我就用它打。"钱垛儿举了举短柄皮鞭给王先看。

"皮鞭那么短，怎能够着兔子？"

钱垛儿在皮鞭头上用活结系了一个石子，说："在雪地里撵起躲在草丛和树林里的兔子，兔子只要往起一跳，甩鞭一打一个准。"钱垛儿边说边甩鞭子，只听啪的一响，石子射出，打向酸刺丛中，酸刺树上一只雀儿应声掉到雪地上。

"好厉害！好技艺！你是怎样练成的？"

"我从八岁开始练，每天没事，就拿石子打着玩，先打死靶，后来学着打活物练习，打得多了就练出来了。"

"狐狸能打着吗？打狐狸赚钱。"

"狐狸打不着，狐狸离得远远地就能听到人的响动。还没等你看见，它就悄悄逃跑了，只能用夹子夹它。夹子得用开水冲几遍，狐狸可灵了，闻到气味就躲开，想逮也逮不着它。"

"那今年抓了些什么猎物，能卖几个钱，你怎么能指着打猎过活？"

"收购皮子的客商少，价格给的低，还不要兔皮，我都扔掉了。"

"我告诉你个地方，你去丰镇谦瑞吉商号卖皮货，兔皮也能卖钱，价格公道，不会吃亏。我在那儿做学徒，有事你就去找我。"

王先和韩钱垛又聊了会儿，就骑上马向丰镇方向走去。

王先进了谦瑞吉后，刘德财见了王先说："就要过年了，毛毛匠师傅们都回家过年了，作坊已停工，等过了正月十五才开工。王先，你来早了，回家过完年再来。"

王先施礼后说："刘掌柜，我想早点来学手艺。我在家里待着憋屈，不如来店里干点活，早点熟悉毛毛匠的手艺。"

刘德财见王先执着，只好说："那好吧，你先和翠花学制毡吧。制毡是毛毛匠的入门基础，学精了以后再学着干别的活就顺当多了。"

王先呆站着，用怀疑的眼神看着刘德财。刘德财看到王先的憨样，笑着说："别小看翠花，翠花岁数小，可她是丰镇的一把好手，经她手做的彩毡既整洁又精致。你跟她学制毡错不了。"王先点点头答应了。

王先想了想，又开口道："刘掌柜，我还有澄田的打算，我家那边人人无良田，家家吃不饱，我想开渠引水造良田呢，带领乡民改善生活。只是这挖渠澄田是个大工程，要分期分批完成。您看，我能否半年学徒半年澄田？您放心，柜上忙时我绝不走，柜上闲了我再回去，您看是否可行？"

刘掌柜听后，笑道："我一见你便知你绝非寻常之辈，能有此心，实在难得。我又怎好阻拦？只是三年学徒之期不可改，来去随你，能否学成就看你的能力了！"

王先赶紧答道："谢谢掌柜，您放心，我定比旁人更用功，我能学成！"

第二天一早，王先准备好一大锅热水，把羊毛铺在竹席上，只等着翠花来教他制毡，左等不见右等不来，他只好坐在铺好的一堆羊毛前，用柳条抽打起羊毛来。敲打声在凌晨的小院里显得格外响亮。这时，里院有人推开门，高声喊道："这是谁呀，半夜三更的乱敲打，抓鬼呢？爹，你也不管管，让不让人睡觉了？"

翠花打着哈欠，伸了伸懒腰，顺手拎起根竹竿来到前院。只见王先一个人坐在一堆羊毛前使劲敲打，羊毛飞得满屋都是，柳条上也裹缠了许多羊毛。翠花用竹竿在王先背上使劲抽了三竿，说："干啥呢？撒谷扬场呢？你也不怕闪疼了胳膊，用这么大劲，敲出这么响的声，人家想多睡会儿也被你吵醒了。天还没亮，你神经了，魔怔了？"

王先惊了下，回头看是翠花，擦了擦脸上的汗说："睡不着，早点起来准备干活，想和师傅学手艺。不好意思喊你起来，就一个人先干着，不碍事！"

"还不碍事？你看你把羊毛打了满屋，哪能堆成一堆打羊毛，这不越打越结团了吗？"

翠花拿起两根柳条棍，把羊毛铺开，铺得平平整整一样厚，才用两根柳条轮番敲打起来，边打边教王先："打羊毛绝对是个技术活，别小看。两只手里的柳条既要有节奏感，又要有协调性，左手落下，右手的柳条才能抬起，速度和技巧绝对是关键。别愣着，坐下来打羊毛呀！学着点。"王先被翠花教育得有点不好意思，急忙坐下学着打起羊毛。

翠花又说："羊毛铺在席子上，要摊匀铺平，再用细长的红柳枝条慢慢抽打，不能着急。这样抽打能把黏在一起的羊毛分离，使每根羊毛相互咬合，既有拉力，又有蓬松感。"

王先学着翠花抽打起来，柳条高高举起，使劲抽下，带得羊毛满天飞，柳条上又沾满了羊毛。翠花用柳条抽了一下王先的胳膊，斜眼瞅了瞅王先，让他停下，说："你看你咋这样打？不能用蛮力。干这种活，没有一定的耐力是不行的，你这样用力，一会儿胳膊就酸疼了。打羊毛用的是手腕子力气，不需要用蛮劲，用腕力，不用臂力。柳条要像蜻蜓点水一样，又要像蝴蝶飞舞一样，轻轻柔柔地落下又弹起。"

翠花两手不停地抽打，身子也随之抖动起来，像仙子跳舞一般，优雅柔美。王先边打羊毛边看翠花，心想，仙子恐怕也不如翠花妩媚娇柔。

翠花看王先动作像样许多，便说："你看，这样不就既省力，又持久？人不会太累，羊毛随着柳条的弹打也就蓬松了。然后再用竹弓弹打一遍，就可以进行下一道工序了。"

几大口袋的羊毛，需要半天到一整天的反复抽打，才能用来做毡子。王先和翠花两个人面对面坐在两边的地上，彼此配合，你一下我一下。王先跟着节奏抽打起来，慢慢娴熟，这才松了口气，脸上的汗水也干了，笑着问翠花："你啥时学会擀毡的？"

"我十岁就会弹羊毛，忙时我能顶一个老师傅。去年店里最忙时，匠人们都忙着做皮活，擀毡都是我一个人干。我做出的毡子精细，谁都不如我的毡活好，人们专买我做的毡子。"

"你还真有一手。你大让我跟你学手艺，开始我还信不过，现在看来我可得跟你好好学。"

"教你，我有啥好处？看你那蠢样，哪像个学艺人？"

"看来我得叫你一声小师傅。只要你教会我，让我干啥都行。"

"真的吗？让你干啥都行？那我得好好想想。你说话算话，干啥都行，这可是你说的。"

"行！行！"

一整天的工时，王先和翠花把几袋羊毛都抽打得柔软、蓬松。两个人抬起一堆羊毛，摊到旁边准备好的竹帘上，就这样把一团一团的羊毛不断铺到竹帘上。竹帘是用细竹条编好的，像门帘。把它铺在平坦的砖地上，再把弹好的羊毛铺在帘子上，厚度一致，同时也要根据羊毛的颜色、长短合理地摆放位置，这样擀出来的毡子既好看又结实，同时，羊毛的交错咬合也会更好。

王先和翠花干了一天打弹羊毛的活，中午也没顾着歇晌。翠花说冬天天短干不出活来，不许歇晌，到天黑才能收工。王先初干这种活，干起来不得章法，老使蛮劲，收工时腰也直不起来了。翠花在王先身后给他捶背，笑着问："你是不是装傻充愣，专门让我给你捶背，占我便宜？你可真坏！"

"没有，真的直不起腰了。很长时间没干活了，弯腰干这种活不习惯，干几天就好了。"

刘德财喊翠花回屋读书写字，不能耽误了功课。王先一个人收拾屋子，为明天干活做准备。翠花吩咐王先，明天卷擀毡子要用许多热水，最好一早就备好热水浇毡用。还说卷毡、踩毡是力气活，正好用得上王先的蛮劲。

人工擀毛毡虽然费时费力，但绝对货真价实，铺毡子边是最费工时的地方。翠花第二天早早起来到前院，王先早已烧了一大锅开水，坐在作坊里等候。翠花把昨天铺好的蓬松羊毛又仔细铺平，拿起弹毛竹弓，把竹弓一侧固定在腰间插着的木钩上，一手握弓，一手拿拨锤，用拨锤的凹沿拨着弓弦，让弓弦击打着铺好的羊毛，弹弦声响彻小院。王先听着翠花弹羊毛的声音总觉得有些耳熟，这不是白音察干的歌女弹奏的三弦吗？王先不懂音乐，他分不清弹羊毛和弹三弦是两种天差地别的格调，顶多觉得弹三弦比弹羊毛的声音好听些。翠花用竹弓在毡毛上弹了几遍，整个竹帘上的羊毛变得松软平整了许多。

翠花放下竹弓，让王先过来，说："你看，这下羊毛平整、蓬松了吧？还要注意，保证毛毡的尺寸不变形，并按规格定制。打边尤为重要，要想让毡子的边缘规格一样而且不变形，打边时就要格外认真，每一缕羊毛都要铺得恰到好处。收边是一种细活，王先哥，你来试试！"

王先学翠花在毡边又整理了一遍。翠花微笑着点点头："好了，接下来咱们要卷羊毛帘子。卷羊毛工序，一个人是不行的，需要两到三个人一块卷，一个人还得专门往羊毛上浇热水，让热水均匀地融入羊毛里。卷羊毛就用你那蛮劲，用力越大，卷出的毡子越瓷实。今天，你可派上用场了。"

王先听完就撸起袖子，闷着头使劲卷起羊毛帘子。翠花看到忙制止说："等一等，把鞋子脱了，不然鞋就湿透了。脱了鞋，你卷帘子我浇水。"

王先看着翠花，红着脸迟迟不肯脱鞋，在翠花的再三催促下，只好说出原委："我是汗脚，好几天没洗，脱了鞋怕你嫌臭。"

"快脱吧，哪儿来那么多讲究？有多臭？比熟皮硝缸水还臭吗？"翠花说完，在羊毛上浇了一遍热水，这样光着脚踩上去也不会太凉。王先用力摁住竹帘卷了起来，卷一点就用脚踩一遍，缓缓手劲再卷。王先用力不均匀，卷着卷着就卷偏了，把毛毡卷成了大头小尾。翠花让王先停下，重新展开，从头再卷。

她看着王先那双黑脚，撇了撇小嘴，故意捂着鼻子说："卷羊毛整个过程要用力均匀，又要把握方向，不能卷偏，否则擀出的毡子就会变形，尺寸也不标准。你先看我怎么卷。我来卷毡帘，你给卷好的毡帘上浇热水。"翠花说着，脱去脚上的红色毡靴，露出一双小脚板，一只脚踩上帘子，像白萝卜，又像白馍，洁白绵软，王先看见心里惊奇。翠花弯下曼妙的细腰，伸出白白嫩嫩的双手，卷起了竹帘。

王先腰杆仍然挺直如椽，呆看着翠花婀娜的身姿，心咚咚直跳。翠花看王先傻愣着，喊了一声："浇水！"王先一愣神，手上的壶不听指挥，一股热水浇向竹帘上的白嫩小脚。翠花"哎呀"一声跳起来，随即坐在地上抱着脚喊疼。

王先见状慌了手脚，抱起翠花的小脚，急着用嘴吹气，边吹边说："怨我不小心，烫伤了吗？哥帮你吹吹，吹吹就没事了。"

翠花看王先又急又慌的神色，一股怨气化为一股热流，缓缓流遍全身。她假装生气，只管让他抱着脚吹凉气，奇怪，好像真不疼了，只觉得凉凉的、柔柔的，很舒坦。

一会儿，翠花不好意思地推开王先，说："哥，你怎么浇人家的脚？你是不是故意的？"

"哪有，故意浇你，我还是人吗？我就是着急了，你不停地踩毡帘，我哪能跟得上趟。"

"你就是故意的，不进眼，就想着法儿地烫人家脚板。"翠花不依不饶地说着。

"还疼不疼了？咋办？要不用雪敷敷，别起了水泡。"说着，王先到院里铲了半盆雪，抱起翠花的脚擦拭着。翠花的脚和巧妹的不一样，巧妹的脚也白嫩，像春笋，像蔓菁，是缠过的"金莲"；而翠花的脚舒展俏丽，是浑然天成的天足。王先边搓擦着雪沫边想，这是他真真切切见过的两双不同模样却同样好看的脚。

翠花任凭王先仔细搓擦。她看脚上虽红了一小片，但不疼了，问题不大，便戏谑道："我的脚香不香？搓了这么长时间，闻出点味吗？一定很香，不然为什么抱着人家的脚不放？"

王先瞪了翠花一眼，放下脚，让翠花站起来走走。翠花走了几圈说："放心吧，没事了，我不会讹你。"

王先没理她，站在竹帘前，挺了挺结实的腰板，弯下腰撅着像两块硬石般的圆腚，紧撮帘卷，把松开的帘子又重新卷了卷。双脚轮换着踩踏毡帘。翠花浇水，整理边角，指挥王先左边用力，右边顺势卷起，调整着方向，不能相差毫厘。一会儿，羊毛毡卷好，用绳子捆扎结实。翠花在捆好的毡子上又浇了几壶水，接下来，她让王先用布袋子把捆好的毡子包裹起来，这样水分不容易蒸发。再放在阴凉处慢慢阴干，这块毡子就算擀成了。

这是王先在翠花的指导下擀的第一块羊毛毡子。打开晾好的毡子，还算成功，质地结实，厚度均匀。他翻过来倒过去地看着，寻找着毡子的瑕疵。翠花指出瑕疵生成的原因，还提出一些避免瑕疵的小窍门和手法，提醒王先在以后的制作中如何改正。

翠花笑着说："还行，今天我们开始制作花样彩色毛毡。这可得更加细心，记牢每一个制作步骤，不能做错或走了样子。好好学着点，徒弟！"

"这有什么？有你这好师傅教着，我什么不敢做？"

"叫什么？我没听清，再叫一遍师傅，让我也过过当师傅的瘾。"翠花逗着王先说。

刘德财正好进来，看翠花取笑王先，随口教训道："翠花，好好干活。别成天取笑别人，王先刚来干活不习惯，你多教着点。王先，你也是，不能老惯着、宠着她。你先跟她学着，过了年等老师傅都上工了，再学熟皮子、制作皮毛的活儿。"

"大，你怎么总是胳膊肘往外拐，女儿让人烫了脚，你不管，也不关心，一味说人家不是。我是不是你的宝贝女儿了？"

刘德财瞪了一眼翠花，用食指敲了下翠花的额头，说："你个鬼灵精，你能吃亏？不欺负别人就不错了，谁敢欺负你？"

"真的，您看我的脚，让王先给烫的。"刘德财看了看王先，啥也没说，走出了作坊。王先看刘师傅没说话，心里不自在，两手对搓个不停，用眼瞪着翠花一句话也说不出来。

翠花倒好，得意地说："看啥看？让你欺负我，今后听话些，不然我还告你状。只要你乖乖听我的，一切都好说。"

彩色毛毡做起来除了要靠力气，还要凭经验。先选干净羊毛，摊在竹帘上，用木棍敲打，竹弓弹平整，使羊毛松软、羊绒全部散开，然后染色。翠花光着脚，在染好色彩的羊毛上剪出所需的形状，并在竹帘上摆出各类图案、纹样和毡子的框架。翠花心灵手巧总能根据顾客的需求，独出心裁地摆弄出不同的新花样。她是丰镇皮毛行中的摆花高手，远近的客商都来订购翠花设计的花毡。翠花扭动着纤细的腰身，挪动两只玲珑白嫩的小脚，在毛毡上像只花蝴蝶般翩翩起舞。根据纹样图案，来回反复填充弹好未染色的羊毛，然后再铺一层白色绒毛。翠花把羊毛铺得均匀，厚度把握得恰到好处。

她铺好羊毛后，看看王先，微笑着说："该你干活了，花毡上淋些热水，水要滚烫的，慢着点，小心别烫着自个儿。"

王先答应着，拎着一壶开水小心翼翼地淋洒。这次特意离翠花远着点儿，他更不敢再看翠花那白嫩的双脚。王先把铺好、淋透的羊毛图案用竹帘卷起，再用绳子捆紧，放在一个袋子里，用脚反复踩踏，每隔一会儿踩一次。这样做出的羊毛花毡子质量好，质地厚实。这几天下来，王先多用笨拙的蛮力卷摁羊毛毡子，胳膊有些酸痛，浇洒花毡时被溅起的滚水烫了手脚，也只好忍痛，不想让翠花知道。到了晚上，翠花拿来药膏，让王先抹在烫伤上。王先推辞着："我又没烫伤，擦什么药膏？"

　　"别装了，你当我不知道，我早看到了。快把脚伸过来，我帮你擦药。别起了水泡，破了化脓，就麻烦了。卷毡烫伤是经常的事，抹上药膏就好了。"翠花轻柔细致地在王先的脚上抹着药膏。

　　大年三十前，王先在翠花的教导下，成功地制了一块白毡、一块花毡。王先心里高兴，没想到自己匆匆来谦瑞吉皮毛行没几天，就成功制成了毛毡，还学到了不少手艺，这下可以放心地回家过年了。

第十六章

光绪二十九年（1903），塞外古城大同的冬天比往年都要寒冷，白雪皑皑，寒风凛冽，滴水成冰。年前下过的两场大雪，预示着今年将是个罕见的寒春，看来春耕播种要推迟。

正月初二，王先急匆匆骑马走过九边重镇得胜堡，过了明长城，来到丰川古镇。丰镇的大街上行人稀少，将近晌午多家店铺还上着门板，过了初六才开始营业。王先一大早沿饮马河向北进丰镇东门，又向西不远拐入一家蒙汉客栈，牵马进店，把枣红马拴进事先租好的马厩里。王先向马倌交代了几句话，出店向十字街走来。丰镇十字街的各家商铺贴着火红的春联，挂着串串大红灯笼，家家窗棂上贴着崭新的各色窗花，丰川古镇一派喜气洋洋。王先走到谦瑞吉侧门，轻叩门环，听到里院翠花那娇滴滴的声音。

"谁呀？知道今天是初二吗？这是谁又来拜年？"翠花略带些埋怨地说着，趿拉着一双深红绣花鞋走来开门。

"我，王先。过年好！我给掌柜的拜年啦！"王先边回答边挤进门。

"慢着点，小心踩了人家的脚。你可知今天是什么日子？你也敢来拜年？"翠花说完，用小手拍打王先的后背，跟进里院。

"年三十过后，全是拜年的好日子。我昨儿个就想来，想到掌柜年三十熬夜接神，白天怕会多睡会儿，不便来打扰。今儿说什么也得来给掌柜拜个年。再晚了，你又要找碴儿埋怨，说我不懂事理。"

"你就是不懂事理，年初二是新姑爷上门给岳父和丈母娘拜年的日子。你可倒好，偏偏初二来，什么意思？还敢装傻充愣！"

"我没多想，我就是，我真的是给掌柜和你拜年来的。还有什么意思？"王先被翠花问得结结巴巴起来。

刘德财听到翠花在院里和别人说话，走出堂屋见是王先，举手招呼他进屋。

"刘掌柜，过年好！"王先见到刘德财急忙跪地磕头。

"快快起来，刚过年三十就早早来了，没和你娘他们多待几天，急什么？初六和皮毛匠师傅们一起来上工也不迟，赶趟！"刘德财紧着扶起王先，帮他拍打着膝盖上的灰尘。

"大，您看他，也不看日子，初二就扑来了，一点儿也不懂规矩！您也敢让他给您拜年？"翠花有意提醒，还假惺惺埋怨。

刘德财看一眼翠花，满不在乎地说："来了就来了呗，这有啥？没那么多讲究。来得正好，熟皮子作坊积了不少活儿，先帮着拾掇几日，剩下的等师傅都来了再说。"

刘德财领着王先到外院作坊，指着一捆羊皮和一堆杂皮，说："这几天，你先把这一捆羊皮和这些杂皮整理好，把皮毛上的粪便、杂草都拾掇干净。烧几缸热水，缸中再加一袋碱面和盐块搅拌均匀，然后放入皮毛，热水淹过皮子，水温以不烫手为宜。皮毛浸泡一夜，第二天洗去皮毛上的血迹和脏物。屋内的火炉不能熄灭，白天夜里都要勤加煤。夜里天气冷，极易冻裂水缸，后半夜人会犯困，更要小心。好了，有什么不懂的随时来问我，问翠花也行，她也懂如何熟皮毛。"

王先点头应承着，又转过身看翠花。翠花低头窃喜，站在屋角不说话。刘德财看翠花闲着，瞪了她一眼，说："你站在这儿看啥？还不快回屋去念书写字！过几天塾校就开课了，你还有好多功课没做完，还不急？这几天你不许再出门疯耍，要是书念乏了，闲得无聊，就抽空帮着你王先哥干点活儿。"

翠花听大说帮王先干活，便故意一撇嘴，装作不情不愿地说："我懒得帮他，就让他自个儿干。连声师傅也不叫，谁想教他，真没良心。"

王先夜里守在皮坊，将缸里、瓮里都加满碱水，不时加点煤，不让火炉熄灭，一夜也没睡踏实。

次日，天刚亮。王先就开始翻搅缸中的皮毛，清洗皮毛上的污渍。他一刻也闲不下来，有点儿空还要弹打羊毛，复习、琢磨翠花教过他的制毡工序和技巧。

初六，谦瑞吉外院一早就热闹起来，毛毛匠、皮毛匠都陆续来上工。王先看到这些师傅们穿戴古怪，各不相同，昨天晚饭时听翠花介绍过，毛毛匠和皮匠是两个工种。毛毛匠擀毡子，做毡鞋、毡帽、毛毡类的毡活。皮匠制革、熟皮毛，做毛皮衣服、皮鞋、车马皮具。这时，刘德财带着王先来到一个姓周的皮匠面前，说："老周头，给你带来个徒弟，叫王先。就让他跟着你学熟皮革，行吧？"

"听您的！不过，先说好，我这臭脾气怕是带不好徒弟。"老周头说完招呼王先走到面前，仔细打量过又说，"还行，后生身板挺壮实，像个干活儿的人才。"

王先赶紧向老周头行礼鞠躬，说："周师傅好！"

周师傅名叫周耀，今年四十多岁，圆头方面，满脸络腮黑胡，胡须如钢刺，根根向外直竖。他走起路来左右摇摆，膀宽腰圆，常年干重体力活儿，练就一身疙瘩肉。说话声如铜钟，嗡嗡震耳，圆眼阔嘴，笑时便露出一排黄牙。远看像戏里的张飞，近观活活一个杀猪的屠夫。

周耀见王先规矩行礼，大笑着拍了拍王先的肩膀，说："哪那么多礼？跟着干活吧。臭皮匠全凭力气，又脏又臭，有什么学头？"

"周师傅，今后我就跟您学手艺，请多指教。"王先谦恭地说。

"有啥手艺？跟着干吧，时间长了，看多了就会了。"周耀说完，毫不客气地指使起王先。让王先从缸中捞出一张羊皮，平摊在木板上。羊皮已变软，毛面朝里，铺平绷展，四角钉牢。周耀拿起一把快刀，把皮面上多余的肥肉和杂物铲掉。他麻利地示范着，不一会儿，一张羊皮就处理好了。他一连铲了几张后，让王先也试着铲皮子。王先笨拙地握着铲刀深一下浅一下地用力铲了起来。

周耀在一边指点道："慢点，轻点，用腰力。胳膊伸直，叉开双腿，前弓后蹬，推着铲。看着，看着，别铲破皮子。"

王先越听越慌，反而不知如何下手，急出了一身汗，不住地擦着额头。

这时，周耀又训斥道："睁开眼看着点，这儿是肚囊，皮薄少用力，当心铲破皮面。听见了吗？"周耀说着拿起木棍，冲着王先的胳膊上狠狠打了一下。"啪"的一声，王先手一抖。"当啷！"铲刀掉地，刀尖刺破王先的脚面，血流了出来。王先找来麻纸贴着止血。

周耀看了看，说："注意点，不打紧。擦破点皮肉，没那么娇气，小伤小疼是皮匠常遇的事，随时都要小心，不过你慢慢就会习惯了。"周耀说完又让王先接着干活。王先站直了腰，寻找着要领。一个上午，王先又挨了周师傅两木棍，胳膊上留下三道血疤。他强忍着，抬头看看周耀，只是微笑一下又继续干活。

快刀铲完皮面，再用钝刀铲去每张皮面上的油脂层。周耀铲了会儿，让王先去铲。王先渐渐找到了窍门，不再挨棍打。皮毛铲好又浸泡一夜，毛顺当了，皮面也柔软平整。第二天一早，周耀让王先把泡好的皮毛放在温水缸中冲洗。皮子多了，手揉不过来，便让王先光脚进缸中踩洗。王先的双脚还有前些天的烫伤没好利落，昨天又被铲刀刺伤了脚面，本就红肿的双脚一经碱水浸泡，疼痛钻心，站立不稳。王先踩踏了一会儿，直到脚已疼得麻木，才感觉好了一点儿。双脚已被泡白，肿胀变色，他还一遍一遍地踩踏着，没说一句怨言。后来，王先疼得实在忍不住了，走下盐碱缸到盆前，又用刷子刷洗小件皮毛，用碱水洗净，再用清水漂洗，直到将碱水漂尽为止。一下来，王先的双手被盐碱水侵蚀出许多裂口，流血不止，又疼又痒。王先把洗过的皮板面朝上，放在粗木杠上控干水分。一天下来，王先累得直不起腰，蹒跚着回屋，晚饭也没吃，倒头便睡了。

睡梦中，王先遇到了一群狼，左扑右打总是躲不开。他被狼咬住胳膊和脚动弹不得，使劲抽动脚想站起来，可怎么也动不了。他大声呐喊，全力拼搏，脚还是被狼咬得死死的。他猛地从睡梦中惊醒，却看到翠花正抱着他的脚抹药膏。

翠花见王先醒来，两眼闪着泪光，紧盯着王先，轻轻地说："脚伤成这样，怎么也不吱一声？你胳膊上的三道伤痕是哪儿来的？是不是老周头打的？这个老周头，动不动就打人。大也是，分给谁当徒弟，也比分到老周头名下当学徒好。一会儿，我跟大说去，咱不跟老周头了，另拜个师傅。"

"不行，不能跟掌柜说。这点伤不算什么，是我做错了事，该打！"王先诚恳地说。

"明天我上找老周头说理，咋能这么欺负人，当徒弟就没理啦，就该挨打？"翠花说着起身就要去找她大。

"你这是要做啥？你没听说吗？棒打出孝子，严师出高徒。吃得苦中苦，方为人上人。你别去找掌柜的。这点小伤几天就好了，我连死都不怕，还怕这点伤？"

"别瞎说，多不吉利。我明儿一定找他，训他个'板儿翻（厉害）'。"翠花让王先起来去吃晚饭。可王先累得骨头像散了架，怎么也坐不起来，说着话便又倒头睡着了。翠花只得怏怏退出屋去。

天一亮，王先到作坊收拾好工具。周耀拿着一袋芒硝放入桶中，用开水溶化，又让王先找来笤筐，在笤筐内垫上一块粗布，将桶中的芒硝溶液倒入笤筐粗布上过滤入缸。周耀用手指沾着缸水尝了尝，咸淡合适，再将适量的黄米面粉倒入缸水中，充分搅拌均匀，做成硝水待用。周耀也让王先沾点硝水尝一下咸淡后，说："制作芒硝水，咸淡是关键，太咸会缩皮，太淡皮毛熟不到火候，会发硬。这些全凭个人经验，每批芒硝质量不一样，每次制硝水都要尝一尝，把握好咸淡。"周耀把洗好的皮子放入硝水缸中，让王先仔细看他怎么操作。

周耀拎起一张皮子，先顺下皮子头部。待整张皮子全部浸入硝缸后，用右手捏住皮毛头部，左手从头部向尾部压扫。反复两次后，再从尾部向头部压扫。最后将皮横过来，双手捏紧皮毛的一侧，再次压扫后，放入硝缸中，其他皮毛也按此法进行。周耀扫压几张后，让王先也来试试。

"硝缸中的硝水量要合适，以生皮能在缸中上下翻动为宜。硝水过多或过少都不好。"

王先学着师傅的样子压扫皮子，周耀在一旁吸着旱烟，正指导着王先干活，猛听到有人尖声喊他："老周头！你出来，我有话问你。就出来一小会儿，不耽误你训人干活。"周耀回头见是翠花唤他，急忙含着半袋烟走出作坊。他俩在背阴角落里低声嘀咕，周耀一会儿将重心倚在左脚，一会儿又将重心挪至右脚，一只手只管摸着脑袋，浑身不自在，像是斗败的公鸡，左顾右盼，寻着逃跑的机会。

周耀返回皮坊中，到王先面前，让王先停了手中活计脱下鞋给他看。

"呀，还真是挺重，你咋不早说？我当是小伤。让我看看你胳膊。"

王先扭捏着不想让周耀看胳膊。周耀抢过王先的手腕，撸起衣袖看完，说："不会吧？你的皮肉也太娇嫩了，轻轻两下，就严重成这样，大概是碱水蚀的。明天闷缸，你好好歇一天，伤口上点药，不打紧，常事！我师傅就这样教我，同一个手法！"

周耀又从怀里掏出一个小药瓶，说："这是一瓶獾油药膏，祖传灵药。晚上抹上，第二天伤口就好了。"王先收下药瓶，周耀双手对搓着，慢慢蹲下抽起旱烟。

正月初八，饮马河两岸的乡村城镇都有"游八仙"逛庙会的习俗。丰镇有着浓厚的塞北风情，每年正月初八和四月初八都要举办盛大的"老爷庙"庙会。

初八一早，翠花就忙着梳洗打扮。谦瑞吉早早开门营业，刘德财穿新衣新帽迎接着来拜年、做生意的同行和客人。皮毛客商们从集宁、新荣、大同、阳高、浑源等地而来，因路途远，初七便早早动身，准备谈新一年的皮毛生意，再逛一逛丰镇的庙会。

立春后的天气还冷，可人们逛庙会的热情不减。太阳升起一竿子高，城西的人们从顺城街、马桥街向东正对老爷庙山门走来，城南居民从羊沿街向北行走，住在土塘、城北的居民则从小东门方向涌来。三股人流同时逛庙会，摩肩接踵，人山人海，吵吵嚷嚷，红火热闹。

翠花打扮得比平日更漂亮，绣花红底黄花上衣，衣上有白兔毛立领，白兔毛衣服大襟缝边，卡腰隆胸，合体丰润。蓝底缘边缎面宽腿时尚裤，裹着圆润的臀。裤脚下露着一双绿绸销边、鞋面上钉着白兔毛绒球、红色缎面花鞋。白色兔毛上下点缀呼应，显眼得体。翠花官粉扑面，两颊粉白里透着嫩红，轻轻一捏，像要出水。乌发上插着彩色鬏花，脑后发鬏上别一串珍珠银簪，双耳挂两串白色珍珠包金耳环，拍打着粉嫩的颊。和平时穿着男孩衣装相比，精心装扮的翠花更多了几分女儿家的娇嫩。

翠花吵着让大带她逛庙会，刘德财说客人多，抽不开身，不如让王先陪她逛街。王先正好歇息没事，也想看看丰镇庙会，领略下风土人情。翠花一听让王先陪自己逛街，心里高兴，找来一件大褂和一顶驼绒礼帽，让王先穿戴。王先不好意思穿，翠花便装作生气。王先只好穿上，照镜子一看，像变了个人一样，文雅又帅气。王先和翠花走在街上，像是哪个大户人家的小夫妻，俊男靓女，很吸引眼球。翠花得意地瞧了王先一眼。

十字街往东不远，城隍庙、财神庙前的小摊早已摆满，对面的老爷庙门前更是拥挤不堪。小摊贩叫卖着各色小吃，开锅豆腐、羊杂麻叶、熏肉大饼、铜壶油茶……还有小孩玩的白木刀枪、戏具脸谱、拨浪鼓、纸风车……彩色泥人是庙会上的主角，五寸高的女娃泥人，梳两鬏髻，外形俊俏，粉眉淡眼，樱桃小口。男娃脑门上梳一撮头发，虎头虎脑，欢眉大眼。逛庙会的年轻夫妻若想求子，都要用红绳拴两尊泥娃，去老爷庙内的奶奶殿许愿。

翠花和王先在逛庙会的人群中穿梭多时。翠花早晨出门没吃饭，专等上街吃各色小吃，还特意买了鸣喇叭、戏剧鬼脸，让王先纳闷的是，翠花特意挑选了两尊泥娃娃。王先问她买泥娃娃干啥？翠花诡秘微笑着说，泥娃娃摆家里柜上好看，她就喜欢泥娃娃。

二人跟着人群随走随玩，翠花有王先陪着玩耍，心中喜悦，玩兴正浓时拥挤到东门旁的蒙汉客栈。王先让翠花在客栈门前稍等，他进马厩看一眼枣红马就出来。

翠花一听到马，眼睛一亮，说："不行，我也要进去看看你的枣红马。哥，咱们出城骑马去，我想骑马。"

"你会骑马吗？骑马危险，小心掉下来把屁股摔成四瓣。"王先笑着逗翠花。

他套上马鞍、笼套，翻身上马，再拉翠花上马，让她骑在身后的马背上。王先策马慢慢随人群出了小东门，向饮马河而去。翠花一直紧搂着王先后腰，始终不敢撒手，生怕摔下马来。饮马河滩上覆盖了厚厚的白雪，松软绵滑。马小跑起来，王先甩动缰绳，双脚猛磕马肚，枣红马一跃，向薛岗山跑去。翠花尖叫一声，更紧地搂住王先的腰，闷着声、憋着气任凭马儿奔跑。一阵飞雪扬雾，马跑到大王庙前才停下。

王先把翠花从马背上抱下，问："害怕吗？这匹马跑得越快越稳当。河东岸人少，路也平坦，便于练习骑马，你自己骑着试试？"

"我不敢自己骑，我要和你一块儿骑。这次我坐在前面的马鞍上，你坐在后面护着。"

王先扶着翠花的左腿，让她的脚踩上马镫。他单手托起翠花的屁股，帮她翻身坐上马鞍。随后，王先一个跃身上马，把翠花搂在怀里，轻轻抖动马缰，让马跑动起来。翠花坐在马上，双脚踩着马镫，感觉平衡安全了许多，渐渐习惯了马的奔跑，胆子也大了起来。她让王先再策马跑得快点。王先让翠花坐稳，双手猛抖马缰，双腿使劲一夹马肚，枣红马向前一窜一跃，飞奔起来。

枣红马长长的鬃毛披散着，马尾飘扬起来，奔驰在大王庙河滩和薛岗山脚下。枣红马四蹄翻腾，极速奔过饮马河沟，仰天长鸣，响彻河谷。长长的马鬃、粗散的马尾在气流的作用下飘舞起来，远远望去，枣红色的马尾和翠花艳红的衣角，在雪白、广阔的河滩雪原上，像飘浮着一团烈火，不停地燃烧着。

翠花心情如大海上放飞的海燕一样舒畅，她不再紧张，放松身心，在马鞍上随意转动身子，回头看王先。王先脸色沉静，紧紧搂抱着翠花，生怕翠花有个闪失跌下马。两人骑马在雪地上来回奔跑了十几趟，王先让马慢慢停下，枣红马身上已有汗液，腾着热气。王先下马后，又把翠花抱下马，说："今天就到这儿吧，出来的时间不短了，该回家吃午饭了。"

"不行，我还想一个人骑马试试。"翠花说完牵马踩蹬，让王先扶着上马。她坐稳后磕蹬、抖缰，让马儿跑起来。马越跑越快，王先喊着让翠花伏下身子，抓紧缰绳和马的鬃毛，随着马身一同起伏，让自己的身体和马成为一体。翠花不愧是蒙古族人的后代，没练多久就掌握了骑马的要领，也能放手让马儿奔跑自如。枣红马扬起骄傲的头颅，抖动优美的鬃毛，四蹄腾空，如风如电。这匹高头大马浑身每个部分都很完美，每块肌肉都显示出力量。翠花策马加鞭急奔到薛岗山脚下，出现一道壕沟。刹那间，枣红马腾空而起，像雄鹰一般，跃过深沟，轻轻地落在对面，继续前奔。王先吓出一身冷汗，翠花却没感到一丝的害怕，她兴奋地高喊："痛快！刺激！过瘾！马儿再来一次。"

翠花抖缰转回头，想再一次飞跃深沟。王先紧抓住笼头，说什么也不让她再冒险。

初八过后，硝缸中的皮毛已闷浸了一天两夜，周耀站在两硝缸间，双手提起缸中的皮子，顺势轻轻顺着一侧缸壁浸入缸中展平，让所有皮毛上下翻动一次，再在缸中硝水中泡一段时间。他对王先说："狗皮和狼皮硝二十多天，猫皮、獭兔、水獭、獾等小型皮十到十五天；狐狸皮十五到二十天，到时提出一张，皮面呈白色就算硝好。"王先点头，认真听周耀讲解。

周耀见王先双手又白又肿，手上裂开好多血口子，心里也有点过意不去，说："从明天起，你的手暂时不要沾硝水，起缸晒皮的事我来做，你就打下手，铲铲皮子。"

皮子硝好，在缸口横放一根木棍，将皮板面朝上挂着控干硝水晒干。晒时把皮子拉平、拉直，两面翻着晒。晒干的皮子再喷一次清水，叠起来用麻袋盖严放一夜，第二天用大钝刀直铲，向四面铲开。再把皮板面向外围在圆木上，用快刀铲软，铲到柔软光滑为止。皮了毛面暴晒半日，趁热用竹竿拍打毛面，便可缝制皮衣和皮毛制品。王先在周耀的训导下，每天忙里忙外找着活儿干，没空闲。他心灵手巧，没有几天就能像熟练工一样操作熟皮子的工序。

丰镇一年一度的正月十五闹花灯很有特色。丰镇商会召集各商家、店铺出节目，还有许多住户自愿行动起来组织了许多节目，有船灯、小车灯、高跷、抬阁、脑阁、大头娃娃、秧歌舞……过了年，准备出节目的各家都在忙着准备。谦瑞吉今年多了个王先，便组织了高跷队，王先原先在曹夫楼村踩高跷是把好手，这次正好派上用场。翠花见王先踩高跷，便也闹着要学高跷，于是谦瑞吉就出五人加入商会高跷队。

周耀扮张飞，李、赵师傅扮刘备、关羽，王先扮吕布，翠花扮貂蝉，扮演一出"三英战吕布"和"吕布戏貂蝉"的高跷戏。

正月十五一早，十字街上已是人山人海，城内的大街小巷拥挤得水泄不通。兴和县、集宁、大同、凉城、绥远……各地都有来丰镇看花灯的，各家都住满了亲戚朋友，旅店、饭馆里也坐着吆五喝六、划拳行令的食客。

上午九时三刻，城内锣鼓齐鸣，各队锣鼓对着敲打。一阵斗鼓后，二十四人的抬阁从街头走来。二十四个壮汉抬着一副木架，架子上是"水淹金山"的彩影，上层有巍峨的金山古刹，寺庙中有法海和众和尚，下层白娘子和小青奔走门洞，架子可旋转，白、青二蛇行走门洞之间，你追我赶，法海稳坐金山寺，洋洋得意，许仙则无可奈何地站立一旁。架子上的表演，情节生动，惟妙惟肖，观众看得如痴如醉。抬阁过后是脑阁和担阁，脑阁和担阁由三至五岁的小孩儿扮演，被绑在大人腰间竖起的木杆上，木杆上有一木圈，圈住小孩儿的腰，小孩儿的屁股就稳稳坐在木托上。每个孩子都穿红着绿，打扮成各种角色，随着下面大人的扭动而被动地扭摆起来。小孩们舞动着长袖喜笑颜开，幼稚可爱。"天仙配""八仙过海""红楼梦""牛郎与织女"，孩子们都能扮演得十分精彩，迎来一片喝彩。接着，是小车灯、船灯和大头娃娃的表演。这之后便是商会组织的各家高跷队伍，高跷有高有低，表演着不同的故事，有"孙悟空大闹天宫""劈山救母""杨家将"……今年最为出彩的是谦瑞吉高跷队，王先扮的吕布灵活敏捷，转着圈，打着凌空旋子，双腿在半空翻转。走到关羽、刘备、张飞身前，都要厮打一番，演着"三英战吕布"的戏，最后被三英架起在空中，挣扎扭动，动作险而特别。演完这段，吕布轻轻落地走到貂蝉面前，戏逗着貂蝉。貂蝉由翠花扮演，她扮相娇媚，婀娜多姿，桃粉脸蛋，媚眼弯眉，招来众人拥挤着追看。高跷队走到一家门口的石狮子前，三英打开场面，吕布踩着高跷小跑几步，一个翻身，双手摁着狮头，倒立在石狮头上，高跷木杆直刺天空。在人们的喝彩声中，吕布一个鹞子翻身轻巧地落在地上，接着又在狮子头上侧翻了几个风车筋斗。人们看完都说谦瑞吉请来了杂耍人才，动作如此险，难度如此大，从未见过。

高跷表演后便是"对子马"。骑手们个个英俊威武，一手执缰一手持旗缓缓行进，马头马尾都有彩绸扎花、彩缎披挂，双双并行，故称对子马。对子马后面是"穿心官"，就是两个人扮衙役抬一木杠，扮七品县令的骑在杠上，身穿大红袍，足蹬大朝靴，涂白眼圈，戴八字须，实属滑稽，却是小孩子们最爱看的。这之后是"五鬼闹判"的民间面具舞，六人头戴面具，判官手执大毛笔，小鬼手腕、脚脖系着铜铃，与判官一路嬉闹斗玩。各种表演还有很多，都要在正月十五时走街串巷，到各家门市、铺面前敲打、扭动，挣些彩头，从早到晚，城内锣鼓声不断，唢呐声震耳欲聋，好不热闹。

高跷表演刚结束，翠花抢着吃了点饭，又要去骑马。她衣服也没顾上换，拉着王先就走。刘德财看到也没硬拦，十五过节难得女儿高兴，再让她好好疯耍一天，只是吩咐王先好生照顾。王先和翠花走到东街客栈牵出两匹马来，一匹是王先的枣红马，另一匹黑马白蹄，人称"踏雪"。枣红马已和翠花惯熟，看见她低头甩尾，马头轻轻碰撞她，喷着响鼻，亲昵又温驯。翠花抬手轻摸马头，拍拍马脖，踩蹬一跃，翻身上马。翠花催马紧跟王先的踏雪，出了丰镇东门。王先和翠花骑着马边走边聊，一会儿快马加鞭奔驰，一会儿信马由缰慢走，不一会儿就到了边关得胜堡。老远听到得胜堡和镇羌堡的节日锣鼓声，想是堡内也在欢庆正月十五。两人催马过了长城，翠花说："咱们去大同看看十五的热闹，顺便到曹夫楼看看你家。"

"不行，今天已不早了，天黑了也返不回来，明天事儿还很多。等天暖和了，再领你去大同逛逛。走吧，咱回吧，还有点时间去大王庙看看。"王先来丰镇几次，都没时间去饮马河东岸的大王庙。翠花点头，拨马回头，二人飞奔过薛岗山，到大王庙山门前。

丰镇的人们为求雨顺畅，在卧龙山脚下小元山西侧建祠供奉龙王，后在祠前堆土积石，筑一大丘，取名飞来峰。在飞来峰上重修龙王庙，专供奉金龙王神像。金龙大王庙大殿三楹，里供金龙，后又增加许多殿庙，吕祖阁、牌坊、腰厅、偏殿和保婴圣母祠，还有增福祠、财神祠和油酒仙翁祠。王先和翠花携手进庙，并肩浏览了金龙大王庙内建筑，庙内的碑亭、雨磨和望海楼都建得精美卓绝。望海楼是丰镇八大景观之首，蔚为壮观。他们看完望海楼走到山门西南侧，看到一石柱，直径逾尺半，高约三尺开外，呈八棱状，四周镌篆文字，柱上有顶盖，状如帷幢。这就是人们所说的雨塔，求雨者用手轻推，磨顶随着手推旋转，只要耳贴幢柱，就可听到隆隆雷雨声。翠花拉王先到柱前，扯着王先的耳朵贴到柱上，说："哥，你耳朵贴紧石柱，听说只要心中祈祷，诚心转动雨磨，用手平稳掌握方向，转速匀称，转几圈，雨磨就会变得湿润，天空也会渐渐升云降雨。你来试试。"王先转完，没见雨磨湿润，大概是冬季不会出现云雨。他望望天空，太阳已西下，夕照光辉泻在卧龙山上，光亮和暗影像水墨一样泼洒出一幅怪石嶙峋、山势峥嵘的水墨画。小庙被余晖照得一片金色，怪石缝隙中顽强生长的松柏被雪覆盖，强露出的松枝、柏叶郁郁葱葱。西边的丰镇城已炊烟四起，房屋、寺庙、街道都灰蒙蒙的。北山顶上的雪变成了淡黄色，像片片金叶，北山背阴处的牛王庙里老槐苍苍，松柏墨墨，各偏殿灯光点缀，格外肃穆。

夜色渐深，丰镇的人们渐渐散去，一天的喧闹红火才结束。正月十六的早晨，城里静静的，人们还在睡梦中，刘德财起来准备着客商们返乡的礼物。天已大亮，他走出里院见到翠花边做早饭，边和王先说着十六早晨要去塾校上学的事。刘德财没有搭理他们的谈话，走到院门前拉开门栓，刚轻轻拉开一条门缝，只见一人靠着一扇门，顺势倒向了门内。刘德财细看，像是个十四五岁的少年，长发蓬乱，衣服破烂，有气无力地晕倒在地。刘德财将手指放在他鼻下，感受到微弱气息，急着转身叫王先过来。王先抱起少年，快步进坊，将少年放在铲皮的木板上，解开他的上衣，按摩着胸、背、腿，又抓着少年双臂向上、向后做了几个曲臂反背的动作。这时，少年轻轻长叹一声，睁开了眼，看见王先，有气无力地说："哥，我可找着你了。"

王先撩拨开孩子的长发，露出他脏脏的小脸，想起前些日子在孤山脚下遇到的钱垛儿。

"钱垛儿？是钱垛儿吧，你咋大清早就跑这儿啦？也没事先说一声。"王先疑惑地看着钱垛儿。

钱垛儿身子暖和了许多，喝下翠花端来的小米粥，便说起了来由。十五那天早晨，钱垛儿到饮马河林子里收猎夹子，看到一只夹子逮着一只火红的狐狸，这只狐狸个儿大，红红的背，粗长的火尾，是只多年红狐，一定很值钱。钱垛儿处理好狐狸，扒下狐皮，已过晌午，他饭也没吃，装起一口袋兔皮、狼皮、鼬子皮，向丰镇走来，到丰镇时已大黑。正月十五城门关得晚，他进城后只顾着看花灯，迷失了方向。各家店铺都关着门，门前挂满了灯笼，照得店面红亮，招牌反被遮掩得看不清，钱垛儿来回找了几趟也没找着谦瑞吉皮毛行，后来问了人才得知在十字街旁。

他好不容易寻到店前，却见侧门早已关闭，只好把皮毛口袋放在门前，坐在口袋上靠着门板打起盹来，到后半夜不知不觉就睡沉了。刘德财听完后，吩咐翠花给钱垛儿备水洗脸，再拿几件衣服让钱垛儿换上。

钱垛儿忙爬起，跪在木板上向刘德财磕头："谢谢！谢掌柜救我。我此生无以回报，做牛做马也要报答您的救命之恩。"刘德财扶钱垛儿坐起，问他为啥单找谦瑞吉。这时王先插话，把年前来丰镇时在孤山脚下林子里遇到钱垛儿的事说了一遍。

"钱垛儿是山底村人，姓韩，父母前几年先后去世，留下他孤身一人。他在村里吃百家饭，年龄刚过十四岁，靠众乡亲邻居施舍和打猎过日子。小小年纪在饮马河林中打猎，抓活物充饥。日子久了，他练就一手好鞭功，鞭鞘头上系一石子儿，鞭子一甩，打野物百发百中。钱垛儿人勤快，心眼好，年前我来丰镇时，就是钱垛儿帮我把马腿治好的。"

刘德财看看韩钱垛儿，又看看王先，说："孩子，今后你如何打算，这样吃百家饭，哪年是个头？得找点正经营生才好。"

钱垛儿听刘德财说完，又忙跪地磕头，道："掌柜，您救人救到底，我现在没一点办法，也不知出路在何处？年前听王先哥来丰镇做学徒，我十分羡慕。听说您不收徒弟，我无牵无挂，到店里打个杂，不要工钱，您随便给个住处、给口吃的就行。您就行行好，收下我吧。"

刘德财沉默片刻，说："好吧，你先起来说话。店里有啥小活，你就随意看着干吧，暂时和王先住一屋。你年岁还小，我和先生打声招呼，你就和翠花一起去学校读书吧。"

"钱垛儿，福缘啊！到哪儿找这好事，你遇到活菩萨了，还不快谢！"王先听刘德财说完，催钱垛儿道谢。钱垛儿立刻磕头如捣蒜，逗得王先和翠花哈哈大笑。

皮匠师傅周耀给韩钱垛剃了头，又把他脱光摁在热水缸里洗了澡。翠花送来一身她穿过的男装，给钱垛儿换上。韩钱垛换了衣服，戴上毡帽，虎头虎脑，变成了干净喜人的娃子。刘德财看过大喜，钱垛儿每天陪翠花念书，也省得他和王先接送，减少了许多麻烦和不便。至于店里的杂活就先让钱垛儿干着试试看，也省得雇杂工了。

日子过得也真快，王先来谦瑞吉已过三个月，"三月三"大同的曹夫庙、真武庙庙会已办完，天气也暖和了，能开渠澄地了。王先向刘德财请假回家，说明了回村到饮马河滩澄地造田的事，种完田秋收后再来接着做学徒。刘德财把王先原先存的两袋贵重皮毛换成钱票，让王先拿走，作为澄地造田的启动资金。

第十七章

　　清明，饮马河大片的滩地、树丛早已泛绿，河岸朝阳和背风的土坡下"辣麻麻""老来红""灰菜"的嫩叶悄悄从土里钻出，长满了整个坡面。野葵花的两片豆瓣式嫩芽从籽壳中挣脱，刚刚舒展开来，引来一只野蜂，站立在芽叶上，扇动着两只透明薄弱的翅膀。土坡下有一群蚂蚁在洞口出出进进，忙碌地搬出土粒儿，把那小米粒大小的土块围着洞口堆成一圈圆形小土堆。滩上的垂柳低垂下柔软的绿枝条，在春风的轻吹下不停地摇摆，远远望去像婀娜舞蹈的少女。灌木丛中有许多黄色的迎春花，一束束、一丛丛，金黄颜色给荒芜的河谷凭空添了鲜活气息。

　　真武庙的河东庙会三月初三开庙。初八一过，各商家、摊主、门市买卖都陆续拆棚撤摊，各自收拾货物返回。今年的庙会没了赛脚会、社戏、赌局的支持，不复往年的热闹气氛。人们上了真武庙，站在一百零八级台阶的高台上有一种无名的恐慌和不安。这种不安像伤风流感一样，无声地在人群中传播开来。

　　近几年不太平，大同地区的大小庙会、农贸集市规模都缩小了不少。尤其西太后慈禧去西安路经大同，小住了三日，各街道、巷院封闭查禁。府兵日日严查，户户过关，闹腾得城里乡里鸡犬不宁。官家以此为名搜刮民脂民膏成了惯例，时时查义和，月月抓叛匪，一直没消停。就在今年庙会的头一天，张聚财就带着保安民团的十几个人进庙。这些黑衣保安民团在庙会里搜查盘问，搅得各商家惶惶不安。逛庙会的人们一见保安民团的人，都躲避不迭，像老鼠见了猫，东跑西窜，谁也不愿招惹是非。如今真武庙香火黯淡，失去了往年的繁华。真武庙那高高的大殿飞檐下，也不见了往年云雾般的烟霞缥缈。

　　真武大殿的东南侧门里，曹夫庙的禅房内，柳劲枝和王先盘腿坐在炕桌两头，柳劲枝指着一张平铺在炕桌上的图纸，让王先细看他画的饮马河河道图，这是柳劲枝在河床上来回测查多日，磨破了一双麻鞋，才测绘出的饮马河部分河道地形图。这张图画得十分精细，能看出柳道长为王先澄地付出了不少心血。河道图描绘了鹰咀崖到曹夫楼村坡下的沙梁近十里长的河流走向、地势高低、滩湾沟洼、树木植被、耕地荒原、沙梁土包都一一细致标绘记录在图中，就连近年来几次大的汛期洪水冲刷的痕迹也清楚标明。王先看完图纸，抬起头看到道长那一头白发、微微颤抖着的手指，以及那炯炯目光，心里有说不出的滋味，不知是感激、心疼还是激动。他轻轻地叹了一声，跪起身，说："道长，您辛苦了。您这么大岁数，在河套里一跑就是几十里、上百里，可要小心身体呀！我看了您画的河图，心里就有底了，省了许多澄地的麻烦。有您指点，我就有了主心骨。我定当奋力去搏一搏！"

道长微笑着说："你先别谢，看看图中有什么出入和不妥，说说你的看法。这项工程既要省钱，又要省力，还要一举成功。我是想让你在澄地中少走些弯路，早日造田成功。"

王先仔细看了看河道图，又说："老人常说，三十年河东，三十年河西。饮马河水已向西冲刷了近三十年了，也该向东移动了。我们造田在河东沙梁，有没有可能将来河水改道、冲刷沙梁？"王先低声问。

道长回答："近几年可能性不大，鹰咀崖的巨石挡阻水流，饮马河只能继续西移。你先说说渠口开设和渠道走向，我很想听听你的想法。"

王先笑笑，指着图纸和道长一起研究起来。他们的见解出奇地一致，都认为渠口和渠口闸门要开在鹰咀崖下方的深潭边，洪水来时有巨石阻拦，洪水到了渠口处也趋于平缓，减弱了洪水的止面冲击，确保了闸门的安全。遇到干旱年，当河水枯涸时，总有一股未知的泉水形成一支小溪流，潺潺流入鹰咀崖下的深潭，形成了一潭取之不尽、用之不竭的清水，若用此水来灌溉农田，有百利而无一害。道长建议闸口用大块石条筑坝建闸，洪水来时可开闸引入混汤泥水来澄地造田，干旱时期又可开闸抗旱。这条渠的建成，保证了渠边的庄稼年年丰收。柳劲枝和王先在渠闸的选址上看法一致，可在渠道走向上有了分歧。柳劲枝认为渠道沿着河道走，在河流岸坡的埂梁边开渠，离河流虽然近些，但有灌木丛和坡埂护着也不至于被冲刷到。在此建渠，所过之处基本都是荒地、沙枣林、酸刺丛和碎石沙滩，没有沟壑和农田，阻碍少，见效快，能省不少事。

王先听完道长的讲解，沉思了一会儿，抬起头说："道长，我是这么想的。我们既然花这么大力气开渠，就应该考虑到长远的未来。我认为渠道要在东面半坡上开，走部分农田，过两道沟壑，穿过一座小黄土包再到我们的目的地——沙梁。"

道长不解地问道："为什么要多走三里路程，行在半坡？这可要经过许多农田，如果人家不同意开渠，我们该如何？总不能因此而废吧。再说走半坡可是有两道沟壑，怎么通过？渠道穿黄土包得挖多深的渠壕，你知道要费多少工夫吗？过了土包，渠道急剧变陡，坡度变大，水流湍急，极易冲塌新建的围水田埂。这些问题就够你解决得了，你可要考虑周到呀！"

"道长，这条渠我想给它起个名，就叫'利众渠'！我们让渠两边的田地都能灌上河水，让旱地变水田，这条利众渠是大家的，不是我个人的。新建的渠让周边的田地都能得到利好，渠才能长久存在，也能得到众人的维护！再说，渠归众人，可继续向下延伸，能灌溉下游田地，只要立好规矩，人人遵守，利众渠会富泽许多人家。众人满意了，我们再来澄地，扩大生产，才能得到大家的支持和理解。"

柳劲枝没想到王先能想这么多，还有如此胸怀，不由地伸出拇指，赞不绝口："常德不忒，复归于无极。知其荣，守其辱，为天下谷。为天下谷，常德乃足，复归于朴。朴散则为器，圣人用之，则为官长。故大制不割。善哉，善哉！我祖之善，善道焉。"

王先没听懂道长所言，心中忐忑，不知自己是否有说错的地方，便接着解释："道长，我一直在思谋澄地之事，昨天又在河滩走了一趟，看了看那些农户的田地，说服这些田地的农户不难。只是此事涉及好几个村庄的人，人多口杂，难以集中，一户户说下来就会耽误时日。渠道行至沟壑处，用石块垒涵洞通过也不是难事。渠道穿过土包时，可提前走些坡度，土包通过的渠深些只能多挖些土堆起，等渠放洪水时再把堆起的土抛下渠中，洪水把泥土冲到沙梁上准备好的畦地里，可节省澄地的时间。让洪水把土包上的黄土逐步带到沙梁，沙梁上的千亩田地造好了，土包也削平了，土包也可变成良田，一举两得。"

"好后生！王先啊，你竟能想到这些，是我小看你了。后生有谋有略，日后必成大业！但有一事我要提醒你，渠道过众人田地时，必然会遇到很大的阻碍，有的人想不通，你要有耐心，不能冲动，要站在他们的角度看问题，知道众人想什么，就会有解决问题的办法。"

"知道，我昨天就去河滩走了一趟，想找个人聊聊，没找着。我想先干起来，等着他们来找我。"王先说完，告辞了道长，准备去河滩再看看。

他不知不觉又走到鹰咀崖边，呆呆望着崖下的一潭清水，波光粼粼，深不见底。这潭水远远望去好像一头卧着的黄牛，人们又称它为"卧牛潭"。鹰咀崖碎石壁上长满了荆棘和乔木<u>丛</u>，满壁杂草<u>丛</u>生。夏日里，远远望去，崖顶郁郁葱葱一片深绿。每年河水干涸时，只有卧牛潭的水清澈见底，一群群、一窝窝小鱼引来许多不知名的水鸟栖息在崖上。王先握紧右拳使劲砸向左掌，失声道："对！渠口就建在这儿，再好不过。闸门水坝采用大块石条垒砌。只要基础打好，再建一个能提升降落的木板闸门，水位高时打开上面的木板，水位低时拉起下面的木板，根据水位随时可提起木板放水浇田。"

王先信步走向河东岸半坡下的农田，这里有许多一小片一小片的田地，从河的上游一直排列到下游，一眼望不到边。由于这些地大多是人们开荒刨出的，有方有圆，大都刨除荆棘，取土填埋沙石，因地制宜，简简单单，草草而成。开垦出的田地有大小千百块，有高有低块块勾接着，一直延伸到下游。这些地块是哪个村的、谁家的？王先很想找个人打听打听。他手搭凉棚四处张望，附近没有人，他又向岸坡上走了段路，忽听东面坡上拐弯处的土崖坡上有人说话。土崖像一堵高墙，朝阳背风，陡峭耸立，崖壁上开裂了许多缝隙，勾连错杂。一人头裹粉红色棉衣，戴一双黑色棉布手套，一双小脚踩着三尺高的土窝，身子紧贴土壁，身形像个女子，和坡上的一男一女两娃嬉笑着。王先走近些想看个究竟，见那女子握着一把冒着烟的柴草，用草烟熏着上壁缝隙中的洞口，下面两娃指指点点地喊着："高点，再高点，右边那条缝。对了，对了，就熏在那儿。"这时女子边熏边将手伸向洞口，掏出一块蜂饼，又掏出第二块。这时，站在下方的男娃喊道："啊呀，马蜂！快跑。"男娃抱着头，招呼着女娃，让女娃先逃跑，自己在后边跑边喊："马蜂，蜇人呀，快跑。"两个娃一前一后从王先身边跑过去。王先想喊他们站住问话，刚张口还没来得及喊，只觉得脖子上像针扎一样疼痛，他伸手摸去，伤处又如火燎一般疼痒。他还没反应过来，又一只野蜂飞到他额头上狠狠蜇了一下，王先挥手猛地拍下，一只野蜂当即被拍死。他用手提起死蜂看了看，是一只刚过冬才苏醒的土蜂。王先不停地躲避着飞来的土蜂，只见又有几只土蜂向逃跑的男娃追去。土蜂飞过身边，王先强忍着疼痛原地站着不敢再动，呆呆望向土崖壁。土崖壁上的红衣熏蜂人从土墙上轻轻跳下，蹦跳着跑下坡，边跑边说："就要你两块蜂饼，剩下的秋天再来取蜜。"

看到王先，女子停下奔跑，慢慢走到他面前上下打量着，似乎想要说点啥。女子头上包裹着一件棉衣，棉衣中有条缝露出一副黑闪闪的俊眉眼。眉毛黑而细，睫毛忽闪忽闪，一双美丽的凤目里汪着泪花。女子眼睛黑白分明，一看便知是个聪慧的美人。她看着王先欲言又止，低头匆匆走过，只顾喊着下面两娃。女子嗓音娇滴滴的，敏捷的身手却不亚于男子。她慢慢走向远处的两娃，把裹在头上的棉衣绕开，穿在身上，系上扣子，原来是件粉底绣花缎面薄棉袄。两娃见女子走来，男娃急着喊："二姨，我让马蜂蜇了，疼死了，头上手上都被蜇了。"小女娃没被蜂蜇，却也跟着哭。女子安慰着两娃："别哭，别哭，给二姨看看，不打紧。"一只手托起男娃的脸，看到腮上有红肿，她用手挤着蜂毒，男娃腮上的红包先是被挤出些白水，接着又挤出血来。男娃像杀猪一样哭喊，她也不管，只顾使劲挤着蜂毒。最后，女子用唾沫擦了擦伤处说："没事了，我给你上了点良药，一会儿就不疼了。"王先也跟了过来，看女子脸颊红润、唇红齿白，一张讨人喜爱的脸蛋，透着聪明和贤惠，是典型的农家女子模样。女子安慰好两娃，转身迎着走来的王先笑着要说什么，忽然停了笑容，紧紧盯着王先额头上的红肿。她这举动倒让王先臊得低下头。

女子惊讶地说："你咋也让蜂蜇了？你看蜂针还在头上，针上还连着一点蜂肉，这得赶快挤出毒液，不然额头肿起来，眼睛可睁不开了。"说着，她让王先蹲下来，双手抱着王先的额头用纤细的手指轻轻拔出蜂针，再背过双手拇指，用指甲对挤着红肿的伤处，王先闭着眼忍着痛。挤完后女子在王先额头上也抹了些唾沫，说："好了！起来吧。"

王先不好意思抬头，弯腰低头正准备站起，女子又说："先别动，脖子上还有一处蜂伤，等一等，我给你一并挤了吧。"她麻利地把王先的头摁下，双手反复挤着王先脖子上的蜂毒。王先刚好看到女子腿上的黑色粗布绑带，裤腿下是两只俏俊的小脚，穿着一双紫红色的绣面缎鞋，缎鞋与裤口刚好露出桃红色布袜。看这女子的打扮像是家庭殷实的农户。

挤完蜂毒，王先站起身子，问这些地都是谁家的。女子说一时说不清，大部分是梓家村的，有少数几块是古城村、西坟村的。这些地都是穷苦农民闲时开垦出来的荒地，别看地块小，穷人全凭这些地过日子。梓家村半个村在河坡下，半个村在坡上，离河滩最近，地块也就多些。古城村在梓家村东南，离河稍远，地块其次，西坟村在正东离河相对远些，地块最少。村与村都离着二里多远，村里人经常来往，都认识，很惯熟。具体到哪块地属于谁家，她可不大清楚。

这一攀谈才知道，女子是西坟村的人，姓郭，家里三个女儿，她排行老二，都叫她郭二女，大名叫灵芝。她来梓家村姐姐家帮外甥纳鞋底，闲下来两娃要吃糖果，她只好带着他们来河湾挖蜂蜜。男娃告诉她，他大常来土墙边采蜜，知道蜂蜜的藏处，就带她来土崖下，逼着她上墙挖蜂蜜。郭二女无奈，凭着自己经常在村里上树、爬房顶玩耍的本事，答应小外甥上崖取蜜。这不，蜂蜜挖上了，外甥也被土蜂蜇了，祸也闯下了，怎向姐姐交代？

灵芝告诉王先，地的事情她姐夫最清楚。姐夫是梓家村人，姓呆，名叫河生。呆河生家的河滩地不少，都是他和父辈多年开垦出来的荒地。全家都靠河湾地维持生计，她让王先到村里找呆河生再问问清楚。王先说改日一定去村里拜访，告别了灵芝，匆匆向曹夫楼村走去。

王陈氏右手捏着半个月饼，左手指并拢扣弯成一个勺子形状，生怕月饼渣掉到地上浪费。王先看到母亲的吃相不由地失笑："娘，别急，慢点吃，吃完了咱再买，现在有钱了，供您天天吃月饼，也吃不穷儿子了。"

这是王先从丰镇回来时，特意给母亲买的特产，正宗的丰镇冰糖月饼。母亲本不舍得吃，还是王先说："您看您，这是我孝敬您的。我在丰镇刘掌柜家常吃这个，月饼吃多了够嗓子，现在不稀罕了。"王陈氏不再推让，她掰下多半个月饼，留给二小子王生放羊回来尝鲜，自己吃剩下的一小半。呆家家境穷苦，孩子们从小缺衣少穿，很少吃到月饼。王陈氏张大嘴咬了一小口月饼，月饼碎渣掉到她左手手心，她迅速用舌尖将饼渣舔进口中，细细品尝着沁心的甜蜜。

王先看看母亲，见她脸上又添了不少皱纹，顺手捏起母亲掉在大襟上的几粒饼渣，放进嘴里咂着。好甜呀，月饼渣甜得有点咂舌，甜中别有一种酸楚。王先很少看到母亲的笑容，自从父亲去世后，母亲一直操持着三间草房里的生计，省吃俭用，吃尽了苦头，母亲盼望啥、想什么，王先心里跟明镜似的。母亲有时一个人在屋里发呆，经常想起儿媳巧妹，寻思如果巧妹还在，自己的小孙子也能满屋跑了。她经常在街上看着娃们，总想多抱一抱，像亲自己的孙子一样亲上几口，再恋恋不舍地放下。王先从口外回来，她便琢磨给儿子娶一房媳妇，把儿子拿回来的银元悄悄藏起，再苦再难也不能动儿子的钱。

几天来，王先忙着准备挖渠用的工具，遂又在小莲家的院里垒砌了个大锅台，找来厨案、盆碗，备齐二三十个人吃饭的家什。让母亲找来几个帮手磨面、炒菜，每天只做晌午一顿饭，供四五十人吃。王陈氏找来邻居王永财的老婆和村里的两个老姐妹帮忙。王永财老婆的外甥女近日来家，逛完真武庙会后没走，听说帮邻里做饭还给银钱，便留下来帮厨。好巧不巧，这位外甥女正是郭二女，王永财一家叫她二女。二女今年十六岁，干起活来勤快利索，做饭整家是一把好手。王陈氏算了算，有张婶、李婆、二女、王妹帮忙，再加上她本人，足够做成五六十人的饭菜了。

王先近日请来两位石匠和三个瓦工，砌垒渠口河坝、闸门和渠道中的沟壑涵洞。他又找来十几个挖渠和平整沙梁、堆田埂的劳工，就这样挖渠干活的人手还缺很多，他正在发愁。春耕大忙时间找工困难，人们都忙着耕田种地，哪有闲工夫干杂活，王先只好去远处的几个村里找人。

王先吃过早饭出门到村街中，正想往桑干河方向去便看到村里几个人正拉牛扛犁去耕地，他打了招呼匆匆向南沙沟走去，走到墙角拐弯处，刘雄伟迎面走来。

刘雄伟拦下王先，说："先宝哥，忙啥去？开渠平地还缺人手不？算我一个，我近来没啥事，正好和你挖渠平地。"

"来吧，我正缺少人手。再有个一二十人就差不多了，愁死人了，也不知怎么这么难寻人。平时闲人多了去了，需要人手时却招不来。"王先苦着脸说。

"这算啥难事，我给你找个十几个人，不成问题。"

"真的吗？从哪儿找人？帮帮哥，一切都准备好了，就急着用人。"

"先宝哥，不瞒你说。我前几天刚从口泉回来。我和我二舅村的几个后生结伴去口泉镇找活儿，下煤窑背炭，挣了不少钱。可去了没半个月，煤窑炭块滚坡砸死了人，我们几个被吓得都跑回来了。他们正闲着没事，我一招呼就都过来了。"

"能有这事？你二舅哪个村的，都是些啥人？"

"离咱村二十里，河湾下游塔儿村的，其中有个叫海龙的后生力气可大了，长得人高马大，一顿饭吃三斤黄糕，背着四百斤的炭块，能一口气从井底爬坡上井口，腿不抖、气不喘、心不慌，我们这些人里就数他背炭挣钱多。"

"那还不快请来，我急着用人。"

"一天给多少工钱，我好跟人家说。"

"亏不了大家，煤窑给多少，我给多少。"

"好嘞，你就等着好消息吧！"刘雄伟说完，回家披了件衣服，就顺饮马河岸向南走去。

第十八章

三月末，清晨的阳婆把金辉洒在鹰咀崖下的河面。一阵微风吹过，河面不时泛起一片片细小的波纹。几只野鸭浮出水面，一会儿又钻进水里，扇动翅膀拍打着水面。远远望去，崖顶上出现了一排人。他们在晨雾中匆匆走来走去，每个人手中拿着长长的木杆排成一行，钉下木橛，再用白石灰画出两条白线。一个道士打扮的年轻人指挥着人们，那是真武庙柳劲枝的小徒慧远。他身穿灰粗布道士服，脚踏灰色麻布牛鼻子鞋，小腿上紧紧缠着一副灰色绑腿，头顶上梳着一个发髻，眉清目秀，两腮红润，说话嘶哑，虽说举止形态有点像女子，但指挥人们干活却毫不含糊。柳道长让他拿着罗盘和木制测量仪器来工地帮王先测量地形。慧远测绘并标注着渠道走向，记录水渠标高、坡度，每测一点都用嘶哑的嗓子喊："向右，再向右一点，好！就在那儿，钉橛画线。"

"此处坡度为两度，一丈斜倾两寸，渠深五尺。"慧远说完同时记录在图上。将鹰咀崖的渠头、坝墙、闸口测完，又反复测量土崖到沙梁段的渠道，足足用了一天时间才全部测绘完毕。

王先从桑干河找来泥瓦匠，泥瓦匠是三兄弟，大哥李财，老二李福，老三李禄，三人常在河道上垒石坝、砌石墙、围河堤，有多年的河道建筑技术经验。大哥身形魁伟，老二中等身材，老三瘦条个儿，三李的手艺远近闻名。李财搬石垒坝不用走线，就能垒出笔直的坝体，毛石砌墙勾完缝儿，平整美观；李福断文识字，绘图设计，对河道闸阀设计有独到的见解；李禄在和泥配料上十分讲究，他提出要求，垒坝所用泥浆必须是六棱山所烧的石灰，把烧熟的石灰浇水粉开，就地挖池。石灰粉用水冲入网筛入池过滤沉淀成膏泥，再用黄米煮成米糊和泥膏、细沙按比例掺和，搅拌均匀，砌墙泥浆便做成了。用此泥浆砌石、勾缝极好，持久不易剥离。王先拿出筑坝建闸图纸给三李，三李看后赞不绝口，一个外行能绘出如此细致的图纸实属不易。三李提出些建议供王先参考，王先也一一采纳。

渠头在崖石下方建闸坝，深挖河底五尺，顺着河边建一丈二宽的坝体，坝体用大型石条、石板垒起，板条之间用黄米砂浆粘接，高于河面变闸口，闸口两边用条石垒起。石匠在闸坝上开槽，凿出宽八寸、深一尺的沟槽，两边沟槽间放入数块木制厚闸板，便于上下滑动。闸高三丈，闸门顶上盖整块石板封顶，顶宽一丈可行人走车。渠坝闸口是整条渠的关键，王先让三李不可掉以轻心，三李答应。王先又安排三李建筑渠中间两处沟壑的石头涵洞，涵洞的方案由三李自定。他们凭着多年的建筑经验对渠口的选址和设计赞许有加，对眼前这个年轻后生既佩服又敬畏。

负责开渠的人们在画好的白线前站好，王先对大伙说："大家沿着白线挖渠，每个人一段渠，每段五十步远。渠深挖五尺，渠底宽五尺，渠帮斜倾，渠上沿一丈，呈倒八字形。渠挖整齐，成一条线，表面要平整美观，渠面要用锹拍打得光滑瓷实，有棱有角。前面有我挖好的一段渠，作为建渠的样板，大家都照样板标准挖渠，挖完五十步长后由我检查，做不到则不付工钱，啥时做好啥时领工钱。"

人们都领了五十步长的挖渠任务，当任务分到刘雄伟时，王先看了看他说："牤牛，我得谢你，谢你领来这么多人。我急得几天没睡好觉，这下好了，你可解了我的燃眉之急。"

"哥，你从哪儿学来那么多礼。是你帮我们找到活干，我们帮你挖渠还挣你钱，谁谢谁呀？"

王先又走到海龙眼前，也给海龙分了五十步渠段。海龙急着对王先说："东家，再给我五十步地段，我要一百步长。"王先抬头看海龙，只见他膀宽腰圆，浓眉大眼，满脸络腮胡子，二十几岁正当年，身强力壮，憨憨厚厚，一手拿着把特大号铁锹，一手拎一个宽刃镢头。

王先心中一喜，问道："你就是牤牛常说的海龙？真是好后生。行，你挖一百步！"

十里渠道全线开工，垒坝建闸、挖土开渠、围埝平地，三处工地都热闹起来。柳劲枝站在曹夫楼的梳妆台上登高望去，饮马河的十里工地扬起一溜黄尘，锹镢翻动，折射着点点银光。道长捋捋银胡，庆幸自己点化了一桩可喜的事。

有些村民远远站在渠两侧观瞧着，相互打听。

"咋来了这么多人，他们在挖啥？"

有的说南方来了高人在寻宝，有的说在河底发现了万年龙骨，还有的说是挖渠引水，寻找风水宝地，说法不一，很快就传遍了周边各个村庄。

王先这几天忙得晕头转向，反复在十里长的工地上来回走动，操心每处工程的质量和进度，有时还甩着膀子干起活儿来。几天下来，他累得双腿又红又肿。

他每日鸡叫头遍起炕出地，满天星斗才回家吃饭，一日只睡两个时辰，两眼熬红，回到家腿疼得上不了炕。王陈氏见了，心疼地数落着儿子说："孩儿呀，你这是玩命呢。你可知命比澄地要紧，就算有天大的事也要歇会儿，咱不能去拼命，不值当呀。"王陈氏闪着泪花唠叨个没完。

天还没亮，王陈氏的邻居姐妹都来到院里，大家忙活起来，推碾子碾面、磨豆子做豆腐，忙着准备晌午五十个人的饭菜。王先临出门前告诉母亲晌午要吃炖肉、黄糕和豆腐粉条大烩菜，王陈氏安排姐妹们压粉条、磨豆腐、剥葱扒蒜，自己转身向碾坊走去。王陈氏将借来的驴子拉进碾坊，在碾盘撒了厚厚一层黍子。这时，王永和家的外甥女灵芝进了碾坊，见状便说："姨，我来吧，我帮您碾黍子，这剥黍皮、碾米面的活儿，我在家里经常干，您出去安排别人干活，好多人等着您来吩咐呢，别耽误了晌午众人吃饭。"

"这可真是的，真是好娃，你一个人能行？我再找个人来帮你吧？"

"不用，我能行，我一个人就行。"灵芝说完，顺手拍了驴子屁股一巴掌，口中喊出清脆的一嗓："嘚，喊！"她一手扶着碾杆，一手拿着黍头笤帚，边走边往碾盘里面推扫挤出来的黍子。

灵芝转过头问王陈氏："姨，这黍子炕了吗？"

"炕了。昨天我在炕席上炕了一天一宿，可炕干了。"王陈氏看灵芝轻盈的身子、麻利的手脚，利利索索，喜得她多看了几眼，心里又想起了儿媳巧妹。她眼角湿润，转身蹒跚着出了碾坊。

一会儿，碾盘上出现了一层黄色米粒，灵芝离开碾杆，拿起大号柳条簸箕戳向碾盘上的黍米，端着半簸箕黍米到墙边光滑的泥台前，簸扬起来。黍米被扬起超过头顶，像一道升起的幕墙挂在面前，接着落下，又像一面黄色的瀑布泻到簸箕上。在这一扬一簸中，糠秕被簸筛出去，纷纷落在墙边泥台上。灵芝噘起嘴吹了两下簸箕中的糠粉，把簸净的黄米倒在笭筐里。她又在碾盘的中轴处续加新的黍子，把盘边的黍子向里扫了扫，再戳一簸箕黍米扬簸起来。反复多次，笭筐里的米渐渐堆起。她一边簸米一边喝喊着驴子，让驴子围着碾盘匀速转圈。灵芝一个人干着两个人的活计，没用一会儿，就将晌午要用的黍子全部去了皮。

灵芝把新碾的黄米用清水淘一遍，淘出沙子，晾干片刻，再端进碾坊，碾成面粉。不过半晌，灵芝已把午饭要吃的米面备好。王陈氏的姐妹们瞅着灵芝干活，像在看变戏法、扭秧歌一样新奇和兴奋。她们都不住地夸着灵芝："哪儿找这么好的女儿，又喜人又勤快，谁家娶上这媳妇可有福了。王婶婶，给你儿王先娶上吧，我给说媒。"邻居逗着王陈氏。

"那敢情好，就看人家嫌不嫌咱家穷，愿不愿意。"王陈氏笑着回答。

灵芝腰上围块围布，手拿刀叉，颠着炒瓢站在灶前当起了大厨，一大锅大烩菜不一会儿就做好了。

晌午，河滩开渠的人们陆续收工回来，刚一进村就闻到肉香味，疑惑这是哪家办喜事，勾着饥肠辘辘的胃口，循着肉香步入王家院内。灵芝看人们都回来了，趁着人们洗手、洗脸的空当蒸糕。王陈氏见灵芝忙得火热，关切地说："灵芝，要不我做吧，别烫坏你那双嫩手。看把我娃的手都烫红了。"

"姨，不用，我没事。在家经常干，我都习惯了。您快给他们盛饭菜，都饿了呢。"

海龙、刘雄伟、李财等人扎堆吃糕，边吃边夸肉好吃，喝一口烧酒吃一口菜。刘雄伟吃得嘴角流油，吧唧着一块肥肉，问："这是谁给炖的肉，好香啊。姨，是您炖的吗？真好吃。"

"哪有啊，是水和家的外甥女灵芝炖的。"

"哪来的灵芝？我看看是谁，我认识吗？看看她喜人不？"刘雄伟端着碗到处找，在堂屋前见到了灵芝，打趣道："哇，好美的女子！谁家的，咋这般喜人？要是谁娶上她做媳妇，可有福气了。姨呀，给咱说说，我想娶她。"

灵芝一把推开刘雄伟，骂道："不进眼，一边去。看你那样儿，贼眉鼠眼，活脱脱一个吃糕贼。"灵芝说完就走开，躲到王陈氏身边。

人们饭都吃完了，王先才迟迟回来。灵芝听说是正经东家回来了，赶紧舀了碗肉，肉下埋了两枚鸡蛋。刘雄伟看见了，假装不满道："哈，灵芝你可真偏心眼儿！

他吃肉汤卤鸡蛋，我咋没有？你这是啥意思？"

"啥意思，他是东家，你是谁？他三更天就下地，半夜才回家，你有他辛苦吗？你哪点能和人家比，想吃鸡蛋，等着吧！"灵芝说完看了眼王先。王先"咦"了一声，心中惊道，这不是在河岸土壁上挖蜂蜜的女子，咋在这儿？灵芝见是王先也十分惊讶，静了静心，羞答答地问："咋是你？头上的伤可好了？没留下疤吧？"

"伤好了，你咋在这儿？咋来的？"

王陈氏接过话茬说："这是王永和家的外甥女，叫灵芝，西坟村老财郭亮的二女儿。灵芝来她姨家串亲戚，正赶上咱家办事缺人手，听说后就和她姨一起来帮忙。灵芝一大早就推碾子、做饭，一刻也没闲着，还不快谢谢她。"

"我们见过面，前天在梓家村土坡前偶遇，没想到今儿又见着了。"王先先对母亲解释了一番，又转头对灵芝郑重地说："麻烦你了，灵芝！"

灵芝脸颊泛起红晕，低头装着擦汗，半遮半掩着脸缓步走进东屋，站在炕沿前隔着玻璃窗端详起王先，一直看着他转身出了院门。

水渠的开挖很顺利。第三天一早，众人挥锹抢镢，干得起劲，海龙用的是自己特意在铁匠铺定做的特大号铁锹，用上好的钢材打制而成，这铁锹比一般锹长宽都多一寸，榆木锹把儿结实粗壮，脚踩的锹肩用铁板包了宽宽的一块包铁，蹬铲土地时又快又不硌脚，别人踩蹬三两下才能把锹蹬入土里，他每次只用一脚就能铲下地里。海龙还订制了一个大镢头，宽宽的镢刃磨得锃亮锋利，遇到树根、碎石、硬土，一镢头就解决了。

刘雄伟走过来看海龙挖渠又快又省力。海龙看起来不慌不忙，可挖渠的进度比其他人都快了两到三倍。他的活干得也漂亮，平整光滑的渠帮、渠底比王先的样板渠都好，渠道方方正正，有棱有角，谁见了都夸好。

从梓家村远远走来五个人，他们手拿着棍棒、铁锹，向渠道工地走来。这几个人走到渠边二话没说，铲着渠边土，抛入渠底，铲毁了渠帮，丢下石头，又将一锹土撒向李三、马五的身上，逼着大家都停工，不许人们再挖渠。李三问为啥让停工，他们也不回答，问得急了又是一锹土扬到身上。李三、马五他们只好停下来，刘雄伟看这几个人不善，跑着去寻王先。可海龙却不理不睬，闷着头挖渠。

一个人一手拿锹一手指着海龙，大吼："让你停下，听见没有？你给爷停下！"说着，一锹土撒在海龙背上。海龙不理他，抖了抖衣服继续挖土。那人见海龙不理睬他，就铲起满满一锹土疙瘩抛向海龙的头上，土疙瘩砸到海龙的脑袋上，弄得海龙满头满脸都是土。海龙气急了，一个箭步上了渠边，抡起拳头砸向抛土人。抛土人被一拳头打得半跪在地上，身子不由自主地软倒下去，鼻血流得满脸都是。其他四人一看也急了，抡着棍棒、铁锹向海龙劈头盖脸打来。海龙身强力壮，把一个人摔进渠里，又将另外三人打倒在地。抛土人爬起来，顺手拎起海龙的镢头，悄悄从背后砸向海龙。海龙感觉脑后一股凉风，扭头看到镢头正砸向自己，急用胳膊阻挡。只听见"嚓"一声，左臂折断，手腕垂了下来，海龙右手拎起一把锹，忍着疼，发疯一样向抛土人走去，边走边骂："把命给爷留下再走！"

那个人见海龙发怒，吓得拔腿就跑，另外四人见状也跟着跑。他们边跑边喊："你们等着，明天见。我们有三个村的人，还收拾不了你们？走！咱找呆河生说理去！"

海龙缓过劲儿来，疼得蹲下了身子，右手扶着左臂，浑身颤抖着。刘雄伟带着王先赶来，王先小心抬起海龙的胳膊，看完后说是断了。他让刘雄伟找来三节树枝，又撕下衣服大襟上的一条布，把海龙的胳膊缠绑好，搀扶着海龙过河，进城去找大夫。

几人来到城东关的习武堂门前。王先让海龙在门前稍等，自己进了习武堂的后院上房，向季德刚简单说了情况。季师傅正在看书，便让王先把海龙带进来。习武堂都是习武之人，常有人脱臼断骨、跌打损伤，皆由季师傅医治。

季师傅让海龙坐在一把椅子上稳住，他慢慢拆开布条，取下树枝，用手轻轻捻了捻海龙的胳膊，说："还好，骨头没碎，可以接上，不过要受些疼痛，这半年是不能干活了。"季师傅说完叫来姓车的徒弟，吩咐徒弟取来白布和绷带，再拿三根竹片和十几个鸡蛋。季师傅找来半瓶烧酒点燃，用热酒擦拭伤处后，把竹片顺着胳膊用白布裹好，再用纱布绷带缠绕，缠一层便抹些蛋清，总共缠了十几层，最后打了个结。季师傅让海龙在椅子上休息，自己和王先聊了起来。

季师傅问："你近日干了啥？咋把人伤了？半年多没见面，也不来走动，是不是把我忘了？"

"没有，可别那么说，我从大库伦回来就去丰镇学徒，您是知道的。前几天，我刚从丰镇回来，想趁汛期前挖渠澄地，这不刚挖三天就出了这事。听说明天梓家村的呆河生还要召集三个村的人到渠上闹事，我现在还不知怎么应付。"王先急得发愁。

季德刚笑笑："没那么玄吧，把事情说清不就解决了吗？"

"他们没容我说话就要大打出手，我明天该咋办？"

"你不妨去找找刘旋他们，保安民团近日正在扩充队伍。听说现在有百十来号人，专管城镇治安。城里城外、乡里村里的治安都归他们管，找他就对了。"王先谢过季师傅，又问海龙能否走动。季师傅摸了摸海龙胳膊上的绷带，鸡蛋清已经干了，绷带也变硬了。季师傅抽出三根竹片，又重新绑在绷带外面，将固定好的胳膊放在一块木板上，又用绷带将木板挂在海龙的脖子上，说："好了，可以走了，别碰撞了胳膊。这几天胳膊肿胀，绷带有点紧，胳膊会泛青。过半个来月消肿后就松快了，不打紧！"

王先和海龙从习武堂出来，又到乱衙门街口找刘旋和张聚财。见到刘旋、张聚财，王先把梓家村准备干仗闹事的情况向他们述说了一遍。刘旋、张聚财满口答应："这是我们的分内事，聚众斗殴必须制止。不过，你们也得商量个好法子，平息此事，消除隐患。明天我先带一个班的人去。放心！不会出事。"

"你们去了只是维持秩序，可不能抓人，把事情闹大了，可就不好收场了！"

"知道了，我们懂得该怎么办，你就放心吧！"

王先稍稍安心，扶着海龙回了曹夫楼村。

王陈氏进东屋从柜里拿出一块白布，是让人从城里捎回来的一块上好的东洋布，准备给王先做件夏天穿的单衫。灵芝推门进来看见，笑笑说："姨，您干什么呢？眼睛眯缝着纫针呢？我给您纫吧。"

王陈氏说："我人老眼花，看不清针鼻，不如你们年轻人。想给王先缝件单衫，眼看夏天来了，王先还没单衣穿。我前天让人进城捎了块东洋布，可细密柔软了，你看这纹理多细啊。"

"我替您缝吧，做衣服我熟，家里的衣服都是我做，这点小事儿一会儿就好。"灵芝说着拿起剪刀，对照着王先的一件旧衣裁剪起布料来。王陈氏看着灵芝一阵飞针走线，针脚细密齐整，放下心来。灵芝轻巧的动作让王陈氏又想起了巧妹，不由地伤心垂泪。

"我那死去的儿媳巧妹，也是一手好针线活儿，她要是在世，我就不用拿着针线作难了。"

"是吗？您儿媳妇是咋死的？啥时候的事？"

王陈氏把去年夏天下大雨的事和王先去大库伦的过程，从头到尾细说了一遍。王陈氏说得津津有味，还时不时地偷看灵芝几眼，见灵芝低头边缝衣边细心听，听到王先遇险满脸焦急，听到王先神勇面露崇拜……很明显，灵芝对王先有好感。王陈氏盯着灵芝的脸，试探着问："灵芝，你这么好的闺女也该找婆家了。唉，先宝要是有你这样的媳妇，我也就放心了，再也不用操心他的衣服鞋袜了，就看他有没有那福分了。"

灵芝低着头缝衣服没吱声，心下暗喜，思谋着该怎么回答。堂屋的门猛地被推开，刘雄伟急步进东房，说："先宝哥回来没？可不得了，听说梓家村的人招呼古城、西坟村的百十来号人，在梓家村呆河生的带领下要来找王先要个说法，说是挖渠毁了他们的田地，破了人家的土地风水。还说不行就要打断先宝哥的胳膊和腿作为补偿，这下可要出人命呀！让先宝哥早做准备，不行躲躲。"

"有这事？先宝咋摊上这么个事儿，这可咋办呀？"王陈氏听了刘雄伟的话，在屋里急得乱转。

灵芝赶紧安慰王陈氏说："没那么严重，梓家村的呆河生是我表哥。再说开渠浇地是件好事，听说利众渠是服务大家的，经过的田地都能浇灌上河水，旱地变水田，这么好的事，谢都谢不过来，还能闹事？不可能，我去找找他。"灵芝说完出门，直奔梓家村。

梓家村的呆河生家里挤满了人，人们吸着旱烟，咳嗽声、吵嚷声乱成一片。说到河滩里发生的事，古城的一个后生说："有人看见南方神道拿个铜宝镜在河里到处寻照着，画着白线指向宝藏地。这几天好多人在挖宝，毁了河湾风水，得罪了河神，明年一定会发大水，我们河滩可就田地不保了。河滩地没了，我们吃啥，明天我们一定阻止他们。"

另一位西坟村人抢着话茬说："不是寻宝，是挖万年的龙骨。那天，我远远看到一人抱着刚挖出的大龙骨走了，其他人还在挖。"

呆河生对大家说："什么寻宝、挖龙骨，他们是垒坝挖渠，引水浇地。"

"可就是挖渠也应该跟咱们说一声，不能啥也不说就来毁别人的田地！这算啥事儿，就得去讨个说法。"

"对，对，我们明天一早集合人讨个说法。明天都拿上棍棒，好好收拾收拾他们，让他们服了再说。不光要赔钱，还要将地复原，不然可有好果子让他们吃。"

灵芝推门进屋，见人们吵着要去找王先要说法，看了看表哥，让大家静下来，说："是谁把人家海龙的胳膊打折了，这么歹毒，二话不说上去就打人！这还要聚众去打架，这是犯法，会出人命的！"

众人气愤地说着："谁让他们毁地？"

灵芝又说："我跟大伙说，我刚从曹夫楼来，王先挖渠是准备和大家说来着，但不知该找谁说、地块都是谁家的。原先真武庙的柳道长让他把渠挖在河边，不经过大伙的地。可王先说建渠是长久之计，大家都应该沾光得利，渠道经过半坡的田地，旱地就能变水田。他给这渠起名叫'利众渠'，他说这是我们大家共同的渠。王先出资、出人力把渠建好，我们再挖出分渠、毛渠通向各自的田地。这么好的事，大家怎么不能正确理解呢？"灵芝说完后看看大家，又看看呆河生。

呆河生沉思了一阵，抬起头望着大伙，说："明天一早，你们都来，都到渠上集合，不许拿棍棒，只准拿锨、镐，听我指挥，不许打架生事。到时我有话说，大伙回村通知，相互转告，明白了吗？都回吧。"

众人走后，呆河生又看着灵芝，充满歉意地说："你啥时过来的？你咋知王先建渠是为大家？要真是你说的那样，咱得好好谢谢人家，不能让他一个人承担。咋能让人家吃这么大的亏？"

接着，灵芝把去曹夫楼的姨家串门、帮忙做饭的事细细讲给了呆河生。

第十九章

听说呆河生是个练家子，他的武艺在梓家村和邻近的几个村庄中小有名气。每年但凡有乡火和村庆，都少不了他组织的高跷队、小车灯、秧歌队来凑热闹，年轻人都爱和他交往，遇事总愿与他商量。今天他刚吃过早饭，门前聚了好些年轻人，肩扛镢头、手拿着锹，左一堆右一伙地吵吵嚷嚷，像一群被打败的散兵游勇，正摩拳擦掌等待着反击的指令。

呆河生一出家门就被百十号人簇拥着出了村口，人们高喊着："走哇，都去找王先说理去。他凭啥毁咱田、刨咱地。非让他赔地补偿，给咱个说法。"还有几个人大摇大摆地迈着四方步，骂骂咧咧地扬言要打断王先的腿。人群像决堤的水，涌向村口的岸坡。人们踩踏着刚刚发芽冒出地面的片片青草，踢起碎石，扬起团团沙尘。

鹰咀崖下的卧牛潭岸边，刚挖开了渠口，被一圈土墙围着，阻挡潭水灌入。李财在挖好的沟底砌石基，王先蹲在土墙上看李福、李禄把一块石条用绳吊下沟，李财抹一层米汤泥浆，稳住吊下的石条。这时，听到不远处传来嘈杂声，他们抬头，同时看到从梓家村涌来的人群和河对面赶来的一班黑衣人。李福看这阵式，劝王先快走，先避避风头。王先站起，胸有成竹地说："有啥可躲，怕啥？来得正好，我把事情说清，建渠对大家是件好事，大家都是讲理的人，听明白了，自然不会再喊打喊杀。"王先拍打着身上的尘土，挺胸大步走上崖顶。他独自站上崖顶，像一位战场上的将军，赤胆迎敌。

呆河生让人们远远地停下脚步，把大伙儿集中在崖坡下。他一人上崖顶和王先理论，让大伙等消息，听口令。说完，呆河生走上崖顶。

王先抱拳，弯腰作揖，道："是呆大哥来了，您的威武早有耳闻，失敬，失敬！"

呆河生上前接着王先的双手，紧紧攥牢对方的手腕，微笑着回答："不敢，不敢！你可真有胆，豪气冲天呀！"呆河生说着，把王先的手腕向自己的方向施力，他想试试眼前这后生的内力，早听说王先在曹夫楼村是个硬碴，好打抱不平，今日便亲自试他一试。呆河生猛地伸腿扭腰，想把王先摔倒。王先看呆河生来者不善，心里就有了防备，把平时摔跤的本事使了出来。

于是两人左挪右推，交起手来，王先从小在村里就是摔跤的好手，又和巴特尔学了几手蒙古摔跤技法，呆河生一时半会儿也拿不下王先。两人扭在一起，一个使出一招如猛虎下山，另一个也接招使出犀牛望月。呆河生用尽了浑身解数，也没能摔倒王先，猛地一推，然后跳开，气喘吁吁地埋怨道："挖渠为什么不事先打招呼？激起了民愤，他们是来找你算账的。"

"我也想和大家商量，可时间不允许，没找到可以说清事的明理人。"

"那你就能这么安心地闷着不说？怎么今天还叫来这么多保安民团的黑狗，是想来硬的，强行让人屈服？"

"你误会了，保安民团得知有人集众械斗，是来制止斗殴的。"

"你毁了人家的田地，怎么办？给个说法。"

"怎么着都行，众人说了算。利众渠建成后供大家使用，可浇田、澄地，大家都能得利。"

"你哄鬼呢？"呆河生突然一跃而起，双拳一上一下同时向王先面部打来。王先身子一闪，躲过双拳，右脚一勾，绊住呆河生的双脚。呆河生一个趔趄，双手撑地向前爬了两步，勉强站稳，重新摆好姿势。

他有点心虚地说："咱再接着来，我想问你图啥？专给众人挖渠，有这么好心？"

"我想挖渠澄一块自己的地，但图舒心、安心。"

呆河生有意引王先说话，又乘着王先双手抬起，下身有了空当，他猛一脚从下往上踢向王先的下巴。王先向后仰头急闪，右手顺势托起呆河生踢来的脚跟，左脚踹向呆河生的支撑腿，将呆河生踹倒。

王先收住手脚，忙上前扶起呆河生，拍打着他身上的尘土，说："不好意思，我有些过火！"

呆河生站起，诧异地问："你也练过武？是哪门哪派的打法？我咋没见过。好技法，好身段，佩服，佩服！"

"东关的季德刚练武时，我跟着偷学了几招，得罪了。"王先和呆河生停止了摔打，同坐在一块石条上，各自掏出旱烟袋，用铜烟锅挖满小兰花烟叶，用火镰打着火捻，对点烟锅。呆河生玩笑道："咱俩吸足了烟，歇一歇接着再打。"说完，两人对望着哈哈大笑起来。

王先从怀里掏出一张纸铺展在地上，说："我前几年就想澄块田地，总是不成，都让洪水冲垮了。一次偶然机会，受真武庙的柳道长指点教化，这才在此处开口挖渠。他让我先和大伙商量共同建渠，我想乡亲们到哪儿筹钱建渠，建这渠耗资可不少。我走口外发了点小财，不如自己垫资建渠，让大家共同得利。我就给渠起了利众渠的名字，柳道长又帮着写下利众渠公约，就写在了这张纸上，你看看。"王先从头细细说起。呆河生听得既激动又佩服，一把抢过王先手中的纸，看了起来。

利众渠公约

利众渠由曹夫楼村王先出资，沿渠田众共建于光绪二十八年春。群建众泽，共力维护。堵管涌，培塌土，众有责。旱汛灌排，先下游，后上游，由资方统管。不得私自截流、开闸放水。此渠以仁治众，以义泽田，不可违也。特此公约，望同遵守。

呆河生看完公约走下崖顶，王先跟上。呆河生把来人都集中到石坝前，说："乡亲们，王先说这条渠是属于我们大家的渠，叫利众渠。他出资建渠并参加管理，服务于各家农田，渠建成后那些旱地就能随时浇水，旱涝保收。我想，他牵头挖渠，我们也不能袖手旁观。土先出资，我们出力，共建共利，大家说好不好？"

"好……好！"人们相互望着，疑惑着。不是来干仗吗，怎么又喊起好来？

王先对大伙儿抱拳，说："乡亲们，今天是我王先有幸，能结识众位。多年来，我总想澄出一块属于自己的田地，一直没能如愿。经柳劲枝道长点化，方知先人后己，众利众惠，才能成功。就让我们共同努力，把河边滩地都治理好。也恳请大家理解我的用心，支持和维护好利众渠，共同遵守利众渠公约。"

刘旋、张聚财看场面和谐，想是无甚大碍，招呼也没打，便带队悄悄回城了。人们听了王先的话，交头接耳地商讨起来。众人都觉得建渠是件好事，省了往年挑河水浇地的辛苦。有这么个好事咋能不干？每个人都生怕渠建成后没自个儿啥事，不出点力气就会没自己的份儿，都抢着说："我干了，挖渠算我一个。"

呆河生向大家挥了挥手，说："王先，你说吧，咋干？大伙听你的。"

王先让人们一字排开，负责在渠间挖土，又把原先挖渠的人调配到黄土包和沙梁上干活。整条渠都站满了人，全线开工，热闹红火。由于众人的加入，大大缩短了施工周期，三个月的工程只用半个月就完成了。利众渠建成后，在渠闸口立了利众渠公约，立碑当天开闸放水，让清清的潭水流入渠道，流入田间。主渠、干渠、毛渠都灌满了河水，沿渠的田地都得到了滋养，过几天便可耕地播种了。

说来也巧，今年春汛来得早，刚用潭水浇了田地，一股洪水就从饮马河上游泄下，王先把人都安排在黄土包上。开闸放洪到黄土包下，包上的人们铲土抛撒在渠里，渠里的洪水立刻变成泥浆，翻滚着注入沙梁内，不到一天百亩沙地就灌满了泥水。经过一夜的沉淀，第二天泥水渗干，人们用刮板整平地面，接着又足足灌满一层泥浆。连着三天，洪水过后，百亩沙埂已变成了可耕种的田地。又过了两天，王先、刘雄伟和海龙牵牛扛犁，来沙梁耕种，种下高粱、谷子、黍子。海龙手臂有伤不能干重活儿，可他闲不住，硬是要下地帮着做些杂活，王先要海龙留下别走，养好伤后雇佣他长年在家扛活。他还把刘雄伟也留下和海龙做伴儿，三人一齐打理沙梁上的沙田。

王先、海龙和刘雄伟在沙梁上又围起新的地埂，准备来年澄地。三个人从早到晚都在地里忙活着，晌午饭都是让二弟王生送到地头吃的。堆土成埂，平整沙地，一直忙到太阳下山，王先让海龙、刘雄伟先回家吃饭，他再上渠头巡一巡，看看闸门关严实了没。

王陈氏早已将晚饭做好，打发海龙、雄伟吃完饭睡下。快到午夜，王先还没回来，锅里滚热着一钵饭菜，钵在锅中滚撞着锅边，发出清脆的碰响，锅盖边缘升起袅袅白汽。王陈氏在屋里不停地转着，焦急地等待王先回家。这些天王先回得都很晚，可今天着实太晚了，连个影儿都没看见。她大声喊着在隔壁玩耍的二儿子王生："生儿，快去找你哥，这么晚了还没见人，不会有什么事吧？快去给娘找找。"

王生应声跑回来说："娘，都快半夜了，天这么黑，我不敢去河湾。听人说最近有狼，闹得可凶了。"

隔壁的灵芝听见，也跟了过来，见状说："姨，我和生儿去寻吧，有个伴儿壮胆。"

王生顺手擒起一把镰刀，灵芝扛了把锄头，二人一起走向河湾。

太阳落山后，王先巡完渠来到闸口。坐在闸顶石板上，掏出烟袋点了锅旱烟。石板被阳光照了一整天，热乎乎、光溜溜的。他眼睛有些困乏，想躺在石板上眯一会儿，没想到却真的睡熟了。他梦到沙埂内的谷子、黍子和高粱都长高了。这时一阵微风吹来，云中飘着一位仙人，白胡白发，竟是柳道长。他站立云端，挥舞拂尘施法，埂田里的庄稼开始疯长，谷子、黍子一时长过人头顶，高粱长成了大树。王先惊喜地靠着高粱坐下，高粱的根须不断伸长，缠绕上他的双腿，又缠住了他的双手和胸腰，越缠越紧，他想大声呼喊，却喊不出声来。这时，远处又飘来一位仙女，他仔细打量，正是他的爱妻巧妹。巧妹伸出手抚摸他的脸颊，又轻摇着他的身体，帮他挣开根须的束缚。他猛地惊醒，看到灵芝正轻推着他，唤他醒来。王生也在一旁唤着："哥，哥，醒醒，咱们回家。"

灵芝见他惊醒，缓声说："姨在家等你吃饭，很晚了没见你，急着让我和生儿来寻你。你可倒好，轻闲地躺着睡大觉，让你娘担惊受怕。"

月亮早已升起，高高悬挂在头顶。王先抬头遥望，月亮好像蒙了一层白纱。王先拖着疲惫的身躯，两腿像灌了铅一样沉重。他缓缓走着，不经意间看到了灵芝甩在背后的那条粗密的大辫子，将她的身形衬得更加婀娜动人。王先移开目光，再次抬头仰望月亮，总觉得那柔柔的光像是来自光明未来的召唤，将指引他冲破黑暗，找到属于自己的一轮弯月。

王先有了头一年的经验，再次澄地也变得轻车熟路了。他用三年时间，铲平了黄土包，使千亩沙梁变成了千亩良田。第一年丰收后，他先将十几麻袋的粮食送往真武庙。家里留下足够的口粮，将余下的粮食都卖了，换成现钱，足够补上建渠澄地的费用。接着，王先在新的一年里继续耕种、收获，直到秋忙后，再赶去丰镇学徒。

一晃三年过去了，王先的家境改善了许多，曹夫楼村里也发生了几件小事儿。

一日，刘佃洪来找王先，想商量卖房的事。王先没在家，王陈氏接待了他，问道："佃洪弟，你这几间房也卖不出几个麻钱。正巧我家在你院里堆放了些农具、养了马，还安排海龙住下，我一时半会儿也倒腾不出来，你打听一下行情，我替王先做主，买下你的房院。"

"老嫂子这是说的啥话，你要是想留下，我分文不取。我若收了你的钱，会让村里人笑话的。小莲给我们在城里买了处小院，住着还算舒坦，孩子们不想回村了。我是想不如把这三间房的椽檩卖了，也好给你们挪腾个地儿。嫂子若用得到，尽管留下就是，还谈什么钱不钱的。"

王陈氏又问起小莲近况："小莲的娃几岁了？不知是男娃，还是女娃？咋没领回来看看，可想死我了。"

刘佃洪提起他的外孙，心里一阵难受，皱了皱眉，说："小莲生娃时难产，产下一男娃，一直哭闹，奶水也不吃，生下第四天就夭折了。"

王陈氏啧啧嘴，叹了声："我苦命的娃儿。"

还有一事值得一提，二娃王永禄外出两年，终于回了村，要给父母盖三间瓦房。他拉回几车上好的木料和椽檩。回村后听说王先买下了小莲家的三间房院，也想盖新房。他赶紧来找王先，说："先宝哥，你要盖新房，椽檩木料我全包了，你不要再找他人。"

王先看见二娃，高兴地拍打着他的肩膀，好一阵嘘寒问暖。见他一身新装，衣冠楚楚，个子也长高了些，心下很高兴。二娃建议王先要盖就盖村里最好的院落，也讲究点气派，像城里的四合院，上五间下五间，另有东西配房，里外两进院，一砖包到底，里院住家人，外院放农具、住长工。

王先笑笑，对二娃说："二娃呀，你可知道得花多少钱？再说，这许多砖瓦木料一时半会儿何处去买？我又哪有时间盖房？你想得太简单了。"

王永禄涨红着脸，急忙说："先宝哥，不用你忙活。这盖房的事我全包下，和我爹的新院一并盖好。你就花些砖瓦小钱，其余木料、人工费你不用操心，不花一个铜板，我全包了。你给我的那二十块银元，红利早就翻了几番，本利都在木料人工上。盖房你也不用操心，我前些时候在城里为了便于买卖木料，经常揽下盖房工程，先后给人盖了两处豪宅，盖房起屋的事我是轻车熟路。我现在手里有的是现成的工匠，哥要盖宅院，我找人全包，保证你满意。"

王先看二娃盖房心切，只好应承下来，说，到盖房时再看情形。

腊月二十三，匠人都放假回家了，谦瑞吉皮毛行的外院也清静下来。王先如先前承诺的，半年来皮毛行学徒，另外半年在家中耕作，却比旁人更勤奋用功，干活学艺比别人都快，如今店里的活儿已样样学成，事事精通。刘德财心中暗叹自己没看错人，还常常在背后夸他干活麻利，是个可用之材。王先在的时候，店里收购皮毛都由他来评估定价。王先收购皮货有绝技，他评的等级、给出的价格能令店家和客户双方都满意，公平合理。

接近年底，刘德财心里总是憋着一句话，始终不好对王先讲。王先学徒已满三年，究竟是留是走，在刘德财心里一直打着转儿。最近又得知王先盖了宅院，家里的生活富裕了。他心里想好的话，几次到嘴边又咽了回去。王先倒好，见了刘德财不哼不哈，像没事人儿一样，只顾闷头干活。

丰镇的学堂从腊月二十放至大年初五，翠花不用去学堂，在家闲得慌。每日一大早就开始做饭，等她大和王先、钱垛儿吃完早饭，收拾了碗筷，又忙着做晌午的饭菜。今天小年，刘德财打发钱垛儿出门采买蔬菜和肉，回来后，又让他去邻街找客户结款。这三年来，钱垛儿跟着翠花去学堂读书，学了不少知识，尤其是算盘打得那叫一个麻溜，经常帮柜上算账、结款。钱垛儿答应一声，便拿了算盘走出店门。

近半晌了，王先还一个人在前院的皮房内，拿把大铲刀铲着一张熟好的牛皮。翠花风风火火地跑出书房，轻蹑脚步走到王先身后。还未等王先直起腰转身，翠花的手已经抽打到他的屁股上，手腕上的玉石镯子硌得王先直喊疼。

翠花娇嗔道："过个年也不停歇，把人吵得心烦死了。一个大活人还得我伺候着吃饭，成天挑肥拣瘦，今儿个又想吃点啥？还不赶快到厨房帮着生火做饭，别想让我一个人忙，你好偷懒。"

王先讪笑着揉了揉被打疼的屁股，跟着翠花钻进厨房。翠花让他把钱垛儿买回的羊腿剔骨，准备剁馅，包饺子。王先拿起菜刀笨手笨脚地剔着肉，羊腿冻得梆梆硬，菜刀切上去直打滑。

翠花看得忍不住偷笑："你就不懂把肉放灶边暖暖再剔骨？看你笨的，起开！剥葱去。"

王先刚坐在灶前的板凳上剥葱，就被翠花揪着耳朵拎起，王先惶然道："咋咧，这是又咋咧？好好的又揪耳朵，怪疼的。"

"你看你，那是在剥葱？好好的葱都让你剥没了，还吃啥？你就不能仔细些，你当铲牛皮呢？使那么大力气。"翠花数落着王先，用铁擦子把红萝卜擦成丝放进锅里，倒些胡麻油，加入葱花翻炒。她吩咐王先把剥好的葱放在案板上切开剁碎。王先照着她的吩咐用左手摁牢葱头，低头小心地先切葱段，再横刀剁碎。切着切着，被葱味呛出了泪，泪水像泉一样止不住地流。他怕被翠花看见又挨数落，忙用袖口不停地擦拭。

翠花偷眼看到笑个不停："看你那袖子多脏，别用油袖子擦，我裤腰上别着手绢呢。我双手沾水不方便，你自己来掏。"

王先迟疑了一下从案前走过，闭着眼问："在哪儿？"

"这儿，腰间。"

王先眯着泪眼，手伸向翠花的腰，寻着手绢。

翠花咯咯笑道："往哪儿摸呢？弄得人家怪痒痒的，你也不睁开眼看看？"

王先忙把手抽出，手绢没找着，倒羞得满脸通红，嘟囔着掩饰自己的窘态："你给拿嘛，咋让我掏？你看这事闹得！"

翠花又笑了起来："你咋这么笨，葱切不了，蒜剥不好，能干点啥？好了，好了，我来切吧，你帮我和面，会不会？"

"不会！我从来没做过饭，都是我娘做饭。我更不会包饺子，就会拉二股子风箱。"

"好吧，笨蛋，快点帮忙！吃完午饭，咱们到饮马河骑马去。这几个月总不得闲，好长时间没骑马了。今天小年，下午不用你干活，陪我骑马。"

晌午过后，刘德财在东屋炕头眯着了。翠花从书房悄悄推门走出，来到前院叫上王先，向城东走去，他俩挽手走过城隍庙，到东门边的蒙汉客栈。王先从马厩牵出他那匹枣红马，翻身上马，弯下腰双手掐紧翠花的细腰，使劲把她提起，抱到马背上。他们扬鞭催马出了东门，奔驰在饮马河滩上，滩涂上厚厚一层雪被冻得硬瓷光滑，像一面镜子，折射着偏西的阳光。马蹄踏过，破碎的镜面扬起一片雪雾。远远看到边墙古堡，便知离得胜堡已然不远。翠花叫马停下站稳，王先跳下马，绊好马腿，抱她下马。她从马背上滑下，转身面对着王先，双手搂住王先的脖子，盯着他的眼睛，笑盈盈地说："还记得我上次是怎么亲你的吗？这会儿季师傅他们不在，你还怕吗？还亲吗？"

王先还没回过神来，翠花已送上一枚香吻。王先反应过来，推着翠花，说："妹子，你放手，听我说。"

"我不听，就是不听。我就要你亲我，我就要你永不放手。"

王先一抬胳膊，将翠花抱到马背上。翠花坐在马背上依旧不依不饶，贴着王先的耳朵说："我这会儿不想骑马了，我想让你背我走一圈。"

王先强扶她上鞍，将缰绳塞进她手中，猛拍马屁股一掌，马立刻向前奔去。

翠花喊叫着："你真坏，等一会儿有你好看！"

王先迈开双腿紧追着马奔跑，他越追，马离他越远。翠花看王先速度逐渐减慢，才放松马缰，让马缓缓停下。她跳下马，坐在一棵倒下的枯树上等他。

王先喘着气跑来，扶着枯树坐下，说："这马跑得真快，快累死我了。你也不心疼哥，也不说回去接我。"

"就是不接，让你尝尝苦头，这是对你的惩罚。"翠花挪坐到王先身边，双眼紧紧盯着王先，认真地问："三年学徒到期，你有何打算？是去是留，你咋想的？看样子我爹想让你留下，你呢？"

"我家里有母亲和小弟，我咋能扔下他们不管？我是想回，就是，就是……唉！"

"就是啥？说，我想听你说。"

"就是舍不得你，舍不得离开你。"

"那就别离开，这么大个家业还不够你折腾？"

王先想了想，不得不说出心里话："我不能做上门女婿。家里不只有老娘和小弟，我这几年澄了上千亩地，盖了一处大院，家境好起来了，我想娶房媳妇进家门，让村里人都看看我王先的能耐。你跟我走吧，回了村里不愁吃喝，我们成亲后就过着男耕女织的日子，多么幸福。"

"我不能跟你走，我爹不会答应的。我要是走了，我爹咋活？"翠花为难起来，颗颗眼泪滚落脸颊，掉到衣襟上湿了一片。

王先看着翠花伤心的模样，心里也涌起一阵说不出的悲伤，他快快地说："先回去吧，回去了我和你大说。让他放你跟我走，咱俩成亲后，我接他老人家到咱家，我给他养老送终。"

翠花什么也不说，只静静地看了王先半晌。两人并肩牵马，慢慢走回丰镇。

吃过晚饭，刘德财叫王先来上房坐下，把这几天憋在肚里的话全盘托出："三年学徒已满，你有何打算？是走是留都由你。"

"我想回家孝敬母亲，老母跟着我和小弟受了不少罪，自从我爹去世后，她没过上一天好日子，穷苦不说，还成天为我担惊受怕。我得让她享几天福。"

"我看出翠花这几天魂不守舍，像丢了魂似的。你们到底咋回事？给我交个实底。"

"我，我……您看，这样行不行？您和翠花跟我一起走，我养活您，给您养老送终！"

刘德财猛地抬起头，狠狠地盯着王先，把王先盯得浑身不自在。他愤愤地说："我不可能跟你走，这么大个家业，咋能说扔就扔了。我跟人说过，我的女儿不出门嫁人，我要招上门女婿，跟我姓刘，给我做儿！翠花从小由我拉扯大，我离不开她，不管是谁，只要我女儿看上，并答应上门改姓刘，这些家业都是他的。不然我至死不会同意！更不会把我的女儿白白送人！"

王先看着掌柜，无奈地说："我们都想想再说，您再等等，容我想个两全其美的好法子。"

"没得想，就这！同意就留下，不同意就走人！"

话音落下，屋内一片寂静，时间仿佛凝固了一样。直到窗外传来一阵轻微的窸窣声，耳房门"吱"的开启，又"咣"的关上。王先急着奔出屋，到耳房敲门，可房内无人答应，只隐隐传出哭泣声。

第二天一早，王先背着行李到翠花的窗前告别。

"翠花，好妹子，我走了，你可要保重啊。"

"狠心郎，负心汉！你走吧！"

王先等了许久，没了动静，只好轻轻移步离开。伤心欲绝的翠花在屋内唱起了一首边镇小曲：

> 风儿轻轻地刮，雪儿飒飒地下。
>
> 昨晚又是一夜冬雪，微风吹走远方的他。
>
> 眼前只是一幕神话，他却在拨动忧伤琵琶。
>
> 每当饮马河水南下，和他总有说不完的情话。
>
> 抓一把黄土插一束鲜花，
>
> 我们还诉说着温暖的话。
>
> 河水从身边悄悄流过，他把我从马背上轻轻扶下。
>
> 每当夜夜难眠，遥望那明月、繁星和院中槐花。
>
> 他抓一把红豆，为我冲一壶相思茶。

下 部

1914 年，大同城里的市面随着革命的浪潮也渐渐鲜活起来。贯穿鼓楼南北的大南街、小南街到处张灯结彩。各家商铺翻新布置，装修得各不相同。卖绸缎的店铺把几种不同颜色的绸条挂在铺面前，五颜六色的丝绸在风中摇摆着，发出"哗啦哗啦"的响声；卖五金农具的商家把独轮推车、犁铧、耧播、扇车等都堆放在铺面前显眼处；日杂铺的锅碗瓢盆、沙耙扫帚也堆了一门口。卖小吃的、卖玩耍的、卖果蔬的，各式各样的小商贩从早叫卖到晚。随着街市逐步恢复热闹，不少新鲜事物也接踵而来。

小莲也重新布置了一番祥瑞布店。她从丈夫蒋有伟手中接过店铺后，改变了一成不变的经营理念，又把铺中陈旧的物件倒腾出来，精心摆放，把多时不曾露面的东洋布、苏绸、杭缎都竖码在店里显眼的位置。她模仿京城商家的做法，写了许多"大减价""九折甩卖"的大红大绿纸条，贴在玻璃窗上。积压多年的粗劣布匹也整齐摆放在门口，把写着"减价：五折处理"的纸牌放在布匹上。她让管家白义忠把柜台改造缩小，挪移到后墙角落，空出一大片地方，摆了两排衣架，专挂从京城送来的成衣和她自行设计的新潮服装。一架是女装，另一架是男装。这些新款服装是自进入民国以来不断更新和改进的款式，女架上有中式盘扣开衫绣花衣，也有高领夹腰、窄袖小摆的仿西服，它们替代了过去长袍阔摆、掩胸大襟的老式旗服。当然，架上也保留了一些民间传统的优雅小袄和高开衩的新式旗袍。女衣架上的服装汉旗混搭，中西结合，花样颇多。男衣架上则简单许多，有对襟绣花图案的中式半袖夏衫，有新添的翻领仿西服，有胸前对开两排黑色洋扣、平展垫肩的中山服，下搭窄腿裹臀的仿西裤。整个店铺都充满着朝气和活力。

进入腊月的头一天。小莲一早打开店门，让店员刘理财在门前放了挂鞭炮。门前聚来些看热闹的人，几个顽童一边捡拾着没点燃的碎鞭炮，一边在人群中穿梭戏耍。小莲身着桃红色绣花的新潮上衣，衣上缀着白色兔毛走边，高领掩着红扑扑、粉嘟嘟的脸颊，下身穿墨绿细腰贴腿小喇叭花边裤。她隆胸细腰，窄胯丰臀，年过二十七岁，脸庞保养得细腻白嫩，还像刚结婚时那么光彩照人。新式盘头高翘在后脑勺，斜插一支彩色珍珠钗，钗上串珠拍打着耳垂下的红宝石耳坠。小莲这样的装扮，足以引领当时大同城的时尚。

腊月的阳婆刚刚升起，鼓楼南北街上人群开始涌动，上午十点人流进入高峰。远近赶来大同城置办年货的人们把车马店、旅社、客栈都住满了。饭店、绸布庄、服装店、土产、小五金、杂货铺都生意兴隆。城内各家店铺晨曦开门，暮尽还不打烊。各种干果、小吃、杂货摊都在年前抢生意，小商小贩聚集在小南街，叫卖声四起，把小南街至南门街吵得沸沸扬扬。赶早市的城里人，进城买年货的乡下人，在各色商铺、小摊间穿行。他们臂上挎着篮，手紧拉着娃，三三两两地拥挤着，边走边聊，走过几家布店和服装店，来到祥瑞布店花花绿绿的铺面前，又看到小莲的新式打扮和美艳脸庞，不禁停下脚步，议论纷纷，夸赞着她的眼光，更惊奇于她一个女子竟站在了柜台后。人们想走近看个究竟，借着买物件满足好奇心，有心搭话便问布是哪产的、衣服是哪进的。小莲不厌其烦地介绍着布的产地、衣服的价格及衣料的质量。她还特意介绍了店里新推出的量体裁衣项目，展示着自制衣架上的成衣。祥瑞布店的生意在小莲的精心打理下有了明显起色，可也引来了同行的闲言碎语："女人站柜，生意倒退，冲坏买卖。"

小莲对此不屑一顾，只一心做生意。管家白义忠心里总是有点儿不得劲，背地里愤愤地想："痨病鬼蒋有伟娶了貌若天仙的媳妇没福享受，却让自家媳妇抛头露面，可惜啦。"

小莲起早贪黑地打理店铺，整日招揽生意，口干舌燥，腰酸腿疼。白义忠劝道："嫂子悠着点，做生意不能性急，拽进门的是看客，自找上门的才是买主。您不能猛拉硬拽。"他看小莲整天不得闲，心疼得浑身痒痒，不由地怜香惜玉起来。

白义忠是城北饮马河上游花园屯人。花园屯地界有马铺山、采凉山环绕，是明代帝王狩猎的后花园。花园屯村比曹夫楼村面积大且地源富有，是由伺候王爷打猎的下人们屯垦发端之地，更为古老，更为悠久。

　　白孝武在花园屯是颇为殷实的农家人，喜敬关云长。一日，他去关帝庙上香朝拜，顺便在娘娘殿用红绳给老婆拴了泥娃娃回家，老婆果真生下了一个白白胖胖的男娃。白孝武给男娃起名白义忠，希望娃长大后像关云长一样有忠有义。白义忠自幼机灵淘气，十岁时在本村私塾上学，十五岁时就学会珠算、记账。他每日上学都要在路边的豆腐坊边看人家做豆腐。豆腐坊有个姑娘叫玉兰，长得水灵秀气，一手好刀功，切出的豆腐丝又细又匀称。切丝时的刀声像敲打的鼓点，手臂抬落如舞蹈一般。白义忠看着玉兰，玉兰回以微笑，一来二去二人便互生情意，白义忠常因和玉兰偷偷见面而耽误了上学。

　　后来，二人的事被玉兰爹发现了，玉兰爹揪着白义忠的耳朵找上了白孝武。白孝武把白义忠狠狠揍了一顿，关进小房里，然后对老婆说："娃长大了，我看不如送他进城学门手艺，能养家就成。"老婆只得同意。她用上好的细面捏了猪儿、羊儿、花儿、麦穗等各种形状的面馍馍供品，让白孝武用两只箩筐挑去村中的关帝庙。二人带白义忠走进关公殿，从两边夹着他一起叩拜三回，让他认真默记"忠义"二字，从今后离家走入社会行义举、尽忠孝。

　　白孝武领儿子进城找到蒋有伟，让他跪下拜师。白义忠抬头看店里都是五颜六色的布面和布匹，一匹匹布整齐地排列在壁橱中。新鲜的棉布味扑鼻而来，令他打了三个喷嚏。他看师傅比他大不了几岁，一脸娃娃相，正好和他一起玩耍，便仰着头只顾傻笑。父亲在他撅起的屁股上踢了一脚，他顺势趴在地上磕了三个头。蒋有伟紧着扶起，说："哪有那么多礼数，快快起来，只要听话、勤快就行。"

　　蒋有伟从他爹手中接过布店，把店铺打理得井井有条。他打小就耳濡目染，练就了一身做生意的本事，店里顾客满堂，生意兴隆。进店的顾客不论买与不买，他都笑脸相迎，热情接待，走时笑脸相送，总说一句："欢迎下次光临。"白义忠不屑一顾地想："这还有啥学头，不就混个脸儿熟，说一句'欢迎下次光临'吗？谁不会？"

　　白义忠心中不屑，面上却不显，他干活勤快，懂得看眼色又心灵手巧，没多长时间就学会了招呼客人，他还把每匹布的尺寸、价格背得滚瓜烂熟。进店头一年，他给师傅、师母晚上提尿盆，早晨倒尿盆，扫地担水、递烟敬茶、抹洗箱柜、烧火洗锅等诸多杂事一齐包揽下来。到第三年，蒋有伟便开始让他尝试着单独站柜。师母身体瘦弱，痨病缠身，一咳嗽就直不起腰。白义忠眼善，总急着搀扶她进屋躺下，又是捶背，又是搓胸，不把自己当外人。年底，师母痨病发作去世，没给蒋有伟留下只儿半女。师母死后，蒋有伟懒散了许多，把布店里的事务都交给白义忠打理，自己却经常出门喝酒解闷。白义忠尽心尽力地打理店铺、招揽生意。蒋有伟看在眼里，心里多少有点担心，怕教会徒弟饿死师傅。他对白义忠直言："我后悔收了你这个徒弟。"白义忠听出味儿来，师傅是怕他学成出去也开一间布店，将自家的客人都带走，独门生意就做不成了。他满脸诚恳地说："师傅，你放心，只要你不嫌我，我就在你这店里干到老。"

蒋有伟叹口气说："你这人不得了，你太灵了……"

白义忠的成长让蒋有伟左右为难，这小子在布店确实是一把好手，有他在自己轻松不少，可又担心他翅膀硬了单飞。蒋有伟英年丧妻，一直鼓不起劲来，整天闷闷不乐。白义忠便寻着方儿地逗他开心，前后找了几位媒婆，给师傅寻遍城内待嫁的姑娘。可师傅心中有亡妻的影子，看了几个姑娘都不中意。白义忠不厌其烦地继续为他寻找，直到找到了二姨头上，找到了曹夫楼村里。白义忠总算没白费工夫，他的机灵勤快，加上一手好字和算破天的铁算盘，渐渐得到了蒋有伟的信任和依赖。

两年前，蒋有伟病重，夜里睡觉盗汗，整夜咳嗽不能入睡，头晕目眩，身体虚弱，卧床难起，把祥瑞布店交于白义忠打理。布店生意却一日不如一日，每月盘点，账面总显示亏空。蒋有伟找来白义忠询问，白义忠总是推说时事动荡，市场疲了，人们手中没钱，稍贵些的洋布、丝绸都无人问津，店里只能拿便宜的土布支撑着门面。蒋有伟没了主意，只好让白义忠出口外卖货。白义忠出了口外推销货物，一趟下来又亏损不少。蒋有伟再不敢让白义忠出门推货，心想长此下去，祥瑞布店迟早会关门倒闭。他心里一急，病情越发严重。小莲看在眼里，急在心里，她决定去布店站门柜，挽救布店生意。

蒋有伟摇着头说："你一个妇人家，抛头露面，成何体统。整个大同城还没听说有女人站柜的，你不怕人笑话，我还怕丢人现眼，好说不好听！"

见蒋有伟说什么也不想让自己去柜上，小莲着急地说："我几次悄悄去布店，总不见白义忠在，只有店员刘理财无精打采地闲坐着。整个店面空无一人，要是有顾客来，也只能转上一圈失望离去。这买卖还怎么做？刘理财悄悄跟我说，管家成天不在店里，不知忙啥。长此下去可不行，刘理财老想让东家来管管，你不让我去，祥瑞布店就要关门了。"小莲还在柜上发现了严重的账目问题，许多账目来往不清，钱货不知去向。她找来在太原上学的二弟的同班同学董相卿帮忙。董相卿是太原师范学府毕业的，专学财经，毕业后回来当了教书先生。

董相卿看了账目，对她说："布店急需加强管理，账目混乱，亏空极大，已是资不抵债，得有个人来管管。"小莲向丈夫细细说了店里的情况。蒋有伟看着面前的账本又是好一阵咳嗽，最后只得挥手让她去柜上试试看。

小莲刚到布店，和管家、店员一块商量，问他们有什么好办法让祥瑞布店起死回生。白义忠看着她，挤着笑眼，说："嫂子来了，一切听您的，您咋说我们咋办。"白义忠搀扶着她坐在柜前的椅子上，要帮她捶背。小莲厌恶地推开他的手，但又不敢得罪于他，只好强装着笑容，说："咱把下架的洋布、绸缎都重新上架，降价处理。店里增加些成衣和制衣服务，多招揽些顾客，增加人气，你们看行吗？"

白义忠端着刚沏好的花茶，把茶碗递给她，笑着说："一切都听嫂子安排，我们只管听命就是了。"

小莲初到祥瑞布店，正是经济萧条时，街上行人寥落，接连几人都是到店前看看就走了。她睁大眼睛瞅着斜对面的大亨通绸缎庄，三个店员一字站在柜前，等候着买卖。见街上有人到柜前看看，也照样走过去了，她觉得心头一松，忍不住对大亨通的伙计友好地笑了笑。这时，有母女三人走进祥瑞布店，歪头看挂着的衣服。小莲急着转过脸，堆起笑，热情地说："里边请，大姐，买布还是买成衣？您看这件衣服既便宜又时兴。这叫民国装，京城里的太太、小姐们都爱穿，可时髦啦。"

少女拿了件上衣，细端量道："就是俏！娘，您看这款式多新潮，看这料子够柔软，做功也细，穿上一定好看。能穿上试试吗？"小莲急忙帮女子穿上衣服，整理好后腰，扣好盘扣。那女子前后转着身子，让母亲看。

母亲询问价钱想要买下，当听说要一块银元后，撇撇嘴说："闺女，你昏头了？一袋米才卖一块银元，你大还等着买油盐过年，都拿去买衣服，这年还过不过？"母亲拉着少女要走，那个年纪更小的女娃用那小手摸着姐姐身上的衣服，不愿离开，不舍地说："娘，给姐买一件吧，您看姐穿着多好看。"

女娃扯着母亲的衣角摇摆。母亲的头却摇得像拨浪鼓，说："货是好，也便宜，就是没钱买。"少女满脸涨红，换下衣服跟着母亲走出店门。

小莲忙上前问："喂，喂！妹子，你看给多少钱呢？再好好看看，衣服多好，这款新货多便宜，到哪儿去买？"

"货是便宜，钱不够！"母亲一面回答一面拉着女儿，头也不回地走了。小莲苦着脸，踱回柜台里，浑身不得劲儿，埋怨自己不会做生意。

白义忠幸灾乐祸地说："乡下人，买不起。再说穿这衣服怎么下地干活？城里太太、小姐穿的服装，乡下人是不会买的。做生意得看人下菜碟，嫂子得学着点。"

小莲白了一眼白义忠，又偷眼看了看斜对门的大亨通，也是只有人站着看，没人上柜台买。她舒了口气，又走到铺门前招呼着人进店看看。她学做生意以来，在价格上格外让步，遇到顾客总要抹去零头，拿过柜上的算盘拨拉一会儿，面上笑嘻嘻地说："赔本了，您是老主顾，只好依您了，您多来几回，多照顾几单生意，我就感谢不尽了。谢谢您，您走好，可常来呀！"买主看女掌柜做买卖实诚，热情大方，人也漂亮，都愿意来店里买布料和衣服，就是不买也要溜达过来搭几句闲话，看看她穿着新款衣裳的风采，预测着大同城的流行走向。

小莲就这么张罗着，一天下来，已是汗流浃背，虽然累些，心情却很愉快，每天连现带赊账居然也能有大小十来笔交易。她来店时间不长，但每日总有收获。她想方设法地做生意，店里的状况比之前好了不少，盈利可观，归还了京城德锦昌布行五百块银元的货款，又还了北街丝绸批发的六百块银元。这样辛辛苦苦地忙活，她总想多赚点钱，找个好大夫给蒋有伟彻底治治病，让丈夫病愈，两个人把布店经营好。

今年一进腊月，祥瑞布店的大减价和新款衣装上市，让店里的生意红火起来，每天可入账七八十块银元。小莲总算松了口气，在祥瑞布店和家里来回跑着也不觉得累，像是总有使不完的劲儿。

腊月的天气说变就变，开始刮起黄风，卷得沙尘满天飞舞，街上的男人们用胳膊挡着脸，低头弯腰，匆匆走过，女人们用袖筒遮捂口鼻，迈着碎步，顶风而行。风停了，一片乌云涌来，天上飘起了雪花，街上冷冷清清的不见人影。朔风吹过，各商家的招牌被吹得"当当"响，伙计靠在柜前仰着脸发怔。董相卿看了会儿账本，告诉小莲这账目问题不少，得认真查账。

小莲疑惑地问："先生，您没看错？咋有这么大亏空，上半年三个月就亏了五百块银元，货卖去哪儿了，卖出的钱呢？账上没有吗？"

董相卿指着账本，说："看账面都是东家蒋有伟批的条子，管家白义忠提现支出。回头你问问东家就明白了。"

小莲还在翻看账本，寻着不明的支出。有客人上门，头上的狗皮帽落满了雪花，长袍素鞋，一身买客打扮，进门就问谁是老板。小莲迎上，笑嘻嘻地问买些啥。买客却说不买货，是来讨账，一年多的货物共计六百块银元，年终该结账了。原来是京城给祥瑞布店供货的布庄，到年根，还不见动静，掌柜让伙计来催款。

小莲翻着账本，惊诧地说："上个月月初，我就让白义忠给贵号把款汇去了，你们没收到？可能是年底业务忙，汇款走得慢。"

"不可能，现在汇款最多五天就能到达。这根本就是没汇，别再骗我了，失仁失信的，这是咋了？快凑钱，我急等着带走。"京城布庄的人正生气地说着，又一个聚得荣布庄的伙计从北街找来讨债，说五百块银元的货款急需年底结清。这可把小莲急蒙了，凭空来了上千块银元的债务，一时半会儿上哪儿去找？明明三个月前她让白义忠给聚得荣结清了货款，咋又欠下五百块银元？她让债主都等着，自己回家问问蒋有伟。

蒋有伟伏在西厢房炕头的被褥上，身子瘦弱，缩成一团，乍看像个娃儿。他伸手捋着脖子，嗓子发出声响，像一只被追急了的土狗，伸着舌头一声紧似一声地喘息着，喘声中夹杂着几声干咳。咳狠了，竟咳出了小块血痰，他伸头吐在炕沿下的痰盂里，盂里的清水被染成桃红色。小莲推门进屋，拍打着他的后背，看到痰盂里满是血，心里一惊，悲伤涌上心头。她抬头看到炕桌上刚用过的烟具，再看看不停咳嗽的丈夫，心痛又愤怒地责骂道："咋又吸上了？大夫不让你吸大烟，你就是不听！病成这样还吸，不要命了？"

蒋有伟慢慢喘口气，抬起眼皮，有气无力地说："憋得喘不上来气，吸两口能好点儿。"说着他又咳起来，眼泪横流至脸颊。

小莲安慰着他，边抚着他的背边细声细气地说："人人说你这病能好，少出门，别着凉，戒了大烟，按时吃药，别拿自己的命不当回事。"

蒋有伟唉声叹气地说："可别说命，能不能活过今年都两说。"

"尽瞎说，呸！呸！少提死字，你死了，我咋活？"她耐着性子好一阵唠叨后，提起那一千多块银元的债务。蒋有伟无精打采地眯着眼，看到自己批过的条子，吱吱呜呜地也说不清，又咳了起来。小莲越逼问得紧，他咳得越厉害，上气不接下气，喘个没完，她只好作罢。

小莲一夜没睡，每当刚眯糊想睡，就被蒋有伟的咳嗽声吵醒。她干脆起身给他端水喂药。他盖着棉被身上出着虚汗，把衣裤和棉被都浸湿了，颤颤巍巍地靠坐在被垛边久久不能入睡。夜过五更，小莲看他挨不住咳，拿出针线笸箩，找了一根绣花针在油灯上一阵炙烤。接着抓起他的胳膊，从大臂推向小臂，两手握着他的细胳膊向着手心一阵捋。把臂上的血液挤到手指，直到手指泛紫，再用针麻利地挑刺着他指甲上方的紫色肉皮。两针刺下，用手一挤，两粒黑紫色的黏稠血液便被挤出，她用糙纸擦去血粒，接着按此法再扎，食指、中指……十根手指都一一扎过。小莲边扎针边擦着血粒，问："白天去哪儿疯了？看这血都黑了，又是着凉了，不放放血能行吗？大夫不让你出门，你就是不听，到底是去哪儿了？"

"我一人在家里闷得慌，又没走远，就去对门的毛店和朱壮魁坐了会儿，没干啥。"

"谁问你干啥。毛店里啥人都有，你要当心，没事少给我出去。"小莲扎完针紧接着端来一碗凉水，用一枚银元蘸着水，在他排骨般的肋间、脊背上刮着。蒋有伟坐在被褥上被她刮推得东倒西歪，哼哼着不停地喊疼。小莲也不管他的喊叫，只听银元碰碗"当当"响，直到蒋有伟的背部、臂膀上留下了一片片紫黑色刮痕才住手。她又找来四个火罐、半碗烧酒，点燃碗里的酒，用手蘸着火焰里的烧酒，把带着火苗的酒液擦在他背上。然后，拿出一根卷好的纸条在油灯上点燃，往火罐里一晃，猛地把火罐扣在他背上。她用食指弹弹罐底，确认罐在背上吸牢后，再扣另一个。直到四个火罐都扣在了他背上，小莲又为他盖好棉被。一阵折腾后，蒋有伟总算安静下来。小莲热了梨膏，喂他喝下，他这才安稳地睡到天大亮。梨膏是对面毛店桃花嫂子提供的偏方，说是清肺止咳、生津去湿的良方。百枯草三钱、白乃三钱，瓜蒌五钱，甜杏仁三钱，百合一两，鸭梨两个去皮切块，姜末、蜂蜜入药，慢火熬成膏状。黄酒入引，每日数次顿服，每次两羹匙，五日一疗程，连服三月方可见效。

小莲吃过早饭，看丈夫睡得正香，便没叫醒他，自己匆匆去柜上找白义忠，想问清楚债款是咋回事。蒋有伟一觉醒来已近晌午，他喊了几声小莲，无人应。他慢腾腾地穿上衣服，坐在炕上望着蓝天，数着屋檐上的几只雀儿。一只喜鹊飞来，落在桃树上叫了几声又飞去。他想老婆接管祥瑞布店一年多，生意做得红红火火，腊月后每天都能有二百多块银元进项。眼看她辛辛苦苦忙着店里家里的事务，蒋有伟心里有些过意不去。他喝了几口梨膏，精神稍霁，便下地趿拉着一双布鞋走出院子，在院里转悠了几圈，向街对面的永泰毛店走去。之前，白义忠给他介绍了个姓常的老板，从口外来，就住在对面的永泰毛店。常老板手头有一种神药，叫"忘忧散"。这忘忧散是一种白色粉末，装在精致的铁盒里，用锡纸包成二十包，每包半钱。据说是国外产的，通过蒙古大库仑进来，是稀罕金贵的神药。用药时打开锡纸小包，露出白粉，用烟灯烘烤锡纸，让锡纸上的白粉溶化冒烟。蒋有伟初试时，对着白烟猛吸一口，身子一个激灵，顿觉精神爽快，浑身舒坦，仿佛有了使不完的劲儿，也不咳嗽了。这下可把蒋有伟高兴坏了，他像得了宝贝一样，时不时地托着锡纸在灯上吸食，这药用起来方便又管用，他哪里顾得上问药的贵贱，只管让白义忠不停地拿药。时间一长，他就自己寻上门来取药，顺便就在永泰毛店的密室内吸食，吸完药再身子酥软地在密室的炕上眯一觉。醒来已近黄昏，他一挥手便让记账，攒足了账就让白义忠一并付清。

蒋有伟从白义忠口中得知，常老板刚从大库仑回来，又新带回一批忘忧散，比之前的更好，他急着想尝尝。蒋有伟进了毛店耳房，拉开靠北墙大柜的两扇柜门，推开榆木隔板，又露出一扇小门。他熟练地推门进入后院。后院不大，长条院落，一溜六间上房，每间房都有一门一窗，靠山大炕上有羊毛毡子，炕中有一张精美炕桌，炕桌两边各铺一条织花毛炕毯。炕桌上摆着干果、点心，还有一副铜制烟枪、一盏烟灯。炕沿下的地灶里燃着烧红的煤，灶上一把铜壶，壶中的水翻滚着，冒出一股股热气。屋内有一女子正拿着鸡毛掸子清理洋箱上的尘土。女子看到蒋有伟进院，急忙出来打招呼，躬身请他进屋。

"爷，您今个儿咋才来？白爷刚才还在里边和常爷聊起您，不妨我扶您过去？"说着，女子拉起他的胳膊要往里走。

蒋有伟推开她的手说："先不过去了，瘾上来了。你去把常老板新进的好货拿来，我尝尝，真有那么好？"他说着挺直了腰向上伸展胳膊，接连打了二个哈欠，眼泪鼻涕流在脸上也没擦，只抓一把鼻涕和泪水抛甩到院墙边的垃圾堆上，手在大襟上抹了抹，扶着女子的肩走进屋里。女子强忍着恶心，憋着一口气扶他上炕躺下，接着拿来一包忘忧散打开，在烟灯上烘烤。蒋有伟爬起来，伏身靠近吸食起白烟，抽搐一阵，又慢慢平身躺下，伸个懒腰，又一个哈欠过后，昏昏欲睡。他正闭目养神，隐隐听到隔壁有人争吵。似是一人在埋怨，另一人在争辩，相互推诿，喋喋不休。

"常老板，这次销出不少货，咱们该分红了吧？按订好的合约，也应兑现了。"

"你没发展几个客户就想着要钱，再找几个新客户再说，不然没钱！"

"您说啥？说好的卖出货分二成给我，您可不能赖账呀。"

"滚一边去，尽是些赊欠，等清了欠钱再说。你那个掌柜可欠了不少钱，也该清了。"

"蒋有伟的老婆最近请来姓董的先生查账，一时半会儿拿不出钱，您再宽限几日，我正想办法凑钱呢。祥瑞布店还是我说了算，您放心！"

蒋有伟偷听到他们的对话，心里一惊，白义忠难道和姓常的私下有瓜葛？去年，白义忠去口外做买卖时认识了姓常的，后来又引他吸食忘忧散，原来他们狼狈为奸，早有预谋。蒋有伟心里一惊，惊出了一身冷汗。

他有心翻身起来，冲到白义忠面前找他算账，可如今连下床都要喘口气。何况他吸食忘忧散已然成瘾，想离也离不开了，他想继续吸食，还要靠白义忠牵线。

"唉！"蒋有伟长叹一声，又瘫回了炕上，且活一天算一天吧。

第
二
十
一
章

　　小莲一大早就来到祥瑞布店。到店后她一直心神不安，无心做生意，总觉得好似有一场灾祸即将来临。她每时每刻都惦记着蒋有伟的病情，似乎预感到丈夫已近死期，昨天夜里睡觉都在被噩梦惊扰。祥瑞布店的那些巨大债务像晴天的一声炸雷，惊扰了她这孤零零的羔羊，在梦中她拼命地奔跑，可怎么也逃脱不掉被宰杀的厄运。

　　梦醒后，她想找白义忠问店里亏损的那本糊涂账，可从早到晚也没等到白义忠的踪影，又气又恼。她让伙计看好店面，自己提前回了家。回家后，从里院东西厢房到外院各屋找了一圈儿，也没看见蒋有伟，她又急着出门到对面的永泰毛店去寻，估摸着丈夫病恹恹的不会走远。她进了毛店，见院里有许多人，各客房也都住满了房客。每年腊月，南来北往的皮货商都会赶来大同城，住在永泰毛店与大同各皮毛行结算往来货款，顺便置办些年货回家过年。小莲绕过院中堆放的货物，一间房一间房地寻着，始终没找着蒋有伟。她快步踏上台阶，左右看看，推开堂门，轻轻进入毛店上房的会客厅。她轻咳一声，看到朱壮魁正低头翻阅着红木茶几上摊开的账本，茶具摆放在茶几的一侧，宽阔的茶几上铺了满桌账本，算盘珠子被拨得噼啪作响。朱壮魁听到咳声，抬起眼皮瞄了一眼小莲，请她坐在椅子上。小莲环视客厅，这是两间并为一间的待客室，西边侧门内是西房，有靠山大炕，还有一张办公桌，作为账房兼卧室。朱壮魁拨拉完算盘，好奇地瞄着小莲的装扮，花格子的湖蓝西服束腰得体，西服敞怀露着白缎衬衫，搭配背带米色西裤，这打扮在当时的大同城里实属罕见。

　　小莲看朱壮魁正拿眼睛瞄她，有点害羞，便问："大哥，您看见我家那口子了吗？"

朱壮魁摆摆手说："我正忙着，没注意他，你去东耳房问问你嫂子。你这是干什么去？咋打扮成这样？"

"我刚从店里回家，还没来得及换衣服。今天主卖西装，我穿着做样子，还真卖出不少。您忙，我去找嫂子问问。"

朱壮魁看她走出客厅，撇了撇嘴，不屑一顾。

小莲出门一转身，正好撞进了从台阶下上来的客商怀里。客商看她这身奇特的装束十分惊讶，不偏也不躲，迎着她向前一步紧紧抱住。当瞧见小莲的模样时，客商更是看傻了眼，忘了松手。小莲使劲挣扎，也脱不开身，情急之下使出全力狠狠踩向客商的脚面。客商脚上一疼，瞬间从迷茫中惊醒，大笑着松开手，赶忙躬身赔礼道："不好意思，哪来的仙子？我住店多时不曾见过。失礼，失礼！"

小莲转身，斜眼瞅着此人。这客商是个身材魁梧彪悍、长着一脸络腮胡的中年莽汉。莽汉一双暗红的眼睛像火一样跳跃闪烁，阔嘴一咧，露出黄褐色的牙。莽汉看小莲不搭理他，又得寸进尺一把搂住小莲，不肯松开。小莲挣扎几下没挣开，正要喊人，凑巧白义忠从西耳房走出。

白义忠见状，匆匆过来拉开莽汉，说："常老板，这是我东家蒋有伟的夫人，真是大水冲了龙王庙，一家人不识一家人。您放开手，听我说。"莽汉不情愿地松开手，暗红色的眼睛还死死盯着小莲，随后，一步一回头地向西耳房移去。

小莲好一阵惊恐，定了定神，心下纳闷。她每间客房都查看过，西耳房并没有人在，白义忠从哪儿出来的？小莲盯着白义忠，问："你见到我家那口子了吗？他没和你在一块儿？"

"没在，今天掌柜的就没来毛店。咱到别处找找。"白义忠说着，挽起她的胳膊向凉厅台阶走去。小莲甩开他的手，反向西耳房而去，想看个究竟。她走进屋，里外看了一遍，一个人也没有。刚才明明进去个常老板，咋一会儿工夫就不见了人影，真是闹鬼了！

白义忠紧紧跟随着，连拉带拽地将她挽下了台阶。小莲站稳脚跟，甩开白义忠的手，厌恶地瞪着他，说："干啥？屋里那么多人看着，你给我放规矩点。"

白义忠嘿嘿一笑，道："嫂子，看您说啥呢？台阶又高又陡，我怕您摔着。"

"我问你，你老实说，你和蒋有伟成天一块鬼混，他在哪儿你能不知？"

"今天掌柜去了哪儿，我确实不知。"白义忠又挽扶着小莲走出毛店大门，让她一人回家。自己则返身回毛店，匆匆走进西耳房，进入内院。

桃花正在南面厨房做饭，一抬头看到白义忠搀扶着小莲出了大门，感觉有点不对劲，急忙从厨房追出去。一看街上没人，又直奔蒋宅而去。桃花进了蒋宅，缓步走进里院上房。小莲正在东厢房换衣，抬头看桃花进院，走出堂屋迎道："桃花嫂子，您可稀罕。我刚去毛店寻我家有伟，咋没看见你？你忙啥呢？"

"我在厨房看见你了，你最近都不到我房里坐坐，咱姐俩有段时间没见了。你刚到店里就急着走，啥事这么急？我不放心，这不就追过来了。"

"也没啥急事，我家那口子近日咳嗽得厉害，我不放心。今天早回来会儿，没见着人，寻思着许是在你店里，就寻了过去。"

"你没见着吗？他就在内院。这几回，他天天来毛店，一来就钻进内院不出来，你不知道？他没跟你说？"

"没说，不知道呀。你家毛店还有内院？我咋不知？"

"你家有伟这半年多老是找一个姓常的客商，买什么忘忧散吸食。我早想跟你说，又怕落下埋怨。可近来你家有伟像是上瘾了，越吸越多，我不得不说。你可要提醒你家有伟别再上当了，那姓常的可不是什么善茬儿。"

小莲长叹一声，说："我说他总不着家，咳嗽也越来越重。找了好几个大夫，吃遍大同城的良药，总是不见好。"

桃花看着小莲，接着说："白义忠也掺进了这桩生意里。他和姓常的合伙在大同发展了不少客户。姓常的长期包下内院的所有房间，把客人悄悄引进内院进行交易，你家有伟也是常客之一。白义忠帮他牵线，时间一长欠下不少烟债。"

小莲听着心里紧张，忍不住埋怨道："开烟馆是官家禁止的，是犯法的，是要坐牢的。朱掌柜也不管？"

"唉，我提醒过他。可他说常老板长期租下客房，租金高，内院隐蔽，没人知道。租完这阵子，过完年就不租了。"小莲怎么也没想到自家的管家白义忠也掺进了这件事里，害苦了蒋有伟，还要连累祥瑞布店。

桃花接着说："听说这忘忧散比大烟瘾还大，一吸上就别想戒掉，大部分人都是把家里的钱花完，又变卖了家当接着吸食，一旦断了吸食，烟瘾上来就像发疯的狗一样，拿头撞墙，眼泪鼻涕满脸，寻死觅活的没个人样，实在可怜。更有甚者，卖儿卖女，妻离子散，家破人亡，冻死街头都无人收尸，惨不忍睹啊。唉！白义忠利欲熏心，骗你家有伟以祥瑞布店的名义欠下一屁股债，无法还清。"

怪不得柜上总是对不清账目，亏空这么大，蒋有伟又支支吾吾说不清，原来问题出在这儿。小莲听桃花说完，气得直跺脚，骂道："白义忠这个家伙坏透了！辜负了有伟的信任，我非找他算账不可。"

桃花怜惜地看着小莲，说："妹子，你傻呀！白义忠早就想离开祥瑞布店另立门户了，听说他在南关东街租了一处院子，要开个皮毛作坊，人手都找好了，就等开张了。你和有伟还蒙在鼓里。他现在没离开祥瑞布店是钱还没捞够，等榨干祥瑞布店的油水后，他自会离开。"

桃花看小莲气得瑟瑟发抖，赶紧又说："近日白义忠和常老板闹别扭。常老板逼着白义忠收债，还经常对白义忠发火，一发起火来，简直如土匪莽汉，还掏出匕首威胁白义忠，逼着他不择手段追烟债。妹子呀，你可要长个心眼，看好你家的钱财，别让他们盗了去！"

小莲呆愣着，不知该如何是好。桃花也怕说多了惹麻烦，就说毛店里等她回去，转身急着走出蒋宅。

腊月是永泰毛店最忙碌的月份，朱壮魁每天一早起来就忙个不停。他招呼着伙计们从厨房到客房，从仓库到货垛，都要一一巡察打理，不能有一丝疏忽懒惰，生怕怠慢了住客，丢失了货物。桃花也在厨房帮厨，她一早就烧开几锅水，供客人们起床洗漱。好不容易熬到了腊月二十，客人们陆续离店，回家过年。毛店总算得闲，朱壮魁慢步踱到西耳房，推开朱漆立柜暗门步入内院。院里清清静静，失去了往日的嘈杂。朱壮魁推门进屋和常老板寒暄道："常老板，近来生意可好？这小年已过，啥时候起身回家过大年？"

"还好，过得去！我四海为家，去哪儿过都是年。哈哈，今年大年三十就在店里过了，朱掌柜炒几个好菜，再整几瓶好酒，咱哥俩美美喝一顿，不醉不休，你看咋样？"

"常老板，玩笑了。永泰毛店每年腊月二十五歇业，这是老规矩了。店里伙计们忙了一年，都要回家过年。毛店概不接待客人，请常老板见谅！"朱壮魁笑着抱拳作揖。

"你这是要逐客呀？"

"岂敢，岂敢！常老板请便。"

常老板讶异地瞧着白义忠，白义忠看看常老板，又看看朱壮魁。朱壮魁平摊开双手，装作无奈的样子，转身出了门。

白义忠转过身，笑着对常老板说："这是催你离店走人，永泰毛店倒是有这规矩，每年腊月二十五关店结账，准备过年，年后直到二月二才开门迎客。"

常老板不解地问白义忠："这几天，我瞧见朱掌柜频繁出门采购年货，购了不少绸缎、干果、砖茶，这是要倒卖年货赚钱？"

白义忠不知如何回答，默默地看着常老板。蒋有伟翻身醒来，听二人议论朱壮魁，插话说："你们有所不知，朱壮魁每年年前都要回绥远老柜交账，与妻儿一起过年，来年二月初才返回大同。"

常老板疑惑地问："桃花不是他老婆吗？哪儿又来的老婆儿子？"

"哈哈，这你就不知了。周桃花本是随朱壮魁来大同的侍女。朱壮魁的根基在口外绥远城，他在绥远开了个很大的客栈，那边有他的正房老婆和两个儿子。当年朱壮魁看中了侍女周桃花，一来二去两人有了私情，这事让他老婆发现了，此后二人成天争吵，两个儿子也掺和进来，想撵周桃花走。朱壮魁没了辙，只好带着周桃花来大同开店，他俩买了处大院开了永泰毛店，原想暂避一时，可谁知这一开就是十年。旅店开张时，周桃花也就成了朱壮魁的小老婆。他老婆后来也有所察觉，只是睁一只眼、闭一只眼装作不知。每年朱壮魁回几趟绥远老家，两面的生意相互照看着。时间一长，绥远的妻儿能经营好客栈了，他回去的次数也少了。他年底回绥远老家，除了置办丰厚的年货，还要带上永泰毛店一年的红利回家，因此总要到镖局雇佣几个镖师护送。不过听说今年镖局忙，他没雇上人。"

常老板默默听着蒋有伟讲述，不经意地问起朱壮魁几时动身，他好退房走人。蒋有伟说："一般来说朱壮魁都在腊月二十六一早起身，再晚就赶不上过年了。"听蒋有伟说到这儿，常老板眨着一双暗红的眼，托着下巴沉思起来。突然，他两眼放光，环视屋内，握紧的拳头猛砸向桌子。桌上的菜碗、茶壶被砸得翻倒，茶水溅洒在整个桌面上。蒋有伟吓得一哆嗦，闭了嘴。常老板的一个随从举着手枪闯进门来，高喊着："豹爷，没事吧？"

随从看看屋内三人平静无异，忙把手枪插进腰间，用衣襟遮掩起来，又急忙找来抹布擦着桌面上的茶水。白义忠吓了一跳，心想："随从称他豹爷，难道他单名一个豹字，叫常豹？这名字早年在口外听说过。"认识有一年多，白义忠只知常老板，并不知常老板就是常豹，一想到传说中的常豹，他心里紧张得直抖。原来，自从口外的土匪散伙后，安彪和巴特尔彻底改邪归正经营起了皮毛生意，可常豹过惯了大手大脚、不受约束的日子，心有不甘又走回了老路，与安彪和巴特尔背道而驰，也逐渐断了联系。此时，蒋有伟看到随从举枪进屋，早已吓得魂飞魄散，回忆自己刚刚一时多嘴，透露了朱家的秘事，双手不安地对搓着。

　　腊月二十六一早，天色还朦胧。朱壮魁钻进一辆暖篷马车坐稳，毛店伙计赶着花轱辘骡车紧随其后，车上装满了年货，还有两个随行的店小二。一行五人天不亮已出了大同北面的武定门，行至去往口外丰镇方向的官道。朱壮魁坐在马车里眯着眼，回想起刚刚分别时周桃花担心的神态，心里一阵好笑。几次回绥远老家，她都没像今天这样絮絮叨叨，她后悔没早一点请习武堂的几位镖师。桃花说她这几日心口疼痛，心里像敲小鼓一样不安宁，总觉得有啥事要发生。朱壮魁笑着安慰她："别自己吓自己，我又不是头一回出门。年年不都是这样，啥事也没有。这不还有四个伙计陪着，轻车熟路，能有啥事，你就放心吧！再说我们悄悄出发，小心行事，谁能知道。你安心在这里等我，我正月过后就回来了。"

　　两辆车一路小跑，晌午就上了孤山，绕过孤山顶后一路下坡，路上的行人也越来越少，再往前过了窨子沟几乎就见不到人影了。马车穿行在杨树林中，林中树木越来越密实，挡住了视线。朱壮魁吩咐车倌赶马快走不要停步，无论如何都要在天黑前冲过前面的算账沟，到边墙前的堡子湾打尖过夜。提起算账沟，大同人都知道，这是走口外的必经之路。这条沟在茂密的杨树林中，沟深路窄，弯曲的道路两旁是高高的土崖，如刀切一般竖立着。土崖上树木繁茂，沟底黑洞洞、阴森森。常有强盗和土匪埋伏沟底，拦截路过的商人敲诈钱财。走口外的人们都说，发了黑心暗财的人，往往会在沟底遇着土匪来算账，传得多了，就把这条沟称作"算账沟"。朱家的两辆车穿过树林，一溜下坡小跑奔入沟底。朱壮魁远远地看到沟底拐弯处有尘土泛起，忙喊伙计让马车停下，又让伙计向他指的方向看，静观了一会儿也没见动静。朱壮魁悄声问："二小，你细看前面拐弯处后面是不是有灰尘扬起？你眼尖看看，我人老眼花看不清。"

　　"掌柜，哪有啊？我咋看不见，我看像日落反照的气流。"

　　朱壮魁观察了好一阵，也没见异常，只好催促伙计们快速过沟，天黑以前务必到堡子湾。车马再启程，顺坡奔向沟底，刚拐过弯道只见一截枯树横卧，挡住了去路。朱壮魁惊道："不好！"赶紧叫伙计调头往回跑。马车刚停下，还没来得及调头，就听崖上响起一声呼哨，跳下两人，蒙头遮面，挡住了他们的退路。前面坡上两匹快马奔驰而来，从马上跳下两个蒙面黑衣人。一个黑衣人走到马车前，高声喝喊着让他们五人跪在地上，双手抱头，不许偷看。另 一个黑衣人一言不发，一挥手，让先跳下来的二人在车上翻找着贵重的物品。紧接着，这个黑衣人用刀抵着朱壮魁的下巴，让他慢慢站起身来。朱壮魁只觉得下巴一阵疼痛，浑身不停地抖动，根本不敢反抗，只得勉强躬腰起身。黑衣人伸手把他肩上的褡裢夺过，翻看一阵。接着，黑衣人抬起泛红的眼皮，狠狠盯着朱壮魁，那双深沉暗红的狼眼凶狠又残暴。朱壮魁好似在哪儿见过，一时却又想不起，只觉得不寒而栗，不敢再看贼人眼睛，将视线移向那把锋利的短刀上。这把薄刃短刀的刀背正拨拉着他的衣襟，似要划开他的衣服。朱壮魁明白过来，抖动着手不情愿地解开衣扣，拿出银票，递交给黑衣人。黑衣人将银票揣进怀里，转身欲走，朱壮魁猛然想起什么，右手指着黑衣人，说："你，你好面熟，你是不是常……"

朱壮魁的话刚吐出半截，还没等说完，黑衣人突然站住，一转身，一挥刀，朱壮魁的脖子上就出现了一道深深的红痕。黑衣人对另外三人打了个暗号，立刻飞身而退，来去无影。朱壮魁还立在原地，也不说话，双眼直直地瞪着前方，脖子上的红痕渗出了鲜血。血越流越多，最后竟像泉水一般冒着泡地往外喷。朱壮魁的身体摇晃着，像被戳了洞、放了气一般，慢慢软倒下来，嘴里吐着血沫龟缩成一团。

伙计们都低头跪在地上，见没了动静，才敢抬起头，却看朱掌柜已倒在血泊中，四周再无贼人踪迹。大家小心走近一看，朱壮魁仰着头，已被刀割断了喉咙，白肉翻卷，血流一地。一个伙计这才反应过来，大喊："救命呀，杀人了。"赶轿车的伙计拿起鞭子跳上暖轿，赶马奔跑起来。

几个伙计一口气奔回大同城已是后半夜，周桃花知道消息后哭成泪人。第二天一早，周桃花找来家住大同的一位本家大伯商议此事，本家大伯立刻通报了警卫队队长刘旋。刘旋又找来教官张聚财，几个人一起寻至算账沟。赶到现场时，见朱壮魁蜷缩着身子倒在马车旁，尸体早已冻得发硬，花轱辘车的辕骡还站在路旁，啃着枯草和树叶，悠闲地踢着冻土，摇动着尾巴。几人将朱壮魁的尸体抬到车上，到家时已近黄昏。

按当时城里的风俗，横死在外的尸体是不能进院。因此，朱壮魁的尸体被停放在永泰毛店大门外，本家大伯请来风水先生刘二宅安排料理丧事，从南门街棺材铺买了一副柏木寿材，停在大门旁。纸人、纸马、纸屋、金树、银花……各色纸扎堆放在棺材周围。刘二宅用丝线缝合了朱壮魁脖子上的伤口，擦干净脖子上的血迹，为他穿好寿衣，装棺入殓，请周桃花出来见死者最后一面。

　　周桃花见了丈夫的惨状忍不住扶棺大哭，几次哭晕被人唤醒。小莲闻讯赶来好一阵劝说，周桃花才算是止住了哭。周桃花哽咽着和大伯商量着后事，大伯说最好把朱壮魁拉回老家绥远再发丧，暂盖棺盖，不封棺钉钉，送回绥远，让朱壮魁老婆和儿子看上一面再封棺下葬。周桃花点头一一答应，说："一切全凭大伯安排，我已昏了头，没了主意。"说完，桃花又是一阵哭号，哭得声嘶力竭，小莲搀扶着她走回房间。桃花问小莲，自己今后的日子咋活，没了丈夫朱壮魁，她的天就塌了。她一人在大同举目无亲，今后没法再待了。

　　早晨，蒋宅院落寂静空荡，漫漫晨雾笼罩下来，阳婆的晨晖也失去了往日的温暖。屋内黑沉沉的，豆大的灯芯摇摇晃晃，映得满屋斑驳，让人头昏脑涨。蒋有伟的痨病逐日加重，整夜咳嗽没法入睡。早晨起来，小莲给他熬的小米稀饭，他只喝了半碗，吃了口月饼就又咳了起来。小莲端来梨膏喂了他几勺，才算止住咳嗽。他半躺在被垛边，眯着眼睡着了，一觉醒来已近晌午，隐隐听到街上有鼓匠吹打的哀乐声，心里不安地猜想："这是谁家又死人了？"他这几日恍恍惚惚，睡着就做噩梦，梦到自己病故，老婆小莲哭得死去活来。每次醒来都要摸摸自个儿的头，掐掐大腿，暗暗庆幸自己还活着。他是活一天算一天，也多受一天罪。

　　晌午时，小莲进屋，蒋有伟看她眼睛红肿，像是刚刚哭过。她进屋后就坐在炕沿上一句话也不说，也不理人，只管低头流泪，眼泪流到了脸上也不擦，任凭泪水滴落。蒋有伟问她咋了，她也不回答，过了好一会儿才说是朱壮魁在回老家的路上被人给杀了，刚才陪着桃花嫂子大哭一场。蒋有伟一听，先是一怔，接着一阵猛咳，上气不接下气地喘起来。小莲含着泪水轻轻帮他捶背，他强止住咳，急着问："咋死的？在哪儿被杀？"

　　小莲说："逃回来的伙计说，前天一早，他们刚走到算账沟就遇到四个贼人，贼人把东西抢到手，正准备离开时，朱掌柜认出其中一人，向那贼人问了一句：'你是不是常……'话还没说完就被那贼人反手一刀杀了。"蒋有伟听到后，瞬间惊出一身冷汗，接着又是咳个不停。他伸手在空中乱扑乱抓，一只手又接连捶捣着炕沿，伸长脖子咳出带血的浓痰。小莲看着骨瘦如柴的丈夫，心如刀绞。她牢牢攥着他的双手，不让他乱动，想尽快焐热那双冰凉的手，又想控制住他的情绪，让他少激动。

一阵咳嗽过后，蒋有伟无力地歪着头，侧身半靠半躺在被垛上喘着粗气。小莲给他喂了几口梨膏，轻轻拍打着他后背，他短暂地平静下来。两人就这样沉默地忍受着痛苦的折磨。

蒋有伟刚静下心，突然又睁大双眼，坐直了身子问："凶手抓住了吗？是他，定然是他！"

"是谁？你说是谁？看你病得厉害，胡说些啥？"

蒋有伟甩脱小莲的手，攥紧拳头，猛砸向炕沿，高喊道："我该死，我咋不死！是我害了朱壮魁！"

"咋是你害死他？你在家待得好好的，咋能害他？尽说胡话！"

"我真不该，不该把人家的秘事泄露出去！我后悔呀，我不该！"

小莲疑惑地看着他那痛苦悔恨的样子，摸了摸他的额头，喃喃自语："又说胡话，这两天老是做噩梦，许是迷怔了。"

当天夜里，蒋有伟做了场噩梦，梦中他看见朱壮魁披头散发，哭着找他，说就是他透风给常豹，怨他和白义忠合起伙来害他朱壮魁。蒋有伟直摇手，退缩着对他说："不是朱掌柜你想的那样。"朱壮魁龇开大嘴，口中吐着血沫说："我知道不怨你，可我就是心不甘，好心待他，他却害我。"梦中朱壮魁还穿着平时的一身装束，黑裤蓝衣，奇怪的是脖子上围了一块红布围巾，围巾上沾满了血迹。蒋有伟让他摘下来洗洗，他不摘，说是怕风吹得脖子疼。蒋有伟又问他咋不回老家。朱壮魁说不放心桃花，让他们夫妻好好照顾桃花，他这次走了就再不回来了。话音刚落，空中搭起一弯彩虹，霞光笼罩着朱壮魁。接着，光与朱壮魁一起消失了，再也寻不到踪迹，四周又重归黑暗。只听猫叫三声，蒋有伟惊叫着醒来，出了满身冷汗。小莲也被铜盆掉在地上的声音吵醒，她探头望去，原来是猫跳上凳，碰倒了铜盆，洒了满地的水。黑猫瞪着双绿莹莹的眼，踮着爪悄声蹿出了堂屋。

蒋有伟神神叨叨地对小莲说："昨天晚上朱壮魁的鬼魂来向我索命，说是我向常豹告密，害死了他。"

小莲听着丈夫又说胡话，只得安慰说："哪个常豹？我咋没听你说过？你是做噩梦了，凭空捏造个人来吓唬自己。"

"确有此人，你可千万不能和别人说起，若让白义忠和常豹得知，你命休矣。年初开始，白义忠和常豹合伙兜售忘忧散，半年来他们坑害了不少人。我有苦不能说，我瞒着你从祥瑞布店柜上支出不少钱，让白义忠买了忘忧散。我想今天和你说明白，我命不久矣，怕来不及告诉你。"

小莲打断他的话："尽瞎说，呸！呸！梦都是假的。"

蒋有伟缓缓气，说："日后你要小心白义忠，白义忠跟着常豹学坏了，我钻入他俩设下的圈套。祥瑞布店柜上再不能用白义忠，他没安好心！我看出他对你不怀好意，你千万小心，别上当！"

小莲哀怨地瞪了他一眼，说："我也发现他这半年挪用了柜上不少钱。我让董相卿先生查账，有好几笔始终对不上，钱不知去向。本想问问你，看你病恹恹的，也不好追问。"

"是我挪用钱买了忘忧散，每笔钱都是白义忠经手，每次他都坑我一半的钱，他还当我不知。我确实让病弄傻了，我睁一只眼、闭一只眼，不好揭穿他俩。是那忘忧散害了我，也害了你。"

屋里不知从何处吹来一阵冷风，阴凉凉的，二人不约而同地打了个寒战。屋内忽然暗了下来，天越来越阴，像是要下雪。小莲点亮了麻油灯，豆大的灯芯被风吹得摇摆不定，灯焰忽闪了几下就熄灭了。

这时，蒋有伟瞪圆了双眼，惊恐地高喊："来了，他来了！不是我，我不是有意的……"

小莲顿觉头皮发麻，接着一个激灵，起了一身鸡皮疙瘩。她站在原地，像是被一盆凉水从头浇下，顺着脊梁凉到脚底。她定了定神，四处张望，什么也没看见，稍稍安下心来。她急忙扶起蒋有伟，拍打着他的后背，想让那一连串的咳嗽停下来。她捶着他的背，按摩他的胸，轻声说："让你少说话，你就是不听。你看又咳嗽了，净说些没用的吓人话。"

蒋有伟摇摇手，用尽全力向炕沿挪动身子。小莲也扶着他，使力帮他挪坐到炕沿前。蒋有伟探出身子一阵猛咳，一口一口地吐着鲜血，只一会儿就吐了半痰盂。小莲用手绢不停地擦拭他嘴角和鼻孔的血，又轻轻地拍打他的背部。

蒋有伟喘着粗气，有气无力地喃喃道："我不行了，我要跟着朱掌柜去了。我走后你要保住咱家布店，善待咱女儿，赶紧辞退了白义忠。你要是感觉日子艰难，就改嫁个好人帮衬你。嫁人千万不能嫁给白义忠，他花样太多，小心上当！"

蒋有伟说完，双臂颓然垂下，嘴里只有出的气，没了进的气，喉咙里"呼噜呼噜"直响，身子一软，倒进小莲的怀里，再没了声息。小莲放声大哭，高声呼喊着蒋有伟，哭喊声惊动了西厢房的奶娘。奶娘进来帮着小莲脱去了蒋有伟身上沾满血痰的旧衣，换上箱柜里早已准备好的寿衣。蒋有伟换上寿衣，被平放在东厢房的炕上，就这样撒手人寰了。

小莲打发布店伙计给亲戚们报了丧，她又发了电报让在太原的弟弟刘鹏飞回来。白义忠一听到蒋有伟去世，急着赶来帮忙，主动提出主持蒋有伟的丧礼，小莲身边没个得力的人，只好依着他。白义忠让南门街寿棺铺送来一副上好的柏木棺材，找来油匠把棺漆成暗红色，棺上绘着一贯的图案花纹，又找来鼓匠、二宅吹打起哀乐。白义忠做生意不上心，办丧事倒是安排得很有章法。诸如挖掘坟墓、请厨子做饭、请和尚念经，甚至买香、买蜡、买纸扎等诸多琐碎事务，他都一一办理得当。他还劝说小莲莫要伤心，节哀顺变。小莲哭倒在棺前，又被他强拉硬拽着扶起，说家里、布店里都有一大摊事等着她去处理，可不敢哭坏了身子。他还用自己的手绢帮她擦泪，帮着她拍打膝盖上的尘土。小莲早已哭成泪人，一想起蒋有伟对她的好就哭，一边哭一边烧着纸钱，她把蒋有伟惯用的一副上好的烟具也烧了。哭起来谁也劝不住，只有白义忠强行搀扶时，她才能站起，止住伤痛，甩开白义忠的手。她心里虽然厌恶，但碍着众人的面不便发作。她强忍着悲痛和愤怒，咽下眼泪。

蒋有伟在家中停棺七日，发丧那天，白义忠请了索家扛房，扛房人为棺材盖上了彩篷，八个扛工抬着一副棺，由二宅领路，一路吹吹打打抬出了和阳门。出和阳门蹚过饮马河，扛工把棺木抬到曹夫楼村东的刘家坟地里。小莲让人把丈夫的棺木葬在她父母的坟脚下，让蒋有伟的棺木陪父母同葬在一块坟地里。

小莲在家守孝七七四十九天。近两个月后，她才从悲痛中渐渐走出来。她和女儿、奶娘张婶在院里足足两个月没出门，对于街上的事不闻不问。祥瑞布店的伙计刘理财经常来送些米面、日杂，布店停业后刘理财没事干，常来家帮着她干些家务重活儿。白义忠也来过几次，都被张婶以小莲心情不佳不愿见人为由挡了回去。

风和日丽的某天早晨，春日的阳婆暖暖地照进刚刚拆除灵堂遮篷后的堂屋，房间里收拾得窗明几净。张婶干完了活，没啥事便抱着小莲的女儿德芸出去逛逛。院里静悄悄的，小莲一人在院里转悠了几圈，有些憋闷和无聊，迈步走出院门，向街对面的永泰毛店走去。她两个月没见桃花嫂子，着实有些想念，如今她们二人可真是同病相怜。

　　周桃花正在台阶上栽花，抬头看到小莲进入院门，赶忙迎上去，拉着小莲进入客厅，让小莲坐在几前的太师椅上。她俩面对面坐下，拉着手问长问短。她们说起各自死去的丈夫，又低头悲痛一阵。小莲问起永泰毛店的生意。周桃花说，丈夫走后，毛店的老客户都不来了。毛店冷清了两个多月，月月亏本，她打发了几个伙计，只留下厨房的尹二厨子做饭和一个老娘子打扫客房。她说，毛店再这样下去也支撑不了几天。她找人问寻买主，想把永泰毛店转卖出去，回老家和哥嫂过日子，相互也有个照应。哥哥多次捎信让她回绥远老家，从长计议。桃花想把永泰毛店的设施、家具整体转让，市面估价最便宜也能卖两千块银元。可现在经济萧条，市面上很少有人能拿出两千块现银来盘下旅店。最近，有一位姓白的东家表示有意接手，自己却不露面，只托人来说合了几次，最后讨价还价压到一千五百块银元。桃花着急出手，只能答应下来，可是过了十几天还不见姓白的来签约，看样子这桩买卖黄了。

　　小莲听完问："姓白的东家叫啥名？我或许认识，不行我去说合，好促使这桩买卖尽快交易成功。"桃花说，来人不便透露东家大名，只说白东家在南关开了一处皮毛作坊，一直想再扩大经营，开一所皮毛行，苦于无合适的经营场所。白东家看上永泰毛店，但现银不凑手，只能先付一半，另一半一年后付清。如能同意，合同可签，若不同意则还需降价，降到一千才有可能现银交易。

　　小莲听后气红了眼，一千五百已经很便宜了，还要降到一千，这不是明摆着欺负人吗？她凭几年经商的经验，安慰桃花不要着急，沉住气才会有转机。大同城不大，共有几家皮毛行，没听说有个姓白的东家，小莲让桃花当心别上当受骗。她就去通知城内各商行，贴些广告，造出声势，想买便宜房产的人很多，只是苦于无消息。她还让桃花别露声色，稳稳等些时日，她抽时间打听姓白的是个啥人物，是否真有此人。

　　第二天，小莲让奶娘看好女儿德芸，自己穿了一身素服来到南关的一家皮毛老字号——得胜远，找到相熟的李掌柜，问道："李叔，近来生意可好？我想打听南关皮毛行可有个姓白的东家，您可认识？"

　　李掌柜用诧异的眼神看着小莲，说："白掌柜不就是你家布店总管白义忠。白义忠在南关东街开了一家皮毛作坊，已有一阵子了，听说是他和祥瑞布店共同开的作坊，还沿用了祥瑞布店的字号，你难道不知道吗？"

　　小莲先是摇了摇头，又怕李掌柜生疑不愿多说惹麻烦，便赶紧点点头，说：

"是，是的。知道，我家掌柜知道。作坊在哪儿？我去瞧瞧。"

李掌柜指着窗外，说："就在东面不远的四合小院，门口挂着两个红绸大绣球的便是。作坊刚刚开张没几天，还在招收技工和学徒，你去看看就知道了。"

小莲出了得胜远皮毛行向东走了二百来步，看到门上挂着绣球的一处小小四合院，四合院挂了祥瑞布店皮毛行的招牌，门上贴着开业大吉的条幅。一进院，上房五间，下房东、西各三间。紧紧凑凑的小院，作为皮毛行确实显得小了点。院中有几个人正整理着羊皮，一高个儿中年男子从上房走出，用高亢磁性的声音指挥着人们干活。男子抬起有力的臂膀在院里搬着皮捆子，又把皮捆子摆成一排，排齐码好。她远远偷看男子觉得面熟，连说话的声音也熟。这人是先宝哥吗？小莲有些不敢相信自己的眼睛。是他，就是他，看那高挑魁梧的身板，憨憨实实的面容，似曾相识，又不敢相认。男子在人群中间指挥得当，杂乱的院落不一会儿就被收拾得干净利落。真的是他吗？真的是时隔多年仍令她无法忘怀的先宝哥吗？他真的出现在了她的面前？她呆呆地望着那人的浓眉俊眼和棱角分明的阔嘴红唇，不肯离去。直到男子忙完，走出院门，从她的身边经过。小莲轻声喊住他："先宝哥，是你吗？"

王先顿时停步，打量眼前一袭素装的女子，惊讶地说："啊呀，原来是小莲妹子，你咋在这儿？快进来，咱进屋说话。"

小莲向院里看看，摇头说："不了，不进屋了，进屋说话不方便。"

王先看小莲为难，向街面瞅了瞅，说："也好，咱到隔壁茶馆说话，那里的店员我熟，环境也僻静。"

两人进茶馆找位子坐下，要了一壶茶和一碟干果。沉默半晌，王先开口问："你这是给大还是娘守孝？啥时的事？"

"我大和娘前几年就先后去世了，这次是我当家的，刚没了两个月。"

小莲见了王先，有一种说不清的酸楚涌上心头，像见了亲人一般，有一肚子的苦想和他倾诉，想到心酸处一阵伤感，泪眼楚楚。王先看她悲伤的样子，低下头默默不语，像是在思索该如何安慰她。

小莲问："听人说，你近几年在饮马河湾澄了千亩田地，发了财，盖了大院，娶了西坟村财主的二女儿，生了娃，生活殷实。你咋在这儿受累，没在家守着嫂子、孩子享福？这是谁开的皮毛行？难道你也有份儿？"

王先笑答道："哪里有份儿？这是东家白义忠开的皮毛行，刚开张让我来帮忙。

冬天农闲在村里没啥事，待在家里常和你嫂子拌嘴，不如进城凭着手艺挣点零花钱。先别说我，说说你现在咋样？布店开得还好？"

"当家的常年有病，布店由我代管着，亏空很大。如今他又撒手人寰，抛下我们孤儿寡母和月月亏损的布店，我都不知道该咋办。"小莲用手绢擦擦眼泪，缓了缓，抿了口茶，又问道："你在村里城里来回跑，多累呀？能挣几个钱？不如在家多陪陪妻儿。"

王先说："城门关得早，天一黑和阳门守备关门宵禁。皮坊里好多事儿没干完，夜里只能在皮坊凑合睡一晚。皮毛行刚开张，白义忠不懂行，好多事等我处理。我这几年每年冬天进城在各皮毛行做工，也小有名气。皮毛行都说我手艺精、善管理，给我特殊待遇，酬金不菲。好几个皮毛行请我做掌柜，我都回绝了。村里一大摊子农活忙得出不来，只能趁冬季农闲时进城打临工，教教徒弟。"

小莲看着他一副憨傻样子，笑着说："皮坊多冷呀，夜里在哪儿睡？"

"皮坊里有个炉灶，羊毛包一铺，盖几张生皮毛，一点儿也不觉得冷。"

小莲怜惜地看着他，说："都大财主了，还受这罪。不行去我那儿住吧。我家那位去世后，院里没了男人，不安全，我正要找个看门护院的，这不正好，你收工后住我家外院门房，白天也不耽误你来皮毛行做工。白天做工，夜里护院，一举两得，我照付工钱，何乐不为？"

王先听完笑道："看你说的，给妹子护院理所当然，哪敢要工钱。说白了，你这是帮我，怕我受罪，给我找了个好住处。住店不收钱，还倒给钱，哪有这等好事？行！晚上收工后我过去看看。"

当天晚上，王先来到马王庙街南巷的蒋宅。小莲让他住在大门旁一间朝南的房内，家什、被褥早已备齐，屋中一铁火炉烧得正旺。炕上放着一小方炕桌，备着四碟小菜、一壶烧酒。小莲斟了满满一杯酒，让王先喝点小酒暖暖身子。他俩对坐在炕桌两边，小莲也给自己倒了半杯酒，和他对酌，闲话起家常。

王先说他从大库伦回来后，又在丰镇皮毛行学徒三年，在此期间受真武庙的柳劲枝道长指点，在饮马河东岸的沙梁上澄出近千亩河湾地。小莲听得认真激动，急着又问起他娘和他娶媳妇的事。他说三年前母亲就去世。母亲生前托人说媒，让他娶了西坊村郭老财的二女，叫灵芝。灵芝嫁过门第二年有了大儿子王铁成，五年后又生了二小子王铁财，没过两年有了闺女，起名叫桃子。二弟王生也娶了媳妇，有三个娃，大儿子王铁有，二儿子王铁文，小女儿叫杏儿。兄弟两家一起住在新盖的两进砖瓦大院里，院子很气派，是当时曹夫楼村最大的两进院。他们兄弟两家住里院，长工海龙一家住外院，外院有仓房、厨房、碾坊，还有几间闲房，供农忙时的短工们居住。小莲听得津津有味，说有空也想回村看看。

王先又问起小莲这些年的状况，小莲说自她成亲后，生活简单，多年如一日，早出晚归打理布店。她先后生过两个男孩，一个只活了四天，一个活了六天也夭折了，去年生了个女儿。后来，蒋有伟的痨病日益严重，两个月前病逝，撇下刚满周岁的女儿德芸走了。她的父母五年前相继去世，她大弟刘鹏程在陕西参军不得音信，二弟刘鹏飞在太原刚念完师范，已参加工作。蒋有伟去世，祥瑞布店也歇业了，今后也不知怎么办，布店能不能再开业还两说。

小莲说到这儿，忍不住埋怨道："先宝哥，你也真狠心。这么多年也不来看看妹子，你还是我哥吗？"

王先不好意思地说："不是哥不想看你，我多次去皮毛行都特意绕道经过你家门口，却不曾遇见你。我想进去看看你，可找不到合适的理由，怎么也不好贸然拜访。知道你们夫妻恩爱，生活幸福，我也就放心了。"

他们聊得很投机，喝了许多酒，谈到很晚，小莲才恋恋不舍地离去。她缓步走回里院，王先一人在门房里想了很多，翻来覆去，久久不能入睡。

三月天气渐渐暖和，大地开始复苏，农耕将要开始。王先在蒋宅护院也近一个月，天还没亮他就忙着清扫里外院，给厨房的瓮担满水，茅厕、碾坊都拾掇得干干净净，然后去皮毛行上工。自从王先住进院里，小莲那种孤独害怕的情绪也逐渐消失，反倒生出些朝气。她着手清理和盘点祥瑞布店的财产和账目，请董相卿来蒋宅查账，每次叫白义忠来对账时，他总是支支吾吾说不清，要不就推在蒋有伟身上，说他不知道。更过分的是，白义忠一进门就嬉皮笑脸地喊着亲嫂嫂，不着调地调侃小莲。小莲为清理账目，只能忍耐，强压下心中的怒气。一天，她通知白义忠来家里，可他说白天有事不能来，晚饭后抽空再来。小莲没办法只能依着他。

晚饭后董相卿早早来到蒋宅，在屋中炕桌上翻开账本等白义忠。等到王先收工回来，董相卿问起白义忠，王先说白义忠和几个朋友喝酒去了。董相卿等到很晚也不见白义忠来，只好告别小莲回家。他出院门时看王先在门房睡得正酣，没好意思打扰，出门后把院门轻轻带上便走了。

院里静悄悄的，朗月当空，奶娘张婶早已哄着德芸在西房睡下。白义忠喝完酒想起小莲招他到家，心中暗喜，晕晕乎乎，步履蹒跚地走到蒋宅，他举手叩门，手刚轻触门环，门就被推开了。他心中好一阵兴奋和激动，想她有意留门，定是对自己倾心已久。他走到窗前，倚着窗台轻敲玻璃。小莲刚睡着，朦胧中听到玻璃窗被有节奏地轻轻敲响，猛然惊醒，披衣坐起，问："谁？是先宝哥吗？大半夜的有事？"

"是我，白义忠！嫂子开门。"

小莲听到是白义忠，定了定神，壮着胆说："今天太晚了，不对账了。董相卿已走，明日再说，你走吧！"

"可别啊，嫂子不知我一直爱慕着你吗？过去碍着有伟在没法相处，现在他没了，我知你一人寂寞，特来陪你。"

小莲听到白义忠说酒话，气得低声怒吼："滚！给我快滚！你个畜生，我喊人啦！"

"嫂子，骂得好。打是亲，骂是爱，我知道这是嫂子疼我呢。快开门吧，我等着……"

西厢房的张婶在睡梦中听到院子里有人说话，过了一会儿，好似又听到有人用刀片拨动门闩，猛地惊醒。她扒窗户看到堂屋门前站着一人，马上意识到这是贼来了。她拉开窗户，高声大喊："有贼呀！快来人，捉贼呀！"她端起铜盆，冲出门外，连盆带水地砸向那贼人头上。"当！当啷！"铜盆从贼人头顶滚落到地上，像铜锣一样在夜深人静的院落里炸响。

王先睡得正香，忽听张婶喊捉贼，又听院里一声巨响。他连鞋也顾不上穿，顺了操起根顶门棍，向前院跑去。月光卜，他看到一个黑衣人被水从头浇湿，呆站在当院。王先二话没说，抢起顶门棍向贼人腿上扫去。贼人被打得跪倒在地。王先又举起棍子向贼人头上砸去。这时白义忠被吓醒，抬头看是王先，举起手挡住棍子，喊道："王先别打！是我，白义忠。"

王先高举的棍子停在空中，定神细看真是白义忠，他惊讶地说："白掌柜，怎么是你？这是咋了，你咋在这儿？"

王先扔下棍子感到茫然，愣怔在院中，不知所措。白义忠低下头，愤愤溜走。

小莲看白义忠逃出大门，跑到王先身前，抱着他的腰，忍不住痛哭起来。她想把憋在肚子里的所有委屈通通哭出来。王抚摸着她的背默默地安慰她，直到她停止了哭泣，才送她回屋，说："没事了，你安心睡下，有啥事等明天再说。"说完，王先轻轻退出西厢房，回了门房。

第二天上午，王先到皮毛坊上工，不一会儿又急匆匆回到蒋宅。他进门房整理好行李后，来到里院，向小莲辞行，说白义忠今早辞退了他，再说天气转暖了，他也该回村种地了。小莲听说后并无意外，凭她对白义忠的了解，早已料到他会辞退王先，但没想到如此之快。她看王先一副不平的样子，安慰道："先宝哥可别生气，白义忠就是这么个人，他在祥瑞布店当总管多年，我早摸透了他的品性。"

小莲把这几年自己在布店的苦衷，全部向王先说清。她说，丈夫病重期间，白义忠就有意吞并祥瑞布店。但有她的管理和支撑，白义忠始终没得逞。白义忠看蒋有伟病加重，特意引诱他吸食忘忧散，由此骗取柜上的钱财，使布店资产严重流失。他见蒋有伟时日无多，就开始打起了她的主意，想方设法地靠近她，设了圈套逼她就范。幸而她已看清楚他的野心和无赖嘴脸，早有防范。小莲碍于祥瑞布店许多客源仍掌握在白义忠手里，还有许多外款皆他一人经手，如果和他撕破脸面，祥瑞布店损失颇大，因此只能忍气吞声，可时间一长，白义忠反倒认为有机可乘。小莲含泪诉说着，王先听得手足无措，不知该如何劝她。

小莲又问起，白义忠怎么辞退的王先。王先说："今天一早，白义忠把我叫到柜上，说：'天暖了，你也该回村种田了。现在皮毛坊也步入正轨，明年冬季用人时再说。'"王先心里气愤，又道："不就因为昨晚误打一棍，就记恨成仇，此人也太过小心眼。也罢，我回村种地也是件美事。"

小莲看王先气愤不过的憨样，觉得可笑，说："先宝哥，有啥气的，既然他不仁，你就不义。离了他，日子就不过了？你有这么好的手艺为啥自己不开个皮毛行，偏要伺候他？"

王先若有所思地说："我早有开个皮毛行的想法。可资金、场地、人员、管理等诸多事如何解决，谈何容易？关键是资金和场地，不易解决。"

小莲笑道："我倒有个主意，你看行不行？街对面的永泰毛店要出售转让，要价便宜，一千五百块银元就可买下。白义忠早想购买，但钱不凑手。他看破桃花嫂子急着出手，一味压价，直到现在还没签约。我不妨过去说说，咱把它买下。"

王先想想有点动心，永泰毛店他去看过，院子又大又宽敞，院里共有房屋四十多间，正好开个皮毛行。他想了想，急着说："钱，我倒是有一些，但凑齐一千五百块银元确实困难，便是将家里准备买地的钱全拿出来再凑些，满打满算也只能凑齐一千块，剩下五百块去哪儿找来？"

"这个你别愁，我这儿正好有六百块刚讨要回来的货款，你先拿去用。"

王先一听高兴地说："那太好了！这笔钱算哥借你的，年终付你二分利息。如果你愿意也可算入股，按股分红，咱们共同管理。"

小莲笑了笑，说："这是后事，等买下毛店，开张时再商量。事不宜迟，我现在就去找桃花嫂子，你先别走。"

王先点头答应，小莲急着走向街对面的永泰毛店。

周桃花见小莲登门，赶紧招呼她坐下，问道："哪股风把你吹来了，几天没见，你可稀罕，今个儿咋又想起嫂子了？"

"你让我给你找的买主，我给你找着了。城东饮马河东岸曹夫楼村的大财主王先，他愿意买下你的永泰毛店。"

"好说！好妹子，辛苦你了！你和他讲价钱了吧？一口价一千五百块银元，他同意吗？"

"说好的，不变。随时可以签约，签了约就付钱，嫂子看行吗？"

"太行了，就这么办，咱俩都是痛快人。"

第二天，周桃花找来本家大伯和王先办完交割手续。周桃花拿了现银，没几天就悄悄回绥远老家了。

第
二
十
三
章

　　永泰毛店易主后，改名为谦瑞祥毛皮行，是王先仿照丰镇谦瑞吉皮毛行改名而来，思谋着取"吉祥"二字中的"祥"字寓意店铺平安吉祥。丰镇有谦瑞吉，大同有谦瑞祥，两地吉祥贯通，相互照应，更能使师傅刘德财的精湛手艺发扬光大。王先请写得一手好字的董相卿书写"谦瑞祥皮毛行"六个字，再把字拓印在一块三尺宽六尺长的木板上，镂刻描金。这块金字招牌制成后，就挂在大门口，很是惹眼。

　　王先买下毛店，进院细看和往日所见又有不同。垂花大门外的两尊石狮，雄姿焕发，栩栩如生。石狮两旁有石柱拴马桩、石凿饮马槽。进大门后先是一面照壁，砖砌石座，上雕山水鸟兽。照壁后面是一片天井，天井中有大片空场，场地中央一块大石，仿似太湖山石，山石前一个铜耳瓦缸，缸中栽着几株睡莲，几片叶子飘浮缸中，几朵粉红花蕾亭亭立于浮叶之间。东西两边各有夏房几间，雕梁画栋，独门独窗。王先准备将六间客房改为皮坊、毡坊，大门西侧的三间南房作为厨房、餐厅，由尹二厨子管理，厨房紧靠井屋，用水也方便。大门东侧两间库房、一个大茅厕。上房一排八间阔面镂花格子玻璃房，硬山顶，五架梁，苦灰色布纹板瓦为底，烟熏色筒瓦上扣，脊端施兽，两檐滴水。八间上房建在高于天井四尺的基地上，由七尺高的一堵花楼墙隔护，高于天井基地部分，花墙中上部嵌石雕葵花图案，图案间砌空十字方格，可透视上房门窗。上房到花楼墙间隔一丈，花楼墙上一溜花盆，花枝被修剪后，争芳吐艳。正中建有五阶高台凉厅，凉厅紧靠上房堂屋正门。凉厅是四柱垂花飞檐厅，厅四面有镂花遮阳挡板。凉厅东西过道通向两边耳房，东耳房三间，也是两面厢房，和堂屋一样的格局。西面耳房是里外两间，里间卧室，有床有桌，外屋是休息室，有四方茶桌，茶碗茶具齐全。外间北面靠山墙前有一排顶柜，柜门打开，有一道暗门，暗门通往里院。登上五级台阶过凉厅进入正房，东房和堂屋掏空为客厅，西厢房为卧室。八间上房三扇格子门，门上部方形镂花格子玻璃窗，门下部浮雕宝瓶、仙桃和八仙八骏。客厅置有摇椅、酒桌、茶炉、几案和四把太师椅，北面山墙前是一排顶箱大柜，前面摆四扇屏风，绘着梅兰竹菊，刻有花鸟鱼虫。西厢房一扇雕花小门，进门是一面靠山大炕，围墙上油漆彩绘《八仙过海图》。炕中有四方红木雕花小桌，桌面放烟具、茶具，供贵客喝茶吸烟。几天来，王先将毛店的每间房、每个角落都细细看完，感到十分惊讶，他叹朱壮魁煞费心机，却落个惨死，实在可悲。

王先住进谦瑞祥，在客厅点了蜡烛，白天也不熄灭。他躺在摇椅里昏昏欲睡，想着如今场院是置下了，可下一步该如何经营，心中没谱。一大堆烂事把人搞得头昏脑涨，设备是自制还是购买，工匠从哪儿雇佣，工资待遇怎么定，皮毛原料从哪儿购进？这些问题都需要仔细算计，更难的是这些都需要一大笔资金，在开业前都得备齐。可钱从哪儿弄？他已山穷水尽，无能为力，欲退不能，干脆先不去想，美美睡一觉再说。

小莲帮王先盘下永泰毛店后，便愈发忙了起来，很少在蒋宅待着，一心扑在谦瑞祥皮毛行，每天很晚才回家，一觉睡醒又去了店里。负责做饭的尹二厨子变着花样烧菜，有意显露他的厨艺，把王先吃得直皱眉头，也没敢吱声。打扫客房的老娘子给王先沏好茶端来，王先推开茶壶跑到厨房舀半瓢凉水喝下，连喊痛快、解渴。每次小莲一来，老娘子照样端来一壶茶，看她擦过胭脂的小嘴一抿，老娘子为她那优雅举动赞叹不已。小莲每日的衣裳鞋袜从不重样，得体大方，头梳得光光的，脸上有红施白，头饰耳环光彩衬人。当她从外边忙完回来，拔了头簪，让发髻铺散下来，乌黑的长发遮着面，优雅地轻轻一甩，头发像一面黑色瀑布般落在笔直挺拔的后背上。偶尔无事时，她便脱了鞋，没骨头似的窝在客厅的摇椅上，摇啊摇，也不管王先在与不在，像在自家一样随便。可当有了事要出门或来了重要的客商，她立即梳头施粉，换一身新衣新鞋，瞬间又光鲜起来。老娘子不止一次地对尹二厨子感叹："夫人是神吗，咋就有那么大精神？如果是我，早累死七八回了，而她就像个灯笼，只要一点上蜡，里外都透着亮！"小莲每每一进门，老娘子总是给她沏一壶茶，说："你快歇会儿，歇会儿吧。"她便端了茶，坐到凉厅东侧的花楼墙上喝，一边喝茶一边赏着周桃花栽下的一盆盆花。洋绣球花开得正红，牡丹也长出花蕾，仙人掌、龙骨碧绿挺直，焕发出勃勃生机。

永泰毛店易主后，他俩一直不得闲，尤其是小莲。她比王先都考虑得周全，从谦瑞祥的整章建制到置办店中的设施、雇佣人员，等等，事无巨细，她都要一一过问和检查。她凭借着在城里的人脉和经验，东奔西跑，筹办营业事项，筹措流动资金。几日来，将各家票号、钱庄、银行都跑了个遍，她深知开业前要紧的大事是凑足流动资金，可跑遍了城里的大小票号，得到的答复皆是钱已贷给白义忠新开的商行，不贷给她是怕引起同行间恶性竞争，让票号受损。她明白这只是借口，肯定是白义忠打点了票号。果然，一个熟人给她透了信儿：白义忠到处宣扬说王先就是个背河的穷光蛋，靠卑鄙手段引诱小莲骗取钱财，靠吃软饭开了皮毛行，这样的人没信用，贷款给他只能亏本。

小莲听罢气得七窍生烟，却也无可奈何。她和董相卿回到店里，看见王先在摇椅中睡着，不禁恼火，心说："你倒是心大，这时候还有心思睡大觉！"

董相卿推醒王先说："东家醒醒，我们回来了。"他揉揉眼睛站起来说："回来了，钱借到了？"董相卿摇摇头，告诉他票号、钱庄都不放贷，理由是无财产抵押。王先说："有千亩河湾地和曹夫楼的一处大院，不算财产吗？"小莲说："河湾地再多也没用，没有地契，那是片垦荒地，不发契约，曹夫楼大院刚盖也没契约。"

王先听完他俩的话后，在客厅不停地转圈儿，想了想，只能叹气说："皮毛行干不成，咱只好照老样开旅店吧。"

董相卿看看他那神情沮丧的样儿，笑笑说："有一个办法，咱不妨试试。"

王先急着问："啥办法？说来听听。"

董相卿说太原有很多人向社会上募资，只要诚信好、利息高、有不动产抵押，募些社会闲散资金还是有望成功的。

王先低下头想想，说："对呀，我咋没想到。向乡亲们借钱，年息二分，凭咱在河东一带的信誉定有人愿意借钱。"他拳头砸手心，激动地说："马上就干，董先生现在就写借据，写好借据我去筹款。"

小莲失笑说："急啥，有了办法，还愁时间？"

董相卿写好借据，又写下五块钱一股的票据，一一盖了章，共制了几百张交给王先备用。第二天一早，董相卿先把写好的借款布告贴到大门外，围观的人不少，购买借票的人却寥寥。

　　王先背起褡裢，装好一摞借据整装出门，准备回曹夫楼村试试。董相卿特意提醒："御河春汛发水，过河时要当心，别弄湿票据。"王先听得一愣，问："什么御河？"脱口而出后忍不住发笑，笑自己愚陋，现在的年轻人都把饮马河改叫为御河，只有他们这些叫习惯了的老人一时半会儿改不了口。王先从小熟悉河道，过河不当紧，便让董先生尽管放心。

　　王先好一阵没回家，刚一进门老婆灵芝和孩子们就围了过来。王先叫大儿子王铁成把海龙大爷、刘雄伟叔、王生二叔都叫到里院上房来有事商量。王铁财看王先穿着对襟中山装、西裤，总觉得不知哪儿不得劲，左一眼、右一眼地瞅着。王先摸摸王铁财的头，说："城里人时兴穿成洋人模样，这叫派头，你长大些就知道了。"

　　王先把村里要好的邻居、亲戚们都请到家里，说明借款开皮毛行的意向，又道："如果大家信得过我王先，借款或者入股谦瑞祥，我都欢迎，股金多少不限。投资谦瑞祥和挖渠澄地一样，有钱大家赚，有利众人得。"听了王先的话后，众人经过一番议论，都一致认为王先是个办大事的能人，何况他用湾地、房产、牛羊、家什做抵押，人们怎能不信，众人都默默点头赞许。

　　只有沉默寡言的王生插话说："哥呀，家里所有的钱都让你拿去了，攒了几年准备买地的钱也让你都拿去做了买卖。今年湾地庄稼生了核桃虫，谷子、黍子、山药都种不下。你可不能像村西头的二赖头一样，坑了众人，也害了自个儿。哥，咱悠着点，好吗？钱够花就行，日子刚好点，这下可把全家的身家性命都押上了。"

　　王先看着二弟笑笑，他知道二弟生性胆小怯懦，又缺少历练。他拍着王生的肩膀，说："二弟别怕，有哥在，你放心。"

　　人们议论完，都回家取来钱购买借票，五块一股，王先立马把一年的利息付还给买者，只收四块钱。人们用四块钱头到五块钱的借票，当下立马赚一块银元，何乐不为。他们奔走相告，没用五天时间，借票全部售完。王先激动地回谦瑞祥准备着手皮毛行的开张事宜。

　　王先给城里的同行商家、官管、督查等相关人等下了请帖，定在六月初六举行谦瑞祥皮毛行的开张庆典。他特意捎信邀请了包头皮行掌柜安彪，银川毛栈东家巴特尔，绥远皮行老掌柜安文华和他儿子少掌柜安勇、丰镇谦瑞吉老掌柜刘德财、新掌柜刘翠花和她丈夫钱垛儿以及集宁等地的皮毛客商，共同庆贺谦瑞祥皮毛行开业。

　　在小莲的建议下，皮毛行实行先易后难的策略，开张不易贪大，先把毛活干起来，同时带动皮货，实施代销，这样占用资金少、见效快。王先听取了小莲的建议，买来各种型号的毡鞋楦子、靴楦子、帽楦子，一一摆放在制毡架子上，制毡所用的席子、竹帘、弹弓、绳、刀、剪等工具都已备齐。还预留出一些客房，保留原来的样子不变，以此招待远方而来的皮毛客商。院里院外都布置得焕然一新，小莲又请来了城里的画匠，把房梁、檩、柱都用油漆刷新，张灯结彩，只等吉日开张。

从宁夏、包头出发的巴特尔、安彪等人提前几天就到了，随后，绥远的安文华、安勇及丰镇的刘翠花、钱垛儿等人也来到谦瑞祥住下。

农历六月初六，马王庙对面的戏台早已锣鼓喧天，连着三天的大戏引来了众多的百姓。戏迷们搬来板凳、砖头，早早坐等着开戏。山西梆子戏、耍孩儿、二人台都应邀登台。戏台对面的谦瑞祥皮毛行大门上结着硕大的红彩绸，拴马柱上已拴了十几匹大马，轿车、马车把马王庙街都排满了。院里，王先一身新装，迎接着男客，小莲穿着新潮服饰，迎接着来客的家眷，等着早晨典礼完毕去凤临阁饭庄吃午饭。

谦瑞祥一早就布置了庆典所需的装饰，院内挂满了红灯笼，各屋门窗都贴了红底黑字的喜庆对联，两盏宫灯挂在厅两边，宫灯上绘有骑马的刀枪武士，宫灯点着后，转着圈地展示着武士的打斗场景。小莲是庆典的主角，她身穿短袖高领杭缎小夹袄，头戴珍珠钗，耳挂两串翡翠耳坠儿，每走一步都拍打着她红润妩媚的脸庞。王先和众人聊起业务上的事，安彪和巴特儿在包头、银川各有一家皮毛行，几年做下来也初具规模。安勇如今也长大成人，经过几年的历练，准备接他大的班，成为大掌柜。钱垛儿在谦瑞吉皮毛行干得风生水起，刘德财看钱垛儿踏实肯干，便将他招为上门女婿，把偌大个家业交给翠花和钱垛儿，自己寻轻闲去了。

王先让伙计们把众人带来的展销皮货挂在东西房内的展柜上，写明产地、价格，每户一间房，都是些大同城少有的水貂、红狐、白狐、水獭、滩羊皮货，贵重而新奇，开业展销三天，低价促销。三天后，转为谦瑞祥皮毛行代销。今后，他们各家都有皮货让谦瑞祥来代销。大同城的来客摸着如绸似缎的珍贵皮毛，赞不绝口。

小莲亲近地拉着翠花走出客厅，二人像两朵鲜花一样在人群中穿梭。小莲说："妹子，咱去尝尝厨房刚炸出的髓油馅的油糕。这可是大同特色，又甜又香又软，可好吃了。"

这时，一人大摇大摆、迈着八字方步走进大门，拦下小莲和翠花，大声说："什么东西，让我也来尝尝。哟，这不是小莲吗？我今天该叫你蒋嫂呢？还是该叫你王夫人？哟！两位夫人可真美丽，王先可真有福气呀。"人们听到有人说话不恭，都转头看过来，见此人头戴瓜皮小帽，手握一把摇扇，拦在小莲和翠花面前，嬉皮笑脸地不肯走开。

王先一看是白义忠，紧着上前招呼道："没想到白掌柜驾到，里面请。不知掌柜吃早饭否？这里有早餐备着，髓油馅油糕，可软了，白掌柜赏脸尝尝？"

白义忠斜瞄着王先，说："你请的都是城里有头有脸的人物，我算哪门子客人，不请自来罢了。只是不知我来是该给你报喜呢，还是报丧呢？"

王先一看白义忠不怀好意，出言不逊，看样子是来砸摊子来了，不动声色地说："来者都是客，既来之，则安之，吃饭、喝茶，请便！"

"不敢，听王夫人说油糕挺软，也对啊，你不就是吃软饭长大的吗？一个背河的穷小子，能有今天，实属不易，石榴裙下好乘凉呀，佩服，佩服！"

王先一股无名火涌上心头，上前一步，一拳砸向白义忠面门。白义忠疼得弯下腰，眼泪伴着鼻涕、鼻血流得满嘴都是，跟着白义忠来的两个随从见状，赶紧扶着白义忠退出大门。

王先挥挥手说："白掌柜见红了，大吉大利，借光，借光！好走不送！"

白义忠忍着疼痛，瞪圆狼一样的红眼，瞅着王先狠狠地说："你等着，有你好看的时候！"说完掐着鼻子，仰着头，在随从的搀扶下走出大门。

大门外人群熙熙攘攘，都在看马王庙戏台的演出，谁也没注意顺着墙根溜走的白义忠。院内丰镇来的周耀师傅和两个得力门徒，弹着羊毛，三人"咚咚、嘣嘣"的像弹三弦一样有节奏、有旋律，表演着制毡技法。这是翠花派来帮王先撑门面的制毡高手，他们是来教学徒的，等王先这边的人员配齐熟练了再回丰镇。

中午，谦瑞祥开业庆典的宾客都齐聚凤临阁饭庄，包下了凤临阁两层楼。桌上十碟凉菜早已摆好，人们寒暄着就座，小莲介绍着凤临阁的饭菜，百花烧卖、过油肉、凤趴窝、扒肉条、葱烧海参、素炒三鲜、虾籽鱿鱼、红烧黄河大鲤鱼、黄焖丸子、药膳羊肉，还有压桌的大粉盘和宴尾的什锦铜锅，喝的是尹凤钗烧酒。宾主尽兴畅饮，众人都夸小莲帮衬王先开皮毛行的功绩大，不可小觑。

谦瑞祥皮毛行开业后逐步进入正轨，以制毡，制毡鞋、毡靴、毡帽为主业，兼代卖口外各商家皮革、皮毛制品，同时也接待远道来的皮毛客商。从早到晚，院外进料拉货的木轱辘车来来往往，院内弹羊毛的弓子声不绝于耳，整条街都清晰可闻，来往的客商住店、办事都住在谦瑞祥皮毛行，他们还习惯把皮毛行称为毛店。

第二十四章

曹夫楼村，王生吃罢晚饭，蹲在西厢房的衣箱前，掏出腰间的铜杆旱烟袋，从绣着荷花的黑色烟包中挖了一烟锅的小兰花烟叶，打着火镰，点燃麻油灯，对着豆大的灯焰猛嘬一口，接着从鼻孔、嘴里吐出一团团烟雾。烟雾转着圈儿地飘向炕头上正奶娃的媳妇兰香身旁，一会儿满屋都充满了浓浓的蓝白色烟雾。杏儿正努着小嘴吃奶，小小的鼻孔急喘着，猛地吸进烟气，咳了起来，一口奶水呛了嗓子，好一阵连哭带咳，蹬着小腿儿，挺直身子，大声哭吼。哭声吵醒了在被窝里睡着的大儿子铁有、二儿子铁文。铁有翻身又睡着了，两岁的铁文跟着号哭起来。两娃高一声、低一声地哭个没完，兰香放下号哭的杏儿，起身下炕，夺过王生手中的烟锅，破口大骂："一天到晚就知道抽烟，一点主见也没有。你哥把村中、家中的事让你管，可把你能的，成天像没了魂儿一样，没抓没拿的。就你那点胆儿，我算看透了，嫁了你这窝囊废，一辈子别想好。你就成天只管抽烟，要抽到隔壁耳房抽去，夜里就别进屋来，让你痛痛快快地抽上一夜，抽不死你！"

王生怕了兰香的高亢嗓门，每逢吵嘴，兰香那连珠炮似的话语带着唾沫星子从口中喷出，噎得他一句话也说不出来，次次他都以失败告终。王生收起烟袋，吹灭油灯，蹒跚着向西耳房走去。

王生在耳房一夜睡不踏实，临天亮隐隐听到外院海龙给牲畜添草料的声响。他披着衣服来到马厩，马厩里宽敞干净，槽分两边，一边拴着王先的枣红色三河纯种骒马生下的两匹青骒。槽头拴一匹草驴，草驴身旁的小驴驹强挤着蹿出门外，撒着欢儿地在院里蹦跳，绕了几圈后又回到草驴身旁，伸头在驴肚下寻奶。另一边槽上拴着两头耕地黄牛，一头母牛不停地用舌头舔着身旁卧着的牛犊。王生看到海龙给骡马加了谷草和煮熟的黑豆，给牛槽添了铡碎的青草，黄牛急嚼青草时，挂在牛脖上的铜铃"当当"响着。海龙背对门口铲着牛屎马粪，看见王生站在门口，打了声招呼。王生从厩中拿起把锹帮海龙除粪，一阵铲除打扫过后，海龙顺便问起王先在城里开店的事。王生只管摇头，说："不知道，哥走时啥也没说，只说待这季麦子收下来，早点卖了，毛店急等着用钱。"

海龙听完没言语，王生接着问："我说龙哥，咱这几年澄了地，盖了房，这是多好过的光景，哥干啥还要开毛店？把家里几年积攒下的钱都掏空了，还借了那么多债。眼看要收割麦子，没钱咋雇短工？黄丫丫一大片麦子都熟透了，再不急着收割，来一场小雨下来就全糟蹋了。灵芝大嫂说，怨就怨那狐媚子撺掇哥开毛店，开店得多少钱才够？年根儿眼看就到了，借人的钱要还，要是没钱堵不上眼，可就把这几年用心血换来的家业都赔上了。"

海龙来家扛活儿时，王生年纪尚轻，就跟着他干活儿。几年下来，海龙把他的脾气性格摸得透透的。王先娶妻后，嫂子灵芝看他还小，就让他去村里私塾念书，学知识长本事。他哥也觉得二弟胆子小，放羊只在村边放，不敢走远，生怕河湾有狼。几只羊被他放得越来越瘦，真不如让他去私塾学点东西。如今家境好了，也不差这几个钱。可王生上私塾没几天就说什么也不去了，私塾里的学生数他个子高，坐在教室后面像个大傻子，先生问话，一问三不知，每每逗得学堂里的孩子们哄堂大笑。笑得他面红耳赤，恨不得找个地缝钻进去，一气之下再不去学堂，要跟着海龙和牪牛下地干活儿。春天，海龙耕地他牵牛，海龙耕田他耙地。夏天，他跟着海龙、牪牛锄田，海龙、牪牛剥谷苗锄四垄，他锄两垄还赶不上趟儿，锄到地头，海龙让王生回头看，王生锄过的谷苗有许多被太阳一晒就蔫了，个别还倒在地上。海龙指着坏苗说："蔫了的谷尚是被伤了根，倒在地上的苗是被锄断了根，可得小心。一棵谷苗半碗粥，浪费不得。"有时，牪牛赶花轱辘大车拉货，王生要跟车拉磨杆，装车卸货倒是憨厚勤快。几年下来，王生把地里、家里的活都干遍了，慢慢地成了家里不可缺的好劳力。只是，他整天闷着头不说话，遇事全凭哥嫂拿主意。每到晚上早早睡下，被褥蒙着头怕神怕鬼。

听到王生还在絮叨，海龙伸手按住嘴唇，说："嘘，小点声，让你嫂子听到，少不了又一场争吵。"海龙看着王生那胆怯无奈的苦瓜脸，忍不住发笑。

这两天，王先在城里开毛店的事传得沸沸扬扬，有人说王先就是个背河的穷鬼，经商是外行，啥也不懂；还有人跟灵芝嚼舌根，说小莲是个狐狸精，专门勾搭男人，毛店迟早姓蒋，王先要倒大霉……

灵芝开始不信，微笑着说："您放心，我家先宝说了，小莲妹子是个好人，帮他打理毛店，还借给他钱开店。这是小莲妹子和一个叫白义忠的不对眼，帮先宝抢了姓白的生意，姓白的气不过，到处说先宝的坏话。您别听姓白的瞎说，我就信我家先宝。"

但架不住传言越来越多，灵芝也有点将信将疑起来。让她心烦的还不止流言蜚语，最近兰香在家憋闷就和王生拌嘴，谁劝也不听。兰香一气之下，把三个娃扔给她看管，自己打扮了出门，找邻居刘婶、王婶等人打牌消遣。她一玩一整天，孩子也不管，把灵芝忙得里里外外不可开交。

王先一心扑在城里的毛店生意上，家里的事情基本不闻不问，好在家里的农活还有海龙顶着，能让灵芝稍稍心安。

海龙在马厩里放下除粪板锨，又拿起一柄木锨，把马槽里的草料翻捣搅拌均匀，又添了少许煮熟发软的黑豆，顺手在墙边的木台上铲了些麻糁（胡麻榨完油的饼料）和豆饼放入牛槽里。他把厩里的牲畜个个喂得油光发亮。海龙高大魁梧的身躯像庙里的一尊泥塑神像，威武雄壮，这是一个勤快的长工，他和东家王先、长工牤牛一块在饮马河湾澄地起家。三人像亲兄弟一样，一块儿吃，一块儿下地干活。海龙以诚实和勤劳取得了王家所有人的尊敬和信任。他踏实地从王家领取早已议定好的周边各村最高的长工薪俸。每年发薪两次，八月十五一次，年底一次。他吃住在王家，几年下来攒了几个钱，在村东不远的泗家庄半坡买了五亩旱地。他有了自己的田，也有了打算和想法，抽空种些谷黍贴补自用。

有一天，王先吃过晚饭，趿拉着鞋来到外院马厩前，看海龙用平车推黄土垫圈，脸上和衣服上落满尘土。海龙看王先走来马厩，扑落身上的土屑，扔下平车，跟进马厩，揭起铡刀，等着王先往铡口喂草。马厩里来了帮手，马槽空着就等着铡好的草料喂马。王先笑看着海龙，只好在铡墩前蹲下来，把干透的谷草码齐摆好，然后一把一把喂进铡口里。海龙双手按着铡把，弯腰往下一压，"嚓"的一声，被铡断的谷草散落下来，王先顺手在碎草中择出一寸长的圪节扔向一旁，谷草圪节骡马不爱吃，只能当柴火使用。

"应该娶个媳妇了，照顾你起居，你也该有个后人，老了给你养老送终。"

王先话音刚落，海龙急着说："你说啥？娶媳妇？不急不急。房子没一间，往哪儿住？再说钱也不凑手，拿啥养活媳妇。过几年攒足了钱，盖了房再说吧。"

"成亲是人生大事，耽误不得，你想打一辈子光棍？早成亲，早生子，你别担心住房。要婚房，咱外院这么多闲房，你挑两间做新房。我和灵芝商量过，你成亲的一切花销我们全包，你就等着入洞房。前天，我刚去海力村，正好有个十六岁的姑娘，刚死了爹，她娘急着想给女儿寻婆家，条件不高，只要三十块银元，其他没讲究。穷人家的孩子好养活，我没和你通气就把这事给揽下了。"

"不行，不行。我娶媳妇你出钱，这理说不过去，哪有这个做法？我看还是以后再说吧。"

"你就别推辞了，这几年我心里有数。你虽住我家，白天在地里干活，夜里起身喂牲口，一人干两三人的活，我心里过意不去。牤牛比你岁数小都成家了，你还单着。我们给你办喜事，我们不亏，你就别推了。择日不如撞日，这个月十五就办喜事。"海龙再没推辞，催着王先添草，他说别让铡刀闲着，闲聊不误干活。

那年，海龙从煤窑来到曹夫楼村，跟着王先澄田种地，是把好手。在他看来，人家给他提供落脚的地儿，肯雇佣他当长工，管吃管住，给最高的薪水，他就该给人家干活。这是天经地义的事，挣了人家的工钱，吃了人家的茶饭，不好好给人家干活，那人家雇你做啥？海龙从小没父母，走南闯北，饥一顿饱一顿，讨吃打零工也遇到不少东家，却没一个像王先这样把他看成亲兄弟。财东想雇一个本分的长工和长工想择一家仁义的财东，同样不容易。王家是仁义的，尤其王陈氏活着的时候，他刚来，一开始日子不好过，稠点稀点都先紧着他吃，冬棉夏单早早给他备齐，问寒问暖像待亲儿子一样待他。他打小失去了母爱，就把王陈氏当成了自己的母亲，成天"娘、娘"地叫着，比王先还叫得勤快。他一心一意干活，院里田里的活他都放在眼里，把王家当成自个儿家。过了几年，他暗地里也有打算，把每年的薪水都攒起来，凑着买几亩薄田，盖几间房，娶房媳妇，生个娃，也算个人家，总不能老麻烦王家。先是王陈氏，后有灵芝，给他缝缝补补，每年夏天的短衫短裤，冬天的棉衣棉裤，都是给王先做一身，同样也给他做一身。灵芝也拿他当成本家大伯一样看待，"哥、哥"地叫着。每到农忙时，海龙和干活人吃细粮肉菜，灵芝带着娃们和二弟吃粗茶淡饭，她说吃糠咽菜的苦日子不能忘，和王陈氏的说法一模一样，省下的就是攒下的，一个铜板掰成十份花，才能攒下一份家业，财东不是好当的，精打细算才是本分。

每年开锄、收割都要临时雇佣些短工，带领短工认识东家的地块，夏忙锄，秋抢收，海龙自然是短工的头领，督查他们不要偷懒怠工。有时看到草锄不干净、庄稼割倒留下的谷茬太高，他忍不住发火道："你看你割过的谷茬像不像人割的？贼偷也留不下这么高的茬口！谷杆是骡马的口粮，浪费不得。出门给人干活就凭这本事？东家瞎了眼雇下你这号孬手！"海龙是远近有名的庄稼好手，他看见那些不入眼的活计就不由得发火。可他对二东家王生总是耐心纠正，有时重做一遍，为他示范。他总说二弟还小，需要历练。他称东家兄弟俩为大弟、二弟，东家人都称他海哥。海龙一般不参与王家的家务内事，很少进入里院。他只恪守一条，干好自己该干的事而决不干他不该干的事。王先进城开毛店，想把村里、家里的事托付给他照看打理。海龙再三权衡了当这个家和不当的种种利弊之后，拿定了主意，他就是长工，东家看得起他，他也要摆对位置，不能坏了规矩。为了不驳东家面子，他只说："二弟当家我辅助，一切听二弟的。"王先拗不过海龙，只好作罢。

阳婆刚刚升起，刘雄伟在自家吃过早饭，进外院牵出骡马，打了一盆凉水，用硬毛刷洗刷骡背上的泥土、汗渍。草驴在院内打完滚儿，抖动着身上的尘土，张开鼻孔，喷着响鼻。驴驹儿蹦跳着，伸头在草驴肚下吃奶。王生看到刘雄伟准备套马车去河湾拉麦，走上前问："忙牛哥，割麦的人雇下了吗？雇下几个？"

刘雄伟忙回答："雇了十个人，用不了三天就收割完了，河湾那块地不算大，好割。人多了割麦窝工，晌午的中饭也难做，十个人正好。二弟，割麦人当天就要工钱，讲好的一天一结，概不拖欠。"这是夏天麦收、锄田雇佣短工的规矩，这个时节短工最难雇。短工们都在挑选东家，看哪家吃得好，工钱给得高，就去哪家。东家小气吝啬的，这时往往雇不上短工，庄稼只好烂在地里。所以再吝啬的财东，这时也显得大方豪气，晌午炖肉、大烩菜、黄糕、烧酒，比着赛着谁家肉多糕软。

早晨吃饭时，王生愁眉苦脸，不说一句话，心烦意乱，坐立不安，吃饭也不香，没吃两口就把饭碗推到一旁，叹着气。灵芝看在眼里，知道二弟一遇到难事就这样，便说："你哥没在，还有嫂子，有啥难事跟我说，别闷着犯愁。"

王生嘟囔道："哥把家里的钱都拿了，割麦雇工要工钱，去哪里找？我是没法子，这个家没法当，谁爱当谁当，我不管了，我也管不了！"

灵芝看王生那为难的着急样儿，笑着说："别急，嫂子这里有平时攒下的脂粉钱，你先拿去应急，等卖了麦子，有钱再还给我。"

"脂粉钱能有几个，根本不够。"

灵芝回屋，拎了个小布袋出来，打开让王生看，问道："你看够不？"王生打开袋口一看，足足有百十来块银元，脂粉钱咋能攒这么多？灵芝又说："平时省着点，积少成多，能办大事。"王生顿时眉开眼笑，说："嫂子，用不了这些。这可解了燃眉之急！"土生、海龙、刘雄伟赶车出门割麦。临出门时，王生一再吩咐铁成好好念书，别贪玩打架。

无论如何，王家的麦收之急算是解决了，到了农闲时节，王生吃过早饭闲得无聊。海龙和刘雄伟出车运货，帮着水泊寺的贾老二往城里送粮，顺便挣点车脚钱。院里没了海龙、刘雄伟，王生准和老婆拌嘴吵架，不如出门溜达，见见老熟人。他信步转到村西头，闻到一股刺鼻的苦辣气味从二赖头的院里飘来，他扒着半截土板墙往院里瞅，看到缕缕青烟从二赖头的破窗户缝里飘出，飘过土墙，弥散在街面。他心生好奇，又悄悄进院扒窗户往屋里瞅。二赖头正在铁锅里熬着半锅黑色的面糊，难道是在学着做膏药？这得好好看看。奇了，没听说过二赖头还有这一手，只知他成天赌博、酗酒、耍无赖，人们因此给他起了绰号，叫二赖头。黑色的面糊在锅里冒着气泡，咕嘟咕嘟地翻滚着。二赖头抬头看到窗户外有人偷看，悄声问："谁？是谁在那儿，干啥的？"

"是我，王生。你在干啥？"

"原来是二兄弟，快进屋坐。"二赖头双手在大襟上擦了擦，两步跳到门前拉开门闩，让王生进屋。王生看二赖头一脸神秘，问："你这神神道道的，在干啥？"

二赖头不好意思地说："春天我在河湾沙沟里无意撒了些洋烟种子，夏天烟苗长高后开的花可好看了，红色、粉色、白色……五颜六色可喜人呢。夏末我割了烟乳，没敢熬成膏。今天闲着没事，把它熬煮成膏后留着治病。这烟膏治个头疼脑热、腰酸腿疼可灵了，用上一点就能药到病除，既治病又解乏，但一次不能多用，用多要命。给你拿点，可不敢跟旁人说。"

二赖头说着，从锅里舀了勺烟膏，倒在油纸上晾凉后包好，让王生拿走。王生没当回事，把烟膏揣怀里走回家藏进西耳房，就进了堂屋。进门正撞着侄儿铁成红着脸，怒气冲冲地跑出东屋。听见嫂子数落铁成道："刚上学路上不知咋，还没走到学堂就把刚缝的新裤子撕破了。不学好，成天闷着声地祸害人，不是打架就是逃学。等你大回来，好好收拾你。"

王生拦下铁成问："你不是和海洋一块上学去了，咋又返回来？"

灵芝气得接过茬儿说："为他上学，他大特意从城里扯的洋布，我连夜赶做的新裤子，让他头一天就撕了个大口子，这不，害羞地跑回家换裤子了。"

王生抚摸着铁成的头，亲昵地问："跟二叔好好说，咋把裤子撕了？是不是又打架了，谁欺负你？二叔揍他！"王生和铁成最好，铁成从小就和二叔亲，反倒对他亲大冷淡很多。

王先太喜欢他这两个儿子了，往往趁孩子不注意的时候专注地瞅着大儿子铁成那鼓鼓的圆脸，浓眉大眼，有棱有角的通鼻阔嘴。老二铁材还小，小鼻圆脸，小嘴撅着，抱着他娘的腿瞅人，躲着看他大。王先不习惯对孩子们疼爱亲昵，只把爱放进心里。

铁成先是和奶奶形影不离，奶奶过世后，又腻着他娘，王先几乎没有背过抱过他们。反倒是王生这个当二叔的，从小背着抱着铁成，出门玩耍时也要领着铁成，把铁成架在脖子上看戏，逛真武庙庙会。铁成八岁那年，被送去上私塾，铁成不去，被他大狠狠揍了一顿。还是二叔哄着给了冰糖，才将他送去私塾，这倒好，每天铁成上学都让二叔接送，一直持续了两年才肯自己去私塾。一开始，王先拦着不让送，王生说："铁成胆小，自己不敢上学。"

"谁像你胆小，他胆子贼大。别看他蔫了吧唧，主意可正了。那都是装的，就为了每天骗你的糖果吃。"

铁成头脑灵活，私塾先生常跟王生说："这孩子长大能成气候，学东西一点就通，书看一遍就能背个八九不离十，就是淘点。不过小孩子不淘没出息，他是蔫淘，他想出的恶作剧有计划，有步骤，往往不易被人发现，出乎人们的预料。"

王铁成十三岁已把先生的知识都学完。每次向先生提出的问题都稀奇古怪，往往问得先生哑口无言。先生找到王先说："你这娃该到城里学中等课程了，我是教不了了，别耽误了孩子的学业。"王先点头答应，准备过了年就送铁成去城里的洋学堂学习。

那日，王铁成和海洋结伴去学堂，走到半路，在村西槐树下看到二赖头拾来的闺女英姑又在树下抹眼泪。英姑双手捧着只羽毛未丰的喜鹊，看样子那雏鸟刚从窝中掉落到地上被英姑捡到。英姑看喜鹊落地失去娘亲，孤苦伶仃，想起自己的处境，不由地哭了起来。英姑是城东阳高王官屯人，三岁那年父亲去世，母亲背着她来大同逃荒。走到曹夫楼村南沙沟，又饥又冷，母亲在沙窝下晕了过去，英姑被冻得哇哇直哭，村西的二赖头从齐家坡赌钱回家，经过沙沟听到女娃的哭声，顺着哭声寻到沙窝，看是母女俩倒在沙崖下。细看晕倒的女人还年轻，颇有姿色，就起了怜悯之心。他叫醒女人，帮她抱着英姑，搀扶着回到他家。二赖头煮了碗莜面糊糊，烤了几片黍子糕饼，让娘俩吃。慢慢问起娘俩的情况，二赖头就有意把她们留下。英姑娘一看二赖头光棍一个，有意收留她俩，她想，有个落脚的地方就行，也就一将两就地和二赖头过起了日子。时间一长，二赖头的新鲜劲儿过去，英姑也渐渐长大，他就嫌弃起英姑，经常打骂英姑，每当赌钱输了或喝点酒回家，看英姑不顺眼，便喝喊着将她赶出家门。这不，今天又把英姑赶出家门，英姑看二赖头喝醉酒也不敢管。英姑哭着来到大槐树下，看到掉落的喜鹊，捧在手里，哭得更伤心。王铁成和海洋经过大树，看到八岁的小英姑哭得伤心，走近问道："哭啥？哪儿来的鸟儿？"

"是树上的小喜鹊掉了下来，它要找娘。铁成哥，你救救它。"

王铁成看了看大槐树上的鸟窝。他把上衣脱了，揣着喜鹊爬上树。当他把喜鹊放进窝里，再往下爬时，脚踩中枯树杈，"啪"的一声，枯杈折断，脚下一滑，半截树杈勾住裤口，裤子被撕开了，从裤脚撕到裆上，一条白腿暴露出来。王铁成看了看英姑，羞得跑回了家。

王生得知后，对嫂子说："娃这是办好事，有善心，别责怪娃。"王生说着，拉起侄儿去学堂。半路上王生问道："英姑喜人吗？你为她如此卖命，难不成喜欢上她了？要不二叔给你说媒，订个娃娃亲？你可要当心，她大二赖头可不是好惹的。"

"哪儿有来着，净逗人家，英姑还小。都民国了，她大还敢虐待人，打骂儿童是犯法的！"王铁成羞答答地说，脸颊顿时红扑扑的。

春耕以来，王生种田总是拿不准主意，遇事都要问海龙，生怕受人埋怨。麦子收割完，地耕过，他又问海龙："夏田已收，海龙哥，你看种点啥好？"

"河湾地潮湿正好种菜，种一亩蔓菁、一亩黄萝卜，剩下的地种小白菜和菾根（茎蓝），秋后腌些咸菜冬天吃。"王生点头赞许。他每每遇事，不管大小，总是翻来覆去一夜睡不着，经常头疼眼晕。哥让他当家管事实在是受罪，他几次想推给嫂子，可嫂子总是说："家里琐事我可以帮你管管，外面地里的事我可帮不上，你还得辛苦管着。"这事让老婆兰香得知，把他骂了个板儿翻："你真是个成色（傻子），给你个家也当不了。你能干点啥？死了算了，有啥活头？你就是个活死人。"

外面事逼着，家里老婆骂着，他几天睡不好觉，整天昏昏沉沉不思饮食，人也抑郁了。尤其麦收后，粮卖了，钱都让哥拿到毛店柜上，家里一个子儿也没留。他答应麦收后还嫂子的脂粉钱也没了影儿，心里总是过意不去。见了嫂子低下头，一句话也不说。

谦瑞祥皮毛行的货物积压，毡鞋、毡帽堆放在库房卖不出去，王先着急上火，每次回家都耷拉着脑袋。儿子见了叫声大，他也没给好脸色："不好好上学，成天就知道吃，吃饱了出去打架、上树，一个吃货！"

灵芝看着王先感觉有些陌生，有说有笑有担当的一个庄户人，逢事总能解决的一个能人，做起生意咋变成任人摆布的怂人，只会和老婆孩子撒气。灵芝看不下眼，插话道："这又是咋了？买卖不顺别拿孩子撒气，有本事找那狐媚儿，她不是可有本事，咋把买卖搞成这样？怨谁？我看你今后可有几天爬场日子过。"

王先一听更是火冒三丈，把一碗刚端上来的热豆粥摔到地上，吼道："舀稀粥成心给我挖沙子，害我硌牙！"

王生闻声过来，劝道："哥，这又是咋了，刚才还好好的？"

"一边儿去，我刚走没几天，你看骡马喂成啥样，足足瘦了一圈儿。厩也不垫，院也不扫，羊在圈就吃草料，也不出去放放，你们能干点啥？"

"哥，这是哪儿的话，没头没脸数落人。"

灵芝过来说："二兄弟别理他，他又发神经。"铁材和桃子见大回来，本想跑来和大亲热要好吃的，一看大生气，吓得都躲起来。王生甩手愤愤走出门，到外院找海龙诉苦，心想这家当得受苦受累还不落好，确实窝囊。

海龙安慰说："你哥心烦着呢，自从办毛店以来没得消停。做生意你哥不在行，不能得心应手，老靠别人点拨，心里憋屈，你就让着点。过了这阵子，业务熟悉了，生意顺当了，自会好起来。"

"我知道，我老担心这生意赔了咋办？咱好好的地不种，开什么毛店？吃了上顿愁下顿，哪儿有种庄稼可靠！"两人抽着旱烟，在厩里闻着马粪、牛粪味儿，挖挠着满是汗的肩背，一直聊到天色擦黑。

天刚亮，灵芝把草驴套在碾杆上，用黑布遮着驴眼碾谷米。当王先起来洗脸时，灵芝已把碾好的小米做成稠粥。她用勺头在粥锅里搅动碾压，把煮透的小米粒碾得黏糊，铲一碗稠粥在碗里颠簸几下，粥被簸成圆蛋儿，再在圆蛋儿粥上舀一勺儿花花菜。这花花菜是菠菜、山药丝儿、菜瓜凉拌，再用胡麻油烹炸花椒、葱花、芫荽浇汁而成。灵芝是做农家饭的好手，她拌的花花菜老远都能闻出香味。她把一碗油乎乎、香喷喷的菜粥端到丈夫面前，白了他一眼，说："吃吧，吃完好找狐媚子去。"王先正要发火，抬头看到一双凛冽傲气的眼睛。这双眼睛首先给人一种厉害的感觉，傲气中透着聪慧灵秀的底气，和村里的美貌女子或一般的庸俗女人大有差异，美而不媚，坚定而通达，眯着时温柔而情浓，嗔怒时傲气而凛冽。这种傲气对于统帅、尊师来说是难得的，而对于一个女人来说就未必合适。

王先看着那双眼睛再没敢吱声，找来二弟说："粮食收割完，留下足够的口粮，余粮都卖了，毛店柜上急等用钱，可不敢乱花钱。"二弟看着大哥走出院门，那魁梧的背影也不像往日那样挺拔，步履也不如过去稳健。他想：这是图个啥？这毛店用钱多少是个够，愁死人了，快消停安稳些吧。

第
二
十
五
章

　　刚进入腊月，天气寒冷多变，早晨还阳光明媚，过了晌午就刮起了西北风。一缕一团的乌云从西北山顶飘来，浮过城墙西北角的乾楼，向城内的钟楼、鼓楼、马王庙沉去。乌云越积越厚，黑压压地聚集在城内的房屋上空，马王庙街和云路街中间的白衣寺、文庙都隐在浓雾中。

　　谦瑞祥院内亮起了灯，毡作坊的羊毛竹弓弹出有节奏的响声，那近似三弦的声响穿过乌云，直射街巷。忽然，凛冽的西北风吹落几粒雪花，零零散散地打在行人脸上。

　　王先从河东的曹夫楼村归来，进大门抖落身上的雪粒，摘下头上的瓜皮毡帽，用手指轻弹雪花，走进作坊，看到原料所剩不多。他急步走上台阶，刚进客厅，董相卿迎上来问："这月工资啥时开？已拖欠匠人的工钱五天了。匠人们追问了多次。"小莲看见王先进门，也从西屋出来向他问起官家的税款、商会的会费，都急等着缴纳。王先不耐烦地扔下帽，脱了袄，走下台阶，进了库房。库房内的毡鞋、毡帽、毡靴、毡席、毡篷等堆满了一屋，垒摞起来快要顶到房梁。他紧皱眉头，没想到半年多时间积压了如此多的商品没卖出去。目前，产品销售成了谦瑞祥生产经营中卡脖子的头等大事。

　　皮毛行开业后，一直顺当，毡品做得件件瓷实墩厚、洁白美观。谦瑞祥的产品用料讲究，工艺精湛，货真价实。这么快就能生产出高质量的毡品，出乎王先的预料，他沾沾自喜，得意扬扬。小莲却和他想法不同，她三番五次地催促他去商会多走动，拜会拜会同行前辈，请一请商行督管们，多与官家沟通理顺关系。可他不爱听，嫌她啰唆烦人。每听到催他出门见客，他就发脾气："咱干咱的，有他人什么事。见的人多，招惹的闲话也多。我才不像白某人阿谀奉承，成天招人嫌。我就是看不惯！"小莲也对他没辙，只能自己拉下脸来走动，同时也引来不少非议。

王先倒像个娴熟的毛毛匠人，整天在作坊里擀毡、制鞋。他很少去屋里坐，特别看不惯城里那些掌柜的派头，喝茶、摇扇、玩麻将，他不愿把时光浪费在吃喝游说中。他辛勤劳作，对于工艺制作一丝不苟，总不放心别人干的活，指责那些懒散的工匠："你看看，你这叫人做的营生？羊毛没弹好就擀毡，糊弄谁？你这是给自己干活，可别败坏了自己的手艺和名声。就这水平，谁还敢再雇你？"

王先认为皮毛行里产品最重要，产品好了自会有人来买，正如人说："好酒不怕巷子深。"他不懂销售，还轻视销售，认为那是奸商们的伎俩。半年来，生产的商品没卖出多少，大量货物都积压在库房，少量货款回笼勉强够匠人的工资，日常开销还得靠村里补贴，每到月底结账总有亏空，把王先急得团团转。眼看年根借款要还，原料需进货，税金、会费拖欠多时急着要缴……可产品销不出，货款收不回，愁得王先坐卧不安。小莲万般无奈对董相卿说："你看咱哥，对经营一窍不通，商场上的尔虞我诈，他一概不知。照我看，他也就是个老实巴交的庄稼人。"

小莲闲下来总暗暗想："不对呀，按理说这么好的货应该畅销，咋会积压？来往的人都说货好，看过夸完咋就不买？这种情况实属反常。不行，我得私下打听打听，到底是咋回事。"

几天后，小莲从皮毛行的伙计口中得知，原来是白义忠花钱雇了四牌楼唱快板的混混滚水、冷水、温水等人，编排了串话快板，走街串巷地诽谤谦瑞祥皮毛行的产品，说谦瑞祥的毡鞋、毡帽是用死狗、死猫、烂旧皮毛制成，制出的鞋帽又脏又臭，用硫黄熏白后销售，人们买回穿戴后烂头、烂脚、起疥疮。还告诉人们千万别买，想买就到西街大皮巷的祥端布店皮毛行去头。还吹嘘白家的毡鞋、毡帽真材实料，价格不贵，还赠送礼品。

腊月二十二，白义忠吩咐手下悄悄把温水一人叫入家中。瘦猴般的温水，穿一身长褂，戴一顶青色红珠杭缎瓜皮帽，一副铜线圆框墨镜半架在鼻梁上，右手一把纸折扇，左手一副竹板，大冷天摇扇拍板，摇摆着进了祥瑞布店皮毛行的大门。白义忠招手让他进东厢房，悄声说："这是干啥？还敲着板进来，生怕人不知。"温水嬉皮笑脸地说："我一个穷光棍怕啥？有啥见不得人的事？说！"白义忠白了他一眼："这是十块银元，你先拿着，事成后另有重谢。"白义忠从襟下掏出钱递给温水。

温水接过银元掂了两下，拿起一块用嘴一吹，又放耳边听那银元嗡嗡作响。他头一次拿到如此多的银元，满口应承道："白掌柜，白爷！你有何吩咐尽管说，我照办就是了。"白义忠把手罩在温水耳边，如此这般地说了一通。温水凝神细听，频频点头，道："明白，多找几个人，去谦瑞祥闹事，不兑现借据，照样拿回……"

白义忠又找来十几张谦瑞祥年中发放的集资借票，递给温水，说："我估计他王先一时拿不出现钱，你们就一直闹下去。让弟兄们喊遍大同城，把王先那些糗事都给他抖搂出来。"

"好嘞！"温水答应着急匆匆出了大门。

温水出门找来滚水、冷水、大北街的铁匠崔铁和穆铁等十多个人，每人一张借票，到城里各街巷喊，最后到谦瑞祥门前集合。温水安顿大伙道："谦瑞祥要破产倒闭了，有借票的快去兑现，去晚了就没了。"他们站在门外的台阶上，手里摇着票据高声起哄，让谦瑞祥兑换借款。过路的人都围过来看热闹，有票据的，听完他们的喊话，赶紧跑回家，取票兑钱。一会儿工夫门前聚集了百十号人，人们议论纷纷，说啥的都有。有人说东家就是个背河的穷鬼，骗色又骗钱；有人说掌柜只懂种地，哪懂开皮毛行，这下赔了老本，拿他们集来的钱支撑门面。还有更难听的，说王先身边有个狐狸精管事，钱都让狐狸精转走了，哪还有钱归还借款。

人们在大门外好一阵吵闹，马王庙街被人群和过路的马车堵死。人越集越多，看热闹、起哄闹事的人们被滚水、冷水、温水撺掇着，几次就要冲进大门。伙计们拦也拦不住，只好关闭大门，防止众人进院闹事、毁坏东西。门外的人用砖头、瓦片砸着门，高喊："砸烂谦瑞祥，还我血汗钱。"引来东城保安民团的刘旋、张聚财稳住局面。刘旋敲开大门，找王先商议了一会儿。王先只好让董相卿把准备进货的资金先拿来还借款，安稳民心，其他另说。张聚财让人们排成一队，一个接一个的兑现钱。直到晌午，人们才渐渐散去。

温水拿着十九张借据，返回祥瑞布店皮毛行找白义忠要酬劳。白义忠怒视温水，大骂道："一群讨吃货，没把王先给我整垮，还有脸来要酬金。没有！"温水也怒道："不给酬劳哪行？这不能怨我们。王先有钱，是你估计错了。又来了警察，人们领上钱都走了，我们不好再闹腾。总之你得给钱，不然有你好看。"白义忠看温水翻脸，耐着性子笑笑说："别急，酬金少不了你们的。不过，明天，你们还得去一趟曹夫楼村，再闹一场。村里人好糊弄，也没警察，你们去了定会成功。"白义忠估计王先再无钱支付借款。这上千块银元的借款像柄利剑，像座大山，很快会把谦瑞祥刺死、压垮。年前非逼着王先把谦瑞祥皮毛行卖掉不可。

第二天一早，滚水、冷水和温水分头沿着饮马河东岸的几个村庄行动起来。温水认为在村里闹事与城里不同，集中众人是关键。村里大多是乡里乡亲，亲戚关系复杂，不易激发众人的愤怒情绪。他们还有最后一招——"请财神"，也就是绑架人质。他们打听到王先有个十三岁的儿子叫王铁成，正好请来当财神。滚水去沙岭、齐家坡、小南头村，冷水去水泊寺、泗家庄、石家寨村，温水去梓家村、古城、马家堡村。他们在各个村庄散布谣言："王先的毛店倒闭了，他为了躲债卷钱跑了。有谦瑞祥借票的人都赶快去曹夫楼村要本钱，去晚了可就没了。"梓家村的呆河生也买了谦瑞祥二十块银元的借票。他不相信温水所说，王先绝不是说话不算数的人。自澄地一事以来，他深信王先是曹夫楼村一条铁铮铮的汉子，王先所做的每一件事都经过深思熟虑，不会做出损人利己的蠢事。他得去看看，探个究竟，表妹家到底发生了什么事。呆河生披了件棉衣，走出梓家村，挤进从各村出来的庄稼人当中，同认识的人打起招呼，问他们都去干啥。有的说去曹夫楼村要钱，而大多数人说去看热闹，对庄稼人来说看一场打架闹事比看一场戏更有趣。往往就是这样，人多了便极易激发出亢奋的情绪。

他们进了曹夫楼村，从四面八方涌往王家院落。院前的大街小巷已站了许多人，人头攒动，涌向王家大门。门外街道上、半截土墙边、大树底下，都站满了人。滚水脱下棉袄，露出肥厚的肩膀和滚圆的肚皮，领着一帮城里来的混混往院里冲，却被手拿菜刀的灵芝拦在大门口质问："想干啥？你是谁？想进门先得问问我这把刀答应不答应？你敢再向前一步，我就敢砍死你，不信你就试试！"

滚水看灵芝拿着大号菜刀怒目挡在门前，有点胆怯，便说："我是谁？是你大爷！今天你们敢不给钱，信不信我一把火点了你的房子。"滚水摇着手里的借券，狠着劲儿地怒吼。

灵芝横着一把菜刀立在门前，横眉冷对，道："要钱找我男人要去。他在城里毛店，少在我家门前闹事。谁敢迈进我家大门一步，我就和他拼了，不信你就过来！"

滚水看灵芝急红了眼，停了脚步，指着她说："大家看，王先想赖账，不敢露面，让女人挡在前面。王家的男人都死绝了？没个人站出来？"王生这时听到滚水的叫骂，怒从心头起，穿鞋出门要和门外的滚水理论，却被他老婆兰香拦住："站住！你要干啥？他们是跟你哥要钱，你可扑了个猛，你有钱啊？就你那点胆儿，出去就不怕众人把你吃了。"

这时，人群中有人说："王先逃债根本不在家。"又有人说："听说昨天他被城里要债的人打伤，住进了医院，性命不保。"滚水一挥手说："大家都进院，能拿啥拿点啥。晚了就什么也没有了。"

人们拥挤着欲涌向大门。呆河生跳到人前，拦着大伙，说："大家别急，我进去问问再说。这样乱哄乱抢成何体统？乡里乡亲的别落下埋怨，再说，就不怕犯法？"呆河生回头悄声对灵芝说："别怕，哥在。你家老二在吗？让他出来解释一番，压压众人的火气。我看人群里许多人很面生，不知是哪儿来的混混，他们有备而来，专来拨弄是非。"灵芝点点头。

呆河生进了西屋，见王生躺在炕上装睡，喊起他问："睡啥？还不起来看看这事咋办？总不能让你嫂子一个女人家挡在前面。你哥呢？"

"哥前天出门再没回来，走时一个铜板也没留，我是一点办法也没有，爱咋就咋，我没法子管这家。"

"别啊！你出去和大伙说道说道，安慰安慰众人，好让人家放心回去。"呆河生强拉王生出门。走出大门，呆河生挥手让人们静下来，说："我是梓家村的呆河生，大家可能都认识我。我手里也有二十块银元的借票，和大家一样着急。我和王先打了多年的交道，深信王先不会坑大家，他不是那种人。借票期限明天才到，急什么？说不定王先马上回来给大家兑现。你们看二当家王生也在此，王家这么多财产，不会亏待了大伙，请大家放心。"

呆河生还没讲完，温水大声抢着插话道："听说王先躲债跑了，又听说他已经死了，我们这些钱找谁要去？"

"你先别急，二当家的不是在这儿？你说是不是，二弟？"呆河生扭头问王生，王生吓得只管点头，不敢面对众人。滚水一个箭步冲到王生面前，拉起王生的胳膊举过头顶，说："这就是二当家，大家就跟他要钱！"

"给钱！给钱！"人们高声叫喊着，围在王生身旁，你一把、我一掌地推拉着他。王生早已被这杂乱的阵势吓到，两腿瑟瑟发抖，支撑着僵硬的身体站在门前，耷拉个脑袋，双眼呆滞，嘴唇哆嗦着说不出话来。人们威逼他，让他承诺啥时还钱。他结结巴巴地说出一句："要，要钱没有。要，要命一条。"人们听了这话更是乱了套，齐声高喊道："王家要赖账！我们都进院，今天不给钱，咱们就不走了。"

滚水、冷水、崔铁和穆铁齐力推开呆河生和灵芝，带领着人们拥挤着闯进大门。呆河生护着灵芝急退回里院，把里院门关闭，插牢门闩防止人们再闯入里院，匆忙中把吓傻的王生留在了外院。

滚水推里院门不开，高喊："不开门是吧？没钱，东西在，怕啥？大伙看啥值钱，快拿吧，迟了就没了。"崔铁搬起屋檐下的一副犁铧就往院外走，走出院门看到手拿票据的人，就把犁铧往人家怀里一丢，让那人拿走。那人不敢要，他硬塞着说："你手里有借据，这不是抢，拿点东西换借据理所当然，怕啥？"

崔铁把犁铧送人后，又进院拿别的东西。他这么一领头，有人就手痒痒地跟着也拿起院里的东西。人们乱成一团，胆子也壮起来，忘了自己是来干啥的。一个人拉走厩里的耕牛，又一人抢着拉驴，再后来连院外羊圈里的羊也要赶走。街上几个看热闹的老汉直摇头，说："这都是哪来的人？明火执仗，干出这么缺德的事，无法无天了！"

王铁成放学回家，看到有人拿他家的东西、赶他家的羊，便拔出羊圈栅栏上的一根木杆，抢着打向院内的人们。人群立刻散开，问这是谁？怎么这么横？有人说是王先的大儿子。温水一听，心中窃喜，大喊："滚水、冷水，这小子是王先的儿子，给我把他绑了。咱们也学学'请财神'，让他大用钱来赎。"滚水顺手拿了根麻绳，和冷水几人向王铁成走去，说："这小子还挺野，冷水你们几个围过去，把他腿给我敲断，看他还咋蹦跶。"

土生见侄儿铁成有危险，抢过冷水手中的木杠冷不丁地砸向滚水前胸，喊道："铁成快跑，他们要抓你，快跑呀！"

王铁成一看几人追来，便拎着木杆跑了。滚水让王生一杠砸得仰面倒下，两腿扑腾几下就挺身不动了，两眼瞪圆像蛤蟆一样直翻白眼，口吐白沫，抽搐着只有出气，少了进气。温水上前用手在滚水鼻下试了试，抽回手对王生说："人死了，没钱也不能把人往死里打，这可咋办？"人群像炸了窝的蚂蚁，生怕惹上麻烦，纷纷四散而去。

温水抓着王生，扭到倒下的滚水身前，说："往哪儿跑，把人打死还想跑，没门儿，还不赶快救人！"王生用力掐着滚水的人中，使劲捶打滚水的胸口，滚水轻叹一口气，紧闭着双眼却不说话。温水怕装死的滚水耐不住露了馅，一把拉起王生，说："看样子人还没死透，快上城里看大夫救人，迟了就救不活了。"

王生急着找来板车，想去拉驴套车时，驴早已不知去向，找牛，牛也没了。王生和温水几人把滚水抬到平板车上，他偷偷摸滚水的手，手是热的，用指试鼻，鼻息均匀，想来此人有救。王生转身挎上驴套背上肩，拉着木轮板车，小跑着出了村。另几人跟在车后，你推我搡地偷笑着下了饮马河滩。板车一阵奔走和颠簸，把滚水颠得五脏翻转，难受得坐了起来。温水看到急摇手，示意他继续躺着。滚水瞪圆眼，呲着黄牙，展开满脸肥肉朝温水扮鬼脸逗乐。穆铁看见，扑哧笑出声，急捂嘴说："二当家，快跑呀，再迟了救人可就耽搁了。"王生又是一阵小跑，过河淌水时不小心滑跪在泥水里，他双膝跪地向前挪移，双手扶地爬行了几步，被崔铁拉起。他满身泥水，逗得几人哈哈大笑。他傻傻地看着大伙笑，又急着拉车。温水犯坏，想二当家的不知是真愣还是装愣，不妨逗他玩玩。

板车走进和阳门，来到东街的一家医馆，几人把滚水抬进医馆，让王生守在外面，不一会儿又抬出。温水对王生说："我说姓王的，看样子人是没救了，中医先生让再去找西医看看，说胸口瘀血急需开刀放血。"王生一听，拉起板车又走。拉到武定门外的首善医院，没半袋烟工夫，众人又抬出滚水。温水又说："这下可没救了，回家料理后事吧。"

王生听后瘫坐在地，一时半会儿起不来。温水拉起他说："打死人还想赖着不走？起来！回去寻钱打发死人吧。一命抵一命，不然等着明天警察抓你去吃枪子儿吧！"

王生拉着板车糊里糊涂地满城跑，在一处破院前停下，他喘着气好一阵缓不过神，两眼发黑，低下头来，弯腰站着。等他再睁眼看时，人早已走光。破院外只有他和那辆板车，街上一个人影也没有，他心里忐忑不安，抹着眼泪拉起板车向和阳门走去。走到和阳门城门洞时，正碰上海龙、刘雄伟和王铁成寻来。当他听到海龙喊他时，两条腿乏累得怎么也迈不开了。他跌坐在地上，放声大哭。海龙和刘雄伟搀扶着他坐上板车，轮换着拉他回了家。

晚饭时，灵芝特意给王生煮了荷包蛋葱花面条，麻油炝锅，香味引来了铁材、铁有。王生心里堵得慌，一口也吃不下，把荷包蛋分给两个馋嘴娃，让他们端出屋外。他不敢说自己失手打死了人，又惧怕明日人家报官来抓他，只好心烦意乱地掏出烟袋，靠着箱柜蹲下吸烟。烟味呛得兰香直咳，兰香抄起鸡毛掸子，抽打他的肩膀，骂道："又抽烟，多大点儿事值得你犯愁，饭也不吃。你个窝囊相，去耳房抽去！"王生被老婆一顿数落，从堂屋的佛龛上拎了半坛烧酒到耳房喝闷酒。灶头火烧得烫手，隔着棉裤烙得双腿冒起热气。他蹬直弯曲的双腿，腿疼得直冒冷汗，一天折腾下来把他累得腰酸腿疼。他猛地想起二赖头送给他的烟膏，说是专治腰腿疼痛。他下地在箱柜缝里找到油纸包打开，露出黑褐色的烟膏。他掰了口放进嘴里，又苦又涩，赶紧喝一口酒顺下，肚里温温的，很舒服。他把油纸包摊放在桌上，一口酒一点儿烟膏地吃了起来。

他想起白天的糗事，沮丧涌上来，令他无地自容。他既气大哥开毛店把家里的钱掏空，害得他受人欺辱，又埋怨自己救侄心急，下手太重打死了人。明天警察来村里抓人，叫他如何应对，将来老婆、娃儿咋办？他越想越多，酒也喝得勤，不知不觉吃下半块烟膏。

他神志恍惚，迷迷瞪瞪，似乎看见母亲在向他招手。他探身扑向母亲，哭道："娘呀，我打死了人，活不了啦。您可怜可怜儿吧，您和他们说我不是故意的。"他刚要拥抱母亲，可母亲忽然又不见了。他想起母亲从小就祖护他，做错事、惹了乱子都是母亲处理。家里穷时吃糠咽菜，饥一顿饱一顿的，母亲也没让他挨饿，偷偷背着他哥，给他个黍饼子。哥对他也是倍加照顾，有点好吃的先紧着他吃。可他始终没明白，河湾地澄了近千亩，粮食秋后在场面堆成山，却也没让家人饱饱吃上几顿细粮。母亲晚上还是只让人喝稀饭，不给人吃干粮，说是夜里不吃压灶头饭，吃多了吐酸水。哥开了毛店，也像变了个人似的，吝啬得不让家里人吃细粮，还常常提起母亲的一句话："红嗓子，黑嗓子（炉灶），有多少粮柴也不够糟。今天省一口，明年攒一垛儿。"

夏锄、秋收季节，地里劳作的长工、短工中午吃黄糕炖肉，喝烧酒。嫂子和娃们吃早上的剩饭和碾米剩下的糁糠黍子糕。有一天，嫂子炖好肉，用肉汤烩了几块豆腐，说："你哥不在家，咱今后再不用吃黍子糠饼了，地里劳作的人吃炖肉，你和娃们吃豆腐。娃们正长肉长骨头，不能少了营养。你也劳作一天，就和他们一块儿吃吧，别管我们。"一锅豆腐刚烩好，还没来得及吃，哥正巧回来，看见了二话没说，端起豆腐锅顺手扔到当院，骂道："败家的娘们，不懂过日子，再大的家业也让你败完。我让你们吃！"

王生看见哥骂嫂子，又怕又臊，像老鼠见了猫一样溜进西屋躺下睡觉。被老婆兰香看到，又是一顿数落："看你那灰相，人家每天吃香喝辣，不让咱吃块豆腐。""悄声点，哥也每天吃剩菜剩饭，没吃一顿细粮。别让哥听见。"兰香白了丈夫一眼，道："今后我就不吃剩饭，看他能把我咋地！"被老婆数落是家常事，可哥骂嫂子实在不应该，他想，哥这是在骂他。

他更想不通，好好的日子不过，非要借钱做买卖开毛店，弄得家里紧巴巴的，一文闲钱也没有。这不，明天腊月二十五是最后的还债期限，哥再不回来，咋办？明天再不还众人钱，这个家可就真败在他王生手里了。更让他害怕的是，明天警察来抓人，让他抵命。他不想死，他想活命。他怕得一口口喝酒，很快，一块烟膏已吃得不剩一点儿，油纸展展地平铺在灶上，他还不停地在油纸上搓着。他忘记了二赖头对他说过，烟膏吃多了会死人。

刚过午夜，王生的肚子便疼了起来，疼得他全身冒汗，在炕上来回滚动。先是肚子疼，后来胸口痛，痛得他喘不上气。他捂着胸口，揪着肚子，像猪一样哼哼着。汗水湿透了棉衣棉裤，他仰起头，口吐白沫，像狗被痛打一般发出哀号和嘶鸣。

海龙被动静吵醒，穿好衣服，细听又没了声响，他起身给骒马添完草料，天色已泛白。灵芝后半夜也被动静吵醒了，以为是兰香又在和二弟争吵，就没理会。兰香因白天众人闹事担惊受怕了一天，又累又困，睡得正香，什么也没听到，一觉到天明。

第二天吃早饭时，兰香到耳房叫王生起来洗漱。她怎么也推不开门，大声喊也没人答应，只好从外院叫来海龙开门。海龙使劲把门板推开一条缝，就再也推不动，手一松门板又弹回去了，像有一袋粮食堵在门后。海龙觉得蹊跷，用力把门板抬起卸下，一眼看到王生直挺挺地歪倒在地。兰香扑上前，抱着丈夫痛哭起来。海龙抱起王生放到炕上，王生的身体早已僵硬，看样子人已死去多时。海龙拾起桌上的油纸，闻到了还未散尽的烟膏味，想来王生是吃下一整块烟膏中毒身亡的，他向赶来的灵芝说明了这一情况。灵芝点点头，想王生昨日回来便魂不守舍，许是又惊又怕，心中郁闷，喝了不少酒，一时想不开，吞服了整块烟膏，于是哽咽着叹道："二弟，你这是何苦？"兰香和娃们都哭成了泪人。

清晨的哭声传得很远，惊动了整个村子，准备白天再来要钱的人得知王生已死，吓得一个个都缩在家里不敢出门。外村来的人也被知情人挡在村口，不再向前。奇怪的是，王家的牛、驴、羊都自己回到了厩里，丢失的农具和家什不知何时也都堆放在了外院。

晌午，王先和董相卿从丰镇借钱回村，刚进村便听说家里二弟死了，当即便急着奔回家，进门一看，二弟的尸体就放在耳房门板上。他急着问海龙和灵芝是咋回事儿，灵芝把昨天发生的事说了一遍。王先听完拎了把宰牛刀，要进城找人。灵芝拦下他，问："你知道是谁来村里闹事，你去找谁？"

"我知道是谁指使他们来闹事，我就找他白义忠！不行就报官，让刘旋、张聚财他们调查抓人！"王先红着一双眼，发狠道。

灵芝冷静而严肃地问："你有何证据是白义忠逼死二弟？他如果说二弟是想不开，服毒自尽，与他人无关，你去告谁？咱先处理了二弟的后事，再从长计议，君子报仇十年不晚。"

王先听老婆说得在理，逐渐冷静下来，让儿子王铁成向亲戚报丧，让海龙、刘雄伟分别请二宅、鼓匠，买棺材办理丧事。将二弟装棺入殓，在堂屋停棺七天，正月初二发的丧。曹夫楼村的年三十少了往年的热闹，少了鞭炮的声响。

刚过了正月初五，王先通知拿借据的人们来王家兑现借票。初六那天，他特意请毛店的尹二厨子来做了十桌酒席，宴请大家。远近各村有票据的人们又喜又惊，喜的是钱有了着落，惊的是闹事逼死东家二弟，恐怕要被问责。尤其是那些拿了东西又还回的人，更怕王先发脾气。可他们又想要回钱，只能觍着脸来酒席。

正月初六，人们早早来到王家大院，里院各屋早已摆好桌椅餐具，堂屋佛龛供桌上白花花的银元摆了一排。人们见状心里忐忑不安，急等着拿钱走人。王先却把人们一一让进屋内坐下，才说："今天一桌薄酒请大家来，一为表示我的刚意，感谢大伙对我的信任和支持；二为表示我的歉意，兑现承诺迟了一步，请大伙儿谅解。"王先说完，抱拳作揖。

人们抢着说："是我们对不住东家。这顿饭就免了吧，该道歉的是我们。我们错怪了东家，您宽宏大量不怪罪我们已是万幸。"

王先伸手拦住大伙，说："请大伙赏脸坐下吃顿饭。今儿不吃完饭，咱不发钱，别怪我，不吃饭那是看不起我王先。"大家看王先诚心留吃饭，只好耐着性子应付场面。酒过三巡，菜过五味，王先站起来，一面给每个人敬酒，一面让董相卿——

兑钱。当兑到杲河生面前时，杲河生只拿走四块银元，其余让董相卿又收起来。王先诧异问为啥，杲河生笑着说："我信老弟，这二十块银元今年照样借给你，我只拿利息，你看如何？"王先看杲河生态度坚定，便说："好，欢迎，欢迎！"在杲河生的带动下，后面兑现的人们也只拿利息没要本钱。先前拿了钱的人又纷纷退回本钱，只拿利息，让董相卿收回钱记账，算来年的借款。

午后来兑钱的人都走了，王先本以为从丰镇借来的钱还不足以还债，可没想到还剩了大部分，正好用来采购原料，解决了谦瑞祥停产待料的燃眉之急。那日，谦瑞祥门前众人闹事的一幕提醒了王先，他深知这是幕后有人指使，非要把谦瑞祥掐死在萌芽之中。他和董相卿商议，务必在腊月二十五解决债务问题。于是，他连夜去丰镇向刘德财借钱。来到丰镇谦瑞吉皮毛行时天色已很晚，他敲开门惊动了刘掌柜、钱垛儿和翠花。他向刘掌柜说明了大同店的情况，愿以成本价拨给谦瑞吉一批毡货换现钱，解决谦瑞祥的挤兑风波。翠花听完他的讲述，二话没说从家里拿出五百块银元交给王先，还说如果不够，随后凑钱送去大同。接着，她笑着对王先说："谁要你的臭毡货，卖也不好卖。等你何时宽裕了再还给我们，我们也不急着用钱，你说是吧，大？"刘德财也笑着说："现在你当家说了算，你看着办。王先不是外人，我信得过他。"钱垛儿也点头表示同意。王先拿上钱连夜赶回大同，却还是晚了一步。二弟王生的死刺痛了王先，他清醒地认识到做生意并不容易，生意中的每一个环节都牵系到谦瑞祥的生死命运，他必须小心谨慎，凡事再也不可掉以轻心。

晚饭后，王先把儿子王铁成唤到上房屋里，郑重其事地询问了那天所发生的事，并问儿子对这事有何想法。王铁成那天放学回家，看到有人抢家里的东西，他以为是强盗来了，拿起棍棒就打了过去，根本没想到会发生如此大的事。二叔怕坏人把他绑走，也急了眼，拿起门闩打倒一人。他愤愤不平道："我看那胖子故意装死讹诈，躺在地上耍无赖，吓唬二叔，白白坑害了我二叔一条命。"

王先摸着儿子的头，语重心长地说："孩儿呀，你还小，世上有些事你不懂，大不怪你行事莽撞。你要学着审时度势，进入社会后一定要谨言慎行。你已经长大了，要学会自理。明天你就进城去学堂读书，学好本事，好来帮大做事。"

王铁成听完大声说："不，我不去上学，我要去帮大。我已经长大了，我现在就去柜上干活。我想了很久，也该出份薄力，帮家里渡过难关。"

"你听大说，你现在还小，刚过十三岁，去学堂学习几年再说吧。"

"我心意已决。大，你就让我帮你吧。村里先生教的知识我都学会了，我想尽孝，帮大解难。"

王先想了想，通过这件事，儿子王铁成也该历练历练了，出去闯闯，见见世面后再回去上学也不迟。王先便说："好吧，过了正月十五，正好有一队驼队去奉天走货。你不妨跟着他们走一趟奉天，卖两驮毡货试试。"

灵芝听说王先要让儿子出门卖货，便问王先去几天。王先说走两三个月，批发完货就回来。奉天距离大同上千里远，是座繁华城市，人口密集，需要大量毡货，王先是想让儿子去探探路，做好这趟生意，今后就容易多了。灵芝一听路程遥远，走那么长时间，心里犯难，着实放心不下，忍不住说："娃才多大，懂个啥？他从小没出过门儿，一路上的艰辛哪能受得了？你能放心，我可不放心，不能去！"

王先说："你懂个啥？我安顿好一切，让他跟着别人走奉天，又不是一个人去，路上有人照顾。我写好信，到了奉天有人接货，他只不过是路上押送劳累些，比起我走大库仑时安全、容易多了，你就放宽心，让娃儿去吧。"

灵芝心里一直不安，拗不过丈夫只能作罢。她准备着王铁成路上所需，连夜赶做了几双鞋袜，唠叨儿子要注意这儿、当心那儿。王铁成安慰母亲道："娘，你就放心吧，我已长大成人了，知道该咋办。"灵芝也不好再说什么，只等着过了十五，送儿子上路去奉天。

第二十六章

　　二十头骆驼都高扬着头，扁扁的嘴唇左右不停地嚼动着，鼻孔喷吐着热气，排成一队，驮着沉重的货物摇摇晃晃地踏进了奉天西郊。西郊有一大片露天市场，天色已近傍晚，夜幕降临，露天的商铺都已关门歇息。街面上行人寥寥，驼队领头的胡林牵着头驼，转了几条街巷，带领队伍进入一家简陋的客栈。客栈老板听到驼铃声迎出门，热情地说："原来是胡老弟，我当是谁来了。啊哟，这趟货物可不少，老弟又发了。"

　　"可不咋地，来一趟不容易，一走就是两个月。"胡林说着，把驼缰递过去。客栈老板接过缰绳，吆喝着店里的伙计："都给我出来，快着点，来客了。"话音刚落，从屋里跑出几个伙计，忙着解开连在一起的驼绳，喝喊着骆驼围成一圈儿卧下，抬下货架，把一件件货物搬进库房码好垛齐。驼倌们寻来草料，喂着累了一天的骆驼，好一阵忙活完已近午夜。驼倌们从早到晚赶路，一天水米没打牙，一个个累得不像样。

　　王铁成跟随驼队走了两个多月，衣衫褴褛，母亲做的新鞋磨破了两双，第三双鞋也露出了脚趾。他擦了一把汗水，脏成了黑花脸，完全一副小乞丐的模样。他太累了，脸也没洗，合身顺着后炕躺下，一合眼就睡着了。胡林唤他吃饭，驼倌推搡他几下，他哼哼着翻身又睡了。胡林说："小小的娃儿，一路奔走也难为他了，让他睡吧。"经过两个月的长途跋涉，驼队众人都累得不行，今日为了天黑前赶到奉天更是一路没歇脚，到了客栈都快累趴下了。卸了货物，喂了骆驼，胡乱扒拉几口饭，一坐在炕沿上就站不起来了，两眼困得直打架，顺着向后倒下，都睡着了。

　　王铁成一觉醒来，天已大亮，他迷迷糊糊地看了一圈客房，没反应过来自己身处何地。一条顺山大炕睡着七八个人，房屋简陋却还算温暖，炕下的地灶中木柴烧过留下的灰烬泛起一点一点的火星。炕上的人挨挤着，胳膊压着别人的胸，咂着嘴流下涎水，翻个身又睡了。又过了一会儿，便陆陆续续有人起来洗脸漱口。太阳已升高，人们还赖在炕上闲聊，南腔北调地调侃着各自的家事和生意上的趣事。王铁成听了也不懂，便起身走出房，正撞着胡林招呼各屋的驼倌起床。吃完早饭，收拾货物，他们便要往奉天城内各处发货。

胡林个头不高，三十来岁，一身疙瘩肉，敦敦实实，憨憨厚厚，干活麻利，短小精悍。他说话大嗓门，话音伴着嗡嗡的后鼻音，像铜钟一般不停地回响。胡林看王铁成穿着破衣，喝道："回屋把脸洗了，换上新衣、新鞋，今天发货见客户，走大街上不能寒碜了，不能让人小看。"

王铁成一路走来，磨破了身上的棉衣，棉花外露，一坨一缕的已无法再穿。母亲做的几双新鞋，他都是穿到露出脚趾才丢掉。王铁成低头看看鞋，鞋子前端露着三根脚趾。娘做的鞋底、鞋帮用麻绳、棉线缝纳得密实坚硬。第一天走下来，就把脚磨出一排血泡，胡林替他用针挑破，第二天让他坐在骆驼上歇息，缓几日再下地走路。王铁成却说不打紧，磨成茧就好了，执意步行。这两个月，王铁成遭了不少罪，受了许多苦，磨练出坚韧不拔的性子和吃苦耐劳的习惯，一扫在家里娇生惯养的书生气，长成了刚劲有力、意气风发的少年。

王铁成洗了脸，穿上娘做的第四双新鞋和新衣裤，站到院里，好一个英俊洒脱的小伙儿。他一副书生面孔，身材瘦高，敏健有形。模样像他爹，有棱有角的阔嘴，鼻如悬胆，面色红润，一张讨人喜爱的面容。胡林特别喜欢王铁成，一路没少照顾他，多次让他坐骆驼，可他总想和驼倌一块儿走路，听他们讲故事。

王铁成从客栈出来走向街面。按照客栈老板所指的路线，经黄寺、太清宫、市公署，进小西门走故宫南路，到城东满人商店街，寻找信中所指的景宏皮毛山货行。

奉天三月的清晨，阳光耀目，绿瓦红墙的街道间，高高飘扬的铺面招牌和旗帜格外醒目。摩肩接踵的行人中有穿旗服的，有穿宽腿大裆裤的，有穿蒙古袍的……这是王铁成在大同从未见过的景象，他不禁感到新奇，慢慢逛着。街道两边是茶楼、酒馆、当铺、作坊……他逛着逛着，来到了小西门，一进门便看到一处金碧辉煌的宫殿，宫殿顶上的琉璃瓦被阳光照得金光闪闪的，殿脊背上是蓝绿相间的琉璃筒瓦和神兽。王铁成指着宫殿问路边一老者，老者笑答："这是前朝皇家的宫殿，努尔哈赤和皇太极都住过这里。"

最大的是崇政殿，为五间硬山式建筑，隔扇门，前面有石雕栏杆。崇政殿后有一高楼，高出崇政殿，能看到楼顶金光闪闪的琉璃，人称凤凰楼。老者说凤凰楼有三层，是奉天最高的建筑。王铁成听老者讲述完红墙内的建筑，恋恋不舍地走过大清门，向城东满人商铺街走来。

满人街商铺繁多。王铁成抬头仔细地寻找着信中所写的景宏皮毛山货行的招牌和旗帜。他在满人街来回找了三遍，像篦梳一样梳理着每家铺面，始终不见景宏皮毛山货行的踪影。他拦下路人询问，但这里的人大多只会讲当地方言，听不懂他说啥，都摇头摆手而去。

直到傍晚铺子都点了灯，王铁成只能悻悻而归。回来后他躺在炕上一句话也不说，别人问他，他也不答。胡林看他空手而归，没寻着客户，也很着急。三天后驼队就要返程，王铁成的货发不出去怎么回家。他想了想，又看了看信中的地址，说："小老弟，信中所说的满人街，奉天共有两条，另一条在北城，你找过没有？"

王铁成一听有第二条满人街，"噌"地坐起："怎么？还有一条满人街，我咋没想到？明天我再去北城看看。"

第二天，王铁成又经白塔寺进大北门，找到了北城的满人街。在满人街寻找了几遍，还是没看见景宏皮毛山货行的影子。他不死心，又沿城墙出小东门，在珠林寺、天音庙、大法寺一带寻找着，仔细寻了几遍一无所获，只好返回客栈。

胡林看王铁成回来，仍是不说一句话，灰溜溜地躺在炕上发呆。几个商贩和住客凑过来问清了原委，都埋怨当爹的太狠心，让这么小的娃儿出远门卖货，实属胡闹。

胡林走过来，说："铁成，你说说今天的情况。不行，明日我和你一块去寻。"王铁成委屈地诉说起白天的经历。胡林听后摸着他的头，说："别犯愁，明儿咱俩一块去寻，实在寻不着咱就把货卖给其他皮毛行。偌大个奉天，我们这点货还能推不出去了？"王铁成点了点头。

第二天一早，胡林领着王铁成继续寻找景宏皮毛山货行。街边一棵杨树下，有一群老人正在下棋。他们走过去，拿出信纸，胡林学着当地的口音南腔北调地询问："老伯，您看这纸上的地址和店铺，您知道吗？"老伯看了又看，说："景宏吗？想起来了，是有一家叫景宏的皮毛山货行，就在前面。只是一年前不知为何歇业关店了。听人说店主搬家到哈尔滨了，如今这店铺已由布衣店接手了。你不妨去布衣店打听。"胡林和王铁成谢过老伯，又去布衣店询问，却一无所获。

胡林一看没戏，便安慰王铁成说："别灰心，咱找这条街上的其他毛店问问，价格合适就卖给他，何必非要找景宏。"

当天下午，他们拿着毡货样品找了几家皮毛行和百货商店，各家都像是事先串通好一般，价格低到连毡货的成本都赚不回来。胡林哀叹道："货到地头死，老话说得没错。铁成，你看咋办？明天我们就要返回大同，你走不走？"

王铁成看着胡林，又低头看看手中的毡货。他不信这么大的奉天就没有识货的，他想碰碰运气。再说，大让他来奉天卖货，如今货没卖出去，他哪有脸回家。他对胡林说："没卖完货我不能走，你们先走一步，我卖出货随后就回去。你告诉我大和我娘，让他们放心，我在这儿很好，不用他们担心。"

回客栈的路上，胡林还在左右瞧着两旁的百货商店和皮毛行，期待从天而降一家能让他们拿回本钱不亏本的商行，他立刻做主将货物出手，好带着王铁成返回大同，也好向王先有个交代。他们边走边看，街上的行人川流不息，有挑担赶路的，有驾牛车送货的，有驻足观赏皇宫大院景色的。这时一匹高头大马拉着一豪华暖篷轿车，在一处豪宅大院门前停下。轿帘掀起，轿内走出一位妙龄女子，红衣蓝裤，亭亭玉立。女子一双小脚踏着双红绣鞋，试探着伸向轿侧的木凳，绷着脚尖又缩回，试了几次，终于大胆地踩着木凳跳下地，下地后抬起头咯咯笑个不停。那粉嫩的脸似桃花开放，迷人的媚眼扫了王铁成和胡林一眼。王铁成心头一跳，觉得好似在哪儿见过她。

胡林叹道："如此美丽的姑娘，我还是头一次见。"王铁成回过神，二人继续向前走。街道两边的空地上有许多撑着大伞的小商贩，画地为摊卖着杂货和日用的小玩意。王铁成无心闲逛，急匆匆地寻看皮毛商铺。在一片叫卖声中，他突然看到不远处有卖毡鞋、毡帽的小贩。他急走几步上前问小贩毡鞋咋卖，小贩报出毡鞋、毡帽、毡靴等货品的价格，比大同的市价高出不少。王铁成拿起毡鞋细看，毡货的质地、做工比自家的品相低了一个档次，样式也老旧笨拙，颜色暗淡杂乱，可价格却高出自家的毡鞋。他心中突然有个想法，若是把店里的两驮毡货拿来摆地摊，不出两个月就能卖光，还能多赚不少钱。闲着也是闲着，不如就一边摆摊卖货一边找买主批发，一举两得，何乐而不为呢？他把这想法告诉了胡林，让他们先回，不要等他，等卖完货他自行赶回大同。

第二日天刚亮，大清门前就出现了许多撑阳伞的摊贩。王铁成看了看，最终在一处算卦桌旁的空地上铺了块包袱皮，摆出几双毡鞋、毡帽，还特意把粉色带蓝纹和黄色带金丝边的女鞋摆在显眼处，把兰花暗纹和粉红色暗花的小蛮靴放后面高处的垫脚砖上，再把毡帽扣在蛮靴上，就坐等路过的行人挑选购买了。王铁成闲下来，站立在卦桌旁看算卦。

算卦人是一位四十多岁的瞎子，留着一脸关公胡，鼻梁上架着一副墨镜，左手摇一把折扇，右手抛着七枚铜板，叮当作响。响声招来几个汉子，问他算一卦多少钱。瞎子说："算得不灵，分文不取，施主若觉得准，给二十个铜板便可。"其中一汉子笑问："你先算算我想求啥卦？"瞎子说："你伸出手来，我摸摸便知。"汉子伸手向前，瞎子摸了会儿说："看手相，你十八岁出头，想先求财再娶妻。"汉子眨眨眼，对同伴说："咦？先生神了，我是想求财，只是不知财从哪儿来？还有，我，我今年娶媳妇有望吗？"瞎子说："你抓起盆中的铜板，抛起来看看落地的是正面还是背面，再告诉我，我给你算算。"汉子捡起铜板高高抛起，"叮叮当当"地落入盆内，说："三个正面，四个背面。"瞎子摇着折扇，掐着手指，口中念念有词："月上偏财众人财，意外之财命中来，四月偏财逢身旺，山上有财亲临采。采得金银彩头归，年终情人自会来。四月天暖，你去西北山上采药必能发财，年底娶亲有望。最后，我再送你几句箴言，年支若要逢偏印，以小失大不堪言。年支若要逢比肩，财禄广进弟兄帮。"几个汉子听完付了二十个铜板，兴高采烈地走了。

一早上，瞎子算了三卦，所说的话大同小异，什么"年上正财祖业旺，年下正财借祖光，支为偏财支出大，色情之灾需要防"，什么"支为正官多高尚，祖上能把官权当，年支若要逢七杀，祖上刚强有名望"，还有什么"过去的一年或一个月中命里有时终须有，命里无时莫强求"。王铁成看了暗笑，骗人的把戏也不变个样。瞎子扭过头来，看着他说："你笑啥？一上午一句话也不说，能卖出货吗？"

王铁成一听吓了一跳，原来瞎子不瞎呀！他忙说："叔，你卦术高超，我听您讲得好，佩服！"

瞎子摘下墨镜，对王铁成说："你倒是大声喊呀，像你这样闷着声，能卖出去才稀奇。你看谁家卖东西不吆喝？"王铁成试着喊了几声，瞎子又摘下墨镜，笑骂道："一个棒槌，大声喊！你当蚊子呢，嗡嗡响，谁能听见？"

　　王铁成提起嗓门大声喊道："快来瞧瞧，毡鞋疙瘩，毡靴毡帽，厚实暖和，好看不贵！"他那怪声怪气的老西子口音，一嗓子喊来不少人围观。不远处一个红衣女子听见了，也笑着走来，拨开人群想看个究竟。王铁成正忙着卖货收钱，抬头看到红衣女子，心中一惊，这不是豪宅门前所遇的那位吗？

　　这女子一身旗装打扮，细看眉目更是秀美，瓜子脸，细弯眉，脖颈纤长，肌肤如玉，戴一条珍珠项链，配一副翠玉耳环，高贵而雅致。女子见王铁成看她，娇声说："你卖点啥？咋这般吆喝，怪声怪气，听得人笑死了！"

　　说罢，她低下头，大大方方地翻弄着一双白底粉红暗花小蜜靴，问："这靴子我能穿吗？好像小了点儿。"王铁成不曾见过如此大方的女子，愣了愣说："这是男童蛮靴，你先试试。我还有别的蛮靴，可惜没带来，明天拿来，任你挑选。"

　　女子脱下脚上的皮鞋，将一双穿着绣花白布袜的脚伸进靴子中，可穿了几次也没套上。王铁成搬来凳子，让她坐下穿。她坐稳后干脆把布袜脱下，将一只白生生的脚露了出来。王铁成扶着毡靴帮她穿上，她踩在地上前后左右地看了看，甚是满意，便准备付钱。女子一摸腰间，却是空空如也，惊道："我钱袋没了！谁拿了我的钱袋？"

　　就在这时，一个黑衣汉子神色慌张地转身往人群外挤去。王铁成一眼看出不对，指着他说："是前面那个黑衣汉子，别让他跑了！"女子穿着一只毡靴一只皮鞋便追了上去，白布袜忘在鞋摊没顾上拿，她边追边喊："捉贼呀，捉住那黑衣贼！"女子跑出很远，消失在人群中。

　　不一会儿，众人就见那黑衣贼返逃回来，后面还有一个青年紧追不舍。贼汉慌不择路，向王铁成面前急奔而来。王铁成看准机会伸出脚，把贼汉绊得摔出一丈远，狠狠跌坐在地上，手中的钱袋滚落到卦桌下。贼汉爬起来，顾不上找钱袋又急着奔逃。王铁成从卦桌下捡起钱袋，红衣女子也追来了，气喘吁吁地问："看见那贼跑过去了吗？"

　　"过去了，还有个青年追了过去。"

　　女子听他说完又要追，王铁成赶紧喊住："别追了，钱袋在我这里。"他说完，晃了晃手中的钱袋。女子接过钱袋打开一看，一块银元也不少。王铁成笑道："刚刚那贼汉逃窜时被我绊倒，这钱袋也掉了出来。"女子感激地说："原来是这样，那可就多谢了！"

　　二人说话间，那追贼的青年也走了回来。女子摇晃着钱袋，喊道："哥，钱袋找着了，不用再追了，是这位小哥帮着绊倒了贼汉，抢回来的。你看，钱都在。"青年爽朗一笑，道："是有这么回事，我看那贼汉不知为啥摔趴下了，原来是你在援手。我只顾紧盯着追人，却没看见你夺回钱袋，还在穷追不舍。高手！谢谢了，改日我们好好聊！"青年伸出大拇指，又拍了拍王铁成的肩。

　　女子换了皮鞋，拎着毡靴付了钱，说："这双我要了，换双线袜穿正合适。"

　　王铁成说："明天我给拿双大号毡靴。颜色、样式还有几种，任你挑选。"

　　女子抛了个媚眼，说："好，明天我还来，你有多少我都要。"说罢，拎着毡靴，拉着青年转身而去。

　　晌午刚过，街上行人渐渐稀少。王铁成一上午卖出两顶毡帽、四双鞋子和两双毡靴。他盘算用不了两个月，两驮毡货不用批发也能高价卖出。他懒洋洋地伸了个懒腰，正暗自高兴时，远远看到贼汉领着两人向他走来。他看三人来势汹汹，心想不妙，赶着蹲下身子收摊，用包袱皮包了毡货准备走人。贼汉紧走几步，上前一把抓住王铁成的领口，问："你为啥绊我？钱袋呢？拿来！"

　　王铁成说："谁绊你了，是你自己不小心摔倒，我没见什么钱袋。"贼汉一个耳光掴来，说："还敢嘴硬，不是你还能是谁？"王铁成架开贼汉的手，与他扭打起来。另外两人上前，帮着贼汉摔倒王铁成，三人以多欺少，拳打脚踢了好一阵。

　　算卦的瞎子喊道："行了，再打就打死人了。后生没看见你的钱袋，快住手。"

　　贼汉瞄一眼瞎子住了手，说："你个瞎子又看不见，知道个啥？走吧，今天就到这儿，明日再说。"王铁成抱着头，身子躺地上缩成一团。

　　第二天一早，王铁成瘸着腿，背着半包毡货，又来到昨日的摊位上。卦摊的瞎先生还没来，他先帮着人家打扫了地面，又支起了卦桌，再铺开自己的包袱皮，摆出毡货。他特意把几双大号毡靴摆在显眼处，等着昨天的红衣女子来试鞋。

　　太阳刚刚升起，照亮了大清门前那溜红墙绿瓦的铺子。卦摊的瞎先生来了，看王铁成把地扫净、卦桌摆好，连连称赞："好后生，好小伙儿！"瞎先生把卦书、铜板、铜盆一一放在桌上，又说："你这娃儿，还敢来摆摊，昨日可让那三人揍坏了，看脸上青一块、紫一块的被打成了啥样。今日还敢来？这不是找死吗？一会儿那帮人还会来，你要当心呀！打不过人家就跑，好汉不吃眼前亏。"

　　王铁成笑着，看瞎子又捋着胡须，摇着折扇，端坐在卦桌前，装出一副高深莫测的模样。有客人上前来挑选鞋子，王铁成赶忙回到自己的摊位，招呼客人。旁边伸来一只手揪着包袱皮的一角用力一抖，毡货散了一地。王铁成抬头看到两个汉子，胳膊上扎着袖章，短棍在左手和右手间倒换着。二人看王铁成站起身，骂道："小子！哪儿来的？敢在爷的地界摆摊，知道规矩吗？"说着，一棍砸在王铁成的肩上。另一个汉子一脚踹向王铁成的屁股，把王铁成踹得跪在地上。

"拜把头了吗？不拜把头就想摆摊，哪有这等便宜事。先交五块管理费，不然别让爷看见你！"说着，又一棍砸在王铁成的背上。王铁成站起来，说："刚刚才摆开摊子，还没开张，哪里有钱？明天一并给。"

两个汉子对望一眼，木棍劈头盖脸地打下来，说："没钱是吧，让你没钱，没钱就遭打！"算卦的瞎先生高喊："别打了，出人命啦。他还是个孩子，不懂规矩，手下留情呀！"汉子转向瞎先生，骂道："你个死瞎子闭嘴！有你什么事！不交钱，他摆一次，我们打一次，看他还敢不敢来？"说完，二人摔甩着手中的木棍，迈着八字步走了。

挨完打，王铁成昏昏沉沉的，都不记得是怎么把毡货背回来的。他背上、屁股上都有伤，只能趴着，不能翻身。他躺在炕上昏睡过去，两天后才醒过来，浑身疼痛，头脑发烫。店里的伙计看他一脸病容，就帮他抓了剂中药，喂他喝下，又给他擦了药，他这才渐渐好转。王铁成在客栈的炕上躺了整整七天。他昏睡时做了几场噩梦，几次惊醒过来。醒来想到自己孤身一人，远离家乡来到陌生之地，举目无亲，就是冤死也无人知晓，简直又气又急，气的是摆个地摊还要受人欺侮，急的是两大驮毡货该如何出手。他心中一点谱也没有。他怨自己命苦，来奉天没几天就被无缘无故狠揍了两次，病倒在客栈。不行，他要尽快痊愈，另找出路，一定要把货物卖出再回家。

第二十七章

　　王铁成伤病痊愈后，心中烦闷，不知不觉走进一家酒馆，要了一碟五香蚕豆、一碟牛肉和二两白酒，坐下慢慢吃喝，借酒发泄心中的愤懑。几口酒下肚，他身上暖和起来，心情也逐渐舒展。这家酒馆是一间三丈面阔、四丈入深的临街店铺。店内四壁粉刷，绘着图案，临街的窗下摆着四张八仙地桌和几条长木凳，后面放了几张圆桌，有十个方凳靠桌围着。再往后离墙三尺，有长条原木柜台，依次排了酒坛，压着红布包裹的坛盖。柜台后的墙上，挂了一幅牧童骑牛吹笛图，一派乡村酒肆的模样。王铁成喜欢这个地方，离他住的客栈也近。

　　一两酒喝完，他那浮躁愤懑的情绪平静了下来，反倒有几分庆幸。如今，人没伤筋动骨，货一点儿没丢，再找个买主换成钱就可回家。

　　酒馆里的人不多，一汉子迈步进来，靠在柜前并不言语。店主立即端上一小盅酒，汉子仰脖倒入口里，手从兜里掏钱，眼睛一眨一眨地盯着王铁成看，悄声问："这娃儿常来喝酒？知道哪儿的人吗？年纪轻轻的，什么来头？"店主附在汉子耳边说："不常来喝酒，有时过来吃饭，就住在离这儿不远的客栈。听口音像是个小西子，带来两大驮毡货，急着出手。"汉子笑了笑，点点头走出去。

　　王铁成捻着蚕豆剥皮，没注意那汉子。一会儿，门外进来一位老者，坐在方桌对面，掸了掸长衫，双手反复甩着衣袖，提起前襟缓缓坐下，和王铁成四目相对。老者黑发黑须，目光炯炯，喝的是一壶白酒，就着一碟粉肠、一盘牛肉和一碟盐水黄豆芹菜，捏酒杯的姿势颇有派头。王铁成看老者吃菜、喝酒甚是有趣。老者抈去胡须上的酒液，见王铁成目不转睛地看着自己，操起山西北部口音笑着问："小娃儿，瞅啥？没见过喝酒？"

王铁成先是一惊，老者是同乡？他摇头又一想，不可能，路途太遥远了。老者接着慢声细语道："看后生打扮非本地人，有啥难事愁成这样，小小年纪还喝上酒了。跟爷爷说说，看能帮你点啥？你去打听打听，没有我董半城办不成的事。"

王铁成心想："这人咋知我犯愁，不妨说出来试试，看他能否帮我找到毡货买家。"想通后，他立即开口道："爷爷，我是山西大同府人，来奉天销售毡货，没找到买主。"

老者向前探身，悄声问："货没脱手，还遭人欺负，小老乡，我没说错吧？"王铁成看着老者没吱声，心想这是一个天地贯通的人物，能立即看穿你的肠肠肚肚，在他面前自己就像个玻璃人。

"爷爷，您说对了。听您的口音，莫非是雁北人？"

老者点头说："我小时候住在大同城里，后来随着父母闯关东，来到奉天。我至今还记得家乡的云冈、华严寺、四牌楼、九龙壁……"老者漫不经心地回忆起大同的街景趣事，接着问王铁成家住哪儿。王铁成答："家住城东饮马河畔曹夫楼。"老者拍桌站起，说："越说越巧，我姥姥家姓王，就在河东曹夫楼村。可惜我离开大同的时间太长，百年之前咱们说不定还是一家人。"王铁成和老者越说越亲近，觉得这位老人家和蔼可亲，对他关怀有加。

他把如何来奉天以及到奉天后的事，掏心窝似的一一告诉老者，最后叹口气说："我爹信中所托之人去了哈尔滨，不知能否回来，这么耗下去，盘缠花光，住店吃饭都成问题。这批货急需出手，我正苦于找不到合适的买主。"老者捋着胡子哈哈大笑："算你运气。遇到我何愁之有？奉天城没有不知我董半城的商家，我说成的买卖没人敢砍价，更不敢诓骗。说起皮毛行，现成的一家就在眼前。过市公署，走同善堂，南市场有一家叫德恒魁的皮毛行。那家掌柜姓夏，刚刚在街上我还见他去对面的茶楼喝茶，不知现在还在不在。你稍等片刻，我去唤他出来谈谈，你看怎样？"王铁成见老者热心，迫不及待地要跟去。老者劝住说："别急，我先去打探打探，他如不忙，就请他过来。谁让咱是老乡，我看见老乡就眼热，何况还是个孤身闯荡的娃儿，这我能不帮吗？"

王铁成望着老者背影蹒跚地走到路对面，消失在人群中。街上人流如织，周边拐角各处都布满地摊，远远传送着颇具穿透力的吆喝声。王铁成深深感叹着大城市的喧闹。他心中那块疙瘩总算解开了，老者的出现给了他信心和希望，他就知道世上处处有好人。此时他把全部希望都押在这位慈祥的老人身上。

不久，老者领着一位穿戴讲究的人进了酒馆。这人一进门，便大声吆喝："哪个是大同来的毡客，听说有货出手？"王铁成慌忙站起，说："我就是，请问您贵姓？"来人睁着圆眼瞪了会儿王铁成，怀疑地说："原来是个娃儿，哪来的毡客？老董头你诓我！"老者上前笑道："夏华掌柜，莫急。这娃儿确实是从我老家来的毡客，别看人小，背后的字号可大了。您要和大同的谦瑞祥搭上线，往后的货源会滚滚而来。他叫王铁成，还是我娘家后辈，错不了。不信您先去看货！"

"行吧，先看看货再说，货在哪儿，去瞅瞅。"

王铁成出门带着他们向自己住的客栈走去。路上他回头细看夏华掌柜，圆头圆脑，穿蓝色马蹄袖官服，马褂官靴，大摇大摆地迈着八字步，一副有钱人的派头。

到了客栈，王铁成打开仓房门，地上堆放着两大摞毡货。夏华拎起一双高筒靴粗略看看，拍拍手，说："还行。这样吧，你说个价，看在董半城的面子上，我不能亏了孩子。这货我全收了，你说呢，老董头？"老者拍着王铁成的肩："孙娃儿，你就大胆出个价，爷爷给你做主，亏不了你。"

王铁成看看老者，货要出手得比市场零售价格压低些，便报出个适中的价格。夏华听完他的报价，说："看在老董头的面儿上，我不能赚孩子的钱，我再给你提一成，咋样？"王铁成听到对方又提高一成价格，心里乐开了花，立刻说："谢谢爷爷！谢谢掌柜！"

夏华说："先付十块钱订金，写个字据。回头找车拉到我柜上，验完货一并付清货款，你看成吗？"王铁成急答："挺好，挺好，就这样吧。"夏华让店伙计找来笔墨，写了一张字据，最后落款：德恒魁皮毛行，爱新觉罗·夏华。

接着，夏华让手下找来辆马车装货。老者拍拍王铁成，说："你们谈成生意，没我啥事了，我先走了。你放心跟着他们取钱。明儿咱爷俩还在酒馆见。"

"爷爷慢走，明儿个我请客，就等爷爷光临吃酒。"

老者走后，王铁成跟随装满毡货的马车向奉天的闹市走去。

马车穿街走巷，七拐八拐，不知走了多远，来到一家铺面宽阔、排场奢华的阁楼下。檐下挂着牌匾，上书"德恒魁"三个字，马车从侧门进了后院。夏华说："到了，让他们在后面验货，你跟我来，咱到屋内坐会儿，等他们验完货再结账付款，且等一会儿，别急。"夏华让王铁成进阁楼，在一张红木桌前坐下，招呼下人端来一壶香茶和几盘点心、几样鲜果放在桌上。夏华坐下陪着王铁成喝茶吃点心。夏华无聊地乱侃瞎问，王铁成——认真回答。一会儿，夏华站起身说："你先自己坐会儿，慢慢品茶，我到后院催他们快点验货。验完货我从柜上给你拿钱，你要银元还是汇票？"

"最好是汇票，回家路远，银元带在身上不方便。"王铁成站起身挥手，目送夏华向里院走去。他独自坐了一会儿，对面的街上忽地响起锣鼓声，他起身向街对面望去。一个两层楼的铺子前张灯结彩，五色彩绸从二层屋檐上垂下。铺前摆了几排货品，琳琅满目。左侧搭个戏台，唱着乡戏。右侧摆开几张大桌，铺中主人坐庄，摇骰子押宝赌钱。左面二人转哭唱正欢，右面赌桌上高声喊叫："大大，小小，开开！赢喽！"赢者兴奋蹦跳，输者灰溜溜地默默离去。

王铁成十分好奇，从阁楼走出来，想看个究竟。商家搞这么大排场，是新店开张？他问看热闹的一位长者，长者说："商铺在搞商品大促销，唱戏、赌局只是卖货的一种噱头。商家还搞了有奖销售，买货越多，奖励越大。买他家货不论花钱多少都有抽奖机会，如在赌局下一块钱以上的赌注就给一块儿精美的糕点或一小盒茶叶。"王铁成看得眼花缭乱，想不到商家卖货还可以有这样的办法。他正看得起劲，忽然想起自己是来提货款的，只顾看热闹，却忘了正事，夏华掌柜可能都等急了。于是，他急忙跑回德恒魁阁楼。

王铁成再进阁楼，没想到红木桌上的茶具、果盘早已撤去，屋内空无一人。王铁成喊了几声，从内室走出一跑堂问他有啥事。王铁成指着桌子，问："桌上的茶水、点心呢？我在等你家掌柜，你咋给撤了？"堂倌诧异地说："你等我家掌柜？没听说呀，茶水、点心有人付过账了。我以为你们走了才撤的。"

"夏华不是你家掌柜吗？有一辆马车刚刚进院卸货，我等你家夏华掌柜结账拿钱呢。"

"小兄弟，你认错人了，刚才那人不是我家掌柜。我家掌柜姓刘，不姓夏。你说的那辆马车早从后院走了。这是个穿堂院落，连着两条繁华大街，不信你出去瞅瞅。"王铁成一听，心想不好，上当了。

他跑出门穿过后院来到另一条街，前后找遍了也没见马车和夏华的踪影。他急着又追了几条街，也没找着马车。天渐渐黑了，他只好神情沮丧地返回客栈，一个人憋在屋里，悔恨得欲哭无泪。他想高声大哭，大喊大叫，却也只能闷在屋里生气，连晚饭也不吃了。店伙计问他咋了，他拿着夏华给他的假字据让伙计看，把白天的事捶胸顿足地说了一遍。伙计安慰他："别急，那不是有字据吗？到法院告他。""字据是假的，德恒魁不是皮毛行，也没有夏华这个人。""明天你再去酒馆，找那个老者问问，不就知道了吗？"王铁成没辙，只好等明天再说。

天刚亮，酒馆还没开门，王铁成只好在街上徘徊。北风冷冷地吹着街面，奉天的春天来得晚，路边的树枝才泛绿，杨树长出像毛毛虫一样的花穗，柳树枝条随风摆动，细细长长的枝条吐出黄绿色的嫩芽。王铁成站在酒馆门前来回跺脚，身体不由地颤抖着，缩紧的脖子有些发烫，他发烧了。快到晌午酒馆才开门，王铁成要了壶酒，想暖暖身子，又要了两碟下酒菜，边喝酒边等老者。可是过了晌午，老者还没来。王铁成问店主认识昨天和他一块喝酒的董半城吗，店主摇头说："不认识，只听说过有张半城和李半城，没听说过董半城。"

一壶酒喝完，太阳偏西又快到饭点儿了。王铁成又要了一壶酒和两荤两素四碟菜，继续等老者。天已黑了下来，吃饭的人都已散去。店主走来说："别等了，这么晚了，不会来了。我们要打烊，想等人明天再来等。"王铁成醉眼蒙眬，拎起半壶酒边走边喝，酒气熏熏地回了客栈。

第二日，王铁成出门直奔法院。市公署法院门前有许多人，门旁的几张桌子上铺了白纸，几位先生模样的人正等着帮人写诉状。王铁成找了位戴眼镜的年轻先生，打听写一纸诉状多少钱。先生说："看是写哪一类诉状？"王铁成说："写经济纠纷官司案。"先生说："经济官司的诉状一纸一元。你把诉讼内容说明，我帮你写诉状，也可帮你当律师打赢官司。"王铁成把受骗经过和那张字据拿出来，给先生看。

先生拿着字据看完，笑了起来，说："开什么玩笑，这张合同没有时间、地址和经营场所，连公章都没有。上面只有人名，谁知真假，按你所说，德恒魁皮毛行也是以假顶替，这是张无效字据。这个诉状无法写。"

王铁成急了，说："先生，你帮我打赢官司，我加倍给钱！"

先生推辞道："证据不足，官司没法打。即便是有理有据的官司，全部流程走完也得半年，再到执行赔款更是要等到猴年马月。小兄弟，我看你不如找警察署破了案，再来打官司，把握更大些。"

王铁成听完先生的一席话，急着又找到警察局。警察听完，不耐烦地说："和什么商号、什么人签的字据也说不清。拿个假人名、假字号来报案，开什么玩笑！线索太少，你找来证据再说。小小年纪，你当报案是过家家？这是警察局，你当什么地方都能随便来？快走！"王铁成被无情地撵出警察局。

奉天的夏末，还十分炎热。王铁成光着膀子，扛着百十来斤货物包裹，紧跟在一个壮汉身后，穿梭在北市场和露天市场之间。他累得直喘气，汗水从背上流下来湿透了裤腰。那日，他从警察局出来就搬出了客栈，在北市场一排劳工房中挤着住下，白天和一帮劳工出去揽活，晚上像一窝猪崽崽一样挤着睡觉。他没脸回家面对父亲，谦瑞祥刚开张，缺少资金，他却弄丢货物，拿不回货款，哪还有脸空着手回家。他在北市场和露天市场扛活，挣点小钱度日，想边扛活边找寻叫爱新觉罗·夏华的人。就算官司打不成，他也要混出个模样再回家，不能给王家丢脸。

扛活的人都在树荫下歇脚吃干粮，王铁成看到同伴掏干粮时，从包裹里露出一双崭新的毡鞋。他眼睛一亮，这不是自家生产的毡鞋吗？他急问同伴鞋从哪儿来的。同伴告诉他，是从市场南面的一家百货店买的。那家店偏僻很少人去，但货便宜。王铁成问清了百货店地址，干粮也没顾上吃，急着寻去。

王铁成一进店看到货架上有一排毡帽、毡鞋，果然是他那驮被骗走的毡货。他激动地问店员："你这些毡货是哪儿来的？你家掌柜是不是叫爱新觉罗·夏华？"店员问："小弟想买啥？怎么一上来就问掌柜？"王铁成一听，大声喊道："夏华你个缩头乌龟，出来！你让我找的好苦，今天不给个说法，和你没完！"

店员将王铁成推出门，骂道："哪来的疯子，敢到这儿撒野，我看你是活腻了。"王铁成不走，甩开店员，大喊大骂着冲进店里。这时，从店里走出一人，扬声道："是谁在大吵大闹？找我干啥？"王铁成说："我找骗我的掌柜，让他出来！缩头乌龟，骗了人不敢出来！"

那人笑问："我就是这店的掌柜，你认识我？找我何事？"王铁成看看那人，说："我不找你，我找夏华算账！你让他出来见我！"店员走上前，说："这就是我们刘掌柜，哪有什么夏华？"

王铁成眨巴眨巴眼，问："我问你，这些毡货从哪儿来的？你既是掌柜，可别瞒骗人。"刘掌柜笑笑，说："小小年纪不学好，打听商业机密，我能告诉你吗？让他出去！"随即上来两个店员，把王铁成再次推出店外。

王铁成找到证据，急匆匆来到警察局，再次找到那个警察，说："我被骗的货就在北市的一家百货店内，请你们去搜查抓人。"那警察瞅着王铁成气喘吁吁的憨样哭笑不得。过去了这么长时间，证据早就消失了，谁还有时间处理这事。警察挥手，道："走，走，到外面耍去。这是警察局，再来胡闹捣乱，我抓你进班房，信不信？"

王铁成又一次被撵出警察局，好一阵心痛恼怒。他垂头丧气地走着，走累了，便神情沮丧地坐在路边的石阶上。他鼻子发酸，眼睛发涩，抬起头望了望天，天空灰蒙蒙的，像是要下雨。王铁成正准备起身，突然发现自己所坐之处，不正是那红衣女子住的豪宅吗？

街上响起一阵马蹄声，一青年翻身下马把缰绳拴在桩上，回头一看王铁成，惊道："咦？你不是卖毡靴的小伙儿？我妹几次找你没找着。那天过后，你去哪儿啦？今天有幸在这儿遇到，就算是到家了，进去坐坐。"

青年上前叩了叩门环。院里回应道："来了，来了。"接着，大门吱的一声打开了。王铁成看到那位红衣女子站在门内，笑迎青年："哥，你咋才回来，骑马忘了吃午饭吧？饭菜都凉了，我再去热热。"女子又看到她哥身后的人，既惊又喜地问："这不是卖毡靴的后生吗？你咋把他找来的？快进屋。"

王铁成被兄妹俩让进屋坐下。客厅里是一色儿的红木家具，墙边靠着一溜大柜，瓷瓶、古玩、字画摆在方格柜上，孔雀羽翎、马尾浮尘插在落地大瓶中，衣帽架上有清朝官吏的红顶翎子和不知几品的官服。女子端上茶，问王铁成："第二日，我又去找你，却没见你出来摆摊。向算卦的先生打听，才得知你因帮我抢回钱袋，挨了贼人的揍。我哥实在过意不去，我们找了你几回，可一直没找到。"

王铁成看着衣架上的官服，小心翼翼地问："你哥当的啥官？宅院如此豪华。"

女子微微一笑，说："都民国了，啥官也不是。我哥在报社工作，是一名记者。这是祖上传下的宅院，我家是满族人，我哥叫爱新觉罗·永济，现在改名叫金永济。我叫金春华。你叫啥名？不像东北人，啥时候来的奉天？"

王铁成心想，咋又遇到爱新觉罗，难道他们和夏华是一家？夏华、春华，难道是同辈？王铁成放下茶碗，讲起了自己的经历。金永济听完，愤愤道："你去找警局告呀！警局专管治安，打击民间坑蒙拐骗。"王铁成无奈地说："我去了两次都被撵出来了，现在找到了货物，可他们还是不管。我是一点办法都没有了。"

金春华插嘴说："哥，你不是有个同学当警督，还是个侦探吗？你看他遭此难事，实在可怜，你不帮谁帮？"

金永济想了想，说："好吧，我写个便条，你去省警署，找一个叫吴世纪的督察，他会帮你找回货物。"王铁成一刻也没耽搁，揣起便条就去了省警署。

北市场百货店的刘掌柜正拿着账本和店员点货，看到门前三个警察和前天来店里闹事的那个青年一起进店。他走出柜台，脱帽鞠躬，说："长官，稀客呀，来小店有何公干？请进里屋说。"

吴督察问："听说你店在销售一批赃物，有人告你，我来查查，希望掌柜全力配合。"

刘掌柜点头哈腰地说："应该，应该！不知长官所指何物？"

吴督察让王铁成辨认赃物。王铁成走到柜前，指着毡靴说："这些毡品都是我家的产品，被一个叫爱新觉罗·夏华的骗去，偷放在此处销售。"

吴督察说："这些毡品有什么特别之处？你如何认定这是你家的产品？"

王铁成指着毡靴，说："这是我家用从锡林郭勒采购的绵羊毛和宁夏的滩羊绒擀制而成的毡品，毛细而轻柔，瓷实墩厚，样式美观大方。为了区别于其他商品，特意在靴内印了王记图戳，不信你们翻开看看。"

吴督察让刘掌柜拿下鞋、帽、靴，翻开里子，果然有红色的王字印记。刘掌柜卖了许多天的货一直没发现印记，也十分惊讶。吴督察怒道："给我拿下，带走。"

刘掌柜赶紧作揖，说："这批货不是我家的，是一个叫夏花狗的货主逼着我代销的。"

吴督查说："好，你带我们去找夏花狗。情况属实，你便是从犯，戴罪立功可从轻发落，如若有所欺瞒……"

刘掌柜赶紧说："不敢，不敢欺瞒啊，长官。我，我带路。"

刘掌柜领着警察来到北市场一处非常隐蔽的院落。桌前一群人在赌博，王铁成一眼认出夏华，他面前码放着赢得的一堆钱，正得意地摇着骰子。王铁成用手一指，说："就是他，叫爱新觉罗·夏华的就是他。"督察一声令下："给我拿下！"两个警察冲上去铐了夏花狗，拉了就走。夏花狗一见是王铁成，心想坏事，案发了。他扯着嗓门喊："快去找董老大，告诉他东窗事发，我被抓了，快找人捞我。"

王铁成第二天被招到警局，接待他的还是原先的那位警察，却态度大变。警察客气地问："小伙儿，你看这案是咋处理？是抓人起诉，还是私下调解？你拿主意。"

王铁成问："调解和起诉有区别吗？你们警察懂，只要我能拿回货款，怎么都行。"
警察说："调解不上法院，私下谈好，货款退回，把误工损失、利息和罚款都算好
一并给你。起诉就不一样了，证据齐全，上诉法院，调查取证后，宣判执行。赔罚
款相对少些，时间也拖得久些。何时开庭、何时执行，你要耐心等待。你看选哪个
方案？"王铁成想了一会儿，他急着拿钱回家，同意私下调解。

　　王铁成拿到钱款，比字据上所写的数字只多不少，这多亏了金永济和金春华。
他买了些薄礼，去了金永济府上，感谢他们施手帮助。王铁成叩响门环，开门的还
是金春华。金春华看到他，高兴地回头喊："哥，你看谁来了？"金永济将王铁成
迎进客厅坐下，王铁成把吴督察办案经过述说了一遍，再三感谢金家兄妹的帮忙。

　　金春华沏好茶端来，说："这是从哪儿学来的客套话，说出来就生分了。我哥
还常提起你，夸你性格看似温雅，实则坚韧不拔，办事胸有成竹，坚持不懈。还让
我好好向你学学呢。"金永济看着妹子微笑说："我哪儿夸了？是你在夸他。我倒
是很想去山西看看，山西有很多名胜古迹，尤其是大同云冈石窟，我一直想亲眼看
看。"王铁成立刻说："你要去大同，事先告诉我一声，我定会好好款待！"

　　三人相谈甚欢，聊了一会儿，王铁成说："永济兄，我明天就要回大同了，今
日前来也算告别。"

　　金永济挽留道："急啥？既然来了，也不差这一两天。明天，奉天的商会开办
秋季促销交易会，奉天的商家都会去，还邀我们报社去做新闻报道。你最好也去看
看，我可以帮你引见几位商界名流，对你将来开展业务是个机会。"说完，他看了
看妹妹春华。

　　春华兴奋地说："我也要去！铁成要是去交易会，我得帮他打扮打扮。走吧，
我陪你上街买身衣服。明天咱们一起去看热闹。听说交易会上还有舞会和聚餐，有
好多好吃的等我们品尝。你一定要去！现在咱就上街买衣服。"金春华不容王铁成
拒绝，就领着他上街买了新衣新鞋，将他收拾打扮一番，为明天参加交易会做着
准备。

　　第二天一早，王铁成随着金永济、金春华来到奉天的一家豪华宾馆门前。金永
济递上帖子，接待人员大声喊道："日日新闻社记者金永济先生携爱妹金春华女士、
大同谦瑞祥少东家王铁成到！"

　　金永济三人走进宾馆大厅。华丽的水晶灯吊在大厅顶部，管弦乐队奏着轻音乐，

衣香鬓影，场面奢华。金永济领着王铁成走到一处商家集中的地方，王铁成落落大方地逐个递送了帖子。金永济说："这是我从大同来的朋友，是大同最大的皮毛行的少东家，有什么业务还请大家多多关照。"经过几番周旋，王铁成和几个商人分别签了几份意向书。

金永济因有采访拍照工作，便独自走开，只剩下金春华陪着王铁成在人群中周旋。人们频频回头观望这对光彩照人的年轻人。经过半年多的磨练，王铁成变得稳重多了，他高高的个子、挺拔的身姿以及潇洒的举止，让他在奉天交易会上出足了风头，这自然离不开金春华的陪伴和鼓励。就这样，王铁成为谦瑞祥的生意开辟了新的市场，也为大同的皮毛打开了东北地区的销路。

第二十八章

进入腊月，灵芝抱着笸箩在东厢房的炕上做针线活，眼里噙了一窝泪水。她用手轻轻抚着一双刚做好的棉鞋，鞋底用麻线密密纳成，等着大儿回家过年时穿。她低下头，泪水从眼角慢慢流下，落在鞋帮上，她用手擦去，独坐在炕上发呆。新鞋做好放在笸箩里有些时日了，每当闲时，灵芝都要摸着它流泪。王先看到灵芝落泪也不避开，反而嗔怪道："就你眼泪多，整日哭天抹泪的像什么样子？儿子若真有个三长两短也是被你那泪水妨的。今天小年，给娃们炸些油糕，豆馅、菜馅、髓油馅的都做些，炖点肉。学学城里人家，像个过节的样儿。"说完，他走出厢房。

灵芝没理他，也没吱声，儿子铁成被丈夫派往奉天后，他们隔几天便要争吵一回。她怪丈夫，把年少的娃儿打发到千里之外，快一年了也没个音信，是死是活都不知道。她多次向胡林打听消息，胡林后来又去了一次奉天，却没见着王铁成的人影，客栈老板也不知道王铁成去了哪儿。王先听烦了灵芝的埋怨，总忍不住扯着嗓子争吵："你的儿难道就不是我亲儿了？我也心疼。那么大了出门也不给家里捎个信，让家人担心，这不都是你惯的？"

日子久了，灵芝也不想与他多说了，二人如今见了面就像陌生人一样，不说一句话。王先也只能躲在城里不回家。年底柜上也忙，他和董相卿经常算账到深夜。可夫妻二人疏于交流，灵芝对此一概不知，只听外人闲言碎语，说她家男人被城里的狐媚子迷了心窍，连家也不回了，听得她愈发忧郁烦闷。

从胡林那儿没打听到儿子的消息，灵芝回来后打不起精神，染了风寒，吃了几服药也不济事。一日正午过后，吃过午饭，打发娃们出街玩耍，她自个儿靠着被垛眯着眼，隐隐梦到铁成衣衫褴褛地在河对岸向她招手。她呼天抢地地追赶着河对面的儿子，在梦中哭着喊道："铁成，铁成，好儿子，你这是去哪儿啊？给娘回来，回来！"泪水从她的脸颊流到下巴上，又滴到衣襟湿了一片。

梦里，铁成听到喊声，竟真的蹚过河，在她面前跪下，抱着她的腿，说："娘，娘！我回来了，您别哭，我没事。"灵芝被叫声惊醒，睁眼看到王铁成就站在面前，喊着娘。她挪到灶沿，双脚落地，攥紧铁成双手，问："我儿真回来啦，这不是梦吧？娘刚刚梦到你衣衫褴褛地在河边走……娘想你！"

"娘，我这不是好好的，你看看我不是回来了吗？"

灵芝又一把抱住儿子，痛哭道："坏儿呀，你咋走一年多也不来个信，娘担心死了。"

"我本想没几日就回来了，没想到在奉天惹上官司，一直没时间找人给家里捎信。"灵芝一听儿子惹上了官司，惊慌地问："告诉娘，惹啥官司了，严重吗？"铁成笑道："官司打赢了，丢了的货又找回来了，钱也都要回来了，您看，全都在这儿。虽说耽搁些时日，但也没白忙活，咱没亏！"王铁成说着从怀里掏出几张汇票让母亲看。灵芝拍打着铁成，说："娘不稀罕钱，娘只要你平安回家。"王铁成好不容易安慰好母亲，准备把汇票送到柜上，别让大再担心。灵芝撇撇嘴，说："他心中只有生意，哪还有你。他都几天没回家了。别急，让娘多瞅瞅我儿。明天我和你一起去！"灵芝忙着给儿子做了些好吃的，让他先好好休息一日。

每到腊月二十，便是谦瑞祥最忙的日子。外地来的皮毛客要结账付款，近处的同行也要抽换条子结算一年的往来账目。账房里，董相卿和几个会计噼里啪啦地拨着一架大号算盘。台阶下的仓房里伙计翻数着一件件皮毛、毡品，连续不断地喊着数，让另一个伙计核对、清点仓库。这是柜上这几日的重要事情，一年下来的盈亏都要算清。这番闹腾劲儿，直要延续到腊月二十五。

小莲接待着远近的客商，安排他们的吃住。王先里里外外地忙活，让尹二厨子做着不重样的饭菜，同时早早把过年的食材加工备好。整个院里飘着肉香，让人们早早地闻到了过年的味道。毡工和皮匠们腊月二十五前赶做完一年最后一批活计，吃完年终这顿丰盛的午餐，便要回家过年了。

王铁成和母亲一早来到谦瑞祥，刚一进大门，小莲就看见了他们，赶着下台阶迎接，双手拉着灵芝，热情地说："嫂子来了，擦了什么胭脂香粉，脸蛋儿红润清秀。看这身架子越来越苗条，比起夏天更好看了。再看看铁成，真真长成了个英俊后生。"

灵芝冷着脸，拉着铁成往前走，过了一会儿才慢悠悠地说："啊哟，这不是莲妹子吗？可别叫嫂子，叫姐好了，迟早的事。看妹子那喜人的脸蛋，一副迷人相，你又是擦了什么胭脂香粉？哪像个嫁过人的，倒似个十八岁的大姑娘。怪不得我家那口子连家也顾不上回。"

一番话说得小莲脸上红一块、白一块，浑身不自在。她只好自寻台阶下，进屋喊道："掌柜的，您看您儿子回来了，快来瞅瞅，简直长成个大后生。"王先放下手里活计，走到王铁成面前上下打量，心里惊喜，激动得说不出话来。直到王铁成叫了声"大"，王先才缓过神来，说："你咋才回来？也不懂给家捎个信儿，让你娘担心。是不是货丢了，钱也没了，没钱花了，才想着回家？"

灵芝看王先一见儿子面也不问问寒暖，就一味地责备，心里气不过，说："你就认得钱，哪管人死活，见面也不问儿子受了多大罪、吃了多少苦。谁不知道你那坏脾气，儿子不拿回钱怎敢回家？"

王铁成拿出汇票交给王先。王先扫了一眼，随手递给董相卿，拉着王铁成到里屋，说："铁成，你说我那么上心地让你念书，图啥？"铁成说："叫我明白事理，懂得规矩。"王先说："你倒记着，可你做到了吗？快一年了也不给家捎封信，你的学问学哪儿去了？难道字也不会写了？看你那点出息，我平时教你的，你都忘了？"王铁成不说话。王先见儿子个子长高了，性子也稳重了很多，气消了大半，便说："回来就好，你是继续上学念书，还是到柜上学徒帮我打理生意。"王铁成毫不犹豫地选择了到柜上学徒。

谦瑞祥的生意有了很大的起色，王铁成从奉天回来后逐步打开了东北的销路。人际交往上的一切事务在小莲的打理下，也逐步进入正轨。王铁成跟着师傅学起了擀毡、熟皮，三年便已学得娴熟，生意上的事，他常常能提出不一样的见解。董相卿竖着拇指，夸他大器已成。王先看儿子已到该结婚娶媳妇的年龄，便和灵芝商量，准备替他迎娶饮马河下游沙岭村的一位张姓女子。儿女婚事由父母做主，王先也没和铁成商量，就将此事定了下来。王铁成心里不满意，回来后还总想着奉天那位爱穿红衣的金春华。他推辞不娶，顶撞了父亲几次，但还是拗不过父母，就这样结了婚，婚后一年有了个闺女，起名叫贞贞。而老婆王张氏，因生女落下了病根，不到一年便故去了。

　　王铁成着手管理起柜上的杂事，参与谦瑞祥大小事务的决策，可他和父亲、小莲的意见往往相悖。他提出的一些建议和办法，总被父亲认定成异想天开。他不愿意为生意上的事和父亲闹僵、与小莲姨产生隔阂，便开始懒散地在柜上混日子，有时还偷偷拿了钱去看戏。一来二去，他结识了北路梆子戏班的班主孙六孩。除了戏班，孙六孩还兼管赌局，常常是前台唱戏后台赌钱。孙六孩玩得一手好骰子，每次赌钱收获颇丰。戏台一开戏，后面赌局便开场，孙六孩坐庄，赌盅举过头顶，有节奏地晃动着，骰子在盅内碰撞得"叮当"直响。只见他把盅猛地往桌上一扣，便让人们押大小。人们押大多，他开小；人们押小时，他开大。一天下来戏钱没赚多少，可赌钱却收了不少。王铁成仔细观察孙六孩在赌局上的一举一动，看得入了迷，想拜他为师。孙六孩看他诚心诚意想学，就教了他几手技巧手法，王铁成牢牢记在心上。就这样王铁成跟着戏班一混就是一个月，戏班走到哪儿，他跟到哪儿。因这事还挨了父亲好一顿揍，但他也不改，照样跟着戏班跑。

　　一日，孙六孩的戏班在鼓楼西的纯阳宫南苑开戏。锣鼓开敲不久，台下来了一拨看客，桌子上摆了果子、点心和茶水。他们喝着茶，手摇着扇子，吆五喝六地指骂着身边的几个姑娘。其中一个胖头手掐着姑娘的小脸，嘻嘻哈哈地逗乐。姑娘被掐得眼泪直流，哭喊着直呼饶命。王铁成因看不惯上前阻止，却被臭骂一顿。"你是谁？敢管老子闲事，我看你是来找死！"

　　王铁成不爱搭理这些人，返回后台眼不见为净。没想到，那姑娘竟跟着跑到后台，来到王铁成身前，扑通一声跪下磕头，哭道："铁成哥救我，我是英姑。哥，你行行好，救救我。"

　　王铁成十分惊讶，让姑娘抬起头细看，确实是二赖头家的闺女英姑。如今，她已长成人姑娘，改儿时的娃娃气，出落得越发好看，王铁成险些没认出来。她粉嫩透亮的脸像是能掐出水来，一双大眼睛噙着泪水，楚楚可怜。王铁成赶紧让英姑站起来说话。

　　英姑哭诉起了自己的经历，她继父二赖头抽大烟上瘾，变卖光家里的东西。一个月前，烟瘾犯了，家里没得卖了，就哄她进城，说给她找了个活，管吃管喝，还能赚钱。英姑也觉得自己不能老是待在家里吃闲饭，成天听娘和继父吵嘴，便听话地跟着继父进了城。继父领着她到了一座院落中，和一个老娘子悄悄嘀咕了半天，拿着十块钱走了。二赖头走后，老娘子就变了脸，将英姑和其他几个姑娘关在一起，逼着她们学唱曲儿。英姑这才明白，自己上当了。几天后，老娘子就让她们端茶倒水伺候客人，今天，她们就是陪着客人来看戏的。刚刚，一个好心的姐姐悄悄告诉英姑："有人出钱要买你，你快逃吧。"英姑听完浑身发冷，想逃却不知该往哪儿逃，心灰意冷之际，竟见到了铁成哥，她别无他法，只好来到后台求救。

英姑说着，撩起衣袖让王铁成看。王铁成见英姑白皙的胳膊上满是伤痕，心疼得落下泪来。他赶紧向班主孙六孩寻求帮助。孙六孩想了想，说："这事好办，无非多花些银两。"说完，他就去找老娘子，连吓带哄地说："我说你是赚钱不要命的主儿，你知道自己惹上大事了吗？那英姑是被人骗来的，现在人家的哥哥寻上门了，要告你拐卖妇女之罪！民国法条你看没看过，想坐牢狱是不是？我劝你，赶紧把她放了，息事宁人吧！"

老娘子哭叫着："老天呀，我那是花了十块银元从她爹那儿买来的，她吃我的、喝我的，一个月花了不少钱，我不能亏本呀。"

孙六孩悄声说："你先别哭，英姑的那位哥哥可不差钱，愿意花三十块银元领走英姑，你干是不干？"

老娘子当下停止了哭闹："三十五块，你跟他说三十五块银元，我就放人。"

"就三十块，不要拉倒。你就等着坐牢吧。"

老娘子想了想，咬牙道："行，行，就三十块。"

就这样，王铁成在孙六孩的帮助下，用三十块银元赎回了英姑，租下西羊巷的一处僻静院落，安顿英姑暂时住下。王铁成经常送来米面、日用品，供英姑使用。英姑也没闲着，出去揽了些拆洗、缝补之类的活计贴补日用。时间一长，英姑也摸出些门道，在王铁成的帮助下，在小南街租了一间简陋的门面，卖些日杂，勉强度日。

端午节过后，空气像凝固了一样，没有一丝凉风，令人心情烦躁。自从老婆去世，王铁成几个月没再回曹夫楼村，那里人去屋空，总给他一种说不出的凄凉之感。前几日，灵芝做了两席凉糕，取了一半让人帮忙捎进城里送给儿子吃。

晌午过后，王铁成带着凉糕偷偷溜进西羊巷。英姑今日稍做打扮，简直如仙女一般。英姑看王铁成提着个竹篮站在门口发愣，身上还粘着敲打羊毛后的毛屑和灰尘，一身疲惫。她忙上前拍打起他胸前的尘土，问："这是咋了，累成这样？"

王铁成缓过神来，微笑着说："没事，我不累。这是我娘做的凉糕，加了红枣、青红丝和糖稀，特别好吃，拿来给你尝尝。"

英姑接过他手中的竹篮，放在桌子上，又走过来拉起他的胳膊，让他到炕边坐下。她弯下腰，体贴地帮他把鞋子脱下，抬起他的双脚，摆到炕上，服侍他坐好，喃喃地说："你吃吧，多谢你还惦记着我。看你这一脸疲惫，累坏了吧？你坐好，我帮你捏捏腿脚，舒舒背脊筋骨，很解乏，很舒服。"

王铁成一时慌乱得不知所措，乖乖任凭英姑摆布，说："你在老娘子那儿一个多月就学会了按摩捏背？"

英姑嗔笑道："说的啥话！我还学会了唱曲呢！"

王铁成一笑，直直地看着英姑，问："你今后有啥打算？不如哥帮你找个好人家，嫁了吧。"

英姑低下头，泪珠滚落，说："我是哥救下的，我这辈子当牛做马伺候哥。只要哥不嫌弃，我不要名分，就照顾哥的起居。"

王铁成推开英姑的手，说："我大和我娘是不会同意的。不如，我拿你当亲妹子，你认我做亲哥，我为你寻一门好亲事……"

英姑顺势抱住他的胳膊，扬起头瞅着他的脸，低声说："哥，我谁也不嫁。你是不是嫌我丑，不喜欢我？"一束阳光透过玻璃窗射了进来，洒在英姑如花般娇艳的脸上，将落未落的泪珠如七彩晶石，点缀在她明媚的眼眸下，任是再铁石心肠的人也说不出拒绝的话来。王铁成只觉得一阵酥麻。英姑继续说："哥，我这一辈子实在命苦，娘软弱可欺，指望不上，大是个烟鬼，卖儿卖女。那天若不是恰巧碰上你，我怕是早就一根麻绳了结此生了。"

王铁成听到此话，心里已经软得一塌糊涂，抱着英姑的双肩，说："你不能瞎想，你还年轻，以后的日子还长着呢，你会遇到好人的。"

英姑一双泪眼盯着他，说："哥就是好人，哥愿意善待我，我就是死了也心甘了！"

王铁成斥责道："你胡咧啥！哥娶过妻，有了娃，哥给不了你承诺，更不能毁了你的清白和前程。"

"若没有你，便没有今日的英姑。哥，你就当是我想报答你吧！"英姑说完，扬起胳膊，紧紧地搂住王铁成的脖子。那一刻，王铁成呼吸急促，心跳加快，忍不住亲了上去……

这些日子，王铁成隔三岔五找理由离开毛店，父亲打发了几拨人找他都无功而返。晚饭后，王铁成把想娶英姑为续弦的想法说了出来。父母听后大怒，王先连连摇头，说："娶二赖头的闺女，你疯了？娶了英姑以后，你成天供她爹抽大烟吧，有多大的家业也不够他抽！"母亲接着说："你不能娶英姑！英姑是你从那种地方赎出来的，好说不好听。你就不怕婚后众人戳烂你的脊梁骨？你让我们一家如何立足？你未来又如何接管谦瑞祥这么大的家业？"王铁成看一时半会儿说不通父母，就把这档子事先放在一边，不再提起。

王先经过了王铁成这档子事后惊了心。他没再让二儿子王铁材上城里的洋学堂，他怕王铁材也学他哥玩世不恭、玩物丧志，便安排王铁材到和阳门内的济生堂药铺当学徒。在药铺当学徒既能长学问，又能学药理，虽然苦一些，可也能锻炼意志。王铁材吃住在药铺，白天背药名、认草药、拉斗子、称戥子，这些都是药铺学徒的基本功，没有一两年的苦练是达不到要求的。王铁材在药铺白天练习抓药，晚上陪掌柜打麻将，端茶倒水伺候着，直到夜深才能去睡觉，第二天又要早起倒夜壶、提茶壶、打扫药铺，几乎包揽了药铺内外所有杂活。王铁材经过一年多的学习和练手，已能熟练地上柜给人抓药了，从看药方到拉斗子找药、称药、分药、捣碾分装、包捆、算账、收钱，一整套程序一气呵成，再将收到的铜板向身后的一块木板上一抛，只听"当啷"一声响，清脆入耳，抛钱之人连头也不必回，这就算学成了。

王铁材在药铺耳濡目染，也逐步了解些许药理、药性，一看方子就大概知道治的啥病。一天，他又伺候掌柜打麻将至天明，掌柜去睡了，可他还得站柜抓药，实在支撑不住，偷偷掰了点儿人参吃，好歹提提神。没想到，到了下午，他的鼻子却流血不止。店员瞧见了，让他伸手，号了号脉，说："你偷吃啥了，脉搏跳得如此之快？"王铁材不好意思地说："吃了点儿人参，本想驱瞌睡，谁知吃多了。"店员笑道："你出去躲躲，掌柜一会儿睡醒看见了又要好一顿训斥，弄不好还要赶你出店。"王铁材吓得出了药铺，到谦瑞祥来找哥哥。

王铁成问清了情况，赶紧让他躺下，找来毛巾用冷水浸过捂在脑门上，鼻血才慢慢止住。王铁成让弟弟躺下休息，他起身找到济生堂的掌柜，好一顿数落："你倒好，一夜一夜地打牌，不把人当人看。你白天睡着挺尸，却让我弟弟给你干活，累得又是出汗又是流鼻血，你也不管管。我弟弟不干了，从明天起再不来伺候你！"他说完就甩手离去，弄得药铺掌柜丈二和尚摸不着头脑。

王先得知此事后，唤来大儿铁成，高声训斥："我让铁材到药铺学点手艺，历练历练。你倒好，没我放话私自去药铺大闹一场，让我咋见药铺掌柜？再说你让铁材辞了学徒，在家闲着，难道要像你一样游手好闲吗？"

王铁成争辩说："来咱柜上照样能学徒！不在自家柜上学手艺，反倒去药铺学徒，吃那个苦，受那个罪，图啥？咋？咱也开个药铺让铁材练练？"最近，王先和儿子总是说不到一块。父子二人的想法总是拧着，动不动就争吵，王先只好让王铁材回到谦瑞祥的柜上学擀毡、熟皮子。

第
二
十
九
章

中秋节前，大同城内各家皮毛作坊都停工待料。每年冬春购入的羊毛、皮货，经过一个夏季已全部加工成商品待售，毡货、皮件屯满了仓库。王先找来儿子商量："铁成，奉天方面有消息吗？还能发出多少货救急？近日，你安大伯、巴特尔叔从宁夏、包头运来羊毛，急等着用钱。柜上没现钱周转，你想想办法。"

王铁成想了想，说："能不能改个经营方式？谁现在还用老一套的方法经营，一成不变地靠那间小门面，能卖出几件货？咱也学学大城市的促销手法，把库存积压减一减。"王铁成把他在奉天的见闻向父亲细述了一遍。王先一听连连摇头，喝道："胡闹！纯属胡闹。咱们做买卖要讲究德行。我不能拿谦瑞祥的名誉开玩笑，坏了自家的名声。卖货就是卖货，唱什么戏？还敢开赌局？"

王铁成急了，说："不是开赌局，是博彩游戏，是一种促销手法。唱戏、有奖销售是招揽客人的方式。"

王先直摆手，说："不行，不行，绝对不行，没听说过这样做买卖的。货没卖出去，先把钱抛出去，又是唱戏，又是发奖，那得多少钱？"

四牌楼下面靠永泰街一侧的台阶上坐着滚水、温水、冷水一伙人。温水远远看到白义忠拎着一个鸟笼摇晃着走来，圆筒式的鸟笼用一块蓝布罩着。白义忠身穿蓝洋布上衫，脚踏圆口软鞋，鼻梁上架一副东洋墨镜，迈着四方步。温水上前掀开鸟笼上的蓝布，看到笼中一只黑鸟，惊叫道："呀！白掌柜。人家养百灵、画眉，您咋养了只黑老鸹？您果然是超凡脱俗，与众不同。"

白义忠从墨镜上方盯着温水，眼球下面白了半边，说："咋说话呢？眼瞎呀？这是老鸹？是八哥！不懂就别张开你那臭嘴，留神臭气熏了八哥。"白义忠用手指撩拨着笼中的黑鸟，黑鸟在笼杆上跳上跳下，快速转头来回观瞧着，猛地张开黄色的小嘴，说道："孙子，给爷爷磕头！孙子，给爷爷磕头！"

温水更加惊讶："呀！老鸹会骂人，大家快来看。"滚水和冷水等人都围了过来看新鲜，七嘴八舌地评论着八哥。白义忠悄悄捅了捅温水的衣角，说："我让你打听的事儿，咋没了音信？""啥？啥事？"白义忠瞪了温水一眼，说："蒋寡妇的事，你给忘了？"温水嬉皮笑脸地说："这事啊，没忘，没忘。谦瑞祥近日来了几拨毛客。蒋嫂子忙着招待客人，今个儿在凤临阁摆了一桌，刚刚带人过去。嫂子那股风流劲，谁看了都眼馋。"

"你给我闭嘴，哪来的嫂子？尽瞎说。"白义忠推开温水，拎起鸟笼要走，回头看到灵芝从和阳街向四牌楼走过来。白义忠拉着温水的衣角，又迎了上去，说："这不是王嫂子吗？稀罕呀，刚从村里来？一看这身衣服土里土气，就知是那受苦的命。"

灵芝觉得眼前人有几分眼熟，一时又没想起来，问道："你谁呀，我认识你？"

白义忠笑着说："嫂子今个儿参加二嫂的订婚喜宴，也不特意打扮打扮？"

"哪个二嫂？什么订婚喜宴，在哪儿？"

白义忠装出一副惊讶的样子，说："呀，原来王哥瞒着嫂子，嫂子真不知王哥和蒋寡妇今天在凤临阁办订婚喜宴？王先娶二房姨太太谁人不知？"温水、滚水也凑上来起哄道："走哇，都去凤临阁贺喜去！谦瑞祥东家娶新娘给大礼钱，去晚了就没了，快去呀！"

灵芝一把抓住白义忠的衣领，道："你谁呀？尽瞎说，我咋不知，是哪个混账乱嚼舌？"她骂完不再搭理白义忠这伙人，直奔酒楼巷的凤临阁而去。

凤临阁与往日不同，门前挂满了彩球，彩带随风飘扬，门中照壁上一个红底金色的喜字闪闪发亮，一派新婚气氛。凤临阁二楼上已坐满了客人，有宁夏银川的巴特尔、包头的安彪、丰镇的钱垛儿等十几个客商，齐聚在凤临阁二楼商讨秋后的皮毛生意。小莲身穿一件红色紧身套装，盘头上插了一朵红色牡丹绢花，白生生的脸蛋泛着胭脂红晕，忙前忙后给客人们斟酒夹菜。王先坐在正中端起酒杯一一敬酒，说："感谢各位从银川、包头、丰镇赶来接济我谦瑞祥原料短缺的困难，这才让我们免于停工待料。感谢各位多年的支持。咱今天喝它个痛快，不醉不归！"巴特尔站起来，笑问："王先兄弟，先别只顾喝酒。说说这大红喜字、张灯结彩的是啥意思？难不成兄弟要娶莲妹为妾？"

小莲红着脸说："酒楼昨日办婚宴还没来得及拆卸，咱们早早就来了。我没让饭店人员再拆，怕乱哄哄的影响咱们吃饭。这酒楼也是，不早点拆。"

安彪哈哈笑道："挺好，挺好！红红火火，沾沾喜气，今年兄弟定能发财。"人们嘻嘻哈哈地逗着乐，酒过三巡，菜过五味，席面上众人饮得正欢。灵芝迈步走上二楼，小莲见了连忙上前招呼："嫂子来了，请坐。我们正说嫂子呢，嫂子就来了。这些都是远道而来的客户，这是银川的巴特尔，这是包头的安掌柜……"小莲为灵芝一一介绍着，灵芝却谁也没搭理，不声不响地坐王先身旁的座位上。王先问："啥时候来的？去柜上了吗？"灵芝也不回答。客人们听说是王先的内人，都过来叫嫂嫂，端着酒杯敬酒。灵芝依旧谁也不理，呆板板地坐着不说话，不动筷，也不喝酒。王先看看灵芝问："你在柜上见到铁成了吗？村里有事？"

灵芝垂着眼帘，道："有事？这么大的事不是事？想娶二房也不事先打个招呼？没我同意，看你今天这婚事咋订？"王先听得好笑，说："哪儿跟哪儿，什么订婚？今天是我跟远道而来的客户商讨秋后的买卖，谁说我要娶二房？"灵芝气不打一处来，红着眼问："这么大的喜字贴着，酒楼布置得张灯结彩，不是纳妾，难不成还是要娶妻？"王先耐心解释道："这是昨日一家结婚的喜宴，今早没来得及拆去。是哪个混账在胡咧咧，让我知道非撕了他的嘴。"灵芝不再争辩，独坐着像一尊泥菩萨，闭口不语。客人们个个表情尴尬，无言以对，小莲避到隔壁房间，再没出现。王先劝客人们喝酒吃饭，客人们却都说吃饱了，陆续告辞离去，酒席不欢而散。

王先看客人们都走了，拉着灵芝回到谦瑞祥，进了西厢房，大发雷霆道："你疯了？你看把客人都逼走了！你就闹吧，啥时候把买卖闹垮了就高兴了！"灵芝争辩道："是谁闹垮买卖？你到大街上和四牌楼打听打听，谁不说你让狐媚子迷住了，买卖不垮才怪！你今天给我说句实话，有她没我，有我没她。"王先和灵芝在西厢房吵个没完，店里的伙计找来王铁成劝架。王铁成到了西厢房劝了半天也没劝住。最后，他也恼了，放了狠话："成天争吵，也不怕人笑话。好好的生意就让你俩吵黄了，这买卖日后还咋做？大，我看您和娘回村种地去吧。谦瑞祥让我管，我也长大成人了，您老也该回家缓缓了。您放心，有了大事我去找您！"一席话呛得王先拉着灵芝赌气回了曹夫楼村。

王铁成接管谦瑞祥后，第一件事就琢磨着如何将奉天商家的促销办法转用到自家的生意上。他找来董相卿，说出了自己的想法。董相卿点头赞许："这促销办法可行，我在太原也看到过有奖销售，敲锣打鼓，招揽顾客，效果很好。但是一旦开了赌局、戏台，老掌柜得知，来砸场子咋办？"王铁成笑着说："只要我们搞起来，我爹来了看不顺眼顶多骂两句，他不会傻到砸自家的买卖。"

王铁成吩咐董相卿把南街最大的一家饼屋包下来，专为中秋节订制月饼，三油三糖的质量不能降，冰糖、五仁、玫瑰各品种一样都不能少。他又让店里的伙计购进二十袋红糖，用糙纸半斤一包捆好，贴上红纸预备着。他找来戏班班主孙六孩，商量在马王庙戏台上唱三天大戏，找雁北最好的角儿登台。柜上、院里设赌局，让孙六孩主持大局别出乱子。孙六孩说："兄弟放心，啥场合我没见过。这点小事，我确保平安无事。你就放开胆子搞吧。你把账房准备好，每天都要兑现、结账、收钱。金钱上的事我管不了，你自己安排好！"

王铁成安排会计分头负责几个摊位，让店内伙计分别管销售货物、分发奖品，让董相卿全盘管理财务运行，货物出入库房都要上账记录。一切安排停当后，让伙计们按照过节的标准装扮着院里院外。街道上张灯结彩，戏台上安了四盏汽灯，每天的戏目都要挂牌通报，戏台、赌局按孙六孩的指挥装扮起来。大门上挂了大红灯笼，石狮、拴马柱上都系了红绸，门外贴了海报，上面写着："凡来谦瑞祥购买货物者，都有奖品赠送，买得越多，奖励越大，奖励明细均贴在货摊前的木板上。在博彩摊上兑换一块银元的赌码，便可得三块月饼、半斤红糖。"

消息一传开，不到一天，大同城的大街小巷都在议论着谦瑞祥的促销，嚷着第二天去赚谦瑞祥的月饼和奖品。

那日，小莲自凤临阁回家后，越想越气，她辛辛苦苦帮先宝哥，却招来许多流言蜚语，尤其是灵芝嫂子不能理解她的苦衷，反而搞得他们家庭不和、夫妻反目，还直接影响了谦瑞祥的经营管理。她几次向王先提出退出，都让王先顶了回来，她早早预料到自己总有一天会和谦瑞祥告别，却没想到来得如此之快。小莲来到谦瑞祥，见众人忙里忙外，一片热火朝天的景象，更是下定了决心，找到王铁成把自己这几天想好的话说了出来。王铁成想了想，说："小莲姨，这么大的事我一个人做不了主，等我爹来，您和他说。您就算要退出也得等忙完这阵子，让董相卿把这几年您应得的红利算清楚。您说呢？"小莲无奈地点点头，又问："铁成侄儿，你们忙成这样，看姨能帮着做点啥，闲着也是闲着，你说话，姨照办就是了。"王铁成笑着搓搓手，说："您看着办吧，您累了好多时日了，歇歇也是应该。让伙计们多干点，您指挥就行！"小莲听了王铁成的话，什么也没说，默默地走出了谦瑞祥的大门，回头恋恋不舍地望着这座熟悉的院落。

八月十三，马王庙街人头攒动，谦瑞祥门前挤得水泄不通。对面戏台上锣鼓开打，北路梆子的《打金枝》唱得正欢。台下挤满了人，高声喊："好！好！这才是正儿八经的角儿，字正腔圆。"谦瑞祥搞促销，商品大减价，一律五折处理。凡购买一块银元以上的毡鞋、毡帽、皮毛等货物者都有月饼奖励。凡在博彩游戏中买一块银元以上筹码者，不论输赢都能领三块月饼、半斤红糖。越来越多的人奔着谦瑞祥而来。

中秋节前，谦瑞祥的三日促销活动轰动了整个大同城，城内有钱的、没钱的都来马王庙街看热闹。有钱的人多少买点便宜货，拿回家冬天用得上，顺便投几注碰碰运气；没钱的人来看戏，凑个喜庆热闹，可谓皆大欢喜。

白义忠找来北城铁匠铺的崔铁、穆铁，说："我说二位兄弟，谦瑞祥白给钱和月饼，你俩快去露露手艺，谁不知二位是赌场高手。王先不在场，他儿王铁成主持赌局，坐庄押宝。一个毛头小子上赌局，不知天高地厚，二位不去耍耍他？"崔铁、穆铁早就手痒痒想去赌两把，此时看白义忠来，故意哭穷道："最近手头紧，不去也罢。您去赌两把，露他两手瞧瞧。"白义忠撺掇二铁说："看这说的，平时赌场上常来往，今天碰上初生牛犊就认怂了？你二人去赌摊把他给我赢趴下。我保你二人发财。不行先到我柜上拿几个钱，赢了你俩拿走，输了算我的。我就不信了，他谦瑞祥买卖不好好做，胆敢开赌局，这是在找死。"白义忠打发崔铁、穆铁去了王铁成坐庄的赌摊，坐等看好戏，让谦瑞祥跌个跟头。

王铁成坐庄，摇骰子赌大小。这小子近年来长大成人，长得文静又庄重，高高的个子，文雅的身段，英俊的眉眼，白义忠暗暗嫉妒王先有福气，养了这么好的两个儿子。他见王铁成满脸堆笑，不慌不忙地摇着骰子，把赌盅猛地扣下，让人们下注，人们喊大，他开了小，人们喊小，他又开了大。崔铁、穆铁赌劲儿上来不服输，道："今天手气背，我就不信这个邪。咱赌场上什么世面没见过，今个儿不信还赢不过个娃儿，再来赌个大的。"崔铁、穆铁输光了身上的钱，又从柜上陆续借支了一百块银元，都输光了才快快离去。白义忠刚要上前拦住崔铁、穆铁，抬头看见王先气势汹汹地拨开人群走来，便不动声色地退到了隐蔽处，继续瞧着。

王先看人们簇拥在院内，吆五喝六地赌钱，刚要发火骂人，就被董相卿拉到了后院。董相卿说："老掌柜几时来的？您看柜上多热闹。别看铁成掌柜人年轻，还真行，把生意搞得有声有色。"王先看到院内赌钱、发月饼、抢红糖的局面，气不打一处来，骂道："铁成这小子在哪儿，我今个儿非揍扁他不可！"董相卿笑劝道："别呀，娃儿干得挺好，没两天就把仓库里积压的货物销售一空。我怕接不上，又从丰镇的谦瑞吉调来一批货，这些存货和调来的毡货没少赚钱。这娃可真有一套。"王先气愤地说："小小年纪不学好，开赌局是咱生意人干的事吗？这要是传出去让同行怎么看咱谦瑞祥？这不是自个儿往脸上抹黑吗？今后还怎么做生意？这是砸自家的牌子！"董相卿笑笑说："老掌柜别急，咱这不是开赌场，这叫博彩游戏。就让人们玩三天，三天后就关了，您放心。"王先冷静下来，气消了大半，说："唉，就算这样，娃儿还嫩，胆敢坐庄开赌局，他是不撞南墙不回头，输个精光才算……"董相卿拦下话，说："您可不知，大掌柜手气好，把把都赢，还有孙六孩在背后撑着，输不了。"王先再无话可说，只好甩甩手回村过节去了，任儿子如何折腾也不再管了。

中秋节过后，谦瑞祥的生产经营步入正常轨道，仓库积压的货物销售一空，又进了一批原料足够秋冬的生产所需，各地的冬季订单都陆续而来。销售不再是问题，王先那紧皱的眉头也舒展开，在柜上出出进进总算露出了笑容。王铁成向父亲交账，一场促销活动算下来，活动、奖品、唱戏的各项费用加在一起还不及赚来的一半，货物销售盈利颇丰，关键是谦瑞祥的产品美誉传出了大同城。只是，王铁成提到博彩赌摊上所出的部分欠款还没要回来，赌债都集中在崔铁、穆铁二人身上。王铁成认为，这些赌棍大多是社会上的混混，赌债能还则还，还不上过些时日再说，不必追得太紧，赌债欠着反倒好说话。王先一听就火了，说道："别人欠钱我没说的，崔铁、穆铁欠的钱必须马丨要回。他们是逼死你二叔的仇人。你小子忘了，我可没忘！三天之内，你务必给我追回他俩的一百块银元，一个子儿都不能少！"王铁成看父亲生气，站起身来就要向崔铁、穆铁去讨债。王先拦下，说："你不带几个人去？多领几个伙计去讨债，那可是大同城里有名的懒鬼混混，心狠手辣，当心吃亏。"王铁成说："行了，我一个人去就行，我是去讨债又不是去打架，带那么多人干啥？"王先看儿子一个人走出门，心里有些不安。

崔铁、穆铁二人合伙在北街武定门前开了家铁匠铺，后院住着他俩的老婆、孩子。铺前的凉棚里搭一根绳，绳上挂满了刀、剪、犁、铧、铁链、锄头、镢头……

棚外有副木桩门架，专供给骡、马钉掌。棚下一台铁匠炉、一个铁砧子，铁匠炉内火烧得正旺，一个小徒拉着风箱，炭中埋着几块铁料，炉里烧着兰碳。崔铁手握长柄铁钳翻弄着铁料，穆铁站立砧前，杵着一柄长把铁锤等着打铁。崔铁翻完铁料，用铁钳夹起一块烧成了白红色的铁块，快速放到铁砧上，两人有节奏地敲打起来。铁砧上火星四溅，铁块由白变红又变黑，在敲打下变长、变扁。崔铁夹起半成品铁料又塞进炉火炭中，用炭火埋起，拍打瓷实。小徒用力拉推风箱，炉中又窜起红黄色的火苗。整个棚内乌烟瘴气，棚前挂着的马蹄铁、马嚼子、铁环、铁链在微风中不停地摆动，相互碰撞，发出"叮当"声响。崔铁、穆铁暂时歇缓，擦着脸上的汗水，两人的脸被烟气熏成了黑张飞，只有牙齿和眼白泛着光亮。两人光着膀子锻铁，引来不少路人围观。

王铁成拨开众人，到铁砧前大声喝道："停，停了！二位听好了，你们欠的钱都好几天了，也该还了吧！我急等着用钱，赶快回家给我取来。"王铁成连喊几声，崔铁、穆铁眼皮也没抬，像聋哑人一样只顾"叮叮当当"地打铁，对王铁成不理不睬。一阵敲打后，崔铁把砧上的铁条用火钳夹起，塞进火炉炭堆内再次煅烧。王铁成看穆铁呆站在铁砧前不搭理他，他推开穆铁，一屁股坐在铁砧上，跷起二郎腿，不屑一顾地瞅着崔铁翻弄炉火中的铁块。崔铁低头侧看王铁成傲气地坐在铁砧上，心中一股无名火窜起，顺手夹起一块发白的铁料块儿向铁砧伸过来。白热的铁块儿蹦着细小的火星吱吱作响，王铁成不仅不躲，还拍拍自己的大腿，示意他把铁块放腿上。崔铁白了他一眼，咬咬牙，当真要把白热的铁块放上去。灼热的铁块遇到裤子，吱的一声冒起一股白烟。崔铁见王铁成不躲，心虚了几分，抖了抖手刚要挪开铁块，就见王铁成拽着崔铁的手，大力将铁块拉回到自己的腿上。紧接着，一股皮肉烧焦的味弥散在大街上。人们惊呼："着火了，烧焦了。快，快拿开铁块，再不拿开，腿就残废了。"王铁成一声不吭，面沉如水，死死地盯着崔铁。崔铁着实吓了一跳，使劲抽回手将铁块又放进炉里。王铁成强忍着痛，咬牙站起，跌跌撞撞闯入院里。崔铁的老婆看王铁成手摁着大腿，血从手指间涌出滴落到地上，吓得大呼小叫："老汉，快来看，这是怎么了？血流了一地，快来救人。"王铁成不发一语，坐在屋内的椅子上，任血流淌到地上。崔铁和穆铁跑进屋，抱着王铁成说："兄弟，兄弟，你要干啥？"

"我要钱，还我钱！"

　　"兄弟，钱好说，别这样，命要紧。老穆，赶快拿钱给他。"

　　崔铁见王铁成的腿上血流不止，吓坏了，赶紧让老婆找来布条用力绑紧王铁成的大腿根，又让穆铁找来一辆板车，拉着王铁成跑向武定门外的首善医院。首善医院是一家西洋医院，离铁匠铺不算远，过了武定门就是。医生看了看伤势，说："还好来得及时，如果耽误时间再长，流血过多，会有生命危险。"医生处理好伤口，嘱咐王铁成半个月内不能沾水，三天后再来换药，防止伤口化脓。崔铁和穆铁面面相觑，庆幸没出人命。他们向王铁成表明，欠钱不还不是他俩的本意，是有人指使。王铁成追问是谁在背后指使。崔铁回避说："你就别问了，你大心知肚明，你回去向你大一问便知。"

　　王铁成回到谦瑞祥，见母亲和父亲又在争吵。二人看到儿子安全回来，都不再言语。半晌，灵芝自言自语道："把我娃儿往死里赶。让娃儿去讨赌债，也不看看崔铁、穆铁是啥人。这下倒好，娃儿伤着了，你也高兴了？"王先指着儿子，说："一个傻蛋，烧红的铁块贴上来也不躲躲，硬是让烧伤了。嘿！谁知他是个愣货？"

　　王铁成劝道："行了，行了，别再吵了。我难道不知他们是啥人？我这不是没事吗？和这种人打交道，不这样下狠招，钱能要回来吗？这不，整得他俩服服帖帖，赶着把那一百块银元和医药费早早送过来了。"

　　此事在大同城渐渐传开，人们都说谦瑞祥的大掌柜王铁成是块硬骨头，城里有名的混混都怕他三分，可不敢去轻易招惹。经此一回，谦瑞祥这块招牌算是彻底在大同城立稳了脚跟。

第
三
十
章

一九三七年九月十二日，前半晌还烈日当头，到了后半晌天气骤冷下来。西北风刮得柳树向一面倾倒，长长的柳枝像疯女人的头发乱飘乱舞，杨树枝被风吹得纷纷折断，歪倒在地。风越刮越大，也越来越冷。凛冽的风吹到身上寒冷刺骨，人们早早穿上入冬的棉衣。

傍晚，西北飘来一团团乌云，滚动着遮挡住了落日的余晖。没一会儿，空中乌云密布，天黑得像墨，家家都点亮了油灯。风停了，鹅毛大雪从天上飘下，落在屋顶、枝丫、沙梁和田野中未收割的庄稼上。昨日，人们还穿着短衫单裤，摇扇吃西瓜，直喊燥热，都说今年的秋老虎厉害，热得反常，只过了一夜，老天爷就变了脸。

王先被迎面袭来的寒气吹得打了个激灵。他忽然想起了真武庙的柳道长，心中不安，想着趁天时还早，不如先上真武庙向柳道长求个卦。

夜里捂了一场大雪，饮马河两岸一色素服。曹夫楼村所在的东长坡、真武庙坐落的沙梁上都覆盖了一层厚雪。站在东长坡望向大同城，晨雾白蒙蒙一团，笼罩着威严的城门楼、鼓楼、钟楼、九龙壁、华严寺……王先对这突变的天气充满疑惑，他走下河滩，喘着气，吃力地爬上真武庙门前的一百零八级青石台阶，缓步走到柳道长的居所前。

小道士慧远拦下他，说："师父一夜未睡，刚刚歇下，不便打扰。"

这时，房内传来声音："是谁来了？"

王先进门，说："道长，是我，王先。"

"你来了。无量天尊！咱们有缘还能见上一面。"

"道长说啥？我没听懂。我想请您给卜一卦，测测今年的人运、财运。"

"施主，莫问财运。财是身外之物，财多是祸，祸从财来，财不可强求，怎能卜卦？"

王先见道长不肯卜卦，急转话题，道："昨夜一场大雪，河湾地里的庄稼还没收割，恐怕要歉收。多亏这几年的好收成，让我们庄户人过上了宽裕的日子，多亏了您的点化和祈福。我今日特来谢您。"

"可别谢，皆是你的造化。地少养家，地多必害。地多者必殃及家人后代。"柳静枝说完再没言语，默默地闭目养神。

道长左手捧着经书，右手握着拂尘，白发白须。这时，慧远在院里喊道："奇了，好一匹白色的骏马！"王先跑出院向饮马河望去，河岸上空聚来一朵白云，好似一匹腾空跃起的骏马，仰头甩尾，回望着饮马河畔的真武庙。白云白马似奔腾，似嘶叫，没一会儿便随风散去。王先突然想起柳劲枝，急喊慧远进屋看道长。只见柳劲枝道长端坐蒲团上，双眼闭合，面容祥和，已没了呼吸。

没过几日，大同城门口出现了头戴铁帽子、身穿黄色军服、手握刺刀的士兵。他们叽里咕噜地说着人们听不懂的语言，搞得城里人心惶惶。老人们打听到，一个叫夏恭的中国人当了什么晋北自治政府主席，一个叫松田的日本人担任政府最高顾问，总揽一切政事。家家户户出人到街道开什么劳什子会议，商家、住户都要办理户口，人人领取良民证。如抵抗不去开会者按通匪论处，格杀勿论。城东御河边运来盆口粗的原木，让人们分批去干劳工，说是要建木桥。木桥两丈高、丈八宽、两里长，横跨御河两岸，便于汽车、铁甲车通过。男人们打夯、钉桩，女人们剥树皮，然后刷上黑色油漆。在日本兵的监视下，白天夜里连轴干活，赶工兴建御河大桥。

王先一个月没敢进城，焦虑地等待谦瑞祥的消息传回村里。他埋怨铁成不懂事理，不懂派人回村向父母报个平安。一日，他按捺不住焦急的情绪，独自向和阳门走去。只见一个日本军官正盘查着过往行人，行人稀少，却盘查得十分仔细，半天也通不过一人。城墙边五花大绑着两个人，胸前被刺刀划出几道口子，血已凝固，变成一道道黑色血痂。王先看了会儿没敢上前，拐弯走进刘记羊杂馆。店里只有老刘一人闲坐，看到王先进来忙站起身，问："啥时候了，你还敢出门？城门口戒严，盘查甚密，一句话回答不上就拳打脚踢，反抗者捆绑示众。这几天风声紧，等风声过了再进城，没要紧的事别找麻烦。"

王先听完老刘一席话，转身走向季德刚的习武堂。习武堂的大门也失去了往日的光彩，门前的两尊石狮变得灰头土脸，院内也听不到徒弟们习武的喊喝声。整个院子静悄悄的，一群乌鸦落在杨油坊旗杆上不停地叫着。

季德刚见王先进院，迎了上来："王先兄弟来了，我正准备找你，你就来了。有个人你可得见见。"王先进入厢房见一位青年才俊端坐在案几旁。见王先进门，青年站起身彬彬有礼地问候："叔叔好。"

季德刚连忙介绍："这后生叫梁义正，太原师范毕业，南面繁峙人。毕业后在甘肃、宁夏、包头一带做生意，人脉很广，生意做得有声有色。后因战局混乱，在一次战乱中失了本钱，生意做不成，老家繁峙也回不去，想在大同找个落脚的地方。我就想到了你，只有你能帮这个忙。"

王先看这后生二十五六岁，眉清目秀，一身藏蓝长衫托着细腻嫩白的脸，一副饱读诗书、知书达理的模样，挺讨人喜欢，便点头答应："好说，就到咱谦瑞祥，柜上正缺人手，也好和铁成搭个伴儿。"

季德刚笑了笑说："是这么回事。半年前，刘旋不愿再当警察，到南面投军，混了个一官半职。他偶遇梁义正，两人谈得很投机。他来信说，梁义正因时事动荡丢了生意，想在山西老家谋生，托我在大同找一家靠得住的皮毛行。我就想起了你，正巧你就来了。我看你们很有缘分，你们好好谈谈。"

王先笑着说："没啥谈的，您和刘兄介绍的人，一定错不了。近年战乱不断，生意难做，供销艰难，我柜上正缺少几个有文化的年轻买办，您这是雪中送炭呀。"王先和梁义正谈起生意上的事，同时也谈到时事和各自的看法，两人谈得很投机。

王先转向季德刚："徒弟们都去哪儿了？日本人在御河建桥，今后背河的营生做不成，您有何打算？"

季德刚探口气，说："日本人进了城，旧的警察局解散，张聚财几人都不愿再干下去，怕当汉奸。可松田的名册上早有记载，聚财他们又都是拖家带口的，跑来找我出个主意。我能有啥好主意，只能安慰他们，先干着，维持日常社会秩序，不祸害百姓，心中有杆秤，不做亏心事，不怕鬼叫门。唉，有什么办法，活命要紧。"

王先点头说："原来如此，那梁先生的事儿咋办？"

季德刚又说："梁义正的事，只要你没意见，明天我让张聚财把他送到你柜上。你啥时候想进城，让聚财替你疏通。"

梁义正到了谦瑞祥后，给店里柜上增添了新的生气。王铁成听梁义正讲什么都感到新鲜，什么俄国、英国、法国、德国、美国……他才知世界之大，无奇不有。王铁成也向梁义正介绍了大同的年轻朋友。一群年轻人聚在一起无所不谈，就政局时事不停地谈论和争辩着，述说各自的见解和观点。王先得知后，好一顿训斥："祸从口出，在商言商。咱做生意少谈军政，隔墙有耳，世道乱，不小心会招来杀身之祸。"王铁成他们表面消停下来，却时不时地在后院秘密集会。

谦瑞祥的皮毛生意因战事封锁道路，一时间库里货物积压没有销路。梁义正建议单做羊毛生意，他得知北平清河织呢厂急需羊毛，不如把擀毡的羊毛发往北平，利用铁路的便利条件，试着打开销路。王铁成表示支持。他们说干就干，托人找伪政府批了路条，向北平发了第一批五十袋羊毛。货到厂后，厂方非常满意，愿意与谦瑞祥签订合同，稳定供货。

谦瑞祥大张旗鼓地收购起羊毛。梁义正通过人脉从甘、宁、内蒙古调购羊毛、驼绒。王先也捎信让巴特尔、安彪从银川、包头购买羊毛。王铁成向城里的同行调购，从雁北各县购买羊毛。谦瑞祥的生意在这乱世中稳定下来。城里时局动荡，日军三不五时便要搜查一番，王铁成劝王先回曹夫楼村常住，也省得娘在家中不安心。王先只好答应下来，将大同城中的商铺全权交给了兄弟俩。

日子一天接一天地过着，饮马河，不，现在应该叫御河，也告别了冰雪封冻的寒冬，迎来了湍急的汛期。前些天，日军封锁了整座大同城，不知又在城内搜着什么重要人物。吓得城内的百姓不敢上街，商户不敢营业，家家闭门闭户，大街上不见了人影，城内一片死寂。女人找来蒸锅、炒瓢，用双手擦抹锅底，再把锅底灰擦到脸上、脖子上，只露出两只翻白的眼球和一口惨白的牙齿，嘴龇咧开像惨死鬼一样瑟瑟发抖。小孩儿被母亲强捂着嘴不让说话，更不能哭出声来。青壮年也被困在家里，成天像狼一样圈在院里团团转。

灵芝的眼皮接连跳了几日，心里七上八下如擂鼓一般，无法平静。这天一早，天还未亮，门外响起了急吼吼的敲门声。王先打开门，见门外站着的竟是乔装打扮后的二儿子王铁材，急忙一把将他拉进院中，锁起了院门。王铁材气尚未喘匀便急着说道："大，我哥昨天被宪兵队捉进了牢房，董先生让您赶快救人。"

王先一听大儿子被抓，一阵气血上涌，站立不稳，扶着桌子缓了缓，才问起大儿子被抓的过程。原来，梁义正和王铁成借着给北平运送羊毛这条明线，私下为前线的八路军运送军需物品盘尼西林，他们依照此法已稳定运送了半年之久，二人胆大心细、有勇有谋，原本有惊无险，可恨前些日子被白义忠安插的暗哨看出了破绽。白义忠对王家记恨在心，当然不会放过此次机会，将此事告知了松田。松田下令封城，让宪兵队抓捕梁义正和王铁成等人。他们躲藏了几日，终于还是被宪兵队发现了，混乱间梁义正和王铁成打死了白义忠，却不敌对方人多枪多，王铁成被捕入狱，梁义正暂不知去向。王铁材在张聚财冒着生命危险的帮助下，总算躲过了一劫，昨日趁着天黑被警察局的兄弟护送出城，这才有命回家通报消息。

灵芝听到大儿子被抓，踉跄着走了过来，忍不住哭出了声："我苦命的娃呀，天塌下来了，老天爷，你这是要我的命呀。这可怎么是好？"

王先脑子里本就嗡嗡作响，此时又听灵芝哭得哀凄，不耐烦地骂道："一天只知道号丧，人不死也被号死。这不是在想办法吗？哭有什么用？"

灵芝埋怨道："就是你好好的庄稼不种，开什么毛店。这倒好，儿子被抓了，要钱有什么用？你本来就是个庄户人，非要装生意人，你这是找死。"

王先听不下去，去前院叫来海龙，让他看家护院，如若宪兵队来搜捕，就立刻想办法带着家里人出逃，又嘱咐小儿子暂时莫要出门露面，在家中躲藏几日。安顿好一切，王先甩上门，一个人向御河走去。

出了和阳门就听到御河发洪水的隆隆轰鸣，洪水是那么凶猛，也不知河上游什么地方下了暴雨，发了山水，御河里泥浪翻滚，像一头雄狮冲向下游。王先走到御河大桥前，河水即将漫过桥面，两丈多高的木桥浸在河水里摇摇欲坠，轰轰隆隆的浪声掩埋了一切声响，十里之外也能听到河水的咆哮。王先登上残破的城墙，向远望去，找他澄出的那块马形的滩地。终于，在沙梁下找到了，马形田地已变了模样，马头被洪水冲走，留下的部分像一个鼓鼓的圆球，这个绿色圆球立在半坡上，似要随时滚入河流。

王先痛骂道："什么御河，它能抵御外敌侵略吗？还不如叫回饮马河！"

只听一声巨响，如雄狮嘶吼，如野马嘶鸣，洪水彻底淹过大桥的栏杆，汪洋一片中再也寻不见那赶工修筑的大桥。王先用手遮着阳光，看着眼前的景象，想着青年时澄地的艰辛和快乐，想起曾经的贫穷和安然，再想想现在的处境，他多想跳入河流，与这奔腾的河水一起战斗，一起沸腾，一起看遍大好河山。但是，他又想起生死未卜的大儿子，想起与大同城一起被封锁的谦瑞祥，他陷入了沉思，再也听不到河流的轰鸣。在天地一片静默间，只听得一曲如泣如诉的胡琴声，有个苍凉的声音伴着胡琴唱道：

一夜雷声，一场暴雨，

呼唤着遥远的记忆。

饮马河的洪水，冲刷了两岸的葱绿。

轰轰浪声是母亲的哀号，已不见肺腑的豪气。

最初的美丽已不在这里，

只有悲伤的哭泣。

故乡啊，故乡。

我心中最美的地方，已不再绚丽。

淳朴的乡音和斯文的礼仪，

已不复存在，

只有怒吼和我相伴相依。

金色麦浪，边陲战鼓，激起大地的愤怒。

让我们扛起长枪，挥舞大刀，

浴血奋战，赶走豺狼，

让春回大地，让母亲重拾笑容，让英烈入土安息。

故乡啊，故乡。

睡梦中最温暖的天堂，

走过了岁月，千回百转，

无尽的思念，一生相随。

母亲的牵挂，眺望黎明的晨曦。

远来的大雁，捎来胜利的消息。

故乡啊，故乡。

歌声刚落，只听"叭叭"两声枪响，应声倒下的是大同城墙上的两个日本哨兵……